KB269240

오로라의
환상

오로라의 환상 1

이청해 장편소설

문이당

작가의 말

나의 길에 대해서 생각해 본다.

길은 구부러졌고 우뚝 선 나무 하나 없고 잡초들만이 어수선하게 우거져 있다. 무더운 여름을 지나 녹음도 스러지고 풀숲은 누렇게 변해 간다. 이제 얼마 지나지 않아 하얀 눈이 쌓이리라.

그러나 오늘같이 비 오는 날 산벚나무 가지에 매달린 물이슬처럼 나의 숲에도 아름다운 이슬방울들이 가득 내려 눈부신 아침을 맞는 정경을 상상해 본다.

2003년 봄
이 청 해

차 례 / 오로라의 환상 ①

5   작가의 말

9   자궁 속, 혹은 완전한 자유

37   손 님

77   시카고의 불빛

123   옛날의 금잔디

179   메멘토 모리

259   비 애

265   태양과 바다가 만나는 곳

291   태 풍

자궁 속, 혹은 완전한 자유

등성이를 넘어서자 탁 트인 바다가 나타났다. 눈이 시렸다. 샛노란 해가 허공에서 금물을 뒤집어쓴 듯이 일렁이고 있었고, 수평선 위에 꽃구름이 한 덩이 엉기어 있었다. 청명한 바다가 시야 가득 흰 파도를 앞세워 꿈틀대며 다가왔다. 아, 아아. 도현은 자기도 모르게 탄성을 내질렀다. 얼마 만에 보는 고향 바다인가. 온 가슴에 푸른 물이 둑둑 듣는 것 같았다.

버스가 언덕길을 내려가 조심스럽게 우회전해 화단 가에 기우뚱 멈춰 섰다. 도현은 점퍼를 꿰며 통로로 나갔다. 키가 크고 구부정한 그는 휘딱 뛰어내렸고, 아주머니 한 명이 한쪽 다리를 절름거리며 따라 내렸다. 그는 성큼성큼 차도를 질러 건너편 보도로 올라섰다. 청회색 바다가 오후의 햇빛 아래 창연히 깔려 있었다. 경비 초소만 한 터미널 건물에서 튀어나온 아가씨가 운전기사에게 쪽지를 넘겨주었고, 버스는 미련 없이 팽 날아가 동해안 7번 국도로 재진입해 버렸다.

버스가 떠난 뒤의 그곳은 터미널이라기보다는 그저 한적한 해변이었다. 시가지가 동쪽으로 2킬로쯤이나 떨어져서 시작되어 곶 전체를 점령하고 있었고, 고속버스는 국도를 내처 달려야 하기 때문에 터미널만이 내륙 안으로 쑥 들어와 있는 탓이었다.

도현은 기우듬하게 서서 쪽빛 바다를 오랫동안 바라보았다. 먼 해역을 달려온 바람이 문어 다리처럼 그의 온몸을 휘감았다. 점퍼가 벗겨져 날아갈 것 같았으나 그는 탄력 있게 버티어 서서 바람을 받아 냈다. 뼛속 깊이까지 절절히 씻기는 느낌이었다.

그는 이곳 죽변에서 나고 자랐으며 아직도 부모님이 면 소재지인 여기에 살고 있었으나, 3년 가까이 만에 집에 와보는 셈이었다.

머릿속의 갖은 생각들을 털어 버리려 그는 세차게 도리질을 쳤다. 그러나 방금 전에 만나고 돌아온 어린 상호의 얼굴이 물살 사이로 어른어른 퍼졌다. 열 살은 대체 어떤 나이일까? 짐작이 되지 않았다. 자신이 ‘그 일’에 연루된 것은 일곱 살이었다. 도현은 자신의 일곱 살을 떠올려 보려 했으나 수평선 위에서 가물가물 아지랑이만 피어 올랐다.

시가지 쪽으로 발길을 옮겼다. 바다를 향해 귀엽게 뻗어 나간 방파제가 두세 개 보이고, 백사장에 떼 지어 앉아 있는 갈매기들도 보였다. 모래사장 안쪽으로 1차선 해안 도로가 해변과 평행을 이루며 곶까지 구불구불 이어지고, 길 양쪽으로 나지막한 집들이 오순도순 조가비처럼 엎드려 있었다. 털보 형의 리조트가 이 터미널 부근이라고 생각되었지만 우선 집에 들르는 것이 순서였다. 서울의 형 집에서 어머니 아버지를 더러 뵙긴 했지만 못다 한 마음이 늘 가슴 언저리에 엉기어 있었다.

오른쪽으로 어깨가 시리도록 푸른 바다가 이어졌다. 왼편에 길게 엎드려 있는 마을 뒤로 대나무들이 초록 병풍처럼 쳐져 있었다. 든든했다. 해변에 대나무가 울창하게 자생해 있어 애초 죽변(竹邊)이라는 이름이 붙었다는 이 고장. 대나무들은 지난겨울의 혹독한 추위를 벌충이라도 하려는 듯 시퍼런 기개로 봄을 만끽하고 있었다. 바다로부터 쳐들어오는 적을 지키는 수호병처럼 일렬로 도열해 서서 마을을 옹위하고는 물줄기가 바다로 흘러들듯이 곶 쪽의 왕대숲으로 흘러들었다. 도현은 왕대숲 너머의 하얀 등대소를 바라보았다. 죽변을 떠난 것이 언제던가. 고등학교를 졸업하고…… 벌써 10년이 되어 가고 있었다. 요 근래, 방송사에 입사하고서는 명절 때에도 와 보지 못했었다.

도현은 재작년에 방송사에 입사한 3년차 에이디였다. 지금은 교양제작국의 기획 특집 파트에 배속돼 시사 다큐멘터리를 만들고 있다. 책임 프로듀서인 부장이 리포터로 등장해 흐름을 총괄하는 형태로, 그 밑에서 다섯 명의 피디가 각각 에이디와 작가, 자료 조사 요원을 거느리고 5주에 한 편씩 만들어 나가고 있었다. 5주면 한 달이 넘는 기간이고 분초를 다투는 방송 프로그램에서 특정 소재를 소화하는 데 충분할 것 같지만, 방송 날짜가 잡힌 뒤 막상 소재를 찾고 기획 회의를 하고 자료 조사를 하고 섭외와 촬영을 하는 동안, 시간은 눈 깜짝할 사이에 흘러가 버린다. 촬영본을 보면서 편집할 때에는 예외 없이 밤을 새우고, 당일 아침이 되어서야 주조종실에 테이프를 넘기는 것이다. 조마조마한 가운데 자기들의 방송이 끝나고 나서도, 기껏 하루나 이틀쯤 멍하게 있다 보면 벌써 마음이 초조해지면서 차라리 일 속으로 몸을 내몰아야만 소화 효소가 분비되었다. 종종 잡아 놨던 소재가 진행 중에 증발해 버리기도 하고, 고발적인 내용의 경우에는 주요 인물이 모종의 위협이 두려워 카메라 앞에 나서지 않겠다고 태도를 바꾸는 등 사고가 잇따르고, 그럴 때마다 죽기 살기로 새 소재를 찾아내 벼락치기로 완성해 내야 하는 위험을 안고 있기 때문이었다. 도현이 속한 조 피디팀도 어제저녁 '버려지는 부모들'을 방영했는데, 그러니까 오늘에야 모처럼 일에서 놓여 났는데, 오늘 하루를 완전히 쉬지도 못하고 다음번 소재를 확인하러 에이디인 도현을 원덕으로 파견한 것이다. 원덕은 이곳에서 12킬로 정도 떨어진 동해 국도변의 작은 도시로, 한 달 전쯤에 일곱 살 먹은 여자아이가 살해된 곳이었다. 도현의 팀은 아직도 범인이 누구인지 시끌벅적한 그 사건을 다루자고 의견을 모은 터였다. 경찰은 살해된 아이의 오빠인 열 살짜리 소년 권상호를 범인으로 지목하고 있었고, 아이의 부모는 아이의 자백이 허위라고 반박하는 중이었다. 도현도 방금 전에 상호를 만나 보고 왔지만, 아무것도 확신할 수 없었다. 어쨌거나 원덕까지 온 덕분에 모처럼 고향 집에 들르게 된 것이다.

어시장을 벗어나서 번화가를 지나 도현은 삼거리에서 북편 언덕 길로 들어섰다. 이대로 죽 올라가면 초등학교와 중학교가 있고, 학교 뒤에서부터 시작해 등성이 너머까지 왕대숲이 원시림처럼 펼쳐 져 있고, 대숲 끝 벼랑 위에 등대가 있었다. 그의 집은 학교 아래 주 택가 끝 골목에 그가 떠나던 당시와 조금도 다름없이 서 있었다. 좌 우 양쪽 집이 개축해 올려져서 이제는 남의 건물에 붙여 지은 까대 기처럼 보였다.

그는 벨을 눌렀다. 대문 색깔이 남색으로 바뀌어 있었다. 뱃일을 그만두어 버린 아버지 김 선장이 또 페인트칠을 한 모양이었다.

「누구요?」

어머니 서현네의 음성이었다. 이 동네에서는 그의 어머니를 서현 네라고 불렀다. 그의 형의 이름이 서현인 까닭이었다. 서현을 낳으면서부터 여기에 살았고, 한 번도 이사하지 않았으니까.

「접니다. 도현요.」

「누구?」

「도현요! 어머니, 저예요.」

급하게 신 끄는 소리가 나고, 알록달록한 치마바지 차림의 서현네
가 대문을 열었다.

「어?」

서현네는 숨을 들이켜고는, 너무 반가워 얼른 말을 내뱉지 못했다.
아들이 어머니를 안았다. 어머니도 아들을 얼싸안았다. 그러나 서현
네의 얼굴에는 불안한 빛이 스쳐 갔다. 구조 조정을 당해 일자리를
잃은 사람들을 텔레비전에서 하도 많이 보았기 때문이다.

「어쩐 일이냐?」

서현네는 아들을 마루에 앉히고 그것부터 물었다. 제 스스로 앞길
을 잘 헤쳐 나간다고 믿어 온 아들이긴 하지만……. 박사 학위를 가
진 이들도 수두룩하게 논다고 하지 않던가. 그네는 아들의 행색을
위아래로 살폈다.

「요 근처에 볼일이 있어서요. 거기 들렀다가 집에 와본 거예요. 내
　일 가야 돼요.」

「으응, 그래?」

그제야 서현네는 안심을 한다.

「형은 잘 있지?」

「예.」

도현은 건성으로 대답하고 형 집에 들른 지도 꽤 되었다는 생각을
한다. 형 서현은 치과 대학을 졸업하고 서울 근교의 작은 종합 병원
에 근무하고 있었다.

「무현인 지난주에 왔다 갔다. 너도 못 봤지?」

「예.」

동생 무현은 행정 고시를 치르겠다고 신림동의 고시원에 입주해 있었다. 무현도 본 지가 꽤 오래되었다. 형제 셋이 다 서울에 있지만 지금 처지로서는 만나기가 쉽지 않았다. 이게 형제간이고 사는 건가. 도현도 가끔 생각하긴 한다. 그러나 늘 그렇게 셋 다 형편이 엇물려 돌아가는 것이다.

서현네가 부엌으로 들어갔다.

도현은 안방으로 들어가 점퍼를 벗어 걸고 아랫목에 벌렁 누웠다. 어머니와 아버지의 살림살이들이 눈에 들어온다. 자식들 가르치느라고 집 안의 살림살이는 그가 태어나던 당시보다 눈곱만큼도 나아진 데가 없었다. 한일어업협정 뒤, 평생을 부리던 작은 배마저 어장이 줄어 승산 없다고 아예 팔아 버리고, 두 분은 이제 암울한 노년으로 걸어 들어가고 있었다. 횃대에 걸린 낡고 초라한 옷들이 저녁 빛을 받아 더욱 퇴색한 빛깔로 갈피를 드러냈다. 서울 가면 형을 만나 언제 한번 얘기를 나누고 싶었다. 현재 자신들의 삶과, 어머니 아버지의 일생에 대해서.

가물가물 졸음이 찾아왔다.

볼이 발그레 통통한 상호의 얼굴이 눈앞에 어른거린다. 그때요, 학교 끝나고요, 은철이가 집에다 책가방을 놔두고요, 전자오락실 갔다 왔거든요……. 아이는 귀엽고 천진했다. 열 살. 열 살 아이가 얼마나 거짓을 은폐할 수 있을까? 얼마나 오래 그 상황을 끌어갈 수 있을까? 만일 아이 쪽에 진실이 있다면?

아이는 열네 살 미만이라 어쨌든 법적인 처벌을 받지는 않는다. 그러나 결백하다면 평생 치명적인 누명을 쓰고 살아가야 할 판이었다. 사람들은 기회만 있으면 검은 족쇄를 채우리라. 자신의 일곱 살이 아슴푸레 흔들린다. 수초처럼 천천히, 유연히 흔들린다. 아무도 힐난하진 않았지만……. 수많은 눈동자들. 흙더미에 눌렸던 것 같은 기분. 돌덩이들이, 바윗덩이들이 마구 굴러 내린다. 그는 그것들을 피하려 씩씩거리며 도망다닌다.

「애, 애, 밥 먹어라. 원, 가위눌렸나?」

서현네가 아들을 흔들었다.

도현은 풀썩 일어나 밥상 앞에 앉았다. 누운 지 30분도 안 된 것 같은데 밥상에는 생미역국에 가오리 조림, 금방 무친 듯한 겉절이와 도다리회 등이 올라 있었다. 그가 좋아하는 반찬들이었다. 오랜만에 어머니의 솜씨 앞에 앉았으면서도 그는 눈을 슴벅이기만 했다.

「무슨 걱정 있냐?」

서현네가 아들의 설뚱한 낯색을 바라보며 물었다.

「아녜요. 잠이 덜 깨서 그래요.」

도현은 수돗가에 가서 벅벅 세수를 하고 돌아왔다. 비로소 음식 냄새들이 코를 통해 위장의 점막들을 자극했다. 그는 수저를 들었다.

그래, 무리하게 진실에 접근하려 하지 말고 문제의 현장 속에서 어쩔 줄 모르는 사람들의 모습을 담담히 담자고 해야겠어. 상호의 아버지, 어머니, 상호, 친구들, 담당 형사, 이웃들……. 그러다 보면 진실에 접근할 수 있을지도 몰라. 못하더라도 그런 특수한 상황 앞에 선 사람들의 모습을 순간 포착하는 건 의미 있는 일일 거야. 거기에서만도 뭔가를 느끼기는 하겠지. 시청자들의 공감을 얼마나 끌어낼 수 있을지는 미지수지만. 노력해 볼밖에. 그렇게 하자고 해야겠어.

마음을 정리하자 한결 숟가락이 가벼워졌다. 도현은 석연치 않은 점들을 머릿속으로 짚어 나가느라 음식이 어디로 들어가는지도 몰랐다.

「숟가락질은 탐스러운데, 왜 그렇게 야위는지, 원…….」

서현네가 말끔하게 비워진 아들의 밥그릇이며 찬그릇들을 바라보며 끌끌 혀를 찼다.

「어머니, 저 좀 나갔다 올게요. 늦으면 그냥 주무세요.」

「그래라. 얼마나 오랜만에 왔는데. 리조트에 가련?」

「예, 털보 형 아직 거기 있지요?」

「있고말고. 잘되나 보더라.」

「터미널 근처예요?」

「그래, 거기서 울진 쪽으로 커브 돌아가다 보면 천막 교회 같은 것들 있지 않니? 모래벌판 쪽으로 푹 꺼진 데. 거길걸?」

「다녀올게요.」

도현은 자전거를 타고 시가지를 질러 터미널 쪽으로 향했다. 시가지라고 하지만 사실은 여긴 면 소재지였다. 그러나 인근에 원자력 발전소가 들어서고 온천이 개발되고 그 부속 인구가 유입되면서 작은 포구였던 마을은 어느덧 도시처럼 변해 버렸다. 그가 떠날 때도 모양새가 낯 뜨겁긴 했지만 이제는 아주 노골적으로 낮도깨비 같은 유흥 도시를 흉내 내고 있는 것이다. 아직 철 이른 저녁이건만 삼거리 주변은 온통 번쩍번쩍한 네온들로 들썩거리며 사람들을 유혹해 들였다. 도현은 입맛을 쩝쩝 다셨다. 인구와 소비가 폭증하면서 항구가 활성화된 것까지는 좋은데, 퇴폐 문화가 먼저 들어와 한 집 건너 한 집 식으로 단란주점이며 티켓 다방, 숙박업소가 즐비했다. 어깨 끈을 드러내거나 뒤꿈치가 터진 힐을 신은 여자들이 거리를 요염하게 활보하고, 어판장도 배들도 덩달아 흥청거리고, 그랬저니 다이

너스티, 엔터프라이즈 같은 대형차를 탄 사람들이 수도 없이 돌아다니고, 공기 중에 슬렁슬렁한 유흥의 기운이 넘쳐 났다. 마을 사람들은 그저 서로 얼굴만 마주 보았다. 밤이 되기도 전부터 이렇게 번쩍번쩍 사람을 유인하는 수많은 술집과 러브호텔, 노래방의 네온사인들로 그들은 혼란스럽고 정신이 산란했다. 그들은 할 말을 잃었고, 어떻게 해야 할지도 몰랐다. 소박한 어촌이던 이곳은 불과 10여 년 안팎에 믿을 수 없을 정도로 면목을 일신한 것이다. 도현은 공중으로 시선을 올렸다. 거기에도 빌라트니 하이트빌라니 하는 것들이 대숲을 끊어 먹으며 더넘스럽게 올라서고 있었다. 그는 페달을 힘주어 밟았다. 어판장을 지나 한참 달리자 눈에 익은 옛 집들이 나타났다. 오직 편의에 의해 지어진 단순한 집들이 정겹게 지나갔다. 안방과 건넌방, 부엌, 마당 가의 펌프…… 차도에 나앉은 댓돌에는 신발들이 가지런하고 뒤꼍의 건조대에서는 가자미와 오징어가 말라 갔다. 해풍에 전 얼굴들이 뱃전에서 왁자그르르 웃음을 터뜨렸다. 은행나무 고목을 지나고 용진장을 지나자 왼쪽으로 해변이 너울너울 따라 왔다. 터미널을 지나쳐 국도변의 삼각지로 내려섰다. 빨간 십자가를 등에 꽂은 개척 교회가 국방색 천막을 두른 채 아직도 넙죽 엎드려 있었다. 그 옆으로 집이 몇 채 늘어나 있었고, 약간 위쪽에 조립식 건물이 하나 보였다. 진행하는 방향으로 더 훑어보아도 더 이상 건물이랄 것은 없었고 삼각지가 국도에 붙으면서 사라지고 있어서 필경 그 건물이 털보 형의 리조트가 아닌가 짐작되었다. 도현은 조립식 건물 마당으로 자전거를 들이밀었다. 죽변에 다이빙 리조트를 열었다면 아무리 생각해도 여기밖에 장소가 없었다. 어장들과도 사이가 좀 뜨고, 사람들이 육로를 통해 쉽게 바다로 드나들 수도 있고, 금바위 비치 포인트와도 가깝고…… 자갈 마당 구석에 승합차가

세워져 있었다.

　현관문인 듯싶은 유리문을 두드리자 한참 만에 안에서 인기척이 나고, 곧 문이 열렸다.

「어?」

　도현은 깜짝 놀라 순간 상대의 얼굴을 뚫어져라 바라보았다. 머리가 짧아지고, 조금 절도 있어지긴 했지만 이명이었다.

「너, 이명이 아니야?」

「도현이 형?」

「그래!」

「형이 웬일이야?」

　상대도 놀라서 입을 다물지 못하고 있었다. 도현은 이명이 여기에 있다는 사실이 전혀 납득되지 않았다. 녀석의 집은 서울이 아닌가. 서울하고도 그…… 여러 가지가 한꺼번에 떠오르며 머릿속이 모란 꽃처럼 확 피어났다. 군대에 갔다 왔다고 해도…… 왜 여기에 와 있단 말인가. 그러나 트레이닝복 바지에 러닝셔츠, 맨발인 점으로 미루어 이명은 여기서 기거하는 모양이었다.

「털보 형 리조트인 거 맞아?」

「모르고 왔어?」

「응, 얘기만 듣고 왔지.」

「용하네.」

「뻔하잖아. 리조트를 지었다면 여기밖에.」

　도현은 신발을 벗고 실내로 들어갔다. 홀 겸 상점이라고 할 수 있는 커다란 다다미방이었다. 안쪽 벽에 샘플인 듯한 다이브슈트들이 종류별로 걸려 있고, 유리 진열대 안에는 스쿠버 기재와 소모품들이, 장식장 안에는 의류들이 차곡차곡 쌓여 있었다.

「어떻게 된 거냐?」

도현은 물었다.

「나 여기서 가이드하잖아.」

「여기서? 언제부터?」

「제대하고 이리로 왔어.」

녀석은 그렇게만 말하고 입을 다물었다. 서울 집은? 하고 물으려다가 도현은 고개를 옆으로 돌렸다. 서울 집과 연관 지어 녀석의 얼굴을 바라보자니 가슴 가운데로 피 같은 것이 몰려들며 목이며 얼굴이 뜨거워졌다. 도현은 주머니에서 담뱃갑을 꺼냈다. 저 집 식구들 눈은 왜 저렇게 전부 서늘하게 크단 말인가. 제 누나를 닮은 퀭한 눈을 보자 견딜 수 없는 기분이 되었다. 도둑질하다가 들킨 사람처럼 공연히 몸이 떨렸다. 도현은 담배를 물고 라이터를 켰다. 불을 붙이는 자신의 손이 꼭 남의 손같이 느껴졌다. 참담함에 몸서리를 치던 순간들이 떠올랐다. 수많은 때, 특히 여자랑 자고 났을 때, 급히 핑계를 대고 밖에 나와서, 그는 어두운 골목에 서서 형언할 길 없는 감정과 싸우곤 했다. 어떤 땐 껙껙 울기까지 하며 어둠이 자신을 삼켜 주기를, 아주 먹어 치워 자신의 존재가 없어지기를 차라리 바랐다. 그래, 그걸 참담함이라고밖에는 표현할 수 없다. 그는 아직 거기에 걸맞은 다른 단어를 찾아내지 못했다. 2, 30분쯤 지나, 비참하게 공중전화 앞에 서 있는 자신을 그는 번번이 발견해야 했다. 휴대폰으로는 아직 그녀에게 전화해 본 적이 없었다. 왠지 모른다. 아마도 처음에, 몽정을 하던 시절부터 공중전화기 앞에 서 있곤 했기 때문일 것이다. 물론 한 번도 대화를 주고받은 적은 없었다. 여보세요, 여보세요……. 그녀의 목소리를 몇 번 듣고서는 마음을 가라앉히며 밝은 데로 나오곤 하였다. 방송사에 들어간 뒤에도, 지방으로, 외국의 오지로 다니며 정신없이 일에 빠져 있다가도, 끝막음을 하고 숙소에 들어 모처럼 샤워를 하고 깊은 잠을 자고 난 다음이면, 여지없이 그의 의식은 서울의 한 지점으로 날아가곤 하였다. 푹신한 침대에서 모두 곯아떨어져 자는데 혼자 부스스 일어나 무심히 창밖을 내다보다가, 돌연 자제할 수 없이 울먹울먹한 기분이 들고, 가슴 한가운데가 둥그렇게 아파 오고, 그것이 점점 심해져 나중에는 무슨 증세처럼 온몸에 피가 꽉 멎는 순간이 왔다. 정말로 피가 꽉 멎은 듯 얼굴이 납빛으로 변하며 숨을 쉴 수가 없었다. 그는 진땀을 흘리며 급체한 사람처럼 헐떡였다. 그러다가는 결국 로비로 내려가 다이얼을 돌리곤 했다. 여보세요? 여보세요, 여보세요……. 그녀의 목소리를 듣고 나면 숨통이 좀 트였던가. 곧 응답할 수 없는 자신의 처지가 깨달아지며, 그녀와 자신 사이의 까마득한 거리가 절망스럽게 떠오르고, 서울과 지방이라는, 혹은 서울과 외국이라는 물리적인 거리가 한편으로는 그를 안도시켰다. 어쨌든 금방 다가갈 수 없는 공간이 가로놓여 있으니까. 그렇게 바보같이 굴다가 들켜서 놀림감이 된 적도 많았다. 야, 유부녀냐? 뺏겼어? 못난 놈. 혀를 차면서도 선배들은 어깨를 쳐주고, 술을 사주었다.

연기를 후우 내뱉으며 도현은 이명의 어깨 너머를 바라보았다. 녀석도 담배를 피우고 있었다. 흡연량이 많이 준 것 같았다. 검지와 중지 끝마디에 담배를 슬쩍 걸고 있는 점도 그랬고, 연기를 별로 들이켜지 않는 것도 그랬다. 도현이 피우니까 덩달아 대연하는 것 같았다. 참 많이도 피워 대더니, 군대에서 버릇을 고쳤나. 도현이 대학에 다닐 때까지는, 군대에서 휴가 나왔을 때에도 기회만 나면 이 녀석과 같이 뒹굴었고, 갖은 짓을 함께 도모했었다. 스쿠버다이버가 되겠다고 '오픈 워터 코스'니 '스페셜티 코스'에 참가해 인정증을 따낸 것도 그 무렵의 일이었다. 그러나 많은 시간이 흘러갔고, 지금 녀석은 남처럼 서먹하게 떨어져 앉아 있었다. 현재의 녀석에 대해 도현은 아무것도 아는 게 없었다. 퀭한 눈, 훌쭉한 볼, 짧게 깎은 스포츠 머리……. 녀석이 새삼스럽게 객관적으로 보였다. 스마트한 용모라고 할 수 있었으나 녀석은 무표정했고, 그 심도가 깊었다. 편안치 못한 심정을, 아우성치는 갈망을 무표정이라는 가면으로 아예 덮어쓰고 있는 것 같았다. 그런 지 오래된 것 같았다.

도현은 원래 녀석의 형인 이태와 친구 사이였다. 이태는 녀석보다 훨씬 더 선이 굵고, 남자답고, 보스 기질도 강했다. 열일곱의 나이에 먼저 가고 말았지만.

도현이 이명과 함께 뒹굴었던 건 아마 무의식에서 녀석을 이태의 분신으로 여겼기 때문인지도 모른다. 지금 문득 그런 생각이 든다. 또한 도현은 그들의 누나를 사랑했으니까. 그에게는 이명이, 가고 없는 이태와의 애석한 끈이었다.

올해의 첫날이 떠오른다. 1999년이 시작되는 그 첫 순간에 도현은 태국의 치앙마이에 있었다. 다른 다큐팀에 차출당해 고산족이 사는 치앙마이의 산간 마을에 가서, 전기와 문명에 관한 프로그램의 일부를 촬영했던 것이다. 전기가 들어오게 되면 이러저러한 단계를 거쳐 문명 세계에 결국 적응하게 되고, 돈의 필요성이 생겨나며, 돈을 벌기 위한 매춘이 즉각 파생된다는 화면 내용을 간단히 메모해 놓고 자리에 들었다. 잠이 오지 않았다. 시계 소리가 착착착 의식을 파고들었다. 온통 난리가 났을 서울의 모습이 훤하게 연상되었다. 세종로며 종로통에 흘러넘칠 인파며 숨도 쉬지 못할 흥분, 끼리끼리 모여든 젊은이들, 연인들, 그들의 들뜬 분위기, 희망, 소원 들……. 그 순간 기침 같은 것이 느닷없이 기도를 타고 올라왔다. 퍽, 하고 그는 급한 호흡을 토해 냈다. 토하고 보니 그건 폭탄이었다. 아니, 용기였다. 그 여자를 만나자! 서울에 가자마자 그녀를 찾아가자! 이제 더 이상 기다리지 말자! 무모하게 토해 놓은 폭탄에 어이가 없어서 그는 한참 동안 허허 실소했다. 글쎄, 누가 찾아갈 줄 몰라서 안 찾아가나. 또 그런 걸 시도해 보지 않았나. 그가 두려워하는 것은 그녀의 단호함과 그를 향한 혐오감이다. 이건 지금까지 어떤 방법으로도 뚫을 수 없었던 철옹벽이었다. 그녀의 단호함. 그건 도무지 설명이 불가능하다. 염라대왕도 핑 날아갈 만큼 칼바람이 도니까. 그녀의 혐오감에 대해서는, 원인 제공을 그가 했으므로 감내하는 수밖에 없는 입장이다. 그가 기다리는 것은 오직 시간이다. 다른 방법이 없었다. 시간…… 시간이 가면……. 그런데 뭐 어줍게 찾아가자고? 그래서 될 일인가? 그러나 그녀는 올해 서른세 살이 되었고, 여전히 애인이 옆에 있으며, 이대로 흘러가다가는 영원히 구름 위로 날아가고 말 것이었다. 그렇게 되면, 그렇게 되면…… 모든 게 끝장이었다. 아니, 속마음을 말하자면 그렇더라도 그는 끝장이라고 생각하지 않고 있었다. 몇 년이 걸린다 해도, 수십 년이 흐르더라도 어떤 형태로든 그는 그녀를 사랑할 것이었다. 사람들이 용납할 수 없는 방법으로라도 그는 그녀를 소유할 것이었다. 사랑이 소유인가, 하는 문제에 대해서 그는 대답할 말이 없다. 그는 철학을 전공한 위인이다. 사랑의 형이상학에 대해서 얼마든지 긴 설전을 펼칠 수 있다. 멋지게, 세련되게. 성(性)의 굴레를 넘어서서. 사랑학의 세계적인 권위자라 해도 응대할 자신이 있다. 그러나 그녀를 향한 자신의 감정은 어쩔 수가 없다. 그는 그녀와 같이 있고 싶었고, 한 침대에서 같이 잠자고 싶었고, 한 방 안에서 살고 싶었다. 동그란 눈두덩과 작고 예쁜 발을 마음껏 만져 보고 싶었다. 이 오랜 바람을 도저히 버릴 수가 없었다. 그는 어려서부터, 언제부터인지 가늠하기 어려운 시점부터 그녀를 사랑해 왔다. 아마 처음 본 순간부터. 운명이라는 말이 있다면 단연코 그녀와 자신 사이에 사용되어야 한다고 도현은 생각한다. 그러나 그녀는 그와는 생각이 달랐다. 그라는 인간을 이무기쯤으로 생각하고 있는지도 모른다. 아마 그럴 것이다. 때문에 그의 사랑은 번번이 좌절당해 왔고, 그는 불안의 끝에 몰려 있었다. 치앙마이에서 도현은, 한 해가 가고 또 한 해가 시작되는 것을 느끼며, 대자리에 모로 누워 스물아홉이라는 자신의 나이를 꺼내어 만져 보았다. 비릿하고 슬펐다. 청춘의 끝자락에 선 듯한 느낌이었다. 자신의 사랑을 도모할 마지막 기회 같았다. 불가능해 보이던 것들이 반짝반짝 희망으로 다가왔다. 그는 침을 삼키고, 마음을 다잡아 먹었었다. 돌아와서 아직까지 아무런 행보도 떼놓지 못했지만. 그때의 결심 탓이었을까. 왜 여기서 느닷없이 이명을 만난단 말인가.

「집에서 너 여기 있는 거 아냐?」

죽변에 아직도 발을 디디고 있는 것을 알면 생야단이 났을 것 같아서 도현은 물었다. 그 집 식구들의 얼굴이 하나하나 머릿속으로 지나가며, 고향에 대한 그들의 감정이 지금쯤 어떤 곡선을 그리고 있을까 궁금해졌다. 이명이 대답을 피했다.

도현은 화제를 바꾸었다.

「털보 형은?」

「지금 현내 리조트에 갔는데 조금 있으면 올 거야.」

「현내에도 리조트가 있어?」

「응, 여기하고 두 군데야.」

하긴 이쪽 하나로는 좀 단출하리라 싶었다. 서울이나 다른 대도시에서 여기까지 와 다이빙을 즐기고 가기에는, 상당한 거리에 비해 다이빙 코스가 단순할 것 같았다.

「잘된다며?」

「그런대로 되나 봐. 주말에는 사람들이 많이 와.」

잘돼야지, 하고 도현은 생각했다. 홀에 진열해 놓은 다이빙 기구들을 새삼스럽게 둘러보았다. 털보 형은 현실적인 계산에 빠른 사람이 아니었다. 취미 따라 직업을 선택했다가 고생깨나 한 축이었다. 어떻게 개업했는지는 모르지만 손에 쥔 돈도 없을 터였다. 집안에서 각출을 해서 투자했거나 스폰서가 나타났겠지만, 두 경우 다 형에게는 족쇄일 것이었다. 모르긴 몰라도 아직 손익 분기점을 넘어서기 전 같은데, 영업이나 경영 쪽의 마인드보다는 다이빙에 대한 열정만으로 돌진했을 털보 형이 선하게 떠올랐다. 하긴 그 열정 때문에 자신과 이명이 다이빙을 배웠지만.

「너 혼자서 가이드하기 어렵지 않아?」

도현은 이명을 쳐다보았다.

「인원들 있지. 황 부장하고 이 주임이라고.」

「울진 것도 털보 형이 직접 하는 거야?」

「응, 여기서 하고 난 뒤 사람들을 그리로 데리고 가. 거긴 연 지 얼마 안 됐어.」

현내항은 울진의 유일한 항구였다. 거기에 제2의 리조트를 열어 다이빙 코스와 재미를 늘리는 모양이었다.

「휴가야?」

이번에는 이명이 그를 쳐다보았다.

「아냐, 요 근처까지 뭐 조사하러 왔다가 잠깐 들렀어.」

「일은 어때?」

「정신없지.」

이명은 가만히 고개를 숙였다. 도현은 뭔가 변명하고 싶었다. 그래, 살다 보니……. 아니었다. '너무 바빠서 숨 쉴 틈도 없었어'라고도 말하고 싶었다. 그러나 어떤 말로도, 모든 것이 변명이었다. 한 콩깍지에 든 콩알들처럼 같이 뒹군 것이 믿어지지 않을 정도로 그는 연락을 끊고 지내 왔다. 사실, 자신이 서울에서 직장을 잡았고 이명도 군대 생활을 했으니, 만나기는 어려웠을 것이다. 그러나 성의가 있었으면 연락이야 한두 번 할 수 있지 않았겠는가. 그러지 못한 것이 민망했다. 아무리 경황이 없었다고는 해도.

「나, 취직하고 나서 처음 내려오는 거야.」

「알아.」

이명이 빙긋 웃었다.

「마을이 많이 변했더라.」

「하루가 달라. 이젠 아주 도시지?」

「도시치고도 화려한 도시지.」

「근데 형은 많이 말랐네. 아까 처음 보는데 긴가민가했어.」

「그렇게나 달라 보여?」

딴은 몸무게가 12킬로나 줄었으니……. 오래전에 본 사람들은 딴판으로 느낄지도 몰랐다. 주위 사람들은 익숙해져서 이제는 아무 말도 하지 않았다. 몸 상태는 전보다 더 강건해진 것 같은데도 긴장 탓인지 업무량 때문인지 몸무게가 표 나게 줄어 버린 것이다. 이제 더 이상은 줄지 않아 군살이 다 빠졌구나, 안심하고 있었다. 그는 키가 큰 편이어서 과거에는 체중깨나 나갔었다.

「길에서 무심코 지나쳤으면 모를 뻔했어.」

「그래?」

도현은 사실 좀 놀랐다. 그 정도란 말인가. 부모님을 빼고는 지금 그의 모습에 대해서 입을 여는 이가 없었다. 오히려 건강해졌다는 그의 말에 그렇구나, 여기고들 있었다.

「힘들어?」

녀석의 눈빛이 지그시 올라왔다. 옛날처럼. 그의 속내를 읽어 내려는 것이리라.

「처음엔 많이 힘들었지. 이젠 몸에 익었어.」

「그래도…… 재미는 있지?」

중간에 사이를 두었다가 그를 바라보는데, 녀석의 눈동자에 순간 번쩍임이 지나갔다. 여기에 있는 게 양에 차지 않구나, 무척 돌아다니고 싶구나, 도현은 알아차렸다. 하긴 원래 지루한 것을 못 견뎌 하며 좌충우돌하던 애가 아닌가. 묻고 싶은 말이 연이어 혀에 뱅뱅 돌았으나 도현은 뱉어 내지 못했다. 가이드하는 일이 어떠냐, 장래성은 있느냐, 밥벌이는 되느냐, 정작 네가 하고 싶은 일은 뭐냐……. 그런 말들을 지금 물어봤자 녀석은 심정만 상할 것이었다. 하고 싶은 일이 있다고 해도 마음대로 되겠는가. 지방 어디에서 전문대를 졸업했거나 중퇴했을 이력을 가지고 제대 후 여기저기 기웃거려 보다가 여의치 않자 결국 이리로 들어온 것이리라. 서울 집으로는 가기 갑갑했을 테니까. 이곳의 생활이 녀석한테는 현실일 것이다. 어떻게 생각하면 다이버도 젊어서 한때 직업으로는 좋을 거고, 아니 요즘은 평생 직업으로도 유망할지 알 수 없다. 전 국민 레저 시대가 아닌가.

사람이라는 사회적 동물은 돌변한 환경을 금방 받아들일 수 없는 것 같았다. 그런 느낌이 무겁게 도현의 가슴을 눌렀다. 세상은 고르지 않았고 스스로 느끼는 것 또한 천차만별이었다. 중학교만 나오고서도 철가방을 들고 다니며 희희낙락 즐거울 수 있는 사람이 있는가 하면, 녀석처럼 자기가 하는 일이 꼭 옛날 저희 집 마당쇠의 일처럼 여겨져 비참할 수도 있을 것이다. 다이빙 가이드라는 것은 도리를 지키지 않을 수 없는 직업이어서, 고객이 아무리 재수 없게 굴어도 실전에서는 목숨이 달린 일이므로 철두철미하게 뒤를 봐주지 않을 수 없는 것이다. 더구나 요즘은 돈푼이나 있다고 꺼떡대는 위인들이 좀 많은가. 그런 입장에서 녀석은 허구한 날 치사한 꼴에 치여 살 테고, 동네 사람들한테도 청못집의 막내아들이 대학도 못 나오고 다이빙 손님들 치다꺼리나 한다고 동정받을 것이었다. 아무튼 녀석에게는 좀 더 시간이 필요하다고 생각되었다.

「집엔 더러 가니?」

도현은 감정을 집어넣지 않으려 애쓰면서 풀어진 어투로 물었다.

「지난번에 누나가 맹장 수술을 해서 한번 갔는데, 이미 퇴원하고 없었어. 병원 앞에서 그냥 돌아와 버렸지.」

「맹장 수술을? 왜 그냥 왔어?」

그 여자에 대한 애기였다. 맹장 수술을 했단 말인가. 푸른 환자복을 입고 병상에 누워 있는 그녀의 모습이 환영처럼 떠올랐다.

「엄마나 형 만나 봐야 또 잔소리지, 뭐. 나중에 누나 작업실로 따로 가려고 해.」

그녀의 작업실. 들어가 본 적은 없지만 여러 번 그 바깥에서 서성였었다. 두세 번은 그녀를 설핏 보기도 했다. 그녀가 졸업한 대학 앞의 비좁은 골목 안에 있는 허름한 빌딩의 1층이었다. 그 작업실을 그녀는 친구와 함께 쓰는 눈치였다. 그녀는 화가였다.

「형은 여자 없어?」

녀석이 그의 마음을 헤아리듯 불쑥 물었다.

「없어, 임마. 밥 먹을 시간도 없는데.」

녀석이 입아귀를 귀 쪽으로 빵긋이 올렸다.

「나 여기서 자도 되냐?」

그가 슬쩍 엉기자, 되지, 그럼, 하며 녀석은 비로소 낙락한 얼굴이 되었다. 그러나 나이 탓인지 흘러간 시간 탓인지 옛날처럼 감겨 오지는 않는 듯해서 조금 서운했다. 말수도 줄고, 점잖아져 있다는 느낌이 들었다.

물이 점점 차 내려왔다. 그는 방 안에 누워 있었는데, 물이 천장에서부터 시작해 벽시계를 지나, 창문을 지나, 침대 가까이까지 차 내려왔다. 이상한 일이었다. 그는 항상 정상적으로 누워 있었지만 물은 아래로부터 차오르는 것이 아니라 위에서부터 차 내려오곤 했다. 중력이 반대로 작용해 하늘에서 땅으로, 천장에서 방바닥으로 내려오는 것이다. 그는 조마조마해서 온몸을 긴장시키며 물을 기다렸다. 수면이 출렁대며 가까이 다가올수록 긴장이 고조되어 가슴이 파열할 것 같았다. 물은 곧 그를 덮칠 것이다. 그는 두려워 떨면서도 다른 한편으로는 애타게 물의 촉감을 기다렸다. 빨리, 빨리……. 그는 물에 대비하며, 또 물을 덮어쓰는 순간의 짜릿한 쾌감을 맛보려고 한껏 벼르고 있었다. 물은 어김없이 점점 아래로 차 내려왔고, 드디어 그의 코를 적시고, 입과 이마를 적시며, 가슴과 다리에서 찰랑댔다. 그는 팽창되었다. 천장에 뿌리를 박은 수초들이 그의 얼굴을 간질이며 아래로 한들거렸다. 그는 물을 향하여 한껏 얼굴을, 입술을, 가슴을, 아랫도리를 내밀었다. 온몸을 풍선처럼 부풀려서 물속의 무엇인가에 닿고자 했다. 이윽고 그 무엇인가가 손 안에 잡혔다. 그는 끌어당겼다. 인어 같기도 하고 솜방망이 같기도 한, 부드럽고도 감미로운…… 절대로 놓쳐서는 안 되는…… 어쩐지 통곡하고 싶은 기분이 들도록 서글픈……. 그는 그 형체를 끌어안고 미친 듯이 입 맞추고 애무하며 몸을 비비적거렸다. 갑자기 파도가 요동을 치며 그를 휘덮었다. 아, 아…… 안 돼! 그는 숨을 푸푸대며 소리를 질렀다. 안 돼, 안 된다니까! 안 돼! 누나……. 그는 거의 흐느껴 울며 안고 있던 형체를 부둥켜 잡았다. 그러나 물의 힘은 막강했고, 인어는 물에 휩쓸려 떠내려가 버렸다. 순식간이었다. 안 돼, 안 돼! 안 돼……. 그는 가위눌려 버둥대다 잠이 깨었다. 식은땀이 이마에 배어 있었다. 또 그 꿈이었다. 1년에 한두 번씩 꾸는 익숙한 꿈. 오랜만에, 다시 이 꿈으로 돌아오고 만 것이다.

매번 조금씩 조금씩 다르기는 해도, 늘 물은 위에서 아래로 차 내려오고, 인어 같은 그 형체는 울먹울먹해지도록 애석하게 그의 품을 빠져나갔다. 마음껏, 양껏 품어 보기도 전에 엄청난 물살에 휩쓸려 가버리고 마는 것이다.

사방은 캄캄했고, 조용했다.

잠 끝의 여운에 몸을 맡기고 도현은 얼마간 떠내려갔다. 아직 한 밤중일 것이다. 몇 시나 되었을까. 아른아른한 반수면 속에서 물은 완전히 자신을 삼키고 매트리스를 적신 뒤 침대 아래로 내려가고 있다. 조금 있으면 방바닥에 닿으리라. 방바닥까지 물이 꽉 차기만 하면 상황은 끝나는 것이다. 앞뒤 정황은 알 수 없지만 꿈속 느낌은 매양 이렇게 끝을 예감하며 위태위태했다. 물이 꽉 차기만 하면 죽음과도 같은 순간이, 아마도 '죽음'이 오리라는 것을 그는 알고 있었다. 그러나 아직 한 번도 끝까지 물이 차본 적이 없었다. 그저 방바닥에 닿을락 말락 하다가 잠이 깨는 것이다. 어떤 때는 차라리 그 마지막 순간에 닿고자 몸을 퍼덕이며 발악한 적도 있었다. 바닥에는 알싸한 감미로움이, 그것과 동격인 죽음이 자리하고 있었다. 그는 거기에 닿고자 애쓰면서도, 또한 거기에 닿을까 봐 겁을 내고 있었다. 언제나 그런 상태였다.

감미로움과 죽음……. 욕망과 죄의식…… 죄책감과 본능, 그리고 죽음…….

그는 가슴을 둥그렇게 쓸었다. 목이 컬컬해졌다.

조금 전 품 안을 빠져나가던 말랑한 형체가 아직도 감각으로 남아 있었다. 뭉클한 그 존재가 다시 간절하게 아쉬웠다. 그는 일어나 천천히 담배를 피워 물었다. 연기를 깊이 빨아들여 폐를 뻐근하게 어루만진 뒤 천천히 토해 냈다. 가슴 저 안쪽에서 낙락한 외로움이 밀려왔다. 언제나 그의 것이었던, 익숙하고도 조금은 달착지근한 외로움이었다.

그는 창가로 갔다.

이명은 세상모르고 잠들어 있었다. 희뿌연 빛이 들어와 허공을 휘젓다가 사라졌다. 심야의 국도를 달리는 트럭들이 내쏘는 헤드라이트 불빛이었다. 그는 검은 바다를 내다보았다. 바다는 묵직이 저 아래서 뒤척였다. 아직도 품 안에 남아 있는 온기가, 그 미묘함이, 바람처럼 스쳐 간 무엇인가가 점점 더 절실하게 그리워졌다. 견딜 수 없는 기분으로 그는 담배를 뻑뻑 피워 댔다. 지금까지 10년 이상, 10대와 20대 내내 그는 이 아쉬움과 싸워 왔다. 특히 이런 밤중에, 익숙한 꿈에서 깨어나 막막하고 나른한 외로움과 마주할 때면, 자기의 인생이 뙤약볕 아래 타 들어가는 한 그루 나무 같았다. 습기가, 촉촉함이, 물기가 그리워 미칠 것 같았다. 그는 밤중에 일어나 독주도 마셔 보고, 정신없이 책을 읽어 보기도 하고, 하다못해 과일 같은 것도 먹어 보았다. 술은 아무리 많이 마셔도 취하지 않았고, 따라서 술로 잠을 잘 수는 없었다. 책도 페이지만 후닥후닥 넘어갈 뿐 내용이 제대로 머리에 들어오지 않았다. 그러나 과일을 먹노라면 약간의 안정이 찾아왔다. 사과 같은 것을 한 입 베어 우적우적 씹으면, 그 소리가 귀에서 요란하게 나고, 밤의 고요함이 느껴지면서 갈증도 욕구도 외로움도 조금은 가셨다. 그는 곧잘 자기 전에 책상 위에 사과나 복숭아를 한두 알 놓아두곤 했다. 한밤중에 일어나 과일을 먹는 그의 행위를 보고 하숙집 친구들은 성욕과 연관 지어 얄궂게 농담들을 했지만, 사실은 그들의 해석처럼 간단치 않았다. 어쨌든 취직을 해서 업무에 몰두한 뒤로는 그런 상태에서 벗어났다고 스스로 자위했었다. 그런데 고향에 오자마자 느닷없이 물이 차 내려오는 그 꿈이 또 나타난 것이다.

재떨이에 꽁초가 세 개나 눌어붙어 있었다. 담배를 끊으라고, 죽고 싶으냐고 말하는 소리들이 귀에 쟁쟁했다. 그러나 어떻게 담배를 끊는단 말인가. 이런 순간 담배마저 피워 물 수 없다면 도대체 이 간절함을 어떻게 견딘단 말인가.

도현은 스물아홉이라는 자신의 나이와 남자의 인생, 성생활에 대해서 생각했다. 아무것도 확실히 알 수 없었다. 이대로 가는 건가. 어떻게 하나……. 그는 충동적으로 스쿠버 장비를 찾았다. 이명이 벗어 놓은 다이브슈트가 횃대에 걸려 있었다. 그는 본능처럼 물속을 떠올렸다. 오랜만에 그 아늑함 속으로 빠져 들어가 무념무상으로 유영하고 싶었다. 장비들을 끌어 모은 뒤, 재떨이에 걸쳐 놓은 담배를 집어 한 모금 더 깊게 빨아들였다.

「그만 좀 피워. 너구리 잡아?」

이명이 얼굴을 찡그리며 돌아누웠다. 그는 녀석의 발치에서 유닛을 조립했다. 다이빙 장비들을 물속에서 단번에 착용하기 위해 미리 지게 모양으로 맞춰 끼우는 것이다. 탱크(산소통)까지 떼내 가져오자 녀석도 눈치를 챘던지, 신호 라이트 잊지 마, 하고 구시렁댔다.

　제놈과 둘이서 페어가 되어 물속을 드나들던 때가 생각나는 모양이었다. 스쿠버 다이빙은 언제나 두 사람이 한 조가 되어 물속으로 들어가도록 되어 있는데, 페어끼리는 신호 라이트로 항상 서로의 상태를 살피는 게 상례였다. 돌발 상황이라든지 예측할 수 없는 사고에 대비하기 위해서였다. 물속은, 아무리 능숙한 다이버라 해도, 지상만큼 안전한 곳이 아니었다. 인간은 물이 아닌 뭍에서 살도록 수백만 년 동안 진화해 왔으니까. 기기와 단련을 통해 그저 잠깐 물고기 흉내를 낼 뿐인 것이다.

「네놈이 거기서 그렇게 자고 있는데 신호 라이트 깜박대 봐야 소용이나 있냐?」

그는 퉁을 주었다.

「그래야 시체라도 찾지.」

놈도 지지 않고 받아 쳤다. 마음을 놓고 있다는 증거였다. 한방에서의 잠자리로, 그동안 버성기던 사이가 꽤나 유연해진 것 같았다.

북어처럼 뻣뻣하게 말라 버린 이명의 웨트슈트를 걸어 내려 몸에 꿰려다가 이것으로는 좀 춥지 않을까, 도현은 생각했다. 밤바다가 으스스하게 떠올랐다. 4월 초지만 지금은 새벽이고, 이곳 동해안의 수온은 매우 낮을 것이다. 이명이야 대낮에 매일처럼 드나들었을 테니 이 웨트슈트로 족했을지 모른다. 그러나 그는 요 근래 전혀 물속에 드나들지 않은 것이다. 물속 저 안이야 물론 따듯하지만 외기가 차가울 때의 수면은 급속도로 체온을 앗아 간다.

「야, 나 저 드라이슈트 입는다?」

그는 선반 위에 개켜져 있는 드라이슈트를 꺼냈다. 물이 약간 스며들게 되어 있는 합성 고무의 웨트슈트보다는 보온력이 좋은 겨울용 슈트였다. 팔다리를 집어넣고, 옷을 뒤로 끌어당겨 등 지퍼를 채

왔다. 유닛과 핀을 들고 아래층으로 내려갔다. 아래층에는 주방과 식당이 있었고, 식당 앞이 시원스럽게 바다로 트여 있었다. 그는 문을 열고 해변으로 나갔다.

파도가 제법 일고 있었다. 바다 속에 걸어 들어가서 핀을 신기는 틀린 일이었다. 이 물갈퀴란 놈은 일단 신으면 앞으로 걸을 수가 없고 뒤로 한 걸음 한 걸음씩 떼어 놓아야 하므로 이동이 느리고 둔하다. 유닛이 무겁기 때문에 물이 유닛을 받쳐 줄 만큼 깊어질 때까지는 빨리 이동하는 것이 좋은데, 그러자면 핀을 손에 들고 일정 깊이까지 걸어 들어가서 재빨리 신고 헤엄쳐 가는 게 요령이었다. 그러나 파도가 일 때는 중간에서 핀을 신을 수가 없었다. 도현은 모래사장에 털썩 주저앉아 순한 파도가 오기를 기다렸다. 처얼썩처얼썩 와서 부서지던 파도가 잠시 잦아들었을 때, 그는 유닛을 지고 재빨리 호흡기와 마스크를 장착한 뒤 물갈퀴까지 아예 신고서 뒷걸음질로 물속으로 들어갔다. 물이 허리 위로 차오르자 유닛이 뜨면서 몸이 안정되었다. 조금 더 들어가 몸을 앞으로 돌려 물속으로 미끄러져 들어갔다. 핀을 번갈아 놀려 점점 더 물 아래쪽으로 헤엄쳐 들어가자 잠수 포인트가 보였다. 계기들을 점검하고 마스크를 고쳐 쓰고 잔압계를 확인한 뒤 수직 자세로 잠강했다. 천천히, 비시(부력 조절기)에서 공기를 빼면서 물을 들어 올리듯이 팔을 위로 뻗어 속도를 조절했다. 밑으로 내려갈수록 수압이 높아지면서 귀가 먹먹해졌다. 그는 입을 다문 채 코를 손으로 쥐고 조용히 콧숨을 내쉬어 귀를 틔워 주었다. 마스크 안의 기체의 양도 늘렸다. 물속에서는 10미터 아래로 내려갈 때마다 1기압씩 증가하므로 몸 안의 부비강이나 중이(中耳), 폐 등이 수압에 찌부러지지 않도록 세심하게 압력을 조절해야 한다. 스쿠버 다이빙이란 말하자면 이런 기기들과 인체의 조건을 잇는 기술이요, 그런 훈련에 대한 몸의 적응이었다. 그는 안면과 가슴, 복부에 통증이 생기지 않도록 주의하면서 서서히 해저로 내려갔다. 바닥에 가까워진다는 느낌이 오면서 슈트가 압축되고 부력이 감소했다. 그는 부력을 보충해서 중성 부력으로 만들었다. 물에 뜨지도 가라앉지도 않는 중성 부력 상태라야만 물속에서 자유자재로 떠갈 수 있었다. 바닥이 보이자 발끝으로 해저를 짚고 약간 튀어 오른 뒤 옆으로 천천히 유영해 가기 시작했다. 이마에 부착한 수중 랜턴이 바다 속의 시계를 밝혔다. 발광눈을 가진 심해어처럼 그는 해초들 사이를 유연하게 미끄러져 나갔다. 플랑크톤과 부유물들이 반짝반짝 빛나고, 물이 그를 향해 밭이랑처럼 흘렀다. 장비들이 온몸을 죄고 있는 데다 수압이 높아서 머리가 멍한 상태지만 도현은 깊은 생각을 할 수 없는 이런 순간을 오히려 즐긴다. 이 순간에는 곱하기나 나누기 같은 것을 할 수 없고, 고민도 회상도 할 수 없다. 간단한 한 자릿수의 덧셈이라면 모를까 더는 머리가 작동되지 않는 것이다. 떠오르는 생각이 거의 없고, 과거의 기억들도 상처들도 희미하기만 하다. 그는 그저 물에 몸을 부리고 자연 상태로 떠간다. 머릿속은 백지 상태로 하얗게 비워져 있다. 그는 유아 같고 태아 같다. 물이 부드럽고도 정겹게, 따듯하고 안온하게 그를 감싼다. 어머니의 자궁 속이 이럴까. 언제까지나 이렇게 한없이 떠가고 싶다. 자신의 실체를 있는 그대로 편안하게 받아 주는 모성……. 아무것도 걱정할 필요가 없고 아무 생각도 할 필요가 없다. 아직 태어나지 않은 모태의 아이처럼 그는 줄을 통해 영양을 공급받으며 무념무상, 아득히 행복하다. 보랏빛 바위가 다가온다. 홍산호, 나무산호, 말미잘……. 고운 모래밭과 낮은 언덕……. 바다 속은 고요하고 고기들은 잠들어 있다. 그는 녀석들을 툭툭 건드려 본다. 어떤 녀석은 파드닥 튀어 달아

나고, 어떤 녀석은 몸체를 잡혔는데도 여전히 잠에 취해 있다. 고기들은 눈꺼풀이 없어서 둥그런 눈을 뜨고도 아주 깊이 잔다. 불빛 속에 드러난 바다 속의 세계는 여름 꽃밭보다도 더 화려하다. 그는 스치는 수초들과 어울리듯 왈츠를 춘다. 시간이 꽤 경과했다는 느낌이 온다. 계기판을 들여다본다. 40분이 지나 있었다. 돌아가야 할 시간. 물 안에서는 어떤 경우에도, 절대로 욕심을 내서는 안 된다. 돌핀 킥으로 속도를 내며 연산호 봉우리를 돌아 잠강했던 지점으로 돌아온다. 인공 어초가 보인다. 제대로 출수 지점을 맞춘 것이다. 그는 손을 위로 뻗으며 가뿐하게 물 위로 솟아오른다. 기기들을 조정하고, 방향을 잡으며 물결의 강도를 살폈다. 해안으로 향하는 물결이 아니었다. 흐름을 거슬러 땀을 빼며 바닷가까지 헤엄쳐 가기는 싫었다. 드라이슈트도 입었겠다, 그는 뒤로 누워 하늘의 별을 바라보았다. 푸른 별빛이 쏟아져 내렸다. 눈이 시렸다. 조금 슬프고, 외로웠다. 혼자 밤바다에 떠 있다는 것도 잊고 그는 한참 동안 망연히 그러고 있었다. 서서히 찬기가 느껴져 왔다. 물결의 흐름을 다시 살폈다. 밭이랑 같은 파도가 지나가고 순한 파도가 왔을 때 그 끝자락으로 피하며 흐름을 벗어났다. 해안으로 헤엄쳐 가서 뭍에 올라 종바위에 유닛을 걸쳐 벗고 모래밭에 앉았다. 허탈감이 엄습했다. 다른 사람들은 물에서 나오면 뿌듯함이나 정복감 같은 것이 느껴진다고 하는데 그는 언제나 허탈하고 쓸쓸하다. 안온한 집에서 밀려 나와 차가운 데 내팽개쳐진 것 같은……. 하늘에서 떨어진 돌멩이처럼 그는 검은 바다를 바라보며 멍하니 앉아 있었다. 이런 밤에, 어둠 속의 모래사장에 이렇게 앉아 있었던 적이 또 있었다. 아주 오래전에. 물에 젖은 몸으로. 뭍에 떨어진 미꾸라지처럼 온몸에 모래 고물을 덮어쓰고 그 여자와 함께……. 그의 원죄 의식은 그 여름에 머물러 있었다.

눈을 떴을 때는 해가 훤하게 떠올라 있었다. 흐리터분한 유리창을 닦은 듯 의식이 맑게 개어 있었다. 기분이 좋았다. 오랜만이었다. 기기들에 눌리고 죄었던 눈 주위며 귓불, 목덜미 부분이 아직 뻐근했지만 짧은 시간 숙면을 한 것 같았다. 피로했던 탓이겠지. 긴 여행을 했고, 하지 않던 다이빙을 했으니까.

털보 형이 들이닥쳤다. 도현이 내려왔다는 소식을 들은 모양이었다. 두 사람은 오랜만에 진한 악수를 나누었다. 술을 끊었다고 해서 사이다를 마시면서 이런저런 얘기를 나누었다. 남들은 별장 같은 거 지어 놓고 신선놀음한다고 부러워하지만 사실은 빚진 건축비 때문에 다리 뻗고 자는 날이 없다고 털보 형은 속내를 털어놓았다. 그래서 그런지 스포츠맨 특유의 활력이 가라앉아 있었다.

점심을 먹자고 했으나, 도현은 오늘 일정의 빠듯함을 알리지 않을 수 없었다.

이명이 콧노래를 흥얼거리며 방으로 들어왔다.

도현은 일어나서 점퍼를 걸쳤다.

「가게?」

「응, 어쩌면 이삼 주 뒤쯤 다시 오게 될 것 같아. 그땐 며칠 있을 거야.」

「으응.」

이명 너머에서 털보 형도 실망을 감추지 못하는 기색이었다.

「촬영을 할 거거든, 원덕에서.」

「원덕에서?」

「아직 확실치는 않아. 그때 오면 다시 한 번 들를게.」

두 사람이 아쉬워하며 뒤따라 나왔다.

손 님

　새들이 지저귀고 안개가 피어 올랐다. 열대 지방일까, 아니면 옛날에 살았던 청못집의 뒤꼍일까? 푸른 나무들이 싱그럽게 우거져 있고, 햇살이 투명하게 나무들 사이를 내리비춘다. 5월이나 6월의, 초여름의 이른 아침 같다. 이수는 맨발로 어딘가로 걸어가고 있다. 안개는 자욱해지고, 새소리가 여기저기 들린다. 그녀는 누군가를 찾고 있다. 누구일까? 저 세상에 간 아버지나 이태도 아닌 것 같고, 요즘 사이가 뜸해진 강일도 아닌 듯했으며, 어머니나 할머니도 아닌 것 같다. 가만가만 느껴 보니 그런 구체적인 인물들이 아니라 막연한, 늘 마음에 그리던, 알 수 없는…… 그러나 남자인 것 같다. 몽롱한 상태에서 그녀는 누군가를 계속 찾는다. 수천 개의 얼굴들이 안개 속에 어슷어슷 떠 있다가 사라지곤 한다. 그녀가 찾는 사람은 여전히 보이지 않는다. 그럼에도 그녀는 누군가를 계속, 애타게 찾는다. 컹컹, 개가 짖는다. 이수는 소리 나는 쪽으로 뛰어간다. 아라베스크 동작을 하는 발레리나처럼 줄기가 멋지게 굽은 해송이 나타난다. 웃음이 솟는다. 대숲 쪽에서 래리가 뛰어오고 있었다. 말 안 듣는 털이 정수리에 나기 시작할 무렵의, 생후 1년쯤 되어 막 사춘기에 접어들었을 때의 녀석이 축 늘어진 귀를 팔랑대며 뛰어왔다. 앙가슴 사이에서 귀여운 정감이 몽글몽글 솟는다. 미칠 것 같다. 이수는 손바닥을 짝짝 치며 녀석에게 팔을 내민다. 그 팔을 누군가가 탁 친다.

「얘, 얘, 전화받아. 전화받으라니까.」

멈칫했던 이수가 강아지에게 다시 팔을 내민다. 그 팔을 누군가가 다시 세게 탁탁 친다.

「전화받아. 이수야, 전화야!」

이수는 부스스 깨어난다. 꿈속의 영상들이 썰물처럼 빠져나가며 잿빛 공백 상태가 왔다. 아쉬움이 가슴에 가득 차 있다. 생게망게한 얼굴로 나빈을 올려다본다.

「전화받으라니깐. 초저녁부터 웬 잠이니?」

나빈이 수화기를 쥐여 주고 나간다. 소파에 기대어 잠이 들었던 모양이다. 어제, 그제 무리하게 작업을 하긴 했지만……. 눈을 슴벅이며 이수는 수화기를 귀에 갖다 댄다.

「여보세요?」

대답이 없다. 누구일까? 그녀는 다시 한 번 '여보세요'를 되뇐다. 그러나 여전히 대답이 없다. 전화는 끊어지지 않았고, 상대방은 분명히 그녀의 목소리를 듣고 있다. 잘못 걸린 전화는 물론 아니었다. 잘못 걸린 전화라면 이쪽의 목소리를 듣자마자 댓바람에 끊어 버리거나 횡설수설 무엇인가를 물었을 것이다. 나빈이 바꾸어 준 것만 봐도 그런 전화는 아닐 터였다. 이상한 생각이 들기 시작했다. 또 예의 그 전화일까? 잊어버릴 만하면 걸려 오는? 이수는 다시 한 번 조심스럽게 상대를 부른다. 저쪽에서는 여전히 응답이 없다. 불안한 떨림이 가슴을 관통해 지나간다. 상대는 절대로 먼저 끊지 않는다. 이쪽에서 '여보세요'를 서너 번, 많게는 대여섯 번 발음하도록 끝까지 기다리고 있다. 그는 그녀의 '여보세요'라는 단순한 발성을, 아마도 음성을 듣고 있는 게 확실하다. 야릇하게도 상대에게서는 뜨락에 서 있는 오동나무 같은 느낌이 전해져 온다. 이른 아침이나 밤늦게 전화하는 법도 없다. 받기 알맞은 시각에, 꼭 이 유선 전화를 통해서 걸려 온다. 아무렇게나 끊어 버려도 연이어 다시 걸려 오지 않고, 뒤탈도 없다. 귀찮게 하려고, 무슨 목적을 이루려고 막무가내로 거는 것이 아니다. 이쪽에 대한 배려를 하면서 이렇게 알 수 없는 전화를 하는 사람이 대체 누구일까? 그는, 무엇보다도, 재작년에 가입한 그녀의 휴대폰 번호를 알지 못하고 있다. 그것을 안다면 나빈이 받을지도 모르는 이 거북한 전화를 이용할 리가 없다. 그렇다면 최근 2, 3년간 그녀 주변에 있었던 인물이 아니다. 예감처럼 어떤 얼굴이 스쳐 지나간다. 그러나 이수는 곧 부정한다. 그럴 리가 없어……. 그녀는 건성으로 '여보세요'를 두어 번 더 뇌어 보고 수화기를 놓았다. 저쪽에서는 꽤 긴 시간 동안 꼼짝 않고 그녀의 동태를 감지하고 있었다. 그녀가 딸깍 전화를 끊을 때까지도. 지금까지 먼저 끊은 적이 한 번도 없다. 전화가 걸려 온 지난 5, 6년 동안.

허탈했다.

자신을 밝히지 않고 용건도 말하지 않는 벙어리 전화 앞에서 그녀는 언제나 뜨락에 서 있는 오동나무를 떠올린다. 침묵으로 다가올 수밖에 없는 상대가 딱하게 느껴지고, 한동안 마음이 아리다. 왜 그는 자유롭지 못한가. 왜 쓸데없는 데 연연해 있나……. 장난 전화나 잘못 걸린 전화가 아니라는 부담이 점차 쌓여 간다. 더구나 이 전화는 요즘 멀리서 걸려 오는 것 같다. 감도로 보아 바로 길 건너에서 걸거나 2, 30분이면 달려올 거리에서 거는 게 아니다. 희미한 경적 소리 같은 게 더러 들리기도 하고, 사람 걸어다니는 소리가 들리기도 한다. 그는 집 안이 아닌 바깥에서 전화를 하고 있다. 불안한 떨림이 다시 한 번 가슴을 훑고 지나간다. 몇 달에 한 번씩이지만 전화가 걸려 올 때마다 이수는 마음이 심란하다. 그녀는 도리질을 한다. 아냐, 그럴 리가 없어. 공연한 내 추측이야……. 이수는 일어나서 나빈의 작업실 문을 열었다.

「지금 그 전화 확실히 나한테 온 거야?」

「응?」

나빈이 돌아보았다. 그녀는 아직도 유토로 사람의 두상을 만들고 있었다. 무슨 상(賞)인가를 제정했다는, 어떤 벼락부자의 두상이었다.

「나를 찾았느냐구?」

「그랬을걸? 안 그러면 내가 바꾸어 주냐? 나도 궁한 판인데.」

「남자였어?」

「응, 목소리 좋던데. 목구멍 근처에 고운 분말 엉긴 것 같은 소리 있잖아. 목사님이나 교수로 풀리면 좋을 듯한…….」

목사님이나 교수? 분말이 엉긴 것 같아? 여러 사람을 연상해 보았으나 떠오르는 얼굴이 없었다. 나빈의 말을 신용할 수는 없었다. 나빈은 지금 정신이 없는 것이다. 나빈도 이수와 마찬가지로 이것저것 닥치는 대로 부업을 하고 있었다. 수입면에서 보면 부업이 아니라 주업이라고 해야 하지만. 이번 것은 그 졸부가 제정했다는 상의 트로피에 새겨 넣어질 제정자의 두상이었다. 이수는 보조 의자에 앉아 나빈의 작업을 바라본다. 정말로 내게 온 전화였을까……. 나빈의 손 안에서 조그만 흙덩이는 점차 살아 있는 사람의 얼굴로 변해 갔다.

「비디오카메라로 따르르 휘둘러 찍어 왔으면 좋으련만.」

나빈은 답답한 모양이다. 마음은 급하고, 대상은 손에 잡히지 않고……. 정면과 좌우 측면을 찍은 사진 석 장만으로 모습을 구축해 내려니 얼마나 미심쩍겠는가. 상상력이나 풍자도 전혀 이해 못할 고객이고 보면. 나빈은 이 일에 시간을 많이 투자할 생각이 조금도 없었다. 다만 완성된 작품을, 실물과 똑같다느니 안 똑같다느니 트집 잡을 위인을 생각하자니 부담이 안 될 수도 없는 것이다.

「그래도 사진 석 장 보낸 게 얼마나 신통하냐? 머리 굴렸잖아.」

「오른쪽 왼쪽까지 찍어 보냈으니 충분하다고 생각했겠지.」

「그럼, 그럼.」

그녀들은 웃었다. 사진만 보고 입체를 실물처럼 재현해 내기는 거의 불가능하다는 걸 일반인들은 모른다. 그런 사람들이 더러 미술 대학 조소과로 전화를 걸어 어이없는 주문을 하는 경우가 있었다. 이번 나빈의 일도 그런 건이었다. 전화를 받았던 대학 조교는 성가셔서 더 이상 설명을 못하고 그저 얼마짜리라고만 확정 지어 나빈에게 넘겨준 모양이었다. 젊고 잘생기게 해달라는 주문자의 청을 리본처럼 묶어서.

「노무현처럼 굵은 주름살이 있든지, 아니면 매부리코든지 광대뼈라도 나왔으면 좀 좋아?」

나빈이 여전히 구시렁댄다. 면상이 좀처럼 구축되지 않아 짜증이 나는 모양이다. 두드러진 특징을 가진 얼굴이 훨씬 구현해 내기 쉽다는 것을 이수도 물론 안다. 그림도 마찬가지니까.

「염병할! 밋밋하고 평범한 데다 피부까지 미끈미끈해. 두 배 세 배 만져도 형태가 안 나오잖아.」

나빈이 드디어 만지던 흙덩이를 확 밀어 놓는다.

「참아라, 참아. 앉아서 일거리 생긴 거 감지덕지해야지. 그게 공원이 할 소리냐?」

이수가 퉁바리를 놓는다. 그녀들은 늘 아르바이트하는 일을 공장 노동자의 일에 견주고 있었다. 부업 좀 안 하고 살았으면 좋겠다고 노래를 부르지만, 현실은 무시할 수 없이 월말마다 대차 대조표를 들이밀었다. 그녀들은 자신들이 이름 없는 예술가라는 사실을 되씹으며 늘 신경을 한없이 긁어 대는 일거리에 매달릴 수밖에 없다. 이제는 아르바이트 정도가 아니고 뼈대 있는 부업을 제대로 가져야 하는 게 아닐까 생각하기도 한다. 그렇게 시작하여 필경은 기약 없는 본업을 때려치울지도 모르는 것이다. 수많은 선배들처럼. 그런 걸 떠올리는 순간이 가장 견디기 어려웠다.

나빈과 이수는 대학 동기였다. 이수는 회화를 전공했지만 나빈은 조소를 전공했다. 전공이 다른 친구끼리 작업실을 같이 쓰는 경우는 드물었다. 조소는 때로 시끄럽고 먼지도 많이 나고 공간도 꽤 차지하니까. 그러나 설치와 평면 작업은 이제 구분 없이 섞이고 있고 나빈의 조소 경향도 디지털 아트 쪽으로 기울고 있어 작업 공간이 웬만한 편이었다. 그녀들은 졸업 직후 같은 대학의 예술학과 동기생들이 마련한 기획전에 참여하다가 만나, 서로 너무 편해, 계속 옆에 붙어 있었다. 그러다가 재작년에는 방이 두 개 붙어 있는 이 작업실을 얻어 서로의 작업 공간을 분리시키고 작업과 생활을 함께하는 최적의 파트너가 되었다.

나빈은 저 일을 마치면 두세 달은 경제적으로 여유를 얻는다. 경제적 여유란 말하자면 시간의 여유다. 나빈은 그 여유를 좀 더 빨리 누리고 싶어 지금 안달이 나 있다. 그녀가 목표로 하는 공모전이 몇 달 앞으로 다가와 있으니까. 공모전에 대해서는 여러 입장들이 혼재해 있어서 뭐라고 말하기가 힘들다. 인증 데뷔 자체를 우습게 보는 풍조가 만연해 있고, 일견 공모전은 확실히 구태의연하다. 젊은 층일수록 기존의 틀을 아예 유명무실한 것으로 취급하고 있었다. 세상이 급속도로 변하고 있다지만 미술이야말로 예술 속의 어떤 장르보다도 숨 가쁘게 변화를 겪고 있는 것이다. 미술 아니었던 것이 미술이 되고, 미술이었던 것이 미술 밖으로 밀려나고, 전문적이고 개인적이고 신비롭다고 인식되던 창작 행위가 대중적이고 통속적이며 공장 생산적인 개념으로 바뀌고, 영상이나 사진, 디자인, 애니메이션, 광고, 패션, 하다못해 포르노그래피, 캐릭터 산업, 상품 진열 방식, 대중 스타 시스템까지 거침없이 경쟁적으로 미술 안으로 들어오고…… 이제 미술과 미술 아닌 것은 구별조차 하기 어려워졌다. 솔직히 아침에 일어나서 눈을 뜨면 어지러워 정신을 차릴 수가 없었다. 일찍이 이슈를 만들어 세인의 관심을 끈 친구들도 있지만 나빈과 이수 같은 정통파들에겐 뾰족한 방법이 없었다. 그래서 나빈도 별수 없이 저런 공모전에나마 출품해 보려는 것이다. 몇 푼의 상금이 부상으로 걸려 있기도 하니까.

나빈은 며칠 안에 저 두상을 마무리하고 공모전에 출품할 작품에 매진할 것이다.

이수도 자기 작업실로 들어간다. 커다란 패널들이 들쭉날쭉 세워져 있다. 이상하게도 갈수록 화폭이 커진다. 그녀는 벌여 놓은 패널들 앞으로 간다. 그녀에게는 요즈음 화폭이 대지다. 화폭마다 씨앗들이, 발아한 싹이, 새순이 여러 형태로 그려져 있다. 연필을 들고 태곳적부터 엎드려 있는 드넓은 대지에 다가든다. 며칠 전부터 발아하기 시작한 싹들 옆에 쭈그리고 앉아 한동안 생명을 틔운다. 지구상의 모든 생명체의 근원이 녹색 식물이라는 생각을 하며 그녀는 억겁의 시간에 다가가고자 한다. 오밀조밀한 싹들이 한 무더기 솟아난다. 전체를 바라보며 왼쪽에도, 위쪽에도 싹을 틔운다. 뒤로 물러나 바라본다. 부드럽고 싱그러운 새싹들이 눈에 보이게 자라고 있다. 그녀의 작업 과정은 요즈음 그 순서가 바뀌었다. 그녀는 바탕을 먼저 그리고 전체의 색감도 완성하고, 그다음에 연필을 이용해 작은 대상들을 그려 넣는다. 화투장의 국화 꽃잎처럼 굵은 외곽선을 살리기 위해서다. 굵은 선으로 뚜렷하게 부각된 존재들에 다시 한 번 칠을 하고, 반투명액으로 그 이미지를 덮는다. 이것이 요즘의 작업 과정이었다.

이수는 그림을 그리는 데 있어서 무엇을 계획하지 않는다. 그녀는 그냥 화폭 앞에 앉는다. 앉아서 자기의 팔을, 내면을 무턱대고 부린다. 어느 정도 그리다 보면 이건 되겠다, 이건 영 아니다 하는 느낌이 오는데, 이 느낌을 전적으로 존중한다. '된다'라고 느껴지면서부터는 힘이 나고 속도감도 붙고 강한 에너지가 생겨난다. 어떤 때는 밥 먹는 것도 잊고 화장실에 가는 것도 참으면서 댓바람에 무엇인가를 그려 낸다. 그렇게 완성한 그림이 다 출중했던 건 아니지만, 거기에는 적어도 그녀만이 알 수 있는 불가사의한 '무엇'이 들어 있다. 화폭 안으로 들어가 겉모습을 감춘 생의 비의(秘儀) 같은 것. 그녀는 자기의 작품에 그 비슷한 무엇이 들어 있어야 마음이 놓인다. 대지의 포근함 속에, 생명은 발아하고 있는데…… 천지 창조의 날처럼 외경스럽거나 엄숙하거나 무섭거나 오싹하거나 날 선 기운이 전류처럼 화폭을 관통해 흘러야 하는 것이다. 그래서 흡사한 그림들이 자꾸자꾸 새로 그려진다.

안료를 꺼내고 테레빈유 병을 잡아당긴다.

대학원을 졸업한 얼마 뒤까지도 이수는 격정적인 추상의 세계에

문혀 있었다. 아마도 두 교수의 영향 탓이었을 것이다. 아무튼 그때까지는 그런 풍이 근사해 보였고, 그것들만이 현대 회화 같았다. 그녀는 주제와 이미지가 없는, 색채가 어둡고 마티에르가 화면을 가득 채우는 표현주의 경향의 그림들을 흉내 내곤 했다. 그러나 시간이 가면서 마음이 편치 않았다. 거칠고 난폭하고 격렬한 표현들은 자신의 것이 아니었다. 교수들이야 육이오를 겪었으니까 세계 대전 뒤 서양에서 잉태된 앵포르멜(비정형)에 자연스럽게 접목되었겠지만, 그녀는 한국의 경제 성장기에 초·중·고교를 다닌 것이다. 앵포르멜을 꿰뚫는 실존적 고민이나 황폐함, 무력증, 저항감, 암울함 같은 정서들이 그녀에게는 없었다. 그녀는 더 이상 화폭에 검은색과 붉은 색을 사용할 수 없었고, 팔레트 나이프를 거칠게 문질러 댈 수 없었다. 시간을 많이 허비하고, 돌고 돌아, 그녀는 결국 어릴 적 살던 청못집으로, 그 앞의 연못으로, 할아버지 방으로, 문갑과 백자 항아리로, 항아리 안의 조용한 그늘로 돌아오고 말았다. 그런 토양 위에서 씨앗을 뿌리고 새싹을 틔웠다. 동료들이 설치 작업이나 테크놀로지 쪽, 감각적인 특수 작업 분야로 흘러가 버린 뒤에도, 새 감각이나 유행에 늘 목말라 하면서도 그녀는 결국 평면으로, 할아버지 방으로, 백자 항아리 안의 고요한 어둠 속으로, 반구상으로 돌아오곤 했다. 어려서 왜 그렇게 항아리 안을 들여다보았던가. 그 안에 고인 고즈넉한 그늘, 들어가 잠기고 싶은 고요, 빛과 어둠의 조용한 대응, 먼 바다에서 들리는 파도 소리…… 그녀는 이제 자기 세계로 들어와, 자신만의 호흡을 하고 있었다. 가끔씩 자신이 가는 이 길이 과연 맞는 것인지 의심하고 회의하며, 번민하기도 하지만.

이수는 색칠을 마치고 뒤로 물러난다. 너무 탁했나. 마른 뒤에 다시 손을 대야 할 것 같다. 그녀는 붓을 놓고 손을 닦은 뒤 다시 연필

을 골라 쥔다. 바로 옆에 세워져 있는 꽃씨 화폭 앞으로 간다. 그녀
는 요즘 무수히 꽃씨들을 그린다. 땅속에 그려 보고, 땅 위에 그려
보고, 한 개도 그려 보고, 수십 개도 그려 보고, 수백 개, 수천 개도
오르르 그려 본다. 나팔꽃씨도, 채송화씨도, 해바라기씨도 그려 본
다. 세밀하게 그려 보기도 하고, 확대해서 그려 보기도 한다. 어떤
무더기에는 안개를 내려 보기도 하고, 보석 진열대에 놓인 것처럼
강한 조명을 주어 보기도 한다. 꽃씨, 꽃씨들. 그들의 조합. 모든 것
의 시작이요, 끝인 씨앗. 다음 세대를 위한 탄생이며 동시에 죽음인
씨앗…… 자신이 왜 이렇게 씨앗을 그리는지 그녀는 정작 설명할
수가 없다.

　이수는 고개를 든다.

　싱크대로 가서 커피를 두 잔 타가지고 온다. 나빈 옆에 한 잔 놓아
주고, 자기 작업실로 들어온다.

　달력이 보인다. 부업이 생각난다. 한쪽에 밀어 놓은 싸구려 캔버
스들을 이젤에 올린다. 이틀 후면 이 허드레 그림들을 가지러 꽁지
머리 화상이 들이닥칠 것이다. 스스로 '바퀴 화랑'이라고 이름을 붙
인, 트럭을 몰고 다니는 가두상이었다. 그 이동 화랑의 주인인 꽁지
머리 사내는 이 대학 저 대학으로 슬슬 돌아다니며 학부생들의 그림
을 양껏 산다. 그걸 트럭에 채우고 이번에는 이수와 같은 전문꾼들
에게로 온다. 고급 물량을 확보하기 위해서라나. 이수도 한 달에 열
점 정도씩 그에게 그림을 판다. 놀라운 것은 그가 원하는 물건이 추
상화에다 크기도 왕창 큰 것들이라는 사실이다. 이수에게는 어쩌면
다행이었다. 누구보다도 빨리 완성할 수 있으니까. 꽁지머리 사내는
이런 그림들을 수백 점 싣고 일산이나 수지, 평촌으로 가서 당일치기
로 팔아 치운단다. 예술과 소비에 대해서 깨닫는 순간이다. 이수는

생각한다. 소비를 무시해도 좋을 예술 작품이 오늘날 있을 수 있을 까. 소비만을 생각해도 훌륭한 예술이 될 수 있을까……. 새들이 날 아가고 있다. 새들은 점점 더 커지고, 구름에, 달에, 태양에 부딪는 다. 그녀는 커다란 화폭에 물감을 이것저것 뿌리고 대붓을 마구 놀 린다. 못 쓰는 오브제들을 짓이겨 붙인 뒤 혼합 재료들을 섞어 칠해 불협화음으로 뒤튼다. 이렇게 과격한 추상화를 무식하게 함부로 그 려 화폭 밑에 멋들어진 사인을 갈기고 '무제'나 '작품 No. 32' 같은 제 목을 붙이면 금상첨화, 즉각 팔린단다. 이수는 꽁지머리 사내를 통해 대중을 제대로 느낀다. 복숭아가 여섯 개 그려진 그림하고 두 개 그 려진 그림하고 값이 똑같다고 따지러 오는 사람도 있고, 액자에서 금가루가 떨어졌다고 애프터서비스를 받으러 오는 사람도 있다나. 사람들은 금빛 액자 속의 대형 추상화를 서른 몇 평의 아파트 거실 에 걸어 놓고 바로 코앞에서 물감 냄새를 맡으며 붓 자국의 굵기를 감상하는 모양이다. 거칠게 그려 댄 자신의 허드레 그림들이 금빛 액자를 둘러쓰고 얼마나 많은 집의 거실에 붙어 있을지 생각하면 아 찔해진다. 그러나 곧 '회화란 당신이 보는 것 외에 아무것도 아니다' 라는 스텔라의 말을 떠올리며 스스로를 억지로 위안한다. 어떻든, 누 구든, 그림이라는 걸 걸어 놓고 바라보면 그만 아닌가.

며칠 못 잤던 잠이 한꺼번에 쏟아지고 있었다. 어깨가 무거워 더 는 서 있을 수가 없었다. 이수는 나른한 상태로 붓을 헹구고 작업실 문을 열었다.

「나, 먼저 잔다.」

말을 던지는 둥 마는 둥 자기 방으로 들어가 침대에 몸을 던졌다.

예리한 아픔이 복부를 후비고 지나갔다. 깊은 잠 속에서도 이수는 반사적으로 허리를 꺾었다. 두 손이 오른쪽 아랫배에 모아져 있었다. 그녀는 신음 소리를 내며 몸을 뒤틀었다. 불에 달군 바늘로 아랫배를 쑤시는 듯한 통증이 몇 초 간격으로 찾아왔다. 이게 뭔가, 장이 꼬였나, 맹장염인가 하는 생각을 할 사이도 없이 통증으로 어느새 그녀는 혼절했다. 퍼덕퍼덕……. 이수는 단말마처럼 퍼덕였다. 이상한 기운을 느낀 나빈이 한참 뒤에야 방으로 들어왔다.

「야, 너 뭐 하니? 왜 그래?」

나빈은 영문을 모르고 이수를 흔들었다. 이수는 진땀을 흘리며 불구덩이가 된 아랫배를 부여잡고 있었다.

「야, 이거 큰일 났구나. 너 맹장염인가 보다. 오른쪽 아랫배잖아. 여기가 그렇게 아파? 가만있어 봐. 내가 형민이 선배하고 영국이 선배한테 전화해 볼게. 이 치들이 없으면 어떻게 하지?」

나빈은 부리나케 전화를 걸었으나 아무도 안 받는 모양이었다.

「어머, 어머, 미치겠네. 다들 어딜 간 거야? 참, 오늘이 그 다비드 오프닝날인가? 다들 거기 가서 한잔 걸치고 있나 보네. 휴대폰은 또 왜 안 받지? 둘 다 미쳤군, 미쳤어. 그래, 그래, 일일구가 있었지. 거기라도 전활 걸어야겠어.」

나빈은 흙 묻은 손으로 불안을 감추지 못하고 다이얼을 눌렀다.

「여보세요? 일일구죠? 여기 급한 환자가 있는데요. 아주 급해요. 지금 숨도 못 쉬어요. 빨리 좀 와주세요. 빨리요!」

골목길을 상세히 알려 주고, 나빈은 이수에게 다가와 뺨을 마구 두드렸다.

「애, 애! 깨어나. 정신을 잃으면 안 돼! 이수야, 정신 차려! 이수야, 이수야…….」

나빈은 이수의 몸을 바로 눕히고 무릎을 들어 올려 구부려 보게 했다. 이수가 비명을 질렀다.

「이거 봐. 맹장염이야, 맹장염. 여기가 오른쪽 아랫배니까…… 맞지? 그래, 이건 맹장염이야. 수술만 하면 금방 낫는…….」

나빈은 불안해서 어쩔 줄 모르며 모노드라마의 배우처럼 쉴 새 없이 혼자 뇌까리고 위로하면서 닭처럼 문 앞을 오락가락했다. 나빈이 자기에게 양말을 신기고 주절주절대며 겉옷을 입히는 것을 이수는 가물가물 느꼈다. 얼마나 시간이 흘렀을까. 5분이나 10분쯤? 사이렌 소리와 함께 119 구조대가 도착했다. 그들은 신속히 집 안으로 들어와 능숙한 솜씨로 이수를 들것에 옮겨 구급차에 실었다.

이수는 어질어질한 구토증 속에서 먹먹하게 사이렌 소리를 들었다. 물속에 들어갔을 때처럼 정신이 아득하고 사지가 나른했다. 여기가 천국인가, 지옥인가……. 수문장들이 이수를 서로 끌어당겼다. 응급 치료사가 산소 마스크를 씌우는 것 같았다. 그녀는 병원의 이동 침대에 옮겨 눕혀져 하얀 형광등을 바라보며 이리저리 끌려 다녔다. 혈압, 맥박, 체온, 혈액, 엑스레이……. 이수는 상황이 어떻게 진전되는지 알지 못했다. 그러나 나빈이 계속해서 손을 잡고 있었고, 선배들이 달려왔고, 집에서 오빠가 도착했다는 것을 간간이 알아차렸다. 의사들은 차트를 붙잡고 자기들끼리 여러 차례 이마를 맞댔고, 간호사들은 수시로 그녀의 상태를 체크해서 차트에 덧적어 넣었다. 마지막으로 이수가 기억하는 것은 환자용이라 생각되는 넓은 엘리베이터에 자신의 이동 침대가 급히 밀어 넣어지던 것과, 문이 닫히기 전 따라 들어온 나빈의 새된 목소리였다. 아니, 왜 산부인과로 가는 거예요? 맹장이 아닌가요? 나빈의 그 당황스러운 목소리가 언제까지나 윙윙윙 귓가에 남아 있었다. 맹장이 아닌가요? 맹장이 아닌가요……? 자, 하나, 둘을 세어 봐요. 혈관에 주사를 놓으며 의사는 말했다. 이수는 시키는 대로 하나, 둘, 셋, 넷을 셌다. 다섯을 센 기억은 있는데, 열을 센 기억은 없다. 수술할 때 얼마나 아플까, 어떡하나 어떡해, 혹시 죽을지도 모르잖아…… 생각하며 이수는 극도의 공포심으로 바짝 긴장해 떨고 있었다. 너무너무 두려워서 손가락 하나 제대로 못 펴고 있었다. 최이수 씨, 최이수 씨……. 자신을 부르는 소리가 아득하게 들려왔다. 이수는 대답하려 했으나 말이 나오지 않았다. 최이수 씨, 최이수 씨, 최이수 씨……. 자신을 부르는 소리가 멀리서 점차 가까이로 다가오며 현실음으로 커졌다. 누군가가 어깨를 흔들었다. 살며시, 조심스럽게 이수를 흔들기 시작한 손길이 더욱 뚜렷해졌다. 최이수 씨, 일어나세요. 최이수 씨? 빨리 일어나 보세요. 목소리는 다복다복 친절했으나 꼭 깨우고야 말겠다는 듯 단호했다. 이수는 부스스 깨어났다. 저, 수술할 때요, 아프지 않게……. 이수는 어렵사리 입술을 떼어 말을 만들어 냈다. 수술요? 끝났어요. 간호사가 밝게 웃었다. 끝났어요? 다 했어요? 이수는 거푸 되물었다. 믿어지지 않았다. 그녀는 자기 배를 만져 보았다. 붕대가 두껍게 싸매져 있었다. 예, 잘 끝났어요. 좀 오래 걸리긴 했지만. 방금 마취에서 깨어나신 거예요. 오래 걸렸어요? 예, 세 시간 반이나 걸렸지만 잘 마무리됐어요. 난소가 터졌거든요. 난소가요? 맹장이 아니냐고, 왜 산부인과로 가는 거냐고 당황스레 묻던 나빈의 목소리가 떠올랐다. 그래, 그랬었지. 그럼 나는 산부인과에 와서 수술을 받은 거로구나……. 그런데 난소가 터졌다고? 왜? 난소가 대체 뭐였더라? 그게 터졌으면 그다음은 어떻게 되는 거지? 수술을 했으니까 전처럼 된 것일까?

이수는 중환자실로 옮겨졌다. 그녀는 자신도 모르게 잠들었다.

50

잠에서 깨어나 한참 지나서야, 링거액을 조절해 주는 간호사에게
이수는 물었다. 저, 난소가 터졌으면 어떻게 되는 거예요? 터진 자릴
잘 꿰매면 그게 전처럼 무사한 건가요? 아녜요. 난소가 파열됐기 때
문에 그쪽 난소는 없어진 거죠. 파열된다는 것은……? 아, 나중에
자세히 설명해 드리죠. 지금은 쉬세요. 간호사는 이수의 눈을 피하
며 어조를 바꾸었다. 그렇지만 염려 마세요. 다른 쪽 난소가 있잖아
요. 일부러 쾌활하게 말하는 것 같은 간호사의 어투가 이상하게 마
음에 걸렸다. 다른 쪽 난소가 있잖아요……. 이수는 그 말을 속으로
따라해 보았다. 다른 쪽 난소가 있으니 괜찮다는 얘기였다. 그러나
그런 궁색한 위로를 듣고 나자 비로소 굉장히 엄청난 일이 일어났다
는 느낌이 왔다. 난소! 여고 시절의 생물책에 그려져 있던 그림이 생
각났다. 나팔꽃을 세로로 자른 듯한 불그스레한 그림은 여성의 생래
적인 역할, 즉 임신과 출산에 대한 설명을 하면서 난자와 정자가 어
떻게 만나 수정되고 어디에 착상되어 자라는지 보여 주고 있었다.
생물 선생은 그 장을 가르칠 때 야릇하게 탐색하는 듯한 눈길을 하
고 아이들을 바라보며 여성의 본분에 대해서 강조했다. 혼전에 담배
를 피운다든가 남자 관계가 난잡한 여성은 수정이나 착상이 잘 안
되기도 하고, 되더라도 세포 분열에 영향을 주어 저능아나 기형아가
나올 확률이 높다고 은근히 협박했다. 누구의, 어떤 말도 무서워하지
않던 왕날라리들도 이때만은 조용히, 가만히 있었다. 이수는 두려웠
다. 한쪽 난소만 있다니, 한쪽이 파열되었다니 대체 이게 무슨 뜻일
까. 여성으로서의 역할에 차질이 생긴 것인가……. 간호사가 주사
기를 들고 들어왔다. 조금 있으면 통증을 느끼시기 시작할 겁니다.
이건 진통제예요. 이수는 다시 잠이 들었다. 얼마나 잤는지, 얼마나
시간이 흘렀는지 알 수 없었다. 그녀는 중환자실에서 회복실로 옮겨

졌다. 오빠가 주선한 듯 2인용의 깨끗한 병실이었다. 창가 쪽의 침대에는 이수보다도 훨씬 어린, 여대생으로 보이는 여자가 누워 있었다. 안녕하세요? 실려 오는 이수를 보며 그녀가 밝게 인사했다. 이수도 인사를 받으려다가 그만 얼굴을 찡그렸다. 어디가 얼마만큼 아픈지 확실히 가늠할 수 없었지만 온몸이 관 속에 들어박힌 듯 제대로 움직여지지 않았고, 진통제를 복용한 탓인지 아둔한 통증이 무겁게 전신을 휩싸고 있었다. 자다 깨다 하는 시간들이 흘러가고, 이수는 차례로 사람들의 얼굴과 대면했다.

오빠는 애써 웃으려 했으나 정작 웃지 못하고 어색하게 이수의 손을 잡고 고개를 숙였다.

「아프지 않니?」

한참 만에 오빠가 밀어낸 소리는 겨우 그것이었다. 그는 이불 자락을 꼭꼭 눌러 덮어 주며 이수의 어깨를 한 손으로 두드렸다. 그러나 이수를 짐짓 마주 보지 않았다. 두 생각이 겹쳐 지나갔다. 오빠가 그동안 자신감을 너무 잃어 사람들을 정면으로 바라보지 않는다는 것과, 자신의 수술이 보다 심각한 것일지도 모른다는 것이었다.

「괜찮아, 괜찮아. 곧 퇴원할 거야. 경과가 좋다니까.」

오빠가 혼잣말처럼 조그맣게 말했다. 오빠는 나약해져 있었다. 올해 나이가 몇이던가? 나하고 일곱 살 차이니까, 아마 마흔이지? 엎치락뒤치락 끝에 올케와 결국 그렇게 되어 버리고…… 오빠의 앞머리에는 벌써 희끗희끗 새치가 섞여 있었다. 누워서 바라보노라니 오빠의 인생이 쓸쓸하고 스산한 한 편의 영화처럼 느껴졌다. 활짝 피어 보지도 못하고 조로하는 어떤 한 남자……. 이수의 가슴에 애석함이 차올랐다.

「오빠, 결혼 안 해?」

이수는 '재혼'이란 말을 '결혼'이라고 바꾸어 말하며 짓궂게 오빠의 눈을 찾았다.

「자식이?」

오빠는 쑥스러운 듯 다시 눈길을 피했다.

「내가 중매할까?」

「너, 까불래?」

오빠는 웃었다. 웃으며 이수의 머리를 쥐어박는 시늉을 했다. 그러더니 일어섰다.

오빠가 나가자마자 나빈이 들어왔다. 대기실 같은 곳에서 밤을 새운 모양으로, 행색이 까칠하고 눈알이 충혈돼 있었다.

「안 아파?」

나빈은 그것부터 물었다. 이수는 괜찮다고 고개를 끄덕였다. 나빈은 한쪽 이불을 들치고 침대에 걸터앉았다.

「수술은 잘되었대.」

나빈이 이수를 마주 바라보았다. 그녀의 눈에 힘이 들어가 있었다. 무슨 비밀 결사의 대원이 지령을 전하러 온 것 같았다. 이수도 눈을 똑바로 뜨고 나빈을 마주 바라보았다. 어떻게 된 거냐고, 무엇이든 솔직히 말하라고 무언중에 채근했다.

「난소가 파열되었대. 오른쪽 난소가. 맹장염하고 똑같아.」

나빈의 입매가 야무지게 다물렸다가 다시 열렸다.

「지장은 없대. 괜찮을 거야. 저 학생도 비슷하게 되었다는군.」

이수는 창 쪽의 침대에 잠들어 있는 여대생을 바라보았다. 그녀 옆에는 남자 친구인 듯한 대학생이 허리를 구부리고 침대 모서리에 엎드려 함께 잠들어 있었다. 그는, 지금 생각해 보니 한시도 자리를 비우지 않고 여자 친구를 지키는 것 같았다. 오늘 아침에도 일어나자마자 수건을 적셔다 얼굴을 닦아 주고, 식판이 왔을 때 일으켜 앉혀 밥을 떠먹이고, 화장실에도 업고 가고, 때로는 이불 속으로 변기도 대주는 기색이었다. 가족들은 오히려 가끔 한 번씩 얼굴을 내비친다는 인상이었다. 아직 어린 나이라 저렇게 친한가, 이수는 귀여운 초등학생들을 볼 때처럼 그들을 바라보았다. 저렇게 속속들이 친하면 결혼해서도 아무 문제가 없겠구나 여겨졌다. 그들을 바라보고 있노라니 난소 파열이든 수술이든 별일도 아닌 것 같았다. 이수는 다시 나빈에게 시선을 돌렸다. 얘기를 계속해 보라고.

「재는 난관이 막혔대. 무슨 혹 같은 것이 그 좁은 관 안에 났다나 봐. 수술하긴 했지만 나팔관이란 데가 원체 좁아서 결국 막혀 버렸대.」

「결국?」

이수는 뚫어지게 나빈을 쳐다보았다. 결국 막혀 버렸다구? 막혀 버려서 나랑 비슷하단 말이야? 이수의 눈은 점점 더 커다랗게 열렸다. 너 아는 대로 다 말하라고, 숨김없이 똑바로 전부 말하라고 그 눈은 엄하게 채근했다. 조금의 거짓도 용납 않겠다는 의지가 들어 있었다.

「그래, 재도 한쪽 난소를 쓸 수 없게 된 거야. 난관이 막혔으니까. 그쪽 난소는 못 쓰게 된 거지.」

「반만 병신이 된 거야?」

「무슨 말을 댓바람에 그렇게 하니? 병신이라니.」

「불구라고 한문을 쓸까? 정확히 말해 봐. 언제든 알게 될 거니까.」

「아냐, 아냐. 그렇지 않아. 그렇지 않대요.」

「그럼 완전 병신이 된 거야?」

「아니라니까! 성질 못돼 먹기는. 암만해도 너 의사 선생님을 만나 봐야겠다. 난 전문적인 용어를 몰라서……. 설명을 들었다만 그대로 못 전하겠다!」

나빈은 화를 냈다. 그녀의 눈에는 분노가 서려 있었다. 알고 있는 것을 효과적으로 설명하고 설득할 수 없어서 더 분한 눈치였다.

형민, 영국 선배에, 지금 전시가 진행 중일 다비드 선배까지 네댓 명이 과일을 한 아름 안고 떠들썩하게 들어왔다.

「야, 너 작업하기 싫다더니 꾀병으로 입원까지 다 하고…….」

「팔자 늘어졌네.」

「이수 너, 사람 놀래키는 데 명수다?」

「우리 모두 십년감수했다. 이놈아, 멀쩡한 게 수술을 다 하다니.」

모두들 조소과 선배들이었다. 이수가 나빈과 같이 살기 때문에 나빈과 친한 사람들은 이수도 모두 친하게 되었다. 특히 조소과의 선후배들은 꼭 마피아의 한 개 패밀리 같았다. 회화과 동창들은 작업도 개인적으로 하고 교유도 다른 대학 친구들처럼 평범한 편이었다. 그러나 조소과 선후배들은 유독 결속이 강하고, 어떤 때는 완전히 한 식구인 것처럼 떼거리 지어 살았다. 서로 먹여 살리기도 하고, 일도 위에서부터 죽죽 내려오고, 주머니 두둑한 사람이 밥 사주고 술 사주는 것은 물론, 돈 빌려 줬다가 떼여도 그만이었다. 이런 분위기는 학부 때부터 형성되는 것 같았다. 작업의 규모가 크고, 공동 작업이 많으며, 개인 작업이라 해도 늘 주변의 도움을 필요로 하므로 자연스레 그렇게 엉기는 것이 아닌가 여겨지기도 하지만, 조각을 하는 사람들의 성향이나 기질도 크게 작용하는 것 같았다. 한 예로, 조소과에는 지금도 명물이 하나 있는데, 그 명물을 대하는 그들의 태도만 보아도 종족이 아예 다르다는 것을 알 수 있다. 몇 학년이라고 지칭할 수 없는 그 여학생은 중앙 도서관의 좌석 세 개를 점령하고 지금

7년째인지 8년째인지 도를 닦고 있었다. 24시간 개방 도서관에서 한 책상에다가는 옷 보따리를, 또 한 책상에다가는 침구니 다른 일상 용품들을 쌓아 놓고 나머지 한 자리에서 책을 읽는 것을 이수도 본 적이 있다. 그러다가 새벽이면 의자 세 개를 붙여 놓고 잠을 잔다는 것이다. 사서와 관리 아저씨들이 수년째 그 여학생을 퇴치하기 위해 갖은 방법을 썼으나 실패하고 말았다. 여학생의 강변은 논리에 넘쳐 났다. 모름지기 도서관이란 진정으로 공부하고 책 읽는 사람의 공간 일진대, 저렇게 공부도 안 하고 책장이나 펄럭거리고 연애질이나 일 삼는 인종들이 깔려 있는 마당에 자기 같은 진짜 책벌레가 세 자리쯤 차지하기로서니 크게 미안할 게 없다는 것이었다. 어쨌든 숙식을 해서는 안 될 공간에서 한 사람이 장기간 기거하는 바람에 그 주변은 불결하고 어수선해서 다른 학생들의 불평이 들끓었다. 더는 도저히 볼 수가 없어서 관리 아저씨가 고래고래 소리를 지르고 막무가내로 쫓아내면 짐을 싸들고 하루 정도는 어딘가로 피신한다 하였다. 그러나 다음날이면 또 어김없이 자기 자리를 차지하고 책 속으로 빠져들었다. 그 여학생이 지금까지 마스터한 분야는 문학, 철학, 예술을 거쳐 법률, 경제, 사회 과학, 첨단에 이르기까지이며, 조금 있으면 중앙 도서관의 책을 모두 접수한다는 소문이었다. 그녀는 명문 여고를 수석으로 졸업했으나 지금은 집에서도 완전히 내놓은 상태였고, 학교에서도 몇 학년이라고 말할 수 없을 정도로 골치 아픈 학생이었다. 1학년 1학기를 다니다 휴학했으면 다음 해에 1학년 2학기로 복학해야 하는데, 그녀는 생각나는 대로 아무렇게나 2학년 1학기를, 또는 3학년 2학기를 도강한다고 했다. 조교조차 그녀가 어떤 과목을 수강했는지 알 수 없어 기록을 포기했다는 것이다. 또 어떤 날은 사람들의 시선을 시험하는 모양으로, 염주에 커다란 연꽃을 두 송이 달아 머리에 두르고 교정을 왔다 갔다 하기도 하고, 찢어진 청바지를 팔뚝에 꿰고 마주 오는 사람들을 도전적으로 바라보며 산책하기도 한다고 했다. 이런 때는 반드시 동반자가 필요한데, 그 동반자는 물론 조소과의 선후배나 동기들, 또는 재학생들 중에서 무차별로 차출되었다. 이수가 놀란 것은 조소과 동문들은 그 누구든 이 괴짜의 동반자 노릇을 기꺼이 해준다는 사실이었다. 아무리 싫어도, 아무리 창피해도 그녀가 팔짱을 끼면 무릇 시선을 견디며 그냥 끌려가곤 했다. 그들의 말인즉슨 천재가 진정한 천재로 거듭나려는 시점이기 때문에 지금 자기들은 기다려 줘야 한다는 것이다. 그 친구가 또 어느 날 누군가의 팔짱을 끼고 밥 먹으러 가자고 하면 그들은 으레 따라가서 밥을 사주었다. 돈이 없으면 옆 사람한테 꾸어서라도 사주었다. 그 친구의 밥 먹으러 가자는 말은 밥을 사주겠다는 것이 아니라 사달라는 뜻이라는 것을 알고 있었기 때문이다. 돌아와서는, 천재인 것은 확실한데 아직 정립이 덜된 상태라고 껄껄 웃으며 주고받고, 훗날 천재가 젊은 시절을 회상할 때 자기 이름이 들먹여질 거라고 으스대곤 했다. 이것이 조소과의 동창들이요, 선후배들인 것이다. 나빈과 같이 살면서 이수도 덩달아 이들의 패거리가 되었다.

「이놈의 자식, 빨리 안 일어나기만 해봐라.」

「우리끼리 인천 회 먹으러 간다?」

「다비드 쫑파티에 와서 노래 불러.」

그런 말을 날리며 형민, 영국, 다비드 선배가 돌아갔다.

이수와 나빈의 작업실 이웃에 있는 선후배들이 몰려왔다. 모두들 이수의 수술 내용을 아는지 모르는지 덮어놓고 우하하 웃고, 그 웃음으로 이수를 위로하려고 했다. 다이어트 거저 해서 얼마나 좋아? 다이어트할 몸이나 뭐 있었게? 언니, 빨리 나아서 내 오프닝에 오라구! 이수의 회화과 친구들과 고종 사촌 언니까지 다녀가고 나자 이수는 피로가 몰려오는 것을 느꼈다. 그녀는 눈을 감았다. 캄캄한 밀림이 눈앞으로 다가왔다. 아이를 낳고 싶었던가. 여자로서 살고 싶었던가. 알 수 없었다. 정작 그 문제에 대해서는 아무 생각도 없었다. 그녀 옆에는 늘 강일이 있었고 그들은 결혼하리라고 믿었었다. 결혼을 할 거니까 아이도 낳으리라고 생각했던 게 분명하다. 막연히. 그저 그런 정도였다. 그 계획에도 이제 차질이 생긴 것인가……. 심장이 가슴 밑바닥에서 펄떡펄떡 뛰었다. 강일의 입장이 되어 보노라니 간단치 않았다. 그녀 주변의 인물들은 사실 모두가 예술가였다. 그들은 특별한 것, 상식 밖의 것, 남과 다른 것을 추구하는 사람들이었다. 난소 하나쯤 이상이 있다고 해도, 나아가 아이를 못 낳는다 해도 그게 뭐 대수냐고 대거리할 친구들이었다. 그래서 저렇게 허허 웃고, 수술 잘된 것만을 축하하고, 아무렇지도 않게 위로하는 것인지도 몰랐다. 그러나 강일은…… 가슴이 답답해졌다. 그는 다른 세계에 살고 있었다. 완전히 다른 세계에. 어쩌면 정반대의 세계에. 그는 경영컨설턴트였다. 그에게 중요한 것은 '효율'과 '보다 많은 이윤'이었다. 그것을 위해 빈틈없는 계산과 냉정한 판단을 키운 사람이었다. 그에게는 반쪽짜리 부실한 재목이 대들보로 쓰일 수 없을 터였다. 더구나 그는 매사에 야심을 불태우고 있었다. 앞으로 이룰 가정에서조차. 강일의 얼굴이 낮달처럼 떠올랐다. 그는 환하게 웃고 있었으나 웃음 밑에서 차가운 심장이 착착착착 박동했다. 이수는 길게 숨을 토해 냈다. 그녀는 나빈을 졸라 의사를 만나러 갔다.

「왜요? 수술은 잘되었는데.」

휠체어를 타고 진찰실로 들어서는 이수에게 마흔도 안 돼 보이는 젊은 의사가 의외라는 듯 가볍게 물었다.

「예, 알아요. 그렇지만 어떻게 된 건가 확실히 알려구요.」
「뭘 말입니까?」
「저어…… 난소가 하나 없으면 어떻게 되는 거예요, 정확하게?」
「어떻게 되다니요? 그냥 하나가 없는 거지요.」
그는 자기 책상 뒤에서 두툼한 의학 서적을 꺼내서 펼쳤다.
「여기 보이죠? 이 가운데가 자궁이고 이렇게 양옆으로 좁은 관을
거쳐 난소가 있어요. 최이수 씨는 이쪽, 그러니까 오른쪽 난소가
곪아 터져 그걸 적출한 거예요.」
「적출을 했어요?」
이수는 깜짝 놀랐다.
「예, 파열됐으니까요. 적출할 수밖에 없는 겁니다.」
「왜요? 왜 그게 곪아서 파열됐을까요? 원인이 뭐예요?」
「그거야 모르죠. 인체 안에서는 우리가 알 수 없는 일들이 매일 수
없이 일어나니까요. 정확한 원인은 우리도 모릅니다. 다만, 천 명
에 한 명꼴로 이런 일이 일어나는 것으로 학계에는 보고돼 있어
요, 통계로는.」
「한쪽 난소가 없으면 어떻게 되는 건데요?」
「한쪽 난소가 남아 있으니까……. 뭐라고 말할 수는 없습니다. 그
게 기능을 다할 수도 있으니까요.」
「어떤 기능을 다하는데요?」
「아, 난자를 만들죠. 난소는 난자를 만드는 기관이잖아요. 호르몬
도 분비하고.」
그는 헛웃음을 웃었다. 여자들이 자기들의 생리 구조에 대해 이렇
게도 무지한가 어안이 벙벙한 모양이었다.
「양쪽에서요?」

「예, 척추 동물은 일반적으로 양쪽에 난소가 있고 그 양쪽에서 번갈아 난자를 만듭니다. 여자도 그렇게 해서 이쪽에서 한 번, 저쪽에서 한 번, 하는 식으로 난자가 생성되는 거죠. 한 달에 한 번씩요. 그것이 수정이 안 되면 매월 월경이 되어 나오는 겁니다.」
「그럼 한쪽 난소가 없으니 생리를 격월로 하나요?」
「아니요. 딱 그렇지는 않습니다. 그렇게 규칙적으로 난소가 번갈아 활동하지는 않습니다. 대강 그렇다는 얘기지요. 하여튼 생리를 안 하는 달도 많아지겠죠. 폐경도 조금 일찍 올 확률이 있고요.」
「아이는요?」
「그게 문젠데…… 저는 낙관적으로 생각합니다. 요즘은 아이를 하나나 둘만 낳지 않습니까? 임신이란 예측할 수 없어요. 난소 하나가 없다고 해서 아주 비관적으로 생각할 필요가 없다는 말입니다. 최이수 씨처럼 난소 하나만을 가지고도 원하는 아이를 낳은 경우가 많으니까요. 하나를 원하면 한 번만 임신하면 되잖아요. 둘을 원하면 두 번만 임신하면 되고요.」
「그렇지만…… 암만 그래도 확률이 오십 프로라고 해야 하지 않을까요?」
「그런 말은 적당치 않아요. 수치로야 그렇게 말할 수밖에 없을지도 모르지요. 오히려 확률로는 그 이하라고 말해야 돼요. 그러나 실제로 불임 클리닉에서 치료해 보면 난소 같은 건 양쪽 다 정상인 경우가 허다해요. 그런데도 임신이 안 돼, 오 년 십 년 애를 쓰다가 클리닉을 찾아온 겁니다. 그러니 난소만 가지고는 임신에 대해 단언할 수 없어요. 공식대로 되지 않으니까요. 또, 뭣하면…… 요즘은 인공 수정에다 시험관 아기까지 있잖아요. 지금 복제 단계까지 와 있는데 뭘 걱정합니까?」

말은 그렇게 하면서도 의사는 어딘지 이수의 눈치를 보며 걱정하는 빛이었다. 환자가 갑자기 달라진 자기의 현실을, 말하자면 불구를 받아들이는 데 시간이 필요하다는 것을 익숙히 알고 있는 것 같았다. 이수는 그의 입장을 생각해 보았다. 그는 병만을 보는 사람이었다. 정상인이 아닌 환자만을 줄곧 상대하는 사람이었다. 특히 서울의 이런 커다란 종합 병원에서 근무하다 보면 전국에서 모여든 기상천외한 환자들을 수도 없이 목격할 터였다. 갖은 불치병에 고질병, 난치병, 혹은 기형들을 수두룩이 보아 온 그의 눈에 난소 하나쯤의 불구는 아무것도 아닐지 몰랐다. 그러나 이수에게는 달랐다. 어쩐지 기분을 다스릴 수가 없었다. 진찰실을 나오며 이수는 자기가 불완전하다는 것을 느꼈다. 생리적으로, 여성으로, 아이엄마로, 아내로 불완전한 개체……. 난소라는 것, 자궁이라는 것…… 지금까지 그런 기관이 자기 몸에 있다는 것조차 의식하지 않고 살아왔었다. 궁극적으로는 아이를 낳기 위해 난소나 자궁이 여성의 몸 안에 존재하는지 모르지만, 어찌 아이를 낳는 기능만으로 그것을 설명하랴? 수많은 상징과 부차적인 기능들이 포함되어 있을 것이다. 인간의 여자는 가임 기간 동안 아이만 낳는 게 아니니까. 신장이 하나만 있는 사람은 어떨까, 하고 생각해 본다. 그건 단지 건강상의 얘기로만 들린다. 그러나 난소가 하나만 있다는 것은 다른 차원인 것처럼 여겨진다. 의사의 말대로 혹 임신을 할 수도 있을지 모르지만 못할 수도 있는 것이다. 석녀의 느낌이 오싹한 전율로 지나간다. 이수는 여자의 옷을 반쪽만 걸친 자기 자신을 낯설게 바라보았다. 도저히 그 여자가 자기 자신이라고 받아들이기 어려웠다. 오른쪽 배를 만져 본다. 아랫배를 절개한 상처는 붕대 안에서 조그맣게 아물어 가고 있었다. 이 상처가 다 아물면, 나는 불완전한 여자로 마무리된다. 불완전한 여자, 반만 여자인 여자…… 나빈도 휠체어를 밀며 말이 없었다.

「우리 바람 좀 쐬다 가면 안 될까? 저쪽에 가서?」

「왜 안 돼? 가면 되지.」

나빈은 선선히 정원 쪽으로 이수를 밀고 갔다.

「별것 아닌데도 내게 일어난 일이라 쉽게 받아들여지지 않아. 너무 갑작스러워서.」

「별것 아니긴. 세계 평화보다 내 손가락에 든 가시가 우선인데. 발가락이 하나 없어졌다고 생각해 봐. 그건 가벼운가.」

「운명이라는 게 있을까? 씨앗을 그렇게도 그려 대더니…… 난소를 절제해 낸 거야. 우습잖아?」

「넌 지금 너무 민감해.」

나빈의 손이 이수의 양쪽 어깨를 꽉 쥐었다 놓았다.

「난 왜 그토록 씨앗만을 그려 댔을까?」

「엉뚱한 상상으로 오버하지 마.」

「그래도 이상하잖아? 이런 일이 있기 전부터 난 씨앗만을 그려 댔어, 무슨 암시처럼.」

「…….」

「뭔가 예정돼 있었던 것 같지 않아?」

「웃기네. 그렇게 연관 짓기로 한다면 세상에 관련 없는 것 하나도 없겠다!」

「입방정을 떨다가 벼락 맞은 것 같아.」

나빈이 휠체어를 휙 돌렸다. 정원을 바라보면서는 내내 암울한 연상만 할 것 같은가 보다.

그녀들은 봄빛을 뒤로하고 천천히 병실로 돌아왔다.

옆 병상의 여대생이 일어나 머리를 빗고 있었다. 남자 친구는 빗과 머리핀을 번갈아 여자 친구 손에 쥐여 주며 이렇게 일어나 앉은 것만도 신기해 죽겠다는 듯이 벙글거렸다. 두 사람은 보기 좋은, 앳된 원앙이었다. 이수는 생각했다. 저 애들은 난관이 막혔다는 의미를 제대로 알고 있을까? 알아도 상관없나? 아이쯤 안 낳아도 사랑만 먹고 살 수 있다고 생각하나? 주어진 상황에 무조건 낙천적인가? 같은 현상에 대해 저들처럼 반응하기도 하고 나처럼 착잡하게 반응하기도 하다니……. 물론 이수도 기왕 일어난 일에 대해 비관적으로 심각하게 반응할 필요가 없다고 판단하고 있었다. 그래 봤자 괴롭기만 할 뿐 달라지는 것은 하나도 없으니까. 그러나 그녀에게는 강일의 존재가 무겁게 가슴을 눌렀다. 강일…… 그는 결국 한 번도 병문안을 오지 않았다. 이수의 수술에 대해서 제대로 알 리도 없지만, 마치 내용을 알고 피하기나 하듯이. 아무리 바쁘다지만 한 번쯤 와야 되지 않을까. 원망과 서운함이 분노로 바뀌어 가슴에서 설설 끓어올랐다. 이수 자신도 그렇지만 남들 보기에도 부끄러웠다. 그는 물론 시간을 내기가 어려울 것이다. 어떤 날은 새벽부터 밤늦게까지 눈코 뜰 새 없이 일에 끌려가곤 한다. 게다가 이 병원은 면회 시간이 제한되어 있어 아무 때나 올 수 있는 게 아니다. 그렇지만, 꼭 오려 했다면, 나빈을 통해서 어떻게든 맞출 수 있었을 것이다. 그러나 아무런 연락도 없었다. 나빈은 강일에 대해서는 짐작한 대로라는 표정만 지을 뿐 언급을 피했다. 그녀의 성격으로 보아 연락을 안 했을 리가 없었다. 강일이 어떻게 응대했는지 나빈은 끝끝내 묵묵부답이었다. 언제부턴가 나빈은 이수의 연애에 대해서 비판적이고 회의적이었다. 거긴 코드가 달라. 그걸 모르겠어? 나빈은 답답하다는 듯이 말했다. 상식이 다른 정도가 아니라 코드가 아예 다른데 어떻게 소통하고 사랑한다는 거야? 이수가 못 들은 척하면 나빈은 나중에 화를 냈다.

예술이란 걸 이해도 못하고 이해할 수도 없는 그런 사람과 어떻게 한평생 살려고 그래? 돈 때문이야? 이수는 눈을 치뜨고 나빈을 노려보았다. 돈 때문이라니, 돈이 그렇게 중요하다면 내가 지금 화가의 길을 가고 있겠어? 우리가 알기 시작한 게 언젠데? 나빈도 그 말에는 쑥 들어갔다. 이수와 강일은 대학 시절부터 사귀어 온 사이였다. 강일이 중간에 유학을 가고 다시 돌아와 직장을 잡고 하는 사이 파탄이 있긴 했었다. 우여곡절 끝에 다시 만나, 이제 앞길을 같이 걸어가자고 정한 사이가 아닌가. 남들은 그들의 관계를 알 리 없었다. 그러나 이수는 솔직히 두렵다.

「왜 내게 이런 일이 일어났을까?」

「그만 해라.」

나빈이 감정 잡지 말라고 으름장을 놓는다.

「살아오면서 내가 뭘 잘못했을까?」

「잘못하긴. 우연히 그냥 수많은 일이 일어나는 거지.」

「인과응보라는 말이 있잖아. 자꾸만 내 과거가 돌이켜지고, 마음이 켕겨.」

「켕길 것도 많다. 빨리 퇴원해서 토룡탕이랑 보신탕이랑 먹으러 다닐 거나 생각해. 우리 형민이 선배한테 따라붙자. 그 치 그런 거 무지 좋아해.」

「모든 것이 두려워져. 또 한쪽이 언제 곪아 터질지 모르는 거 아냐.」

「마음이 약해져서 쓸데없는 생각이 꼬리를 무는 거야. 일단 잠을 자도록.」

나빈이 이불을 꾹꾹 눌러 덮는다.

옆 침대의 어린 연인들이 다람쥐들처럼 장난치며 까르륵까르륵 돌아다닌다. 아프다는 것을 핑계로 여자는 남자 친구를 막무가내로 부려 먹고, 남자는 또 즐겁게 머슴 노릇을 해준다. 업으라면 업고, 내려놓으라면 내려놓고, 뭘 가져오라면 가져오고…… 머리를 들이 대라면 머리까지 들이대고 노리개가 되어 준다. 여자는 남자 친구의 머리에 제 꽃핀을 꽂았다가, 가르마를 탔다가, 요리 돌려 보고 조리 돌려 보며 깔깔거린다. 내게도 저런 시절이 있었던가. 이수는 눈을 가느스름하게 뜨고 옛날을 더듬는다. 처음부터도 자기들은 저랬던 것 같지가 않다. 아마 성격 탓이리라. 사랑의 심도 때문이라고는 할 수 없을 것 같다. 강일도 처음에는 열렬했었으니까. 끈질기게 찾아 오고, 3백 통이 넘는 편지에, 흐드러진 꽃다발에…… 캠퍼스에 요란 하게 소문이 났는데도 이수는 냉담했었다. 그때까지는, 이수에게는 해결되지 않은 무엇이 있었다. 마음속 깊이 삼켜 버린, 누구에게도 발설할 수 없는, 그러나 결코 넘어설 수 없는 비밀. 오랫동안 그녀의 마음을 바윗덩이처럼 짓눌러 온 그것. 동생 이태의 죽음과, 그가 죽 던 날 일어났던 잊지 못할 '그 일'. 그녀는 거기에서 헤어나지 못하고 있었다. 늪에서 벗어나는 계기는 우연히 바람 불듯이 왔다. 무더운 여름이 지나고 강일이 노란 소국을 한 아름 안고 온 날, '리치몬드'라 는 빵집 앞에서, 불현듯 쇼윈도에 비친 빛나는 태양을 보았던 것이 다. 그녀는 소국을 보며 겹겹이 드리워진 마음의 커튼을 걷었다. 세 상에! 금방 일어나 이렇게 손만 뻗으면 무거운 커튼을 걷을 수 있는 것을! 그러면 저렇게 환한 세상이 보이는 것을! 이수는 저 혼자 커튼 을 무겁게 닫고 세상 고민을 혼자 짊어진 듯이 빛 한 줄기 없는 암흑 속에 누워 있었다. 숨도 제대로 쉬지 못하고, 끙끙 앓으면서. 그냥 일 어나 커튼만 걷으면 되는데도! 커튼 밖의 세상은 눈부시고 아름다웠 다. 창밖에서는 철 따라 신록이 우거지고 꽃이 피었다. 여름이면 사람들은 바닷가로 달려가 푸른 물에 몸을 담그고, 겨울이면 랄랄라 스키를 탔다. 도대체 커튼을 닫고 암흑 속에 누워 있을 이유가 없었다.

그날 이후로 이수는 과거의 어둠을 잊었다. 그건 어쨌든 강일의 공이었다. 잊었다고 해서 뿌리째 잊었을 리는 없지만. 강일을 따라다니며 자디잔 행복들을 만지작거리고 누렸다. 가슴에 검은 뿌리가 박혀 있어도 사람은 그날그날 나름대로 기쁘게 살아갈 수가 있었다. 그러나…….

「나 좀 눕혀 줘.」

「그래, 그래. 너무 오래 일어나 있었다. 안 그래도 간호사 오면 뭐라 그러겠다.」

「얘, 우리 엄마한테 얘기 안 했겠지?」

「맹장이라고는…… 얘기했나 보더라. 노인네가 와보시려구 야단하는 걸 간신히 말려 놓고 왔다고 오빠가 그러던걸. 설마 그 무거운 입으로 시시콜콜히 얘기했겠니? 아마 자세히는 모르실 거야.」

「…….」

「퇴원하면 집으로 가. 가서 며칠이라도 있다 와. 속으로는 얼마나 노심초사하시겠니? 실물로라도 안심시켜 드리고 와야지.」

이수는 나빈의 입에서 자기 어머니가 '노인네'라고 말해지는 것을 담담히 듣고 있었다. 나빈은 이수와 가장 친한 친구지만 어머니의 나이는 제대로 모를 것이다. 어머니가 왜 그렇게 쇠잔하게 늙었는지도. 어머니는 당신 나이보다 10년 이상이나 노인으로 보인다. 환갑을 넘긴 지 몇 해 안 되는 어머니였다. 그런데도 사람들은 칠십 중반으로, 아주 삭막한 노인으로 바라보는 것이다. 어머니 스스로도 외모나 차림새에는 관심조차 없었다. 치장하는 것을 오히려 죄스럽게 여기고 있었다. 아버지에 대한, 집안의 몰락에 대한 의리 같은 것이리라. 젊어서, 대갓집 맏며느리답게 둥글고 부덕한 얼굴에, 가지색 치마와 노란 저고리를 입었던 어머니. 누구나 환하다고 입을 대던 어머니. 어머니는 이수와 달리 체격도 크고 얼굴도 달덩이 같고 이목구비도 큼직큼직 잘생긴 편이었다. 그러나 지금은 만성 신경앓이로 쪼그라들어 체중이 반에 육박할 정도로 줄었다. 오장 육부, 사지 육신 중 어느 한 곳 아프지 않은 날이 없고, 아예 기꺼이 죽음의 동굴로 들어가려 한다. 누구의, 어떤 말로도 어머니는 마음을 돌이키지 않는다.

차라리 어떤 때는 어머니가 덜 괴롭도록 하느님이 빨리 모셔 갔으면 하는 생각이 들 정도다. 그래서 이수는 우정 집에 들르지 않는다. 오빠도 딱하고, 어머니도 딱하고…… 그녀 힘으로 어떻게 해볼 도리가 없다. 동생 이명도 그런 이유로 집을 떠났을 것이다. 녀석도 여간해서는 집에 오지 않는다. 명절 때나 어머니 생신 때를 빼고는.

퇴원하는 날 다시 오빠가 왔다. 이수는 작업실로 가지 않고 오빠와 함께 집으로 돌아갔다.

집.

이수가 고등학교를 졸업할 때까지 살았던 죽변을 떠나온 뒤 오빠는 서울의 서대문구 역촌동에 자리를 잡았다. 팔도 사람들이 모여 사는 서울. 흉도 허물도 감출 수 있는 서울. 오빠는 결국 어머니를 모시고 낯 모르는 서울로 오고야 말았다. 영주로 가도, 대구로 가도, 누군가는 알아볼 것이다. 그들 가족이 죄를 지은 건 아니지만……. 사람들은 타인의 불행에 너그럽지 못하다. 절대로. 그뿐인가. 사람들은 불행을 당한 사람들을, 약자를 밟아 문지르며 쾌감을 느낀다. 그것으로써 자신들의 우월감을 증명하려 한다. 지금까지 자기들이

당해 온 억하심정을 약자를 괴롭힘으로써 풀려 한다. 말이 좋아 이웃사촌이었다. 그것을 이수네 가족들은 절실히 깨닫고 있었다. 왠지 동네가 소박하고 집값도 싸고…… 이것이 이곳에 앉은 오빠의 변이었다. 여든 평 정도라던가. 도시치고는 그다지 좁지 않은 대지에, 지은 지 20년은 된 듯한 단층집이 칙칙하고 무겁게 서 있었다. 집장수들이 한꺼번에 지어서 그럴까. 옆집들도 비슷비슷했다. 오빠는 무엇보다도 40여 평이나마 집 앞의 뜰을 보고 이 집을 택했을 것이다. 천혜의 청못이며 커다란 안마당이며 집 뒤의 동산이며 죽변에서 한없이 넓게 살던 오빠로서는 여분의 땅 한 평 없는 아파트에 들어가기가 숨 막혔으리라. 그러나 이것이 올케와의 불화에 화근이 되었다고 나중에 들었다.

 벨 소리를 듣고 어머니가 소스라친 듯이 달려 나왔다. 뜨락에는 벌써 봄기운이 서려 있었지만 어머니는 아직도 두터운 스웨터 차림이었다.

「엄마!」

「어유, 쯔쯔…… 이것아.」

이수는 집 안으로 들어갔다. 어둡고 충충한 마루가 썰렁하게 그녀를 맞았다. 이 집은 남쪽으로 커다란 마루와 안방이 나 있고, 북쪽으로 부엌과 욕실, 방 두 개가 멋없이 박혀 있는 구조였는데, 처마가 깊어서인지 마루가 어두웠다.

「안방으로 들어가. 방을 바꾸었다.」

오빠가 뒤에서 말했다.

「방을 바꿔?」

「응, 어머니가 이제 안방을 쓰셔.」

이수는 속으로 깜짝 놀랐다. 좁은 데로 이사 오면서 아들 내외를 안방에 앉힌 어머니였다. 그럼 올케가 장롱이며 짐을 다 가져갔단 말인가? 아니면 어머니가 돌아가실 때가 되어 안방으로 모신 것인가?

「방이 너무 어두워서…… 노인네가 밝은 데를 쓰셔야지.」

오빠의 대답은 단순히 어머니에게 밝은 방을 드리려고 했다는 투였다. 이수는 안방 문을 열었다. 어머니의 장롱과 문갑, 손그릇 들이 죽변에서처럼 놓여 있었다.

어머니가 어느새 상을 들고 들어왔다. 뽀얀 곰탕이 국그릇에 담겨 있었다.

「엄마는? 내가 뭐 애를 낳았나?」

「애 낳은 거나 같지. 그렇게 큰 수술을 했는데.」

「지금 못 먹을 것 같아. 아침에 병원에서 먹은 것도 소화가 안 됐는데…….」

「그래도 훌훌 마셔. 이게 진국이다. 기름은 다 걷어 냈어.」

이수는 마지못해 수저를 들었다. 기분이 야릇했다. 얼마 만에 마주 앉아 보는 모녀 사이인가. 어머니에게는 딸이 이수 하나였다. 오빠인 이호를 낳고 뱃속의 아이를 셋이나 잃고서 모처럼 낳은 것이 이수였다고 한다. 그 뒤로 바로 사내 동생들인 이태와 이명을 내리 낳아 할아버지 할머니는 물론 식구 모두가 이수를 복덩이라고 귀여워했다. 어머니도 사내애들 틈에서 혼자 자라는 이수를 항상 특별히 대해 주었다. 그러나 어머니에게는 일이 너무 많았다. 크나큰 살림이며 손님, 제사, 명절, 생일 들, 어장 식구들 뒷바라지까지 어느 한 날 한가한 적이 없었다. 아마 평생 낮잠을 자본 적이 없을 것이다. 그래서 이수에게 잔손을 내밀지 못했다. 이수는 어려서부터 머리도 혼자 빗고 학교에 가고, 옷도 혼자 챙겨 입었다. 세월이 그렇게 흐르자 그들 모녀 사이는 뜨악해져 버렸다. 잔정을 주고받지 못하고 품에서 비비적거리지도 않았기에 서로 너무 어렵고 점잖았다. 피붙이라는 말이 계면쩍을 만큼. 이수는 지금도 어머니의 눈치를 보며 억지로 곰국을 떠먹고 있다. 나빈 같았으면, 고래고래 소리를 지르며 싫다는데 왜 억지로 먹이냐고 함부로 대거리할 텐데.

어머니는 먹는 거 하나만큼은 언제나 이수의 것을 별도로 마련해 주었었다. 할머니도 할아버지도 또 아버지도……. 몸집이 유난히 작고 입이 짧은 이수를 먹성이 시원찮아 못 크는 모양이라고 걱정하곤 했다. 이수는 낳을 때부터 조산아였고, 우유를 다른 애들의 4분의 1도 못 먹었다고 했다. 크면서도 늘 소화 기관이 말썽을 일으켰다. 온 식구들이 부엌을 드나들며 어머니와 소곤대곤 했다. 어머니는 오늘도 이 곰국을 다른 사람이 먹는 것과는 다르게 끓였을 것이다. 기름기를 완전히 걷어 낸 뒤 어떻게 어떻게 하여 소화가 잘되도록 만들었을 것이다.

이수는 요즘에 와서야, 그때 어머니가 자신에게 잔정을 베풀지 못한 것은 단순히 일이 많아서가 아니라 아버지하고의 관계에 이상 신호가 와서 그러지 않았을까 짐작하게 되었다. 아버지에게는 서울에 여자가 있었던 듯하고, 어느 순간부터 어머니와는 부부 생활도 하지 않았던 것 같다. 확실치는 않지만, 1년에 두어 번 내려오는 것에 불과했으므로 뭐 그렇게까지 찬바람 돌게 대할 필요가 있었겠나 싶기도 했지만, 어쩐지 그런 느낌이 뒤늦게 드는 것이다.

며칠 지나면서 이수는 자리에서 일어나 마루도 닦고 뜰도 거닐었다. 오빠의 손이 정성스럽게 간 뜰은 생생히 살아나 있었지만 아무리 봐도 올케가 불만을 삼았음 직한 집이었다. 커다랗기만 하고 휑뎅그렁한 마루……. 집에 들어설 때마다 열 평도 넘는 듯한 그 마루가 사람의 마음을 음산하게 했다. 왜 집을 이렇게 지었을까? 방이며 부엌이며 모든 곳이 채광이 좋지 않아 침침하고 천장이 드높아 으스스 추웠다. 해가 환하게 들고 사시사철 따듯한 아파트를 올케는 바랐을 것이다. 처음 지어졌을 당시에는 튼실하고 웅장해 보였을 것 같긴 했다. 마루 벽이며 천장에 통짜 나무를 아낌없이 쓰고, 집 외부에도 원목 비슷한 목재들을 무게 있게 치장한 집이었다. 집장수는 집으로 한을 풀고 싶은 사람들의 심경을 노렸는지도 모른다. 그러나 살아 보노라면 가족의 중심장인 마루가 어둡고 을씨년스러워서 몇 년 비워 둔 강당이나 창고 같았고, 그것이 종일 기분을 암울하게 했다. 여름에나 좀 시원할까. 이수는 햇빛을 찾아 자꾸 뜰로 나가게 되었다.

오빠는 뜰 한 귀퉁이에 작은 연못을 파서 가장자리에 빙 둘러 대나무를 심어 놓았다. 웃음이 났다. 몰리고 몰려 바닷가를 떠나온 이래 그래도 물을 못 잊어 이 웅덩이를 파놓았을까. 돌더미들 사이에서 대나무들은 누릇누릇 겨울을 나고 이제 막 봄을 향해 기지개를 켜는 중이었다. 대나무까지도 심어 놓은 걸 보면 오빠가 자기도 모르게 고향을 그리워하고 있다는 걸 알 수 있었다. 사람은 결국 어쩔 수 없는 모양이었다. 그들 가족이 살던 고향, 죽변이라는 곳. 오빠의 정원에는 대추나무와 해당화, 모과나무까지 심겨져 있었다.

어머니가 빨래 함지를 들고 나왔다.

「내가 널게. 엄만 괜찮아?」

「괜찮지 않고. 너무 편해서 죄받는 것 같다.」

「죄는 무슨…….」

이수는 어머니와 함께 빨래를 널었다.

「아이라도 하나 있으면 오죽 좋으냐?」

오빠 얘기였다. 밝은 데서 보니 어머니는 오히려 조금 맑아 보여 자기 나이가 풋풋이 드러났다. 쌍꺼풀 진 커다란 눈에 빛이 깃들면서 청아한 기운이 스며 나왔다. 아직은 60대 초반이 아닌가. 오빠에게 소생이 없어 어머니는 적적하고 초조한 눈치였다. 하긴 저렇게 재혼할 생각도 하지 않고 있으니…….

「사업은 잘된대?」

「요새 잘되는 사업이 어디 있겠니?」

오빠는 대학에서 화공학을 전공했는데, 처음에는 고향에 돌아가 할아버지의 어장과 배들을 물려받아 가업을 이을 생각이었다.

아버지가 젊어서부터 서울에서 지냈기 때문에 할아버지는 큰손자인 오빠에게 모든 것을 넘겨주고 뒤로 물러날 작정이었던 것 같았다. 아버지는 웬일인지 서울의 작은고모네 집에서 평생 식객 노릇을 하며 1년에 몇 차례밖에 집에 내려오지 않았다. 작은고모부는 당시 세도 있는 정치가 집의 집사로, 믿어지지 않을 만큼 큰돈을 가지고 떵떵거리며 살았다. 작은고모가 할머니에게 속닥이는 소리를 이수도 어렸을 적에 들은 일이 있다. 내용을 몰라 잘 알 수는 없지만, 무슨 돈인가를 가마니로 두 가마니, 세 가마니 실어 온다고 했다. 그 고모부의 어깨너머로 정치란 것을 넘보며 아버지는 막상 정치를 하는 것도 아니면서 작은고모의 부추김에 평생을 소비한 것이나 아닌지 모르겠다. 두어 번 공장을 차리고 친구와 무슨 동업인가를 한 것도 같지만, 이수의 기억에 아버지는 뚜렷한 행적을 남기지 못했다. 그러던 중 '그 일'이 터져 감옥에 들어가고, 모든 것이 풍비박산이 나버린 것이다. 그 뒤 오빠는 서울로 올라와 고등학교 때 친구와 '향기 나는 양초', '냄새 분해제', '오일 정화제' 따위를 만들고 있다. 궁리궁리해서 1년에 한두 품목씩 신상품을 내놓지만, 판매가 어려우리라는 것은 보지 않아도 뻔하다. 더구나 아이엠에프 시대가 아닌가.

「엄마, 전에 내가 사다 준 그 스웨터 입지, 옛날 것들 좀 버리고.」

「내 몸엔 이런 것도 황송하다.」

「엄마는?」

「하루 세 끼 밥 먹고 똑바로 누워 잠자는 것도 죄스럽다.」

「엄만 정말 왜 그래. 지난 일을 가지고.」

「지난 일? 그게 지났다고 잊혀질 일이냐?」

「안 잊으면 뭐 해? 그래서 더 나아지는 게 뭐 있냐구.」

「누가 지금 너하구 그런 거 따지재든?」

어머니는 빨래 함지를 휙 낚아채 뒤란 쪽으로 돌아갔다.

이수는 한 대 맞은 듯 멍하니 섰다가, 다시 연못가로 갔다. 어머니의 인생이 가슴 답답하게 차올랐다. 딱하고 안타깝지만, 어찌할 도리가 없었다. 집안에 일어난 일을 어머니는 아직도 받아들이지 못하고 있었다. 자꾸 고집을 피우며 옛날의 영화를 만지작거리는 것이다. 그래서 저렇게 화를 내고, 자신을 학대할 수밖에 없나 보다.

조용한 물웅덩이에는 고기 한 마리 없었다. 금붕어라도 몇 마리 사다 넣지 그러느냐고 어제 이수는 말했었다. 그런 색깔 있는 고기 일없다고 오빠가 잘라 말했다. 잉어 같은 것도 있지 않느냐고 구슬렸으나 비린내 나는 민물고기를 무슨 맛에 물에 넣느냐고 되레 투그렸다. 오빠도 마찬가지였다. 이 웅덩이의 물은 민물보다도 더한 수돗물이었다. 아무리 마음속으로 고집을 부리고 있어도 여기서 바닷고기를 키울 수는 없었다.

오빠는 민물고기를 비린내 난다 하고 바다 냄새를 구수하다고 생각하지만, 사실 서울 사람들은 갯내를 비린내라고 생각하고 있었다. 이수는 그것을 오빠에게 말하고 싶었다. 그러나 말해서 뭐 하랴. 오빠라고 해서 그것을 모르겠는가.

잔잔한 바람이 고운 물결을 만들었다. 물이랑 속에 어른거리는 자신의 얼굴을 이수는 한참 동안 들여다보았다. 난소 하나가 없는 여자가 너울너울 흔들렸다. 이수는 오른쪽 아랫배를 살며시 만져 본다. 아직도 상처 근처가 둔하게 아팠다. 메스로 절개한 부위는 아물었지만 주변의 살들은 새로운 결합에 아우성치고 있었다. 이것이, 이 상황이 서른셋의 내 인생에 찾아온 손님인가. 뜻하지 않은 손님. 눈 한쪽이 멀었든 다리 하나가 불구든 오직 자신의 인생이라는 자각이 아프게 메아리친다. 처음에는 화가 나고 어이없어 받아들이지 못했으나, 놀라서 되돌려 보내고 싶었으나, 결국은 맞아들여 벗으로 살아가야 할 손님. 손바닥에 따끈따끈한 열기가 전해져 왔다. 그녀는 눈을 똑바로 뜨고 물속의 자기 자신을 오래 마주 보았다.

닷새 만에 이수는 작업실로 돌아왔다. 나빈은 네모난 철판을 두 장 의자처럼 꺾어 잇대 놓고 그 사이를 용접하고 있었다. 자신도 이제 작업에 몰입해야 하리라고 생각했으나, 강일이 무겁게 마음에 걸렸다. 너무 오래 서로 연락하지 않은 것이다. 물론 한 달 이상 만나지 않은 적도 여러 번 있었다. 그러나 그건 이러저러한 일이 있어서 당분간 바쁠 거라고 양해를 구하고 서로의 일에 매달렸을 때였다. 이번처럼 별말도 없이 오래 뜸했던 적은 없었다.

팀장으로 승진했다고 하더니 더욱 바빠졌나. 하지만 더 어떻게 바빠진단 말인가? 이수는 강일의 일상을 생각하면 울화가 치민다. 이제까지는 모든 것을 용납해 주었으나, 그것이 버릇을 잘못 들인 것만 같아 후회가 된다.

이수는 강일에게 전화를 건다. 전화가 걸리자마자 통신 회사의 멘

트가 튀어나왔다. 핸드폰을 꺼놓은 상태였다. 할 수 없이 그의 회사로 전화를 걸었다. 교환 번호를 누르자 녹음된 강일의 목소리가 나왔다. 안강일입니다, 메시지를 남겨 주시면 곧 연락 드리겠습니다. 간결하고 경제적인 응답 뒤로 부드럽고 유연한 그의 영어 메시지가 흘러나왔다. 이수는 다시 전화를 걸어 강일 밑에서 일하는 어소시에이트 김남일을 찾았다. 팀장님은 포르투갈 출장 중이시라고 그는 간단히 알려 주었다. 포르투갈? 포르투갈엘? 무슨 작업을 하다가 받은 듯 김남일은 경황이 없는 눈치였다. 모델링 데이터가 어쩌고 벤치마킹한 자료가 어쩌고 조그만 소리들이 끼어들면서 자판 두들기는 소리도 났다. 프레젠테이션에 사용할 슬라이드를 만들고 있는지도 몰랐다. 이수는 강일이 언제 출장에서 돌아오는지만 재빨리 물었다. 주말에 돌아올 예정이라고 했다. 전화를 끊고 이수는 우두커니 앉아 있었다. 문을 닫았는데도 용접 소리가 찌이잉 찌이잉 들려왔다. 전문직 남성이라는 이들은, 이수가 옆에서 보노라니, 그 생활이 서글프기 짝이 없었다. 회계사도 그렇고 국제 변호사도 그렇고 그들은 시간이 없어서 결혼도 하지 못한다. 결혼하려면 여자를 만나고 연애도 하고 뭔가를 좀 더 주고받는 과정을 거쳐야 하는데, 어느 한 시기를 놓치면 그럴 시간이나 기회가 영영 없어져 버리는 것이다. 그렇다고 해서 그 까다로운 남자들이 아무 여자하고나 결혼할 리는 없다. 그들은 그저 아침부터 밤늦게까지 일만 한다. 연봉은 많지만 돈 쓸 시간도 없다. 동년배에 비해 아파트만 조금 크고 깨끗할 뿐 식생활은 보통 사람들보다도 더 형편없다. 아침은 굶기 일쑤고 점심도 특별한 경우가 아니면 고작 샌드위치나 햄버거 정도다. 그것들을 어적어적 씹으며 컴퓨터와 눈싸움하는 게 그들의 점심시간이다. 그러고는 바로 오후의 일과. 다행히 강일에게는 이수 자신이라도 있어 그나마

낫다는 생각이 든다. 그러나 이런 남자를…… 내가 언제까지 이런
식으로 사랑할 수 있을까? 이수는 전화기를 내려다본다. 이게 사랑
일까? 단지 전부터 만나 오던 관성이 아닐까?

시카고의 불빛

공항에서 독일인 부사장과 헤어지고 나서 강일은 택시를 탔다. 그는 뒷좌석의 등받이에 상체를 기대고 손목을 끌어올려 시계를 한국 시간으로 맞췄다. 오후 네시 15분이었다. 날씨는 흐려 있었다. 어깨에서 팔로, 다리로 나른함이 흘러내렸다. 온몸에 힘이 빠져 당장 아무 데나 눕고 싶었다.

명륜동의 아파트까지 어떻게 왔는지 기억할 수 없었다. 시차도 그랬지만 리스본에서의 일주일은 혀가 쑥 나오도록 힘든 강행군이었다. 그는 샤워만을 간단히 하고 침대에 누웠다. 하루 이틀 꿈도 없이 곯아떨어질 것 같았다. 다음 달에는 운동량을 늘려야겠어. 그는 밤늦게 들르곤 하던 헬스클럽의 여러 기구들과 자기의 건강 주치의인 신영일 박사를 떠올렸다. 침대 매트리스가 해면처럼 그를 흡수했다. 그는 입을 약간 벌리고 인체가 요구하는 가장 편안한 자세가 되어 얼마간 잠을 잤다. 자신의 코 고는 소리가 희미하게 들렸다. 눈앞이 빙빙 돌며 갑자기 차들이 올림픽 도로 위를 쌩쌩 달렸다. 차선을 바꾸려고 했던 것 같은데, 어떻게 된 것인지 미시간 호의 호반 도로인 레이크 쇼어 드라이브에 있었다. 로렌츠 거리로 가는 중일까, 아니면 공항으로 가는 중일까? 멀리 시카고의 야경이 보였다. 그는 탄성을 질렀다. 매혹이라는 말을 일생에 단 한 번 사용해야 한다면 그는 단연 시카고의 야경에 그 단어를 사용할 것이다. 잘사는 나라여서 그런지 그 도시는 밤에도 불을 끄지 않았다. 사람들에게 아름답게 보이기 위해 시내의 모든 건물들이 밤새 불을 밝혀 놓고 있는 것이다. 그뿐인가. 건물들 하나하나가 더 아름답게 보이려고 인공적으로 갖은 노력을 다하고 있어서 귀금속점에 특별 전시된 보석들처럼 각기 독특한 외부 조명들을 받으며 자태를 뽐내고 있었다. 절약과 근검을 우선시하는 우리네와는 문화에 대한 개념이 아예 달랐다. 대학원이 있는 하이드 파크를 벗어나 시내 한복판의 글리처 센터에서 강의를 듣고 돌아오는 밤이면 강일처럼 무심한 사람도 미시간 호와 시카고 강이 만나는 부근의 아름다운 상가 건물들을 넋 놓고 바라보곤 했다. 시어스 타워나 존 핸 코크 타워에서 내려다보는 야경도 장관이었지만 호반 도로에서 바라보는 시카고의 야경이야말로 정말 매혹적이었다. 언젠가 너무도 울적했을 때, 도저히 더는 숨도 쉴 수 없이 가슴이 막혀 왔을 때, 쌀과 김치를 사러 로렌츠 거리로 가다가 레이크 쇼어 드라이브를 무작정 달린 일이 있었다. 달려도, 달려도 푸른 물은 이어졌다. 미시간 호는 한국에 있을 때는 상상도 하지 못한, 바다와 같은 호수였다. 호반 도로를 한 바퀴 도는 데만도 사흘이나 걸리는. 그는 달리다 달리다 지쳐 차를 세웠다. 어느덧 밤이 되고, 시카고는 멀리서 여전히 명멸하고 있었다. 차를 돌려 돌아오며 그는 내내 홀리듯 야경을 바라보았다. 다음 주일 치의 식품도 사지 못한 채 한 주일이 흘러가고 있었다. 가슴 가운데로 저문 강물이 스며들며 무엇인가가 간절하게 그리웠다. 견딜 수 없이 가슴 근처가 저려 왔다. 그는 뒤척였다. 침대가 출렁 그의 체중을 받아 냈다. 점점 의식이 들면서, 여기는 서울이라는 생각과, 어제 김포에 내려 명륜동의 아파트로 왔다는 자각이 들었다. 천장에서 전등이 환하게 얼굴을 내리비추고 있었다. 저거였구나……. 불을 켠 채 잠이 들었던 것이다. 강한 불빛이 눈두덩을 계속 쏘아, 꿈에서 깨어나며 시카고의 야경을 떠올렸던 것 같았다.

눈을 떴지만, 꿈속에서의 간절하던 기분이 사라지지 않았다.

그는 몇 번 깊은 숨을 쉬고 나서, 습관처럼 이불 속으로 손을 넣어 불룩 솟은 자기의 몸에 손을 얹었다. 따듯하고, 다정했다. 그때, 자신은 누구를 그렇게 애타게 그리워했던가? 시카고에서의 2년간, 미시경제학이니 재무 회계학이니 통계학, 제너럴 매니지먼트 따위의 과목에 코가 꿰여 정신없는 가운데서도 순간순간 떠오르던 얼굴은 누구였던가? 그것은, 역설적이게도, 유학을 떠나기 전 관계를 끝내고 간 이수라는 여자의 자그마한 얼굴이었다. 이상하게도 이수와 헤어진 뒤 선을 보고 사귀다 간 그 여자의 얼굴은 떠오르지 않았다. 정면으로 보면 훤하고 눈도 예쁜 여자였다. 키도 사뭇 크고 살결도 고와서 어디 가나 시선을 끌었음 직한 그 여자는 자신이 예쁘게 보인다는 것을 늘 의식하고 있어서 손매나 표정 등이 짐짓 교태스러웠는데, 아무도 쳐다봐 주지 않으면 속상해 물고기처럼 팔딱거렸다. 얼굴을 살짝 숙였을 때 콧매로 해서 양쪽 입가로, 미련하달까 좀 멍청한 기운이 퍼지는 것을 본인은 모르는 모양이었다. 치기 어린 것까지는 참을 수 있었으나 천품인 듯싶은 그 분위기만은 참을 수 없었다. 그 여자가 계속 편지를 해오고 있었지만 고개를 살짝 숙였을 때의 모습만이 편지 갈피 사이로 떠올랐다. 그 뒤, 친구의 소개로 한인 교회에 가서 또 한 여자를 만났지만, 강일은 오히려 자기가 이수를 매우 그리워하고 있다는 것을 알아차렸을 뿐이었다. 그는 너무 답답해서 호반에 있는 그랜트 대공원으로 갔다. 미시간 호도 크지만 호반을 따라 서편으로 펼쳐진 이 공원도 엄청나게 커서 공원 안에 시영 비행장을 비롯하여 갖은 공공시설들이 구비되어 있었다. 그는 수족관과 천문대 쪽으로 가지 않고 일부러 미술관 부근으로 갔다. 시카고 미술관이 유명하다는 걸 알고 있었지만 그때까지는 한 번도 가본 적이 없었다. 잔디밭에 앉아 강일은 미술관 부설 미술 학교 학생들이 오가는 것을 우두커니 바라보았다. 떨어진 청바지와 재킷, 흐트러진 머리칼…… 물감 냄새가 맡아졌다. 꽃을 들고 이수네 학교 앞에서 무작정 기다리곤 했던 날들이 떠오르며 구체적으로 그녀가 그리웠다. 헌 청바지에 말라붙은 물감의 흔적…… 감색 에이프런을 두르고 나오곤 했던 그녀……. 자신은 유화 기름 냄새를 맡고 싶어 이리로 왔던가. 그는 자주 미술관 근처에 갔고, 마음 밑바닥에서 아지랑이가 피어 오르는 것 같았고, 자주 그리움에 목이 메었다. 지금도, 조금 전 꿈속에서처럼, 당시의 애틋한 느낌이 되살아나면서 가슴이 축축해 왔다. 그녀가 못 견디게 보고 싶었다. 강일은 눈을 감았다. 짧은 머리, 자그마한 체구, 그 독특한 눈……. 그녀의 눈은 대단히 크고, 눈두덩이 볼록하고, 대개는 아래로 반쯤 내리떠져 있다. 그러나 때로, 강일 씨 그거 알아? 하고 물어 올 때라든지 자기가 좋아하거나 흠모하는 무엇을 바라볼 때, 또 아주 기쁠 때는 그 눈이 완전히 열린다. '사정없이'라고 말할 정도로 열려서 이야기나 상황이 진행됨에 따라 검은자위가 바다처럼 출렁대며 시시각각 빛을 바꾼다. 이때의 눈은 보는 이에게 기막힌 느낌을 준다. 조마조마하면서도 아예 눈을 떼지 못하고 바라보게 만든다. 물에 옷이 적셔져도 어쩔 수 없듯이 그저 바라볼 수밖에 없다. 그녀와 단둘이 있을 때에도 다른 좌석의 사람들이 그녀의 이런 눈에 놀라 뚫어지게 쳐다보던 것을 여러 번 겪었다. 그러나 누가 쳐다보는 기색이면 그녀는 곧 눈을 내리깐다. 그러고는 여간해서 다시 치뜨지 않는다. 그런 눈에 비해 얼굴은 가량가량한 편인데, 플라이급의 복싱 선수가 가볍게 잽을 날리듯이 말한다. 선병질일 것 같지만 사실은 내성적이고, 어떤 면으로는 산전수전 다 겪은 듯 너그럽다. 예를 들어 누군가가 듣기 싫은 소리를 계속해 대면 한참 듣고 있다가 와! 와! 해버린다. 지금까지는 농담이었습니다, 하는 식으로. 상대방과 자기를 동시에 건지는 것이다. 또 어떤 때는 보통 사람이 생각해 낼 수 없는 희한한 표현을 쓴다. 강일과 그의 미국인 친구와 이수 셋이 저녁을 먹은 일이 있었다. 그 뒤에 이수는 그 친구를 '그 왜 버들강아지에 콩가루 뿌려 놓은 것 같은 미국 친구 말이야'라고 말해서 강일을 저녁 내내 웃게 만들었다. 금발인 그 친구는 유독 속눈썹과 눈썹의 숱이 많아서 그 부분에 정말 뽀얗게 콩가루를 뿌려 놓은 것 같았다. 듣고 보니 그랬지만 그때까지는 아무도 그런 연상을 생각하지 못했던 것이다. 더구나 버들강아지라니…… 지금도 강일은 그 친구를 마주 대하면 버들강아지와 콩가루가 생각나서 속으로 웃곤 한다. 그림을 그리는 감각이어서 그럴까. 그녀는 무엇을 단번에 꿰뚫어 느끼고 이해했다. 강일처럼 여러 자료를 분석하고 종합해서 결론을 내리는 일이 없었다. 그러면서도 상대방을 정감 있게 감싸 안았다. 강일이 이러저러한 것들을 들이대며 따지면, 뜻밖에 선선히 물러나며 오히려 농담으로 에둘러 보듬었다. 이 뜻밖의 너그러움, 은은히 감싸 안는 맛, 생크림 같은 부드러움, 이해심, 유머 감각…… 그런 것들을 강일은 그리워했던 것 같았다. 강일은 옆자리를 더듬는다. 그녀의 체적이 그립다. 간절하다. 자그마한 키에 더욱 작은 몸매를 가진 여자. 짧은 머리에 오목한 귀를 내놓았으며, 모자를 벗으면 잔머리가 이마에 달라붙어 있는 여자……. 강아지 같은 그녀를 팔 안에 누이고 오랜만에 연인의 회포를 풀고 싶었다. 브래지어 안으로 손을 넣어 갈비뼈 위의 조그만 가슴을 만지고 싶었다. 알공알공 만져지는 갈비뼈와 빗장뼈를 오가며 그녀의 성감대를 자극하고 싶었다. 그는 머리맡의 전화기를 잡아당겨 수화기를 들었다. 눈을 반쯤 뜨고 번호판을 꾹꾹 눌렀다. 신호가 가고 나서야 지금이 몇 신지 모른다는, 아마도 새벽인 것 같다는 느낌이 왔다. 그녀는 곤한 잠에 취해 있을지도 모르는 일이었다. 덜컥, 신호가 떨어졌다.

「여보세요?」

이수의 목소리가 들려왔다. 반가웠다.

「나야, 나. 어젯밤에 왔어.」

「왔어?」

그녀는 꽤 놀란 눈치였다.

「지금 좀 와.」

그의 태도는 여느 때처럼 이유 불문, 강압적이었다.

「지금?」

「응, 지금. 지금 네가 있었으면 해.」

그녀는 어리둥절한 모양이었다.

「완전히 다운 상태거든.」

「……아파?」

그녀가 조심스럽게 물어 왔다.

「조금. 기분이 영 그래.」

「갈게.」

그녀가 호루라기를 불듯이 훅 말했다. 무엇인가 재빠르게 파악한 것이 분명했다. 택시를 타더라도 30분은 걸리겠지. 그는 다시 눈을 감고 아슴아슴 상념 속으로 빠져들었다. 진작 결혼했더라면 좋았을 걸 그랬어. 그랬으면 벌써 아이를 낳았겠지. 그는 머릿결이 보드라운 자기 아이를 떠올렸다. 늘 이번 프로젝트 끝나면 결혼식을 올려야지, 하고 결심하지만, 그럴 경황도 없이 또 다른 프로젝트가 겹쳐 시작되곤 하였다. 이수 쪽에서라도 서둘렀으면 그냥 끌려갔을지 모른다. 그러나 그녀는 결혼하고 싶지도 않은지 저렇게 멀찍이에서 베도는 것이다. 가끔씩 만나 사랑을 확인하긴 하지만. 작업 때문일까. 강일은 분당에 있는 자기 어머니를 떠올렸다. 마음이 심란했다. 어머니는 그의 결혼식을 일생일대의 '행사'로 벼르고 있었다. 어머니의 인생 성공을 증명하는 최대의 이벤트로. 내 나이가 벌써 서른넷인데 그게 얼마나 우스운 노릇일까……. 어머니는 지금까지 살아오면서 자기의 신경을 긁었던 모든 사람들에게 폭탄을 터뜨리듯 충격으로 복수하고 싶어했다. 아버지와 염문이 있던 여자가 자살을 하고 그것이 왁자하게 화제가 되는 바람에 어머니는 젊어서 자존심을 심하게 다쳤다. 그때부터 어머니는 자기가 이 세상으로부터, 모든 사람들로부터 조롱당하고 있다고 느끼는 것 같았다. 그 때문인지 자식을 통한 통렬한 복수의 꿈을 꾸었다. 이수와 어떻게 어머니식의 요란한 결혼식을 치를지 그는 난감하기만 하다. 미국처럼 간단히 부모를 저버리고 결혼할 수 없는 현실이 강일을 무겁게 짓눌렀다. 지난번 프로젝트 끝나고 억지로 비밀 결혼이라도 할걸 그랬어. 우격다짐으로, 어딘가로 가서 그렇게 할 수도 있지 않았을까. 콧마루를 간질이는 찬바람의 유동에 그는 눈을 떴다. 설핏 잠이 들었었나 보다. 한 뼘쯤 열린 방문 밖에서 살랑이는 기운이 조금씩 흘러 들어왔다. 이수가 온 모양이었다. 그녀는 거실문을 열어 환기시키면서 방 안에 찬바람이 직접 들어가지 않도록 방문을 조금만 빠끔히 열어 놓은 것 같았다.

「이수야!」

그는 잠에서 덜 깬 목쉰 소리로 그녀를 불렀다. 연회색 반소매 스웨터 차림의 그녀가 불쑥 얼굴을 들이밀었다. 약간 야윈 얼굴이었다.

「너무 곤히 자기에…….」

「깨우지 그랬어? 미안, 새벽에 오라고 해서.」

「새벽? 무슨 새벽? 지금 밤 아홉신데.」

「아홉시? 토요일, 아니면 일요일?」

「아 참, 미치겠네. 토요일 밤 아홉시야. 대체 어떻게 된 거야? 날짜도 모르고.」

「시차 때문에 그래. 그럼 몇 시간 안 지났군. 아까 오후에 공항에 내려서 집에 와 잠깐 잔 거야. 난 오래 잔 줄 알고 새벽인 줄 알았던 거구.」

「안 그래도 연락이 안 돼서 무척 궁금했는데……. 잘 다녀온 거야?」

「잘 왔으니까 이렇게 여기 있지.」

그는 누운 채 그녀를 끌어당겼다.

「왜 갑자기 포르투갈엘 가? 그 먼 데를?」

「장소가 상관 있나, 뭐. 편리한 데 모여서 회의하는 건데.」

그녀의 머리칼에서는 풋사과 향이 났다. 이런 냄새가 나는 샴푸를 썼었나……. 그는 거기에 코를 들이밀었다.

「그럼 비즈니스 때문에 거길 간 게 아니네?」

「프로젝트 리더들 트레이닝이야. 그것도 일종의 비즈니스지.」

그는 그녀의 귓불에 입술을 대며 그녀의 얼굴을 감싸 쥐었다. 오랜만의 입맞춤이었다. 그러나 그녀는 끌려오지 않았다. 곧 그의 입술을 벗어난 그녀가 따지듯 물었다.

「쉴 짬은 없었어?」

「쉬긴. 아침 여덟시부터 하루 열 시간씩 숨 쉴 틈도 없는 강행군이었는데.」

그의 손이 그녀의 스웨터 속으로 들어갔다.

「뭘 하는데?」

「설명하기도 귀찮아.」

그는 그녀의 몸을 자기 품 안에 깊숙이 끌어들이려고 했다. 그러나 그녀는 역시 딸려 오지 않았다.

「말 좀 해봐, 뭘 하는지. 그런 데 가서.」

「뭐 강의에다 디스커션에다 분과별 미팅도 있고, 그동안 정리한 내용들 발표도 하고, 새로운 거 모두 머릿속에 넣어야 하고, 네트워킹 액티버티라는 것도 있고…….」

그의 손이 그녀의 브래지어와 씨름하면서 말랑한 가슴을 차지했다. 한 손에 담뿍 쥐어지는, 마땅한 크기의 부드러움을 그는 좋아했다.

「하루쯤 관광도 안 시켜 줘?」

그녀는 계속 따지는 투였다. 그는 웃었다. 이 여자는 언제나 그의 회사에 대해 불만이었다. 미국 회사가 돈푼이나 준다고 사람을 너무 부려 먹는다는 것이다. 그녀는 늘 어린애처럼 그의 편에서만 생각했다.

「관광이라니. 올 때 파리에서 하루 그냥 잤지. 시간 줘도 모두 그럴 생각들도 없어.」

그녀는 그가 하는 대로 상체를 맡겨 두고는 천장을 바라보고 누워 있었다.

「너무 자주 나가는 것 같아. 그렇게 힘들다면서.」

이수는 자기 생각을 비껴 나지 않았다.

「프로젝트 리더 되고 석 달 지났는데 벌써 네 번짼가? 좀 있으면 익숙해질 거야.」

그는 그녀의 스웨터를 위로 벗기려고 했다. 앞이 막힌 스타일이어서 그녀가 스스로 고개를 들어 주지 않는 한 벗길 수가 없었다. 그녀는 전과 달리 전혀 벗을 생각이 없었다.

「왜 그래?」

이상해서 그는 그녀의 얼굴을 들여다보았다.

「나 수술한 거는 알아?」

「수술?」

「나빈이 연락했을 텐데.」

「나빈이?」

그는 기억을 더듬었다. 뭔가, 무슨 일이 있었던 것 같은 감이 들었다.

「가만있자…… 무슨 쪽진가를 받았던 것 같아. 한일기업 파이널 프레젠테이션 할 땐가, 그 회사 중역들한테 분석 자료를 보고하는 중에 누군가 쪽지를 전해 주었던 것 같기도 해. 그래, 그럴 거야. 뭐라고 썼더라……. 난 무슨 얘긴지 잘 몰랐어.」

「정말? 아무것도 몰랐어?」

「그래, 정말이야. 그런데, 무슨 수술을 했어? 네가?」

「몰랐으면 연락을 해봐야 되는 거 아니야? 나한테 무슨 일인가 일어난 건 알았잖아.」

「몰랐다니까. 알았으면 내가 가만히 있었겠니?」

「나빈이 전화한 거는 전해 받았다면서? 나빈이 왜 전화했겠어?」

「잊어버렸지. 그걸 누가 그렇게 시시콜콜히 기억하냐? 전화가 오 분 간격으로 오는데.」

「기가 막혀. 이런 사람하고 어떻게 일생을 살지?」

「가만, 가만…… 무슨 수술이야?」

그는 그제야 이수가 아랫배를 한 손으로 살며시 누르고 있다는 것을 알았다.

「배를 수술했어? 여기 수술한 거야?」

「응.」

「어디 봐.」

「싫어!」

「어디 봐!」

그는 거칠게 말했다.

「싫다니까!」

그녀가 신경질적으로 받았다.

「그래, 좋아. 아랫배니까…… 일단 생명에 지장이 있는 건 아니야. 배꼽 아래가 아픈 건 아무리 많이 아파도 생명에 지장 있는 건 아니라고 의사인 친구놈이 말했어. 그래, 그렇지. 맹장이지? 맹장 수술한 거야?」

그는 그녀의 손을 떼어 내려고 했다. 그러나 그녀의 손은 완강히 아랫배에 붙어 있었다.

「그리고 아마 결과가 괜찮았을 거야. 그렇지 않았으면 퇴원도 못 했을 테고, 그랬다면 여기 이렇게 왔을 리가 없지. 그렇지? 이수야, 괜찮지?」

그는 그녀를 끌어안으며 다시 입 맞추려고 했다. 그러나 그녀가 재빨리 얼굴을 돌려 버렸다.

「미안해. 어쨌든 미안해. 그러나 이건 네가 이해해 줘야 해. 그땐 우리 어머니가 수술하셨다고 해도 난 가볼 수가 없었어. 그리고 그 후에는…… 쪽지가 잘못 전해진 거야. 난 아무것도 몰랐어.」

「알아. 그래서 더 슬퍼.」

「뭐가?」

「내가 그렇게 아파도 강일 씨가 와줄 수 없다는 사실이. 어머니가 아파도 올 수 없다는데, 뭘.」

이수는 천장 한곳에 시선을 못 박고 있었다.

「내 잘못이 아니잖아.」

「그럼 누구의 잘못이야?」

「그렇게 내가 보고 싶었으면 혼수 상태에서라도 전화를 하지.」

「전화? 받기나 하나?」

「마음 풀어. 어쩔 수 없는 일이잖아. 지난 일이고.」

「강일 씬 지난 일이면 뭐든 상관없지. 그런데 난 그렇지가 않아.」

이수가 벌떡 일어났다. 그녀는 옷을 수습하고 방에서 나갔다.

「이수야, 제발 좀 이리 와!」

그는 비굴하게 이수를 불렀다. 이대로는 너무 미흡했다. 그녀하고의 심리적 관계도 그렇고 그의 안에 이미 일어난 욕망도 그렇고…… 그는 뒤따라 나가 식탁 의자에 앉아 있는 여자의 귓불에 입술을 댔다. 뒤에서 그녀를 다시 안았다.

「강일 씨, 지금 나를 안고 싶어? 그래서 오라고 했어?」

「그럼. 네가 너무 보고 싶었어.」

「보고 싶은 게 아니라 섹스를 하고 싶었겠지?」

「그게 그거지, 뭐. 우린 성인 남녀가 아니냐.」

「왜, 직업 여잘 부르지 그랬어?」

「무슨 말을 그렇게 해?」

「그런 여잔 그걸 더 잘할 텐데, 뭐.」

「너, 정말…… 단단히 토라졌구나. 알았어. 그래, 생각해 보자. 넌 아팠고, 수술까지 했어. 여러 날 입원했을 테고, 외롭고 괴로웠을 거야. 심한 통증 때문에 몇 날 며칠 한잠도 못 잤을지도 모르지. 가족이나 친구가 있었겠지만 내가 생각났겠지. 그런데 난 아무것도 모르고 내 할 일만 한 거야. 그래서 너는 화가 났지. 그런데…… 이수야, 어떻게 하면 좋으니? 내가 뭘 어떻게 하면 좋지?」

「자기가 할 게 뭐가 있어? 아무것도 잘못한 게 없는데.」

「그걸 알아줘야 하잖아. 난 어떻게 하란 말이야?」

「가서 누워 자. 할 일은 아무것도 없으니까.」

「네가 있어야 자지.」

「저거 봐. 그저 남자는 한 가지 생각밖에 없다니까. 내가 수술까지 했는데도!」

「수술한 데 뽀뽀해 줄게. 가자. 가서 자자.」

「싫어. 난 절대 오늘 강일 씨와 안 자. 앞으로 영 안 잘지도 몰라.」

「무슨 말을 그렇게 무섭게 하니? 이수답지 않다.」

「나다운 게 어떤 건데?」

「상대방 이해 잘해 주고 은은하고 조용하고 그런 거잖아. 그러다 마음 내키면 아주 열정적으로 되는 거.」

「순전히…….」

이수는 비로소 조금 웃었다. 그러나 자기 생각을 단호하게 못 박았다.

「강일 씨, 난 오늘 기분이 안 좋아. 오늘뿐이 아니라 수술하러 병원에 간 날부터 지금까지 강일 씨한테 너무너무 화가 나. 물론 이성적으로는 강일 씨가 몰랐다니까 이해해 줘야 한다고 생각하지만 기분이 그렇지 않아. 감정이 마음대로 안 되는 거 알잖아? 그 병실에 나와 비슷한 수술을 한 여대생이 있었는데 그 애의 남자 친구는 일주일 내내 거기서 먹고 자고 이십사 시간 같이 있었어. 이빨도 닦아 주고 변기도 대주고 하면서 말이야. 부러워서 죽을 뻔했어. 저런 게 사랑인데, 하고. 나한테 강일 씨처럼 잘 나가는 애인이 있다는 게 좋은 건지 모르겠어.」

「또 그런 일 있으면 간병인 사줄게.」

「그게 간병인 갖고 될 일이야? 생각이……..」

「그럼 어떻게 하니? 현실은 현실인데.」

「그러게 말이야. 그래서 서글퍼. 서운하기도 하고.」

「사람이 다 가질 수는 없는 일이야. 나도 할 일 없는 학생이었으면 그렇게 했을 거다. 그 여대생의 남자 친구처럼.」

「강일 씨가? 내게?」

이수는 어림도 없다는 듯 픽 웃었다.

「그럼!」

「나한테 변기 대주고 양치질시켜 줬을까?」

「그게 그렇게 부러워? 지금 해줄까?」

「그게 간단한 건지 알아?」

「그렇게 어려워?」

「자기 양치질도 얼마나 더럽고 구역질 나? 그런데 대야 들고 서서 남의 입가심물을 받아 내는 거잖아. 변기도 그렇고. 상대방의 오물이 더럽게 느껴지지 않는 사람만이 할 수 있는 일이야. 상대방을 얼마나 사랑해야 하는 일인지 모르겠어?」

「네 기분은 알아. 그러나 그건 인식 차이야. 성격상 그런 게 괜찮은 사람도 있을 수 있고. 대개는 힘의 역학 관계야. 현실적으로 그 상대가 절실히 필요한 사람은 아마 그런 짓을 더 잘할 수 있을 거다. 물론 사랑도 변수가 될 테고. 그런 일로 나를 깎아내리는 건 말도 안 돼.」

강일은 다시 이수를 뒤에서 끌어안으려 했다. 이수가 돌아보았다. 이제야 자물쇠가 풀렸나 안심하려던 그는 순간 동작을 멈추었다. 이수의 큰 눈이 화르르 가슴으로 들어왔다. 심장 근처가 화끈거렸다. 완전히 열린, 용암 같은 눈이었다. 그는 움찔 뒤로 물러났다.

「강일 씨, 밖에 나가자. 오늘은 그냥 나가. 절대로 그럴 기분이 아니야. 언제나 강일 씨의 기분에 맞춰 왔지만 오늘은 안 되겠어. 우리도 밖에 나가서 다른 연인들처럼 분위기 있는 데도 가고 길거리도 거닐고 그러자. 그렇게 해본 지도 오래됐잖아. 그래 보고 싶어.」

「그래, 나가. 나가서 맛있는 거 사줄게. 근데 한번 안아 보고 나가야지. 그냥 어떻게 나가?」

그는 버쩍 서 있는 자기의 몸을 재울 수 없어 애가 달았다.

「강일 씨가 이럴 때마다 정말 배신감 느껴. 도대체 이게 뭐야? 섹스가 사랑이야?」

「사랑이 섹스지.」

「몰라. 남자들은 어떤지 몰라도 여자들은 달라. 사랑이 곧 섹스가 아닐뿐더러 남자들의 생리도 이해가 안 돼.」

「그게 그거야.」

「그래, 그게 그거라 해도 좋아. 그러나 여자들에게는 선결돼야 할 것들이 있어. 여자들은 정말 좋아하는 사람과 좋은 분위기에서 끌어안고 싶지 아무렇게는 아냐. 이것저것 삐걱거리는데도 그것만 우선할 수는 없다구.」

「이게 아무렇게나야?」

「그럼. 난 그냥 강일 씨가 보고 싶었지 섹스가 하고 싶었던 건 아니었다구. 수술하고 병상에 누워 내내 섹스할 것을 꿈꾸었다고 생각해? 내 기분은 어떨 것 같아?」

「말로야 그렇지만 그게 그거 아닐까?」

「그게 그거 아니야. 내가 강일 씨를 보고 싶었던 건…… 그래, 다시 밀착하고 싶어서야. 뭐랄까, 가슴과 가슴이 딱 맞붙어서 우리가 정말 사랑하는 사이라는 걸 다시 확인하고 싶었어.」

이수는 시선을 안으로 끌어들이며 말을 이었다.

「비록 그런 순간에 같이 있진 못했지만, 직접적인 위로는 주고받지 못했지만, 같이 있었던 사람들보다도 더 마음으로 사랑하고 있다는 걸 증명받고 싶었어. 강일 씨가 나를 보는 순간 애틋하게 나를 위로해 주고 다독거려 주기를 바랐을 거야. 단 몇 분간이라도. 그런데 뭐야, 강일 씨는 보자마자 그저 스웨터 속으로 손이나 넣고 그거 할 생각만 했잖아. 내가 수술한 거 알고서도 말이야. 난 기분이 나빠. 내가 무슨 도군가 해서.」

「그건 기술적인 문제네.」

「기술이 아니야, 마음이지.」

「아냐, 기술이야. 남자들의 마음은 다 똑같아. 아니, 비슷하다고 해 두지. 그게 그거라니까. 가슴을 맞대는 것도 우선 안아 봐야 하잖아. 안아야 가슴을 맞대고 말고 하지. 이 쬐끄만 바보야.」

「지금 강일 씨가 안자고 하는 게 그렇게 안자는 거야?」

「안아 보면 그게 다 풀려. 그 안에 모든 게 있다니까. 위로건 격려건 슬픔이건 기쁨이건…… 그 안에 다 있어요.」

「아 참, 기가 막혀. 섹스한다고 해서 두 사람 사이의 모든 문제가 풀린다고 생각하는 그 남자들의 생각, 도대체 누가 가르쳐 준 거야?」

「누구긴, 조물주지.」

「아, 아냐. 절대로 안 풀린다구. 조물주가 잘못 가르쳐 준 거야. 아니면 잘못 해독했든지.」

이수는 차갑게 외면했다.

「풀리나 안 풀리나 한번 실험해 보자. 실험해 봐서, 아니면 내 다시는 안 그럴게.」

그는 계속 그녀의 뒤에서 그녀를 구슬렸다.

「실험? 이런 걸 실험해 봐야 안단 말이야? 내가 아니라는데도?」

이수가 쏘아붙였다.

「밀착이 대체 뭐냐? 일단 안아 봐야 밀착할 수 있잖아?」

강일은 뒤에서 이수를 다시 끌어안으며 목덜미에 입술을 댔다.

「내가 말하는 밀착이 이런 거겠어? 정서적이고 정신적인 거지. 강일 씨가 이러는 거는 순전히 쾌감을 위해서잖아.」

「그게 그거라고 하느님이 해놓았다니까.」

「그렇지 않다고 하느님이 해놓았어.」

이수는 지나치게 단호했고, 도저히 호락호락 넘어올 것 같지 않았다. 강일은 이수의 태도에서 거대한 산맥 같은 것을 느꼈다. 그 산맥을 넘을 수 없을 것 같아 순간 겁이 났다. 명치께가 미세하게 떨려 왔다. 그는 일어났다. 열세에 몰렸을 때는 전환이 필요하다. 그의 행동 원칙이었다.

「어렵다, 어려워.」

그는 볼멘소리로 투덜거리며 거실로 나갔다. 화가 났다. 이렇게까지 구걸하면서 여자의 몸을 원해야 한단 말인가. 그렇다면 결혼할 필요도 사실은 없었다. 리모컨을 눌러 티브이를 켰으나 화면이 머리에 들어오지 않았다. 미안하다고 말했지 않은가. 정말로 말하자면 미안한 것도 아니었다. 그는 몰랐으니까. 알았다 해도 전화나 두어 번 해주고, 못 가봤을지도 모르는 것이다. 어머니나 아버지가 수술했다 해도 마찬가지였을 거라고 설명했지 않은가. 그것이 그가 처한 상황이요, 그의 직업이었다. 프로젝트를 진행하는 동안에는 사사로운 일로 업무를 벗어날 수 없었다. 아예 그 업무를 다른 사람한테 넘기지 않는 한. 부하 직원들을 이끌고 고객 회사에 파견되어 단기간에 무형의 일들을 수억 내지 수십억어치 해주자면 얼마나 용을 써야 하겠는가. 그들은 상품을 파는 회사가 아니었다. 사람을, 진단을, 신용을 파는 회사였다. 당신네 회사의 어디어디에 어떤 문제가 있고, 해결 방안은 이러저러하며, 누가 어떻게 어떤 식으로 접근하여 이러저러한 액션을 취하면, 이마마한 효과가 있다는 진단과 치료책과 결과치를 순전히 그의 역량 하나로 주도면밀하게 계산하여 경영진에 알려야 했다. 또 그들 스스로 문제를 체계적으로 바라볼 수 있도록 도와주어야 했다. 그런 일을 진행하는 와중에, 산더미 같은 서류를 분석하고 이 사람 저 사람을 인터뷰하고 벤치마킹을 나가고 실적을 검토하고 그것들을 통합 분석, 결론을 도출해서 중역들에게 보고하는 와중에 사적인 전화가 온다 한들 사실 머리에 입력되지도 않는다. 일일이 전화를 받을 수도 없는 것이다. 그러니 그로서는, 지나간 일이지만 불가항력이었다. 또, 수술했다는 내용도 제대로 전달받지 못했다고 고백했지 않은가. 이제 와서 어떻게 하란 말인가. 이런 자기의 입장을 이해 못한다면, 번번이 이런 걸 문제 삼는다면…… 자신과 일생을 같이 살아갈 수는 없는 일이었다. 그는 속이 부글부글

끓었다. 맹장 수술이 그렇게 대단한가. 그런 것쯤은 손쉽게 처치되
도록 현대 의학이 발달해 있지 않나. 조금 전까지, 그녀가 오기 전까
지 그를 설레게 하던 간절하고도 그리운 감정은 아무것도 아니란 말
인가. 그 기분이 욕구로, 뜨거운 열정으로 이어지는 것을 왜 모르나.
서로 하나가 되는 행위를 통해서 모든 것들이 한데 섞여 봄눈 녹듯
스르르 녹는 천하 진리를 왜 모른단 말인가. 어째서 욕구만 따로 떼
내 이렇게 무참한 대접을 하나. 서로 사랑하는 사이라면서.

그는 여자를, 이수를 이해할 수 없었다. 그는 티브이만을 노려보고
있었다.

「미안해, 강일 씨. 그렇지만 내 기분도 이해해 줘.」

어느새 그녀가 다가와 그의 옆에 기대앉았다. 이수의 손이 허리
뒤로 돌아 들어왔다. 그는 서서히, 그러고 싶지 않은데도 마음이 풀
리는 것을 느꼈다. 이건 정말 마술이었다. 이 조그마한 손이, 이 조그
마한 몸뚱이가 별 제스처도 없이 그저 그의 주변에 와서 연한 화장
수 냄새를 풍기며 공기 입자를 흩뜨려 놓으면 그는 몇 분 안에 가슴
이 훈훈해져 버리고 마는 것이다. 논리적으로 설명할 수 없는 현상
이었다. 그는, 다른 일 같으면, 훨씬 더 오래 화를 내고 있거나, 납득
할 수 있는 해결 과정을 거쳐 그 감정 상태를 벗어날 것이다. 그러나
그녀가 옆에 오면 부드러운 휘장이 그를 뒤덮는 것 같고, 어떤 때는
조금 어지럽기까지 하며, 스스로를 제어할 수 없었다. 그는 자기의
허리를 휘감아 온 그녀의 손을 잡았다. 그리고 손가락들을 하나씩
힘주어 당겼다.

「사실은 말이야, 수술한 부위를 건드리면 무척 아파. 함부로 몸을
누일 수가 없다구.」

그녀의 고개가 그의 어깨에 살짝 얹혀졌다.

「왜? 잘못된 거야?」

「아냐. 절개한 데는 잘 아물었어. 그렇지만 절개는 절개니까 한참 동안 아플 모양이야. 주변의 살들이 굳은살처럼 딱딱해져서 건드리면 끔찍해. 피부 결이 연결되면서 유연해지려면 오래 걸리나 봐. 지금은 처음이라 많이 아픈 거구. 점점 괜찮아질 거래.」

「어디 보자, 어떤가.」

그는 그녀의 윗몸을 끌어당겼다.

「싫어. 절대로 안 보여 줄 거야.」

그녀가 방어하듯이 두 손으로 아랫배를 감싸 쥐었다.

「왜? 우린 부부잖아?」

「아직 부부가 아니지. 그리고 암만 부부래도 이런 건 싫어.」

「아깐 뭐 양치시켜 주고 변기 대주는 게 소원이라면서.」

「기동도 못하고 아플 땐 그렇겠지만…… 그런 마음 씀이랄까 태도가 정말 부럽지만 지금은 아냐. 또 그거하구 이거는 다르지.」

「왜 진작 아프다고 하지 않았어?」

「날 보자마자 끌어당겼잖아. 아픈지 물어도 안 보고.」

「그랬나? 몰랐지. 수술을 안 해봐서.」

그는 그녀의 어깨에 팔을 걸쳤다. 또다시 일어나려는 욕구를 누르며, 그는 비로소 이수의 입장이 되어 보았다. 그동안 무척 심신이 아팠겠구나. 그렇겠지. 아무리 간단한 수술이라 해도. 그는 자기가 알 수 없는 통증에 대해서 생각했다. 안쓰러운 감정이 일었다. 성격상 그녀는 아프다고 앙앙대거나 고래고래 소리 지를 타입이 아니었다. 묵묵히 순간순간을 견디면서 나를 기다렸겠지. 그런데 나는 옆에 있어 주지 못한 거야. 내 잘못인지도 몰라, 어쨌든.

「참, 네 선물 사왔어.」

그는 회유하듯이 말했다.

「정말?」

그녀는 그렇게 말했으나 진정 기쁜 것 같지는 않았다.

「옷이야. 입어 봐.」

그는 여행 가방을 열고 그녀의 코트를 꺼냈다. 포르투갈에서 사온 모피 코트였다.

「뭐야, 밍크 같은 거야?」

「응, 그런 종륜데 고가품은 아니고. 스타일이 너한테 어울릴 것 같아서.」

이수가 긴 코트를 입었다. 얇고 넓은 가죽끈으로 된 허리띠를 졸라매고 모자까지 썼다.

「야, 코사크 병정 같다. 정말 예뻐.」

「코사크 병정 같은 게 예쁜 거야?」

「코사크 소년 병정. 아주 특별해.」

그는 감격스러워서 그녀를 끌어안아 주었다.

「겨울부터 입으면 되겠다, 지금은 철이 지났으니.」

중년 부인들이 입는 식의 통 넓은 모피 코트가 아니고 조붓하고 긴 형이어서 쇼윈도를 바라보는 순간 이건 어떨까 생각했었다. 그러나 막상 이런 느낌이 날 줄은 몰랐다. 모피 자체도 반지르르한 상품(上品)이 아니고 거칠고 털 길이가 들쭉날쭉한 하품이었다. 물론 값도 쌌다. 싸서 산 것은 아니겠지만. 어쨌든 그래서 더 풋풋하고 신선한 느낌이 났다. 아무도 이런 느낌이 나게 털코트를 입을 수는 없을 터였다.

「외출할까?」

그가 그녀에게 물었다. 위로를 한꺼번에 몰아서 하듯.

「안 피곤해?」

그녀가 되물어 왔다.

「한잠 잤잖아. 나가자. 아까 데이트하고 싶다고 했잖아.」

「데이트?」

그녀가 알쏭달쏭한 얼굴을 지었다. 정말이냐는, 당신의 사전에 아직도 그런 말이 있느냐는 표정이었다. 그는 오늘이 지나면 언제 또 짬이 날지 모른다는 생각으로 겉옷을 걸쳤다. 이런 때, 그녀가 원하는 것을 모두 해주어야지. 여자들에겐 이런 것도 추억거리가 된다고 하지 않던가.

그들은 아파트 마당으로 나가, 먼지를 뽀얗게 뒤집어쓰고 있는 커버를 벗기고 그의 뉴그랜저 승용차에 올랐다. 지난달에 바꾼 차였다.

「검정색이네?」

「첨 봐?」

「말만 들었지, 차 새로 바꾸었다고.」

「그랬어?」

그도 의외라고 느끼고 있었다. 정신없이 바쁘긴 했지만, 차 바꾸고 한 달이 지났는데도 이수가 몰랐다니. 좀 너무했다고 그도 느꼈다. 두 번 해외 출장을 가고, 프로젝트를 마무리 짓고, 또 이수가 수술을 하고…… 그는 이수를 곁눈질해 보았다. 그녀는 표정이 없었다. 시동을 걸고 아파트 단지를 빠져나갔다.

「뭐가 좋아? 차 바꾸니까.」

창경궁을 지날 무렵 이수가 기분을 돌리듯이 건듯 물었다.

「승차감이 좋고 안정감이 있어. 새 차라 매끈하게 쫙 나가는 점도 그렇고.」

「어떤 남자들은 차에 무척 애착이 있는 것 같던데. 애마라고 말이야. 자기는 그렇지도 않은가 봐.」

「응, 내 친구 김진엽 있지? 그 친구가 얼마 전에 비엠더블유를 사서 아주 화제가 되었지. 그런 친군 아마 차를 굉장히 사랑할 거다, 애인보다도 더.」

「누구? 그 교수로 갔다는 사람?」

「아니, 그 친군 이진욱이지. 진욱인 스포츠광이어서 방학이 있는 학교로 간 거구, 그 친구 말고 왜 내 대학 동기고 와튼 스쿨 나왔다는 친구 있잖아, 코가 긴……. 맨 처음 월 가에서 시작했다는 친구 말이야.」

「홍콩 있다고 하지 않았어?」

「홍콩 오피스에 있다가 귀국했지. 지금은 한국에도 투자 은행들이 들어와 있거든.」

「으응, 그 사람은 그럴 것 같아. 외모도 핸섬하잖아.」

「그렇지. 대학 때부터 그런 면엔 아주 뛰어났지.」

「자긴?」

「나? 난 그런 덴 별로야. 기껏해야 기능적인 면 정도를 중시할까. 편한 지위라면 차 같은 건 아무래도 상관없어.」

「근데 왜 바꿨어? 전번 차도 얼마 안 탔잖아.」

「현실적으로 이만한 것을 타야 하니까…… 회사에서 사서 렌털해 주거든. 적당하게 타는 거지.」

「뭐가 제일 중요해, 지금 자기한텐?」

「나?」

강일은 불쑥 자신을 더듬었다. 그는 물론 한 가지밖에는 염두에 없다. 프로젝트 리더로서 빨리 인정받아 2, 3년 후에 매니저가 되는 것. 매니저가 되면 여러 프로젝트들을 동시에 맡고 각 회사의 경영

층이나 은행의 고위층과 교류한다. 그러면서 새로운 프로젝트들도 따내고, 고객 관계도 유지한다. 그렇게 몇 년 더 인정받으면 드디어 파트너라는 이름이 붙은 바이스 프레지던트, 즉 부사장이 되는 것이다. 부사장은 매니저가 교류하는 사람들보다 더 높은, 여러 회사의 사장, 회장, 은행장 들과 교류하고, 중요한 이슈들을 토론하며, 프로젝트를 결정한다. 강일의 서울 사무소에도 부사장이 세 사람 있다. 이중의 한 명은 강일의 선배인 한국 사람이다. 부사장까지 올라간다면 연봉은 엄청나게 올라가고, 드디어 인생의 승자가 되는 것이다. 그다음은, 어디엘 가든 그 수준에서 살 수 있다……. 머릿속이 뿌예왔다. 더 이상은 생각할 수 없었다, 더위 먹은 사람처럼. 그는 옆자리의 이수를 바라보았다. 그가 그렇게 자기를 실현하는 데 그녀가 소리 없이 그의 옆에 있어 주었으면 하는 것이다. 부드럽고, 편안하게. 그는, 너무 요란하거나 유난한 아내는 싫었다. 남의 눈에 띄는 것도 좋지만 피곤해지는 건 딱 질색이었다. 이수처럼 잘 따지지 않고 사려 깊으며 상대방의 마음을 넌지시 헤아리고, 품위 있게 행동해 주는 것이 좋다. 또한 그녀는…… 그가 좋아하는 외모를 가졌다. 취향도 마음에 든다. 예민하고 심미안 있는 감각들……. 오랜 기간 동안 정도 들 만큼 들었다. 이제, 이 시점에서, 더 이상 복잡해지고 싶지 않았다.

이수는 앞을 바라보고만 있다. 그는 오늘따라 어쩐지 조마조마하다. 이 여자가 지금 무슨 생각을 하고 있는지 안심이 되지 않는다. 그는 운전대를 잡지 않은 손으로 그녀의 손을 잡았다. 조그마한 손을 세게 움켜쥐었다 놓았다. 그러나 반응이 없었다. 평소 같으면 이런 행동이 무엇을 의미하는지 알아차려 자기 쪽에서도 장난스럽게 꼼지락거려 올 그녀였다. 그녀는 그저 손을 잡힌 채, 창밖만을 내다

보고 있다, 감각이 없는 사람처럼.

「말하기 어려워?」

그녀가 다그쳤다. 그는 하던 대화를 떠올린다. 아 참, 나보고 뭐가 중요하냐고 했었지. 지금 뭐가 제일 중요하냐고…….

「자기가 중요하지.」

「흠!」

그녀가 소리 내어 웃었다. 딱히 비웃었다기보다, 입을 벌리지 않고 자기도 모르게 속으로 웃은 소리였는데, 허탈한 기운이 묻어 나왔다.

「정말이야. 네가 없으면 아무것도 못 할 거야.」

「모든 걸 다 잘할 수 있을걸? 아마 더 잘할 수 있을지도 모르지.」

「너, 왜 그래?」

그렇게 되돌렸으나, 자조적인 그녀의 말이 가슴에 체증처럼 걸렸다. 그는 그녀를 잡은 손에 다시 힘을 주었다.

「그래, 빨리 결혼하자. 내일부터 네가 식장 알아보러 다니고…….

대강 준비해. 저녁마다 전화하고. 그렇게 좀 해.」

「분당에서 그러라고 하실까?」

「다른 건 다 무시하자. 지금까지 차마 그렇게 하지 못해 차일피일 미룬 감이 있는데 이제 우리 그러지 말자. 너, 결혼해서 나하고 사는 거잖아? 그러니까 딴건 전부 무시해. 그렇게라도 하자.」

「글쎄…….」

그녀는 여전히 생각에 골몰해 있었다. 1호 터널을 지날 무렵 그녀가 혼잣말처럼 뇌까렸다.

「우리가 정말 사랑하는 걸까?」

그는 가슴이 뜨끔했다. 아까부터 조마조마하던 것이 적중해 오는 느낌이었다. 그는 급하게 화살을 피했다.

「그게 무슨 개코 같은 소리야? 이제 그런 소리 좀 작작 하고 식이나 서둘러 봐. 내가 같이 다녔으면 좋겠지만 그럴 수 없으니 네가 우선 대신해 주고, 응?」

그는 그녀의 손을 더 잡아당겨 자기의 무릎에 가져다 놓았다. 그 손이 조금 후에 슬며시 제자리로 돌아갔다.

「왜 그래? 아직도 안 풀린 거야?」

「……」

「네가 몰라서 그렇지 내 생활을 자세히 알면 아무 불평도 못할 거다. 요새는 모처럼 집에 돌아와서도 신문도 못 봐. 어느 누구하고도 입도 떼기 싫어.」

「……」

「마음 풀어.」

「풀 거나 있었으면 좋겠어.」

「허, 참……」

「우린 서로 오해하거나 싸운 것도 아니잖아. 나는 분명 기분이 상했는데 강일 씨는 아무것도 잘못한 것이 없는 거잖아. 그러니 무얼 풀어?」

그들은 한동안 말이 없었다. 그는 한강을 건너 올림픽 대로로 들어섰다.

「강일 씬 섹스 말고 요 근래 내가 보고 싶은 적 있어? 순수하게 나라는 사람이?」

한참 만에 이수가 꼬집어 물었다.

「늘 보고 싶지. 항상, 언제나.」

「과연?」

「정말이라니까.」

「그렇다면 텔레파시 같은 것도 안 통하나 봐. 내가 그렇게 기다리는데도 전화 한 통 없었던 걸 보면.」

「또 그 소리야?」

그는 화가 났다. 뻔히 알면서도 자기의 입장을 몰라주는 것이 답답했다. 그의 얼굴이 석고처럼 굳어졌다.

「알아. 자긴 자기 생활이 정당하니까 나보고 알아서 맞추라는 거지. 그냥 스스로 마음을 풀고. 난 서글퍼. 이게 한 번이면 모르겠는데 두 번도 아니고 세 번도 아니고 평생 그럴 거 아냐. 난 그저 늘 기분만 상하겠지. 언제나 마음 풀고 자시고 할 건더기도 없겠지. 자긴 바쁜 거고, 잘못이 없으니까. 의욕적으로 엄청난 일을 하는 거니까. 사과도, 용서도 할 필요 없는 거잖아. 그런데 생각해 봐. 내가 수술을 해도 자기가 와볼 수 없고 자기가 차를 사도 내가 모르는 이 관계가 과연 바람직하고 좋은 거야?」

「좋고 나쁘고가 어딨어? 형편대로 사는 거지.」

「강일 씨가 바쁘고 남다른 생활을 한다는 건 알겠지만, 더 이상 받아들이기가 힘들어.」

「잠깐, 잠깐, 잠깐!」

그는 재빨리 끼어들었다. 이대로는 안 될 것 같았다.

「우리 사이의 문제는 이거다. 내가 너한테 신경 못 써주는 거. 그걸 너는 사랑이 부족한 거라 하고 있고, 나는 현실적으로 바빠서 어쩔 수 없지만 사랑은 변함없다고 하는데, 넌 내 말을 믿지 않는 거야. 그렇지?」

그는 명석하게 문제를 짚어 냈다.

「내가 지금 나한테 신경 써달라는 거야?」

그녀가 볼멘소리를 냈다.

「그런 거지.」

「뭐가 그런 거야? 난 나 혼자만 있을 때는 참을 수 있었다구. 언제나 강일 씨를 이해하려고 애썼구. 그렇지만, 병원에서는 너무너무 창피했단 말이야. 내가 아주 하찮은 종이 된 기분이었어. 주인의 처분만 바라는……. 여러 사람들한테 인사 듣는 것도 견딜 수 없었구. 계속 그렇게 살아야 한다는 것이 비참해.」

「그럼 어떻게 하니? 내 몸을 둘로 쪼갤까? 그래야 해결책이 나오겠네. 한 몸은 나가서 일하고 한 몸은 너를 따라가서 변기 대주고 양치질시켜 주고.」

그녀가 창밖으로 시선을 돌렸다.

그들은 어느새 미사리 근처에 와 있었다. 입씨름하느라고 잠실을 지나 미사리까지 오도록 아무것도 의식하지 못하고 있었다. 강물이 어둠 속에서 어른어른 빛났다.

「이번엔 내가 몰랐기 때문에 이렇게 된 거지. 다음에 똑같은 일이 발생할 경우에는 그렇게 되지 않을 거야. 우리가 결혼해서 산다면 네가 아픈 걸 모를 수는 없잖아. 내가 알면, 일단은 집에서는, 그래, 밤에는 내가 변기 대줄게. 낮에 병원에서는…… 간병인 중에서도 일급 간병인이 있을 거야. 특수 간호원도 있을 수 있고. 저녁에는 내가 가지. 병원으로. 그러면 됐지? 사람이 아프란 법만 있는 것도 아니고……. 난 너를 좋아해. 이렇게 사랑하잖아. 이번 일은 정말 미안해.」

그는 빈틈없이 문제를 파악하여 완벽히 대처한 뒤에 봉합했다. 그러면서 속으로 이것도 비즈니스로구나 생각했다. 비즈니스, 비즈니스…… 그저 어디 가나 비즈니스였다. 논리적이고 분석적인 그의 머리도 이젠 쉬고 싶었다.

조정 경기장을 지나자 그들이 자주 가던 양식집이 나타났다.

「저기 갈까?」

이수가 끄덕였다. 그는 천천히 마당으로 들어가 차를 세웠다. 바를 지나 안쪽으로 들어가자 시원스러운 홀이 그들을 맞았다. 높은 천장과 목조 벽, 현대적으로 디자인된 소파와 탁자들…… 조도를 낮춘 조명 아래 탁자마다 알코올 램프가 켜져 있었다. 그들은 창가 자리로 가 앉았다. 창밖으로 하얀 목련나무가 한 그루 보였다. 20년 생쯤 되어 보이는, 꽤 큰 나무였다. 이수는 그 목련을 내려다보았다. 목련 너머로 차도와 검은 강물이 나란히 출렁대며 흘렀다.

「스테이크 먹을까? 안심? 농어?」

「안심.」

「오븐에 구운 걸로 할까? 아님 그냥 그릴링으로?」

「응, 석쇠에 구운 걸로.」

「그래, 나도 그릴링으로 하지. 그리고 나는 콩소메, 저쪽엔 크림 수프. 으음, 마티니 한잔 할래?」

이수의 얼굴을 한 번 보고 그는 주문을 마무리했다.

「그래, 그럼 마티니 한 잔하고 버진 피나콜라다 한 잔.」

그들은 천천히 늦은 저녁을 먹었다. 가끔씩 검은 강물을 내려다보며. 그는 시카고 생각을 했고, 그러자 앞에 앉아 있는 그녀가 멀리에 있는 연인인 듯 애틋해졌다. 그의 눈길은 점점 더 따사로워졌다. 그 눈길을 피하듯 그녀가 말했다.

「난 가끔씩 우리가 옛날처럼 사랑하고 있는지 의심이 들어.」

「사귄 지 너무 오래되어서 그래. 물론 처음처럼 설레지는 않지. 그렇지만 대신 믿음도 있고 정도 많이 들었잖아. 오랜 파트너라서 아주 편하고.」

버진 피나콜라다를 한 모금씩 목 안으로 흘려 넘기며 강일은 물살
에 눈을 주었다. 어질어질 시퍼런 물이 눈앞에 출렁거렸다. 미시간
호의 물이었다. 알코올을 넣지 않았을 텐데도 머리가 몽롱해 왔다.
시차 때문인가…….

「지금도 미국에 있을 때를 생각하면 미시간 호에서 바라보던 시카
고의 밤 불빛이 떠올라. 지긋지긋하게 밤새워 공부하던 것도. 베
개를 가슴 밑에 받치고 너를 떠올리곤 했지.」

이수가 의아스러운 듯 쳐다보았다.

「거긴 일기가 고르지 않고 가을부터 무척 추워. 바람도 무지무지
하게 많이 불고. 아마 호수 때문인가 봐. 어떤 날은 엔진이 얼어붙
어 자동차들이 전혀 움직이지 못하지. 도시 전체가 꽉 붙박여 있
는 거야. 호수변에 그랜트 공원이라는 아주 큰 공원이 있는데 가
운데쯤에 거대하고 화려한 버킹엄 분수대가 있어. 중앙의 물줄기
가 사십일 미터라나 그렇고 분홍빛 대리석으로 멋있게 생겼어. 날
씨가 추워지면 이 물줄기들도 입을 꼭 다물어. 난 썰렁한 그 분수
대 앞에 서서 마음속으로 빌곤 했어. 뭔가가 너무 간절했거든. 시
카고 미술관 부설 미술 학교 학생들을 우두커니 바라보다가 돌아
오는 길이었는데, 내가 무엇을 빌었을 것 같아?」

「…….」

「네가 〈길〉이라는 영화를 보고 처음부터 끝까지 내내 울었다고 하
잖았어? 나도 그 비슷한 기분이었을 거야.」

이수가 놀라서, 그러나 그를 바로 바라보지는 않고 시선을 옆으로
비끼어, 얘기에 귀 기울이고 있었다.

「뭐라고 그랬어? '존재의 슬픔'이라고 했어? 그 여자 주인공…….」

「젤소미나?」

「응, 젤소미나. 난 전에 그 영화를 본 일이 있지만 아무 느낌도 없었지. 그저 옛날 흑백 영화구나 했었고, 여주인공이 좀 측은하다고 느낀 정도였을까. 그러나 네 얘기를 듣고 다시 한 번 그 영화를 봤는데, 한국에서 비디오로 말이야, 그제야 좀 멍청하게 생긴 젤소미나의 생래적인, 아니 근원적인 서글픔이랄지 먹고 살아야 하는 잠파노의 본능적인 삶을 느낄 수 있었어.」

「미국 가기 전에 그걸 본 거야?」

「응, 네가 하도 여러 번 그걸 보고 울었다고 해서. 그 여자의 천진한 명랑함이 영화를 보고 난 다음에도 마음에 남더라구. 산다는 게, 존재 자체가 그렇게 슬프고 비극적이구나 하고. 그런 걸 처음 깨달았지. 밤 파도, 구부러진 흙길, 바람에 살랑대는 나뭇잎과 풀들, 내리쪼이는 햇빛도 비로소 본 거야. 그런 것들이 아름답다는 것도.」

「한 장면 한 장면이 완벽한 구도지. 전부 액자에 끼워 놓고 싶을 만큼 빼어난……. 난 그 영상이 아름다워서 그렇게 울었을 거야. 내용도 그렇고.」

「그 누구라고 했지, 감독?」

「펠리니. 페데리코 펠리니.」

「응, 그 치가 네가 말하는 것처럼 그렇게 이십 세기에 산 모든 인물 중 가장 위대할까 생각하면서 영화를 봤어. 사실은 무지하게 질투하면서 말이야. 난 욕심이 많거든. 뭘 차지하면 전부 다 차지해야 돼. 그러다가 결국 그가 범상치 않은 예술가라는 걸 인정하긴 했지.」

「그랬단 말이야?」

이수가 못 믿겠다는 듯 눈을 반짝거리며 쳐다보았다.

「그 까불까불하는 곡예산가 그런 캐릭터들도 훌륭했고 나팔로 부는 슬픈 곡조도 마음을 적시더군. 생명인 이상 어쩔 수 없이 제 존재 의미를 찾아야 하는 젤소미나의 비극에 대해서도 생각하게 되었지. 길가의 돌멩이조차 신이 창조한 것인 이상 어떤 역할이 있을 거라는 곡예사의 말에 위안받잖아 왜, 젤소미나가.」

「그랬지. 그랬을 거야. 자긴 말도 안 하면서 별걸 다 오래 기억하고 있네.」

「또 누구라고 그랬지? 그가 만든 영화를 보고 나면 마음이 경건해진다고 했잖아.」

「응, 있어. 베르히만.」

「내가 말을 안 해서 그렇지 네가 흥얼흥얼한 건 몰래 다 답습했다? 문화에 아주 문외한은 아니라구.」

「그래, 그래. 그래서 내가 좋아했지. 처음부터. 순진한 열성이 있어서.」

이수가 탁자에 놓여 있는 그의 손에 그녀의 손을 겹쳐 놓고 토닥거렸다.

「그런데…… 그런 걸 서로 주고받을 시간이 있어야 주고받으며 즐기지.」

「또 비아냥거리는 거야?」

「사실이잖아. 난 자기가 그런 영화를 그렇게 보았는지도 몰랐고, 그렇게 느꼈는지도 전혀 몰랐어. 알았더라면 좀 더 많이, 뜨겁게 사랑했을 텐데.」

「이리 와봐.」

그는 그녀를 옆자리로 끌었다. 그녀가 순순히 끌려왔다. 그는 그녀의 어깨에 팔을 두르고 눈을 감았다. 취기 비슷한 것이 어지럽게 피어 올랐다.

이수가 그에게 기대어 왔다. 그는 그녀를 부드럽게 품어 안았다.

「앞으로 아까처럼 이상한 소리 하지 마. 아찔해진다구. 이제 우리 빨리빨리 결혼해서 같이 살고 빨리빨리 아기 많이 낳자.」

「아길 많이 낳아?」

그녀의 몸이 조금 굳어졌다.

「응, 아주 많이 낳자.」

「얼마나?」

「열 명도 좋고 스무 명도 좋고…… 해마다 하나씩 낳자.」

「내가 뭐 애 낳는 기계야?」

「낳을 수 있는 한 많이 낳아. 난 외아들이라서 그런지 여럿 낳고 싶더라. 너, 몰라서 그렇지 외아들이 부모한테 얼마나 부담 느끼는지 알아?」

「부담도 느끼지만 사랑도 혼자 듬뿍 받았잖아?」

「그게 얼마나 고통스러운 건지 넌 모를 거다.」

「그래?」

「하여튼 둘이고 셋이고 넷이고 많이 낳아서 잘 키우자. 딸 낳으면 하나는 그림도 시키고.」

「못 낳으면?」

「못 낳아? 왜 아길 못 낳아?」

「그걸 누가 알아? 미래의 일인데.」

「안 돼. 둘 이상은 낳아야지.」

「그럼 자기도 다이애나 비처럼 아기 잘 낳을 수 있는지 검사해 보고 여자 데려가야겠다.」

「검사해 봤잖아, 지금까지.」

그는 이수가 피임에 신경 쓰던 것을 떠올리며 말했다.

「검사는 무슨…….」

이수는 얼굴이 벌게지며 몸을 곤추세웠다.

「난 아길 못 낳을 것 같아.」

한참 만에 그녀가 지나치게 큰 소리로 말했다.

「왜 그런 쓸데없는 말을 해?」

「쓸데없지 않아. 사실일지도 모르니까.」

「넌 정말 너무 회의적이다. 도대체 왜 또 그래?」

그는 자꾸 삐치는 그녀를 감당할 수 없어서 이젠 짜증이 났다. 이상한 일이었다. 이렇게 오랜만에 만나, 오늘처럼 자꾸 꼬이기는 처음이었다. 아프지만 않다면, 수술한 직후만 아니라면…… 그는 그녀를 어디로 데리고 가서 패주고 싶었다. 그렇게 해서라도 온순하게 되돌려 놓고 싶었다.

그들은 선선치 못한 기분으로 양식집을 나왔다.

왜 오늘따라 이럴까…… 알 수가 없었다. 모든 것을 양보해 주었는데도. 그녀를 달래기 위해 그답지 않게 감상적이 되었는데도.

차를 돌려 나오자 길가에 포장마차들이 줄지어 서 있었다. 불빛들이 다정해 보였다. 강가에 앉아 얘기라도 더 나눌까 하고 장소를 찾았으나 마땅한 곳이 없었다.

「강일 씨, 우리 거기 갈래? 임학성 씨가 하는 라이브 카페 있잖아. 거기 가자. 올림픽 도로로 들어서지 않으면 어차피 가는 길이잖아.」

이수도 분위기를 풀려고 애쓰는 것 같았다.

「그럴까?」

그는 한 번 더 양보했다.

잠실에서 논현동 쪽으로 빠져 그들은 언젠가 갔던 적이 있는 '본' 카페를 찾아갔다. 초저녁에 갔을 때는 한산했는데, 열한시가 넘은 지금이 피크인지 한껏 열기가 고조돼 있었다. 그들은 간신히 구석 자리를 차지하고 앉았다.

무대에서는, 잠시 휴식 시간인 모양으로, 운동모자를 거꾸로 쓴 청년이 경쾌하게 피아노를 연주하고 있었다.

「쟤 말이야, 예술 전문 대학의 실용 음악관가 그런 데 다닌대. 재미있겠지? 그런 걸 전공하면서 또 저녁에는 이런 데 나와서 신나게 피아노를 치면 말이야.」

「글쎄. 너도 비슷하잖아? 늘 아르바이트하면서.」

「우리 아르바이트는 하는 동안 저렇게 즐겁지는 않지. 나는 사실 아르바이트라고 할 수도 없고.」

「직업이면 일단 즐겁지 않지 않을까?」

「쟤 봐. 얼마나 신나 하나. 보는 이도 그 리듬감에 저절로 으쓱으쓱거려지잖아? 저건 분명 자기도 즐기고 있는 거라구. 음악에 흠뻑 취해서 말이야.」

「그런가?」

그는 피아노를 치는 청년을 다시 바라보았다. 아닌 게 아니라 청바지에 흰 티셔츠를 헐렁하게 걸치고 운동모자를 뒤로 돌려 쓴 스무 살쯤의 어린 청년은 〈헤이 주드〉와 〈러브 스토리〉, 〈마이 웨이〉 같은 올드 송들을 자기 감정에 빠져들어 물 흐르듯 치고 있었다.

「어려서부터 피아노를 꽤 쳤겠지?」

「고등학교 정도까지는 피아노만 쳤나 본데? 대학에 들어가면서 전공에 변화를 주었겠지. 저거 봐, 베토벤 〈황제〉 중에서 테마곡도 나오고 다른 클래식 곡들도 나오잖아. 쟨 아주 재즈식 터치는 아니야. 피아노 솜씨가 뛰어나고.」

그들은 같이 청년을 바라보았다. 긴 손가락이 불빛 아래서 물을
차고 올랐다가 쏟아지는 물고기 떼들처럼 현란하게 쏟아졌다.

「예쁘지?」

이수의 눈이 환히 열려 있었다. 그녀는 빨려 들듯이 남자애가 피
아노 치는 것을 바라보았다. 강일은 약간 시샘이 났다.

「남자의 손이 어쩌면 저렇게 예쁠까? 너무 섹시해.」

「섹시해?」

이수는 피아니스트의 손을 하나의 예술품으로, 감각적인 상징물
로 감상하고 있었다. 그는 헛기침을 했다. 그녀의 시선을 되돌려 오
고 싶었다. 저렇게 열린 눈으로 열에 들떠 다른 사람이 아니라 자기
를 바라보았으면 싶었다. 섹시하다고 느끼면서. 이것도 독점욕인가,
하고 그는 생각했다. 그는 무엇이든 혼자 가지는 데 익숙해 있었다.
성인이 되고, 이성으로 판단해서 다른 사람의 입장을 이해하고는 있
지만, 비즈니스에서는 목적을 이루기 위해 모든 걸 접어놓고 우선 상
대를 염두에 두지만, 자기로 돌아오면 주변의 것을 독차지해야 마음
이 놓였다. 태어나 지금까지 먹는 것도, 입는 것도, 그 밖의 것도……
진짜 알맹이는 모두 그의 차지였으니까.

어머니가 이수를 내켜 하지 않는 것도 당신 아들을 이렇게 황제로
떠받들지 않는다는 데 있는지 몰랐다. 노른자 중의 노른자만 골라서
먹이던 어머니의 정성을 요즘 여자들이 뉘라서 따르겠는가. 따지고
보면 이수는 특별히 여권주의자도 아니었다. 오히려 그런 면에서는
다소 보수적인 경향을 띠고 있었다. 머릿속에 의식은 돌올하지만, 자
란 곳이 경상도 어촌이어서 그런지 조부모 밑에서 자라서 그런지, 아
니면 집안 환경 탓인지 면전에서는 강일을 자연스럽게 공경하며 대

접하는 편이었다. 이수의 어머니는 풍양 조씨라고 했는데, 종가에서 자랐다고 했다. 그래서 이수도 북어찜이라든지 진달래화전, 곶감말이 같은 전통 음식을 잘 만들었다. 그러나 그 정도로는 어머니의 마음에 차지 않는 것이다. 솔직히 어떤 여자가 어떻게 처신해도 어머니의 마음에 차지 않을 것은 뻔하다. 이런 이유들이 결혼이 늦어지고 있는 또 하나의 원인이리라.

강일은 피아니스트에게로 향한 이수의 눈빛을 계속 훔쳐보았다. 은어 떼 같은 저 손가락이 저렇게 섹시함을 안겨다 주는가. 여자들의 미묘한 감성에 대해서 그는 감당키 어려운 부담을 느낀다. 그가 속한 세계에서는 그 자신이 부러움의 대상인데 자기 여자 앞에서는 무력하다니, 허탈했다. 저 어린 피아니스트 따위에게 이수의 마음을 홀딱 빼앗겨야 한단 말인가. 차라리 보지 않았으면 모르련만……. 오늘 같은 날 그는 마음이 스산하다. 그로서는 한껏 양보하고 사사건건 그녀의 요구를 들어주었는데도 그녀의 마음은 아직도 돌아서지 않고 있다. 우리가 서로 사랑하는 사이냐고 묻던 그녀의 말도 떠오르고, 번번이 몸이 굳어지며 손을 빼내던 행동도 마음에 걸린다. 그는 지나가는 웨이터를 손으로 불렀다. 과일 주스라도 시켜 마실까 하고. 이수가 먼저 웨이터를 자기 쪽으로 끌어당기며 그의 귀에 뭐라고 소곤거렸다. 웨이터가 허리를 구부리고 메모지를 건넸다. 이수가 강일을 쳐다보았다.

「강일 씨, 노래 불러. 〈아이 윌〉 그거 자기 잘 부르잖아.」

「노래는 무슨?」

그는 그녀의 장난에 넘어가지 않으려고 목소리에 심을 넣었다.

「이따 저 피아니스트 들어가면 임학성 씨가 팀 끌고 나오잖아. 그때 나가서 불러, 응?」

그녀가 어린애처럼 졸랐다. 그러더니 짐짓 웨이터한테 무엇인가를 적어 주었다.

「야, 내가 무슨 노래를 불러?」

그는 화를 냈다.

「이미 버스 지나갔어. 저 무대에서 이제 자기를 부를걸?」

이수가 짓궂게 웃어 댔다. 말 안 듣는, 말썽꾸러기 아이 같았다.

「너, 두고 보자!」

그가 벼를 사이도 없이 조명이 바뀌었다. 임학성 씨와 기타리스트, 드러머가 무대에 자리를 잡았다. 무대래 봐야 홀의 한쪽 구석에 단도 없이 그냥 그랜드 피아노와 드럼을 갖다 놓은 공간이었다. 그러나 음악에 미친 사내들이 열광적으로 연주하고 혼을 불사르는 바람에 생음악을 즐기는 사람들이 하나 둘 모여들어 명소가 된 것 같았다.

꽈광, 신호음이 울려 퍼지고 연주가 시작되었다. 거슈윈 풍의 곡들이 지나가고, 모던 재즈 곡들이 연주되었다. 실내의 분위기는 순식간에 바뀌었다. 피아니스트가 만들어 내던 꽃밭 같은 아름다움은 어느새 난로에 불이 타오르듯 뜨거워지고, 고지를 향해 헉헉 올라가는 기차처럼 숨 가쁘게 열기를 내뿜었다. 분위기가 정점에 다다르자 임학성 씨가 마이크를 피아노 위로 당겨 큰 소리로 누군가의 이름을 외쳤다. '안강일'은 아니었다. 강일은 우선 마음을 놓았다.

키가 크고 몸집이 좋은 사내가 무대로 나갔다. 40대의, 회사 부장급으로 보였는데, 젊은 시절에는 노래깨나 한 것 같았다. 그가 강일이 알지 못하는 긴 팝송을 영어로 열창했다. 여간 아닌 솜씨였다. 박수 소리가 한쪽 구석에서 요란하게 울렸다. 일행들이 환호하는 것 같았다. 결국 그 사내는 앙코르 곡을 하나 더 부르고, 홀 안의 사람들이 모두 우호적으로 손뼉을 치는 가운데에 자기 자리로 돌아갔다.

그다음으로는 그들의 옆 테이블에 앉아 있던 여자가 나가서 소프라노 가수처럼 가곡을 불렀다.

「다들 저렇게 잘하는데 내가 어떻게 나가?」

강일은 걱정이 되었다. 솔직히 노래로 사람들의 시선을 모은 적은 없었다.

「아냐. 강일 씨 노래가 더 좋아, 저런 노래보다는. 훨씬 운치가 있다니까.」

말이 끝나기도 전에 안강일이라는 이름이 요란한 타악기 소리 위로 떠올랐다. 강일은 엉겁결에 밴드 앞에 가서 섰다. 〈아이 윌〉의 전주가 흘러나왔다. 그는 어떻게 시작했는지도 모르고 멜로디를 따라갔다. 이수가 열중한 눈으로 자기를 바라보는 것이 보였다. 그는 비로소 그녀가 마음을 열고 자기한테 푹 젖어 오는 것을 느꼈다. 강일 씨의 영어 발음이 굉장히 듣기 좋아. 폴 매카트니는 강일 씨보다 혀가 짧은가 봐. 그래서 영어가 유연하게 흐르지 않고 귀엽게 각이 지는 것 같지 않아? 영국식 영어여서 그런지도 모르지만……. 이수의 말들이 벌 소리처럼 귀에서 웽웽거렸다. 강일 씨 노래 부르는 모습이 정말 보기 좋아. 단순한 멜로디도 좋고, 약간 수줍어하는 모습도 신선하고……. 이수의 웃는 얼굴이 보였다. 그는 계속 단조로운 멜로디를 따라 동산을 오르내렸다. 난 영원히 영원히 널 사랑해. 내 마음을 다해서. 우리가 함께 있는 그 언제라도 널 사랑하고 떨어져 있을 때라도 사랑해……. 후렴을 마치자 박수가 터져 나왔다. 그러나 여기저기서 몇 사람이 짝짝 치는, 산발적인 박수였다. 앞서 노래한 사람들처럼 자기가 노래통이 아니라는 사실을 강일은 실감했다.

그러나 이수는, 아주 상기된 얼굴로, 열기가 가시지 않은 눈으로 그를 바라보며, 그가 자리에 들어와 앉을 때까지 계속 박수를 쳤다.

「정말 근사해. 강일 씨 같은 사람이 언제 그런 노래를 익혔지? 신기해.」

그녀는 손바닥을 짝짝거리며 자랑스럽다는 얼굴을 했다.

「익히고 말고가 어디 있니? 동요 수준의 가락인데.」

언제던가, 〈러브 어페어〉라는 영화를 보고 여주인공 아네트 베닝이 흥얼거리는 노래가 좋아 이 곡을 친구놈과 함께 연습했던 것이다. 다른 친구의 생일 파티에 가기 위해.

「멜로디가 단순하다고 수준 낮은 노랜가, 뭐. 어떤 맛을 내며 부르는가가 중요하지.」

이수가 환히 열린 눈으로 그를 마주 바라보았다. 말갛게, 완전히 열린 눈이었다. 앙가슴께가 서늘해 왔다. 무엇이든 들어와도 좋다는, 순연한……. 한국 여자 눈이 어쩌면 저렇게 큰가. 입보다도 크고, 어머니의 돋보기 안경알보다도 더 컸다. 경계심이 완전히 풀어진 그 눈에 겁이 났다. 한편 그 눈을 가리고 싶었다. 온 세상을 향해 저런 눈을 뜨면 어쩌나 걱정이 되었다.

「눈 그렇게 뜨지 마.」

「눈?」

그녀가 여전히 말갛게 그를 건너다보았다. 순연하게 열린 눈이었다. 무엇이든 들어와도 좋다는, 송두리째 다 주겠다는……. 왜 그런 느낌이 드는지 모를 일이었다. 눈 주위 골격의 각도 때문이겠지만 그녀의 커다란 눈에는 잉그리드 버그만 같은 배우들이 갖는 보다 큰 반사광이 말간 느낌으로 들어 있었다. 그 빛이 점차 사위더니, 잔잔하게 가라앉았다. 눈시울이 아래를 향해 내리깔려지며, 평소의 상태로 돌아갔다.

「내 눈이 그렇게 이상해?」

그녀가 고개를 반쯤 숙인 채 가라앉은 목소리로 물었다.

「왜 또 누가 뭐라 하던?」

「응, 나빈이.」

「뭐라고 그래?」

「눈 좀 그렇게 뜨지 말라고. 내가 사람을 너무 빤히 쳐다본대.」

「…….」

「나는 아무런 의식이 없는데. 사람들은 그럼 얘기할 때 상대방을 똑바로 마주 바라보지 않는 거야?」

「마주 바라보지만 너하고는 달라. 너도 늘 그런 건 아니고.」

「그럼 언제 그래?」

「나는 알지만…… 설명하기는 힘든데.」

강일은, 그녀가 상대에게 완전히 마음을 열었을 때, 경계심을 아주 풀었을 때, 또는 상대가 그녀의 마음을 매혹적으로 사로잡았을 때 그런 눈이 된다는 것을 알고 있었다. 그녀 쪽에서 특별한 호감을 가진 일이나 사건, 화제에도 그런 눈이 되었다. 그러나 어쩐지 그런 걸 알려 주기는 싫었다.

「피이, 내 눈인데 자기가 얘기 못할 게 뭐 있어?」

「나도 잘 몰라. 하여간 가끔 이상해. 난 괜찮아. 나한텐 그래도 좋아. 널 처음 봤을 때 생각이 나면서 조금 설레기도 하고……. 그렇지만 다른 사람들은 야릇한 느낌을 가질 거야.」

「용산역이나 청량리에서 남자들 부르는 눈 같아?」

「아니, 그렇진 않아. 어쨌든 상대에 따라 네가 유혹한다고 생각할지도 몰라. 그러니까 조심해, 오해받지 말고.」

「유혹?」

이수가 우스워 죽겠다는 듯이 고개를 살래살래 저었다.

「자기가 내 애인이니까 그렇게 느끼지 아무나 그러려구.」

「아냐, 이상해. 네 눈, 그거. 사람을 이상하게 만들어.」

「어떻게 이상하게 만들어?」

「마주 선 사람은 가슴이 덜컥하고…… 몰라, 눈이 너무 크게 열려.」

그녀는 그를 한 번 휙 쳐다보더니, 다시 눈을 내리깔았다.

〈대니 보이〉가 부드럽게 연주되고 있었다. 그 곡이 끝나 갈 무렵, 그녀가 입을 떼었다.

「그래, 나도 조금은 알아. 옛날에 이런 일이 있었어. 고등학교 때였나 봐. 오빠가 방학 때 서울에서 친구를 데리고 왔어. 며칠을 묵었는지 어떤 일이 있었는지 기억나지 않아. 오빠 친구가 아마 집에 가겠다고 안방으로 인사하러 들어왔을 거야. 난 일어나 엉거주춤하게 서 있었고, 그 오빠는 아버지에게 큰절을 했어. 그땐 아버지가 집에 와 계셨거든. 절을 하기 전인지 하고 난 뒤인지 모르겠는데, 그 오빠가 나를 한동안 뚫어지게 쳐다봤어. 한 삼 분이나 오 분쯤이 아니었나 해. 아니겠지. 일 분이나 삼십 초쯤인지도 모르지. 그 오빠가 나를 예사롭지 않게 바라보고 있다는 느낌이 들긴 했어. 난 소매 없는 연한 연둣빛 원피스를 입고 있었어. 투명한 기운이 돌고 촉감이 아주 부드러운, 내가 좋아하는 원피스였어. 그걸 싹 다려서 깨끗하게 입고 있었던 거야. 그 오빠가 방에서 나간 다음에 아버지가 내게 막 야단을 치셨어. 사람을 그렇게 쳐다보면 어떻게 하느냐고. 난 자라면서 한 번도 아버지에게 야단맞아 본 일이 없는데, 그날 아버지는 이유도 분명치 않게 무작정 노해서 불같이 야단을 치셨어. 난 종일 울면서 생각했어. 그땐 아무것도 알

수 없었지. 난 그 오빠를 쳐다봤던 것 같지도 않아. 그저 얼굴이 약
간 상기되어 번쩍이는 눈빛으로 나를 바라보던, 내 원피스를 바라
보던 그 오빠의 눈길을 이상하다고 느낀 정도였을까. 그 뒤론 남
을 똑바로 잘 마주 바라보지 않아. 그렇게 되더라구. 옷도 얇은 것
은 잘 안 입고. 아버지가 그렇게 성내시던 것이 기억에서 사라지
질 않아. 아버지가 또 그렇게 제명에 못 돌아가시고…….」
이수가 울먹거렸다.
「아냐, 아냐, 그런 뜻이 아냐. 잘못했다고 야단치는 게 아냐.」
그는 탁자 위로 손을 뻗어 이수의 손을 쥐었다.
「그냥 그렇다는 거지. 알고 조심하라고. 세상이 하도 흉흉하니까.」
그는 이수를 위로했다. 그녀는 여전히 울먹거리며 고개를 아래로
떨어뜨렸다. 아버지 얘기만 나오면 그녀는 저렇게 감정을 수습하지
못한다. 아버지……. 그는 부모에 대해서 저렇듯 애틋한 감정을 가
져 본 일이 없다. 연민인지 사랑인지…… 이수의 감정에 휘말려 그
도 마음이 아팠다. 그 양반은 설핏 듣기로 시국 관련 무슨 일인가로
교도소 생활을 하는 등 고초를 겪다가 돌아가셨다고 한다. 강일은
이수의 기분을 풀어 주려고 엉뚱한 소리를 꺼낸다.
「너 나가서 노래해라. 아깐 나 약 올렸지. 이젠 네 차례야.」
웨이터를 손짓해 불렀다.
「너, 노래 잘하잖아. 그거 뭐지? 〈이프〉던가, 그거 해라. 발라드 곡
잘하잖아.」
그는 웨이터에게 제목을 적어 주었다.
「저기요, 저기…….」
이수가 다시 웨이터를 불렀으나 그는 듣지 못하고 가버렸다.
「강일 씨, 지금 노래를 시키면 어떻게 해?」

「이럴 때일수록 즐거운 노랠 해야 돼.」

「나 배 아프잖아. 노래 못한단 말이야.」

아 참, 그런가, 생각할 사이도 없이 '최이수'라는 이름이 요란한 드럼 반주에 쫓겨 그들 자리로 날아왔다. 신청 대기자가 없었던 모양이었다. 이수가 별수 없이 자리에서 일어서고 있었다.

「천천히 조그맣게 해. 너무 소리 지르지 말고.」

이수는 그러나 당황하지 않고 걸어 나가 밴드 앞에 서서 한 손으로 핸드 마이크를 잡았다. 실내가 조용해졌다. 모두들 그녀를 바라보고 있었다. 통 넓은 청바지에 아무 장식도 없는 연회색 반소매 스웨터. 집에서 편안하게 있다가 겉옷만 걸치고 외출해 그 겉옷을 벗어 놓은 상태라는 걸 누구든지 알 수 있었다. 강일은 그녀가 그런 차림이라는 것을 이제야 깨달았다. 그녀의 편안함이, 단순하고 격의 없는 차림이, 은연중 퍼지는 자신감이 사람들을 제압하는 것일까. 사람들은 모두 그녀를 주의 깊게 바라보았다. 이상한 일이었다. 그녀는 체격이 자그마하고 행동도 편안스러운 편인데, 절대로 튀지는 않는데, 주위의 시선을 모아 들이는 응집력 같은 것이 있었다. 지금도 장식 하나 없는 평범한 반소매 스웨터 차림으로 의외로 사람들의 주목을 받고 있는 것이다.

노래가 시작되었다. 애즈 타임 고즈 바이…… 조용한 발라드가 실내를 울렸다. 중저음의 소프트한 음색이 강일의 귀를 간질였다. 시간이 흘러도 변함 없는 건 내가 당신을 사랑했다는 것, 시간이 흘러도…… 애즈 타임 고즈 바이…… 강일은 이수의 영어 발음을 따라 한다. 적극적인 발성을 하지 않는 예쁜 동양식 영어 발음이 조금 흐르다가는 파열되고, 또 흐르다가는 살짝 마찰된다. 실내는 더없이 조용하다. 연주자들도 악기를 사리며 그녀의 부드러운 멜로디와 미세한 감정에 온 마음을 싣는다. 그것이 보는 이에게도 느껴진다. 시간이 흘러도, 시간이 흘러도……. 그녀의 분위기 있는 노래가 끝났다. 요란한 박수 소리가 났다. 이쪽저쪽 테이블에서 남자들이 마구 일어나 박수를 쳤다. 알 수 없는 무엇인가가 그들의 마음에 가 닿은 것이리라. 앵콜요, 앵콜! 이제 보니 이수는 마이크를 잡지 않은 한 손으로 아랫배를 살며시 누르고 있다. 마이크를 넘겨주고 이수는 들어오려고 했다. 그러나 요청이 거듭되자 밴드 마스터가 그녀에게 앙코르 곡을 청한다. 그녀는 다시 노래를 부른다. 한 손을 배 위에 얹고서. 당신은 모르실 거야, 얼마나 사랑했는지…… 세월이 흘러가면은……. 약간 쳐든 턱과 아래쪽으로 치뜬 눈, 끝이 뻗친 짧은 머리…… 헐렁한 하늘색 청바지와 아무 장식도 없는 반소매 스웨터 차림으로 그녀는 오늘 이 라이브 카페의 스타로 떠오른다.

「죽을 뻔했어. 왜 노래를 시켜 가지고.」

들어오자마자 그녀가 탁자에 엎드린다.

「정말 아파? 많이?」

그는 걱정이 되었다. 사람들이 그녀를 눈여겨보고 지나간다.

「아니, 이제 괜찮아.」

그녀가 일어나서 물을 한 모금 마셨다.

다른 이들의 노래와 밴드의 연주가 계속되었다. 여기저기서 시선이 자꾸 이수에게로 쏠린다. 맨 처음에 노래한 몸집 좋은 중년 사내는 화장실에 가는 척 일부러 이수를 뜯어보고 간다. 강일이 옆에 있는데도. 노래 부르는 사람은 노래 부르는 사람을 좋아하는 것일까. 가곡을 부른 여자도, 팝송을 부른 여자도 이수를 쳐다보고, 다른 남자들도 이수에게 시선을 던진다. 그 시선이 예사롭지 않음을 강일은 느낀다. 빨리 여기에서 이수를 데리고 나가고 싶다. 오늘은 대체 왜 이럴까? 모든 일이 야릇하게만 돌아간다.

「나갈까?」

「응.」

그들은 이 카페를 나와, 차에 올랐다. 벌레들도 잠든 깊은 밤중이었다. 어둠 속에서 강일은 이수를 싣고 가며, 이 여자의 매력이 대체 무엇일까 생각한다.

옛날의 금잔디

꽃 피는 봄이었다. 사방에 진달래가 흐드러지고, 새순이 연둣빛으로 어우러져 가고 있었다. 열어 놓은 차창으로 봄 내음이 물씬 들어왔다.

팀장인 조성곤 프로듀서와 카메라 감독, 조명 담당 권익환, 그리고 도현 네 사람이 원덕으로 향하고 있었다.

휴게소에서 점심을 먹고, 속력을 냈다.

대관령을 내려서서 동해 고속 국도를 탔다. 원덕으로 들어서자마자 상호네 집으로 직행했다. 시간이 없었다. 상호의 아버지는 보름 전보다 더욱 초췌해져 있었다. 어린 딸아이를 비명에 잃고 슬퍼할 겨를도 없이 이제 열 살인 아들을 향해 날아오는 비난과 오해에 맞서야 하는 게 그가 처한 상황이었다.

카메라가 준비되고 팀장이 그와 마주 앉았다.

날씨며 사는 얘기 등을 풀어놓고 그의 기분을 대강 받아 준 뒤 자연스럽게 사건으로 접근해 들어갔다. 팀장은 노련했다. 상호의 아버지가 응어리졌던 심중을 털어놓기 시작했다.

「그 애가 진술을 다섯 번이나 번복했다니까요. 할 때마다 얘기한 내용이 달라요. 이제 열 살밖에 안 먹은 어린애를 데려다가 순사복 입은 사람들이 뺑 둘러싸고 여러 시간 으름장을 놔봐요. 주눅이 들어서 제대로 얘기할 수나 있었겠습니까? 더구나 그런 큰일을 당한 뒤인데요. 전들 얼마나 무섭고 떨렸겠어요? 하도 몰아대니까 끝판에 제가 그랬다고 했다는 거예요. 아빠한테 말하지 말라고 형사하고 손가락 걸고 약속하고서요. 그걸 믿어야 된단 말입니까? 얼마나 몰렸으면 애가 그랬겠어요?」

그의 말은 설득력이 있었다. 격정을 누르고 있었지만 아비 된 자의 보호 본능으로만 보기는 어려웠다.

「근데 경찰에선 맨 끝에 말한 것만 갖고 애를 잡은 거예요. 자기네한테 유리하니까요. 그 인간들은 뭐 때문인지 처음부터 우리 상호를 아예 범인으로 정해 놓고 앞뒤를 맞춰 가는 식이에요. 하도 기가 막혀서 내가 그 자백을 좀 들어 보자고 하니까 규정에 어긋난다고 글쎄 끝까지 거절하면서요. 이게 벌써 이상하잖아요? 수사본부를 그날로 해체시킨 것도 그렇고요.」

그는 배움은 없어 보였지만 꽤 논리적인 사람이었다. 사건에 휘말리면서 수사며 법망에 관한 풍월도 제법 얻어들은 듯하였다. 그러나 경찰을 상대로 대항할 방도가 없었다. B일보의 사회부 기자 한 사람이 어쩌다 창구로 나서 준 모양이었고, 그 보도로부터 그나마 문제 제기가 되었을 뿐이었다. 그는 생업도 포기한 채 전전긍긍, 불운에 휩쓸려 떠내려가고 있었다. 상호도 집에 있지 못하고 고모 집에 가 있다고 하였다.

「학교 안 가고요?」

「학교가 다 뭡니까? 사람들이 완전히 살인자로 보는데요. 오죽하
면 내가 가게까지 걷어치웠겠습니까? 우리도 우리지만 앞으로 그
애가 어떻게 살아갈지…….」

그들 쪽에 진실이 있다면 이건 정말 큰일이었다. 피해자인 아이와
그 가족이 날벼락을 맞고 파멸하는 것을 우리 모두 멀뚱멀뚱 쳐다보
고 있는 셈이었다.

그러나 저녁 무렵 찾아간 경찰에서는 칼을 '절대 증거'로 내보였
다. 상호가 자백한 장소에서 범행에 쓰인 칼을 찾았다는 것이다. 상
호가 그 칼로 동생 상희의 복부를 찔러 살해하고 사건을 다른 방향
으로 유도하는 거라고 형사는 확신하고 있었다.

「선선히 범행을 저질렀다고 하는 경우는 거의 없어요. 어느 누구
나 이의를 달지요. 피의자들의 이의에 일일이 귀 기울일 순 없다
니까요.」

칼 이외에도 경찰은 상희와의 싸움 끝에 생겼다는 상호 목덜미의
손톱 자국 사진, 상처에 대한 의사의 자문 기록, 상희의 피가 흩뿌려
진 상호의 바지, 싸우는 소리를 들었다는 이웃집 여인의 증언 기록
등을 내보였다.

「물증들도 물증들이지만 피의자의 자백이 검사 앞에서 이루어졌
어요. 하찮은 일로 두 남매가 싸웠고, 그 끝에 우발적인 살인이 일
어난 겁니다. 어찌 됐든 아이는 열네 살 미만이니까 처벌을 받지
는 않아요.」

형사는 창밖을 내다보았다. 이것으로 됐지 않느냐는, 이제 언론이
이따위 일로 바쁜 우리 경찰을 귀찮게 하지 말아 달라는, 제발 그만
가달라는 눈빛이었다.

상호의 고모 집을 수소문해서 찾아갔다. 팀장이 상호에게 말을 시

켰다.

「그때요, 학교 끝나고요, 친구하고 나란히 오는데요, 친구 은철이
가 집에다 책가방을 놔두고요, 또 우리 집으로 왔는데요, 전자오
락실 갔다 왔거든요. 집에 와서 은철이가 먼저 들어갔는데요, 근
데 계단에 신발 있다고, 누가 있다고 밖에서 기다린다고 했어요.
내가 들어가니까 랜드로바 신발하고 고등학생 가방이 있었어요.
그래서 방에 들어가니까요, 경미 입에서 피 나고 고추에서 피 나
고 옷이 다 벗겨져 있었거든요. 그래서 삼촌 방에 갔는데 거기 가
보니까요. 어떤 사람이 서 있었어요. 우체부같이 입고 있는 어떤
사람이 있기에 '경미 왜 그래요?' 하니까, 아무 말도, 아니, 모른다
고 그래요. 큰방으로 가서 나도 따라갔거든요. 거기서 엄마한테
전화하려고 하니까 전화선으로 목을요, 졸랐어요. 그때 은철이가
불렀거든요. 그래서 머리가 뜨거워서 일어나 보니까요, 불이 났어
요.」

아이는 그림책의 장면을 설명하듯이 술술 얘기했다. 지난번에 들
려줬던 내용과 거의 똑같았다. 목 졸려 까무러치기 전 장면과 불이
나서 깨어난 뒤의 장면을 이어 붙여 얘기하는 게 아이다웠다. 졸도
해 버린 순간은 아예 의식에 없는 것이다. 서글서글한 눈매에 발그
레한 볼…… 아이는 천연덕스러웠고, 태연했다.

팀장도 무척 착잡한 모양이었다.

보강 취재까지 마쳤으나 결론이 나지 않았다. 애초 결론을 낼 수
없는 사건이긴 했다. 상호의 목덜미 상처를 검진했다는 동아 의원의
원장은 진료 기록 카드에 '화상'이라고 적어 놓았고, 취재진에게 난
감한 표정으로 '단정할 수 없다'고 말했다. 사건 당시 싸우는 소리를
들었다는 이웃집 아주머니도 그냥 그런 소리를 '들은 것 같다'고 희

미하게 자신 없이 말했고, 옆의 다른 이웃들은 그런 소리를 듣지 못했다고 했다. 상호의 담임 선생님을 만났으나 상호가 평범하고 원만하고 착한 아이며, 경찰이 지목한 것처럼 한글도 못 읽는 열등아가 아니라고 했다. 비디오광으로 폭력 영화 속 수법을 흉내 낸 거라는 경찰의 추정도 조사해 보니 무리가 있었다.

물증들은 약했고, 정황도 미심쩍었다.

프로그램을 어떻게 끌고 가느냐에 대해 의견이 분분했다.

아침에 된장찌개를 먹으면서 팀장이 애초 도현이 건의한 대로 가야 할 것 같다고 마음을 털어놓았다. 고발을 통한 충격보다는 문제의 현장 속에서 어쩔 줄 몰라 하는 사람들의 모습을 담담히 담자고. 범인이냐 아니냐의 공론에서 멀찌감치 떠나 '사람들'에 우선 앵글을 맞추고, 종반에 가서 부실한 증거 내용을 근거로 아이를 범인으로 단정해서는 안 된다는 결말을 맺기로 했다. 열 명의 범인을 놓치는 한이 있더라도 한 명의 무고한 희생자가 나오는 것을 막아야 한다는 형법의 기본 원리를 부각시키면서 마지막 내레이션이 끝을 맺으면 그런대로 짜여질 것 같았다.

원덕에서의 취재가 끝났다. 사흘이나 허비했으나, 모두들 마음이 개운치 않았다. 아무리 생각해도 딱 떨어지는 프로그램이 아니었다. 팀장이 결심한 듯이 입을 열었다.

「아무래도 약해. 상호를 서울로 데려가야겠어.」

도현은 그를 쳐다보았다. 의도가 짐작되지 않았다. 어떻게 하려고? 설마 방송에?

「정신 감정을 받게 하고, 전문가들한테도 보여 보고 싶어.」

「그, 그건…….」

도현은 말을 더듬었다. 상호네 집은 지금 가뜩이나 피해 의식에

젖어 있었다. 그런 판에 아이를 순순히 떼어 보내겠는가. 그들 방송
팀을 아직 전적으로 믿는다고도 할 수 없었다.
「네가 설득해, 여기 남아서.」
철퇴가 떨어졌다. 예삿일이 아니었다. 어떻게 생각하면 상호를 아
예 비정상으로 몰아 낱낱이 해부하는 작업이었다. 그러나 또 어떻게
생각하면 그들에겐 방법이 필요했고, 이것이 늪을 벗어날 기회인지
도 몰랐다. 난감하지만 그들로서도 무엇인가 해보지 않으면 안 되는
것이다. 도현은 머리를 끄덕였다. 상호를 데리고 떠나기까지 2, 3일
은 걸리리라.
취재 차량이 검은 밤을 향해 부우웅 떠나갔다.
도현은 시외버스 정류장으로 향했다. 죽변 집에 가서 자고, 내일
다시 와봐야 할 것 같았다.

상호의 아버지는 방송팀의 제안을 생각해 보겠노라고 했다. 처음
부터 정도 이상으로 밀어붙이지 않는 게 좋을 것 같아 도현은 깍듯
이 인사를 하고 물러 나왔다.
버스에서 내려, 갈매기 리조트로 갔다. 평일이어서 그런지 이명이
혼자 리조트를 지키고 있었다.
「온다더니 진짜 왔네?」
「진짜 오지, 임마.」
「어디서 촬영해?」
「다 끝났어. 일행은 올라가고 나만 남았어. 일이 좀 남았거든.」
「언제 올라가?」
「봐서. 이삼 일이나 사나흘 후에.」
「사나흘이면 다이빙할 수 있겠네?」

「그렇지!」

그들은 웃으며 줄에 걸려 있는 다이브슈트들을 바라보았다. 물에 들어가기에 정말 좋은 계절이었다.

「오늘은 현내에 가서 할까?」

「그래도 되지.」

이명은 현내 리조트 사정을 얘기했다. 수심이 깊어 어드밴스급 이상만 데리고 가는데, 어장이 가까워 신경을 써야 한다는 것, 아직도 먹거리를 채취할 목적으로 바다를 휘젓는 치들이 종종 있다는 얘기, 그래서 자연보호에 대해 신물나게 읊어 대야 한다는 등등. 어드밴스급은 다이버의 다섯 레벨 중 세 번째 레벨에 해당하는 것으로, 총 50회 이상의 잠수 기록을 공식 인정받아야 자격을 취득하는, 경험 있는 다이버 군이었다.

「여기 죽변은 교육장 비슷한 역할이야. 다이빙 포인트마다 부위를 설치해 놓고 각자의 수준에 맞는 포인트를 선정해 주거든. 포인트 위치를 쉽게 확인할 수 있으니까. 금바위 비치 포인트는 수심이 칠 미터 정도잖아. 훈련하기에 알맞지. 야간 다이빙도 가능하고.」

「너, 여기 아주 마음 붙였나 보다?」

이제 말하는 게 틀이 잡혔다고 생각하며 도현이 의중을 떠보았다.

「별수 없으니까…….」

계면쩍은 듯이, 수굿하게 받으며 이명이 씩 웃었다. 녀석의 나이가 올해 몇일까? 스물여섯인가, 일곱인가? 도현은 기억 속을 더듬었다. 자신과 두 살은 아니고 세 살 정도 차이였던 것 같았다. 그렇다면 아마 스물여섯이었다. 성숙해지고 의젓해진 것 같은 느낌 뒤로 왠지 그늘이 어른거렸다. 옛날에는 무조건 씩씩대며 매사에 날뛰더니만. 이태와 비슷한 성미에 제 누나를 닮은 눈매…… 이제 성질도 많이 죽고 제법 익었다는 생각이 들었다.

전화벨이 울렸다.

이명이 수화기를 들었다. 네, 네, 어쩌고 인사를 하더니 곧바로 도현을 돌아보며, 형, 전화야, 어머님이셔, 하고 수화기를 건네주었다. 도현이 집을 나오자마자 이리로 온 줄로 아시는 모양이었다. 그는 수화기를 귀에 가져다 댔다.

「와서 밥 먹고 가라. 새로 밥해 놨다.」

「괜찮은데요.」

아침을 시원찮게 차려 준 것이 마음에 걸렸던 것 같았다.

「어서 와. 몇 끼나 먹고 가겠니? 엄마 정성인데. 이명이도 데리고 와.」

「예.」

이명더러 같이 집에 가자고 했다. 녀석은 대답 없이 비닐 포대를 들고 텃밭으로 나갔다. 도현도 따라 나갔다.

「뭐 하냐?」

「이거 좀 솎아서 가지고 가려구.」

텃밭에는 상추가 배게 자라나 있었다. 녀석이 심심해서 가꾼 것 같았다.

「너, 농사꾼 다 됐다?」

「농사든 뭐든 닥치는 대로 하고 살아야지.」

녀석은 뜻 없이 한 말이었으나 그런 말을 듣노라니 어쩐지 마음이 착잡해졌다. 20대 중반의 새파란 나이에 녀석은 마음이 노인처럼 삭아 있었다. 어쩔 수 없는 일이긴 했다. 그러나…… 도현도 상춧잎을 포대에 담았다.

이명의 자전거를 함께 타고 집으로 갔다. 대문을 열자 잔칫날처럼 음식 냄새가 번져 나왔다.

「어서 와라. 이명이 오랜만이구나.」

서현네가 반색을 했다.

이명이 인사를 하며 상추 포대를 수돗가에 내려놓았다.

「이게 뭐냐? 어머나, 상추가 아주 맛있겠네! 어쩜 이렇게 잘 자랐냐?」

「아직 어려요.」

「어리니까 맛있지. 야들야들하고 보드라워서 열 잎씩이라도 싸 먹겠다. 이러다가 이명이 농사꾼으로 나가는 거 아니냐?」

도현과 똑같은 생각을 서현네도 하는 듯했다.

해초무침과 나물들, 전, 생선회까지 차려진 상 위로 부글부글 끓는 삼계탕이 뚝배기에 담겨져 올라왔다. 그 안에 들어 있는 닭이 검었다.

「웬 오골계예요?」

「아버지가 사오셨더라.」

「네에.」

도현과 이명은 땀을 흘리며 오골계탕을 국물까지 다 비우고, 다른 반찬들도 접시 바닥이 보이도록 먹어 치웠다. 서현네가 흐뭇한 표정으로 금방 삭혀 끓인 식혜와 과일을 들여왔다. 후식까지 배불리 먹고 난 두 사람은 트림을 거하게 하고 집을 나섰다. 도현은 아버지의 자전거를 꺼내 따로 탔다.

이명과 도현은 자전거를 나란히 타고 중앙로를 지나 리조트 쪽으로 페달을 밟았다. 은행나무 부근까지 갔을 때 낚시 가게의 송씨 아저씨가 그들의 꼭뒤를 잡아챘다.

「어이, 이 사람들아, 우리 가게 좀 봐줘. 내 병원에 갔다 오게. 참,

자네 도현이 아닌가?」

「예, 안녕하셨어요?」

「그래, 인사는 나중에 하고. 내 얼른 좀 갔다 옴세.」

송씨 아저씨가 부리나케 자기 가게로 들어갔다. 도현과 이명도 자전거를 가로수 밑에 세우고 낚시 가게로 따라 들어갔다.

「어디 아프세요?」

이 서랍 저 서랍을 분주하게 뒤지며 의료 보험증을 찾는 아저씨에게 이명이 물었다.

「지난주에 손가락을 찔렸는데 곪는 것 같아. 성가셔서, 원.」

아저씨의 오른손 엄지손가락이 검붉은색으로 탱탱하게 부어 올라 있었다.

「낚시 가서요?」

「응, 갯바위 낚시 했거든. 성게 가시에 그랬나 봐.」

「가시 끝이 살 속에 박혔나 보다. 그거 화살촉처럼 생겼잖아. 빼내기 힘들다구.」

이명이 아저씨의 손가락을 붙잡고 이리저리 살폈다.

「장갑을 끼었는데도 이리 되었어. 그 자리에서 완전히 빼낸 줄 알았는데.」

「빨리 갔다 오세요. 우리 리조트도 비어 있어서…….」

이명이 뒷말을 달았다.

「에이, 거긴 하루 종일 비워 놔도 비즈니스 전화는 오지 않을걸? 단체로 전부 털보한테 예약할 텐데, 뭘.」

「그래도요…… 얼른 갔다 오세요.」

송씨 아저씨가 나갔다.

그들은 소파에 앉아서 낚시 잡지를 펴 보며 시간을 보냈다. 도현

은, 원덕엔 언제 다시 갈까, 저녁에 또 가서 상호를 만나 보고 상호
아버지까지 만나 결단을 지어 볼까, 아니면 내일쯤 가는 게 효과적일
까, 그럼 현내엔 언제 가서 다이빙을 하지, 이런 궁리를 하고 있었다.
아저씨는 쉽게 돌아오지 않았다. 시간은 빈둥빈둥 잘도 흘러갔다.
이명이 걱정되는지 자꾸 밖을 내다보았다.
　「형, 형.」
　이명이 도현의 팔을 잡아당겼다. 녀석은 바깥에 시선을 고정시킨
채 몸이 바짝 긴장해 있었다. 도현은 이명이 가리키는 곳을 바라보
았다.
　길 건너편 쪽으로 여자가 지나가고 있었다. 짧은 머리에 연회색
파카를 걸친 자그마한 여자였다. 여자는 헐렁한 하늘색 청바지에 후
드 달린 파카를 걸치고 여행 가방을 어깨에 비스듬히 메고 천천히
걸어가고 있었다. 도현의 가슴이 심장 박동을 빨리했다. 저게 누군
가. 아마 아니겠지. 이수 누나가 여기엘 왜 온단 말인가. 그녀와 아
주 닮은, 비슷한 여자인 것 같았다. 그러나 너무 비슷했다. 생각해 보
니, 이수를 본 지도 꽤 오래되어 옛날과 같은 모습은 아닐 터였다. 어
쨌거나 여행 가방을 멘 것이나 두리번거리며 걸어가는 모습으로 보
아 이곳 주민은 아니었다. 머릿속이 소용돌이치며 앙가슴께로 피가
모여들었다. 이명도 혹시 제 누나인지 의심이 가서 아까부터 뚫어져
라 바라보고 있었던 것 같았다. 아무리 따져 봐도 이수 누나가 여기
에 올 리는 없으니까. 이수 누나네가, 그러니까 이명이네가 이사를
간 것은 '그 일'이 있고 나서 1, 2년쯤 지났을 때였다. 이명의 아버지
가 구속되고, 그 이듬해던가 할머니가 돌아가시고, 그래, 그때가 올
림픽이 열리던 1988년이었다. 장례를 치른 바로 뒤에 이호 형이 집
을 내놓았었다. 흉가로 낙인찍혀 그 큰 집은 반값도 받지 못하고 넘

어가 버렸다. 그렇게 10년도 더 전에 이사를 간 것이다. 그냥 이사를 갔다기보다 이곳을 아주 등졌다는 말이 옳다. 그러고는 한 번도, 식구 중 어느 누구도 여기에 내려와 보지 않았을 것이다. 이명이 갈매기 리조트에 와 있는 것을 빼고는. 녀석도 그 사실을 가족에게 알리지 않았으리라. 그만큼 그 집 사람들은 이 지역에 감정이 좋지 않을 것이다. 파멸을 겪은 곳을 사람들은 끔찍해서 돌아보지 않는 법이 아닌가. 여자가 삼거리 쪽으로 멀어져 갔다. 이명이 턱으로 문밖의 자전거를 가리켰다. 따라가서 확인하고 오라는 소리였다. 제놈이 나가 보지 않고 도현에게 밀어 대는 꼴이 어느새 옛날 모습으로 돌아가 있었다. 녀석은 처음부터 도현의 연정을 알고 있었고, 결코 순탄치 않을 이 일에 왠지 도현 편을 들어주었다. 하긴 이태가 죽고 나서 녀석과 같이 뒹군 시간이 얼마인가. 심정적으로 공감하는 것도 무리가 아니었다. 도현은 급히 자전거에 올라타고 여자가 사라진 쪽으로 페달을 밟아 갔다. 여자는 어시장과 상점들과 연금 매장을 천천히 지나 삼거리에서 등대 쪽으로 올라갔다. 이상한 일이었다. 거기에는, 그야말로 등대 이외에는 아무것도 없었다. 울창한 대숲 끝의 벼랑에 등대가 하나 서 있을 뿐이었다. 거기엘 지금 가서 뭘 한단 말인가. 도현은 자전거를 끌며 느릿느릿 여자를 따라갔다. 하얀 운동화를 신은 것으로 미루어 이수 누나는 아니라고 생각되었다. 이수 누나라해도 거침없이 가서 아는 체할 수가 없었다. 그건 이쪽 기분일 뿐이지 이수 쪽에서는 아마도 도현을 싫어하다 못해 혐오하고 있을 테니까. 여자는 아무리 뜯어봐도 이곳 사람이 아니었고, 여중생 비슷한 풍모의 여행객이었다. 아마도 저 불룩한 가방 안에 들어 있는 것들을 대강 소비하거나 사용한 후에, 필히 자기가 있던 자리로 돌아가리라는 느낌이 들었다. 퍼뜩 떠오르는 게 있었다. 등대 옆 북편에, 벼랑이 내려앉은 곳에 몇 년 전 숙박업소가 들어섰었다. 혹시 거기에 가는 게 아닐까. 그 근방에 다른 숙박업소들이 더 생겨났을지도 모르고, 여자는 그곳에 볼일이 있는지도 알 수 없었다. 여자는 등대 쪽으로 쭈욱 올랐다. 이 길을 익히 알고 있는 눈치였다. 그렇다면 여행객은 아니지 않은가. 도현은 여자를 다시 살폈다. 작은 몸매에, 나른하게 어깨에 힘이 빠져 있었고, 어쩐지 심신이 지친 인상이었다. 아무리 봐도 이수 누나는 아니었다. 그런 확신이 드는데도 도현은 여자를 쭐레쭐레 따라갔다. 여자는 대숲이 빽빽이 우거진 사잇길로 계속해서 올랐다. 울울울 바람 소리가 들려왔고, 여자의 앞쪽으로 바다가 나타났다. 하늘색 청바지와 연회색 파카, 흰 운동화가 바다색과 블루 톤으로 깨끗하게 어울렸다. 하얀 파도들이 레이스처럼 살랑대며 다가왔다. 도현은 멈칫거리며 자전거를 끌었다. 여자가 걸음을 늦추었기 때문이다. 그녀가 뒷머리를 손가락으로 빗어 넘겼다. 이쪽의 동태에 신경을 쓰고 있는 눈치였다. 그러던 여자가 그 자리에 딱 멈추어 섰다. 가던 자세 그대로, 뒤를 돌아보지 않고, 로봇처럼 멈추어 서 있는 것이다. 뒷사람이 먼저 지나가기를 기다리는 것 같았다. 도현은 이제 내친김이었다. 그는 자전거를 끌며 앞으로 나아갔다. 두 사람이 평행이 되었을 때, 지나치는 눈길로 여자를 슬며시 바라보았다. 뒤에서는 여중생 같았는데 정면을 대하자 귀가 쏙 나오도록 짧게 자른 머리며 그 얼굴 모습에서 세련된 기운이 확 끼쳤다. 순간 이수 누나라는 생각이 들었다.

　「저, 혹시…….」

　도현은 말을 더듬으며 여자의 동그스름한 눈두덩을 바라보았다. 그녀의 눈이 환히 열리고 있었다.

　「이수 누나 맞지요?」

검은 눈동자가 꿈틀꿈틀 움직이며, 아득해졌다.

「어머, 너 도현이!」

「어쩐지 느낌이 비슷해서……」

「날 따라온 거야?」

「예, 낚시 가게에 있다가, 아무래도 비슷해서……」

「그럼 진작 말을 걸지. 난 아까부터 공연히 마음 졸였잖아. 치한인 줄 알고.」

「치한?」

도현은 웃었다. 몇 마디 말을 스스럼없이 하긴 했으나, 아직 설면했고, 구름 위에 떠 있는 것 같았다. 발밑이 물렁물렁 움직였다. 왜 화를 안 내나. 왜 외면하고 도망가지 않나……. 심장이 퍼덕퍼덕 가쁜 펌프질을 시작했다. 진작 말을 걸지 그랬냐니, 그럼 말을 걸어도 된다는 얘기가 아닌가. 빙산이 녹은 건가. 꿈을 꾸었을 때처럼 살집을 꼬집어 보고 싶었다. 시간이 흐른 탓인지 다른 이유 때문인지 이수는 도현을 아주 밀쳐 내지는 않고 있었다. 어떻게 보면 특별히 혐오하는 것 같지도 않고, 별다르게 생각하는 것 같지도 않았다. 아니, 반가워하는 것도 같았다. 이제 감정이 자유스러워졌나. '그 일'에서 진정 벗어났나. 두려움과 감격스러움과 미심쩍음이 번갈아 그의 마음을 파고들었다. 퍼덕대던 가슴이 터지도록 고조되고 있었다. 아전인수라고, 그는 감격스러움 쪽에 자기 감정을 몰아넣었다. 그러자 기쁨이 반짝이며 내리기 시작했다. 새삼 감회가 몰려왔다. 내가 이 여자를 그토록 사무치게 좋아했단 말인가. 그는 여자를 곁눈으로 훔쳐보았다. 동물 인형 같은 포근한 질감의 연회색 파카가 눈에 들어왔다. 가볍고 따듯해 보였다. 대학 앞에서 생활해서 그런지 패션 감각은 달라지지 않은 것 같았다. 그 점퍼 위에서 화장하지 않은 얼굴이 산바람에 까스스해져 있었다. 눈을 직접 마주 바라볼 수 없어 도현은 이수의 목덜미께에 시선을 박으며 무슨 말이든 더 해야 한다고 생각했다. 그러나 너무 많은 말이 결국 아무 말도 만들어 내지 못했다. 그는 소리를 내지 못하고 입을 벌리려다가 음음 다물곤 했다. 막상 이렇게 만났는데도 피가 멎지도 않고 가슴이 저려 오지도 않았다. 이상한 일이었다. 어처구니가 없었다. 멀리에서 생각으로만 그리워할 때는 얼마나 가슴이 저리고 빠개질 듯했던가. 이제 아주 내 인생에서 접어 버린 여자라고 체념하려 할 때는 간장이 에이는 듯해서 숨도 쉴 수 없었다. 그러나 마주 보니 조그마하고 그저 그런, 보통의 여자였다. 까스스한 얼굴에 주근깨가 몇 개 나 있는. 이렇게 무덤덤하고 별스럽지 않은 여자를 그동안 그토록 애태워하며 그리워했단 말인가. 풍선을 타고 고공에 떠오른 듯 멍했다. 바람이 불어왔고, 대나무 잎사귀들이 스스스스 흔들렸다. 이수가 걸음을 떼놓았다. 도현도 따라 걸었다. 같이 앞을 보고 걷자 가슴속에 그윽하게 고인 물이 다시 출렁대기 시작했다. 그것이 점차 향기를 내뿜으며 코로 올라왔다. 크윽! 짙은 향기가 온 머리며 가슴을 강타했다. 그는 정신이 없었고, 알 수 없는 영혼의 힘을 느꼈다. 거대한 영혼의 힘. 이 조그마한 몸체가 내뿜는 거역할 수 없는 체취! 사람은 사람을 분위기로 그리워하는 모양이었다. 냄새로, 소리로, 색깔로, 혹은 기억으로 보듬는 것 같았다. 그는 그녀를 응시했다. 뚫어지게. 당신은 아무렇지도 않느냐고. 정말 나를 봐도 상관없는 다른 남자를 볼 때처럼 아무렇지도 않은 거냐고. 어떻게 그럴 수가 있느냐고. 에로스란 작자는 너무 불공평하지 않느냐고……. 이수가 왜 그러느냐는 듯이 키 큰 그를 올려다보았다. 턱 밑이 하얬다. 하얀 턱 아래와 동그스름한 눈두덩을 보자 여리고 보드라운 느낌이 되살아나면서 그녀에 대한 옛

감정이 일시에 송두리째 회복되었다. 그는 숨을 멈추었다. 사람을
한시도 가만히 있지 못하게 하던, 가슴을 싸하니 저리게 하던 형언할
수 없는 저 느낌. 비로드 같달까 꽃가루 같달까, 그녀의 어딘가에 코
를 비비고 촉감을 즐기고 느끼고 싶은 이 기분……. 코와 비강과 기
도에 고춧물을 들이부은 듯 맵고 뜨겁고 고통스러워서 그는 인상을
찌푸리고 훌쩍였다. 훌쩍임이 울음 비슷한 것으로 치솟아 오르며 불
같은 충동으로 그를 싸 덮었다. 무턱대고 그녀를 끌어안고 온통 입
맞추고 비비적거리고 싶었다. 그는 격렬한 감정을 꾹 눌러 삼키고,
기껏 그녀의 어깨에서 가방을 벗겨 냈다.
　「이리 주세요.」
　감정 탓에 동작이 거칠었다. 목소리조차 스스로 듣기에도 낯설 만
큼 튀었다.
　「너 많이 컸다? 키가 굉장히 컸어. 인상도 달라졌고.」
　그녀가 스스럽잖게 말했다. 이웃집 꼬마를 오랜만에 봤다는 식이
었다. 정말 아무렇지도 않은 걸까. 망각이 자신들 사이에 있었던 잊
을 수 없는 '그 일'까지 앗아 갔을까. 하긴 그때도 도현이 뭔가 들이
대려고만 하면 절대 모르는 척 쌀쌀맞게 외면했었다. 무의식에서조
차 강하게 부정하는 것 같았다. 지금도 '그 일'을 일깨우면 단칼에 그
를 밀어내리라. 그렇다고 해서 있었던 일이 없어질까.
　「나 키 큰 거는 한번 봤잖아요?」
　도현은 억울하게 옛날을 끄집어냈다. 지금까지도 그의 혼을 송두
리째 사로잡고 있는 일이 그녀에게는 아무 기억도 나지 않는, 하찮은
일이라는 게 기막혔다.
　「언제?」
　「왜, 나 대학 들어가고…….」

「아 참, 그때 한번 봤던가?」

이수는 생각에 잠긴 얼굴이 되었다. 도현은 낯을 붉혔다. 그날. 그 기막힌 날. 자신의 인생에 토네이도가 분 날…… 그러나 이수는 도현의 가슴에 칼을 내리꽂은 날조차 저렇게 잊고 있었다. 자기의 애인을 불러내 도현에게 어떤 짓을 했는지 기억조차 못하고 있었다. 키야 뭐 열일곱 살 때도 다 컸었는데. 긴 회초리처럼 휘청댔을진 몰라도.

「근데 넌 웬일이니? 여기…… 집에 와 있는 거야?」

이수는 구체적으로 묻지 않고 그의 얼굴을 바라보며 넌지시 기미를 살폈다. 혹시 실업 중이 아닌가 하여 말조심을 하는 것 같았다.

「말하자면 휴가예요. 일하던 짬에 잠깐요.」

「휴가? 어디 다니는데?」

그녀가 눈을 동그랗게 떴다. 크고 새카만 눈이 밤바다처럼 열렸다.

「방송사요.」

「방송사? 서울?」

그녀의 눈이 더 크게 열리며 안으로 깊어졌다. 자기가 있는 서울과 도현을 연관 지어 보는 것 같았다. 가늘고 정교하게 고정된 쌍꺼풀이 윗눈꺼풀에 반원형의 윤곽을 짓고 있었다. 정말 예쁘고, 커다란 눈이었다. 저 눈 때문에 그의 인생은 일찍이 운명 지워져 버렸다. 그녀의 눈은, 설명하지 않을 수가 없는데, 내리뜨고 있을 때는 눈두덩 끝에 서너 개의 쌍꺼풀 자국이 희미하게 이리저리 엇갈려 있다. 대체로 그녀는 많은 시간 이렇게 눈을 내리뜨고 있다. 눈자위가 다른 사람들보다 두 배쯤 둥그렇게 크고, 그래서 아량 있으면서도 너그러워 보인다. 그러다가 똑바로 뜨면 희미한 서너 개의 주름들이 1밀리미터 정도의 가는 쌍꺼풀로 정교하게 고정된다. 신기하다. 가는

펜으로 그린 것 같다. 서양 여자들과도 다르고, 우리 나라 여자들과
도 다르다. 도현은 지금까지 이런 눈매를 본 적이 없다. 또한 아래쪽
눈 꼬리 부분에 유난히 살집이 없어서 눈 전체가 서늘해 보인다. 눈
빛은 다감하고, 때로는 흔들리며, 고집스럽게 굳어지기도 한다. 그
늘에서 볼 때 다르고, 햇빛에서 볼 때 아주 다르다. 조물주의 신비라
고 도현은 지금도 생각한다. 도현은 그녀를 처음 본 날부터 저 눈을
어떻게 하면 좀 더 바라볼 수 있을까 조바심을 쳤다. 내리뜨면 여러
겹의 주름 흔적으로 희미하게 풀어졌다가 다시 또렷하게 작은 쌍꺼
풀로 자리 잡는 역학관계가 신기해서 기회 있을 때마다 그녀를 훔쳐
보았고, 또 짬짬이 그 눈을 다시 바라보고자 했다. 아주 어릴 때였
다. 그 뒤에 같이 놀게 되면서부터, 또한 사춘기에, 그리고 지금까지
그는 저 눈의 신비에서 벗어나지 못했다. 한번은, 그때도 어릴 때였
는데, 그녀가 눈이 멀든지 해서 저 눈을 실컷 바라보았으면 좋겠다고
생각한 적도 있었다. 도현이 쳐다보는 기색이면 그녀가 하도 뽀족하
게 성질을 냈기 때문이다. 그녀는 누군가가 자신의 신체를 뜯어보는
것을 가장 싫어했다. 이유는 모른다. 아마 쬐끄맣다는, 왜소하다는
소리를 늘 들으면서 자랐기 때문일 것이다. 그녀는 그 섬세하고 조
그만 발도 절대로 쳐다보지 못하게 했다. 그래도 도현은 그 발을 많
이 만져 보았다. 물론 모래더미 속에서지만. 이태와 어울려 셋이 같
이 논 세월이 얼만가. 그러다 보니 저 눈을 핥은 적도 있다. 초등학
교 2학년 땐가 3학년 때였다. 눈에 티가 들어간 그녀가 쓰라려서 마
구 소리치며 울었고, 그녀 옆에는 도현밖에 없었으니까. 그는 조금
교활했던 것도 같다. 손수건이나 휴지를 찾지 않고, 물에 가서 씻으
라고 말하지도 않고, 이렇게 해야 아프지 않게 티가 나온다고 어른
들이 말했다면서 마치 연인처럼 그녀의 얼굴을 감싸 쥐고 눈 속을

조심스럽게 혀로 핥았다. 그의 정성이 통했던지 다행히도 티가 나왔고, 그녀는 그의 행동을 나무라지 않았다. 이렇게 그의 성장기는 온통 그녀의 신체로 향하는 욕구로 가득 차 있었다. 그래서 '그 일'이 일어났는지도 모른다.

그가 충격을 받았던 건, 이처럼 그에게는 쳐다보지도 못하게 하는 그녀의 몸을, 그 손이며 눈을, 아마도 발까지를 자기 애인한테는 마음대로 내놓는다는 점이었다. 그날, 그가 대학에 들어가고 모처럼 찾아갔을 때, 그녀는 공연히 자기 애인을 불러내 그런 애살스러운 모습을 보여 주었던 것이다. 뿐인가. 오랫동안의 와신상담 끝에 찾아갔기에 냉정하게 내치는 것을 못 참고 끈질기게 달라붙는 그에게 그녀는 큰 칼을 썩 빼내 머리통을 후려쳤다. 진심을 말해 줄까? 그래, 난 네가 뱀보다도 더 징그러워! 너만 보면 내장에까지 소름이 돋고 까무러칠 것 같단 말이야! 다신 찾아오지 마! 그의 머리통은 처참히 두 동강이 났다. 그녀는 싹 돌아서서 가버렸다. 자기 애인이 기다리고 있는 아늑한 카페 안으로. 지금도 그 냉갈령이 잊혀지지 않는다. 발딱 돌아서서 갈 때의 찬바람까지도. 난 네가 뱀보다도 더 징그러워! 너만 보면 내장까지 소름이 돋고 까무러칠 것 같단 말이야! 지독한 말이었다. 사실 그때 도현은 나이가 나이인지라, 또 너무 오랫동안 그녀를 보고 싶어했기에, 누르고 누른 희망을 갖고 찾아간 터라 감정 조절을 할 수 없었다. 그런 그에게 그녀는 지독할 정도로 냉혹하게 굴었고, 그의 인생엔 토네이도가 불었고, 그는 질투와 원한으로 눈이 멀 지경이었다. 그러나 뱀보다도 더하다는 데에야 무슨 말을 더 하랴. 내장에까지 소름이 돋는다는 데에야. 그녀가 뱀을 얼마나 싫어하는지 도현은 알고 있었다. 왜 뱀 같다고 말하는지도. 그는 수박처럼 두 동강이 난 자기의 머리통을 양손에 하나씩 들고 어두운 골목길을 걸어 나왔다. 인생은 길다, 인생은 길다, 되뇌면서. 두고 보자, 두고 보자, 이를 갈면서. 그때의 심정을 생각하자 다시금 가슴이 쓰렸다.

그는 가까스로 자기 자리로 돌아와, 머리통을 붙였고, 더 이상 비굴해지지 않기 위해 꾸역꾸역 자신의 길을 걸어왔다. 이상하게도 앙갚음을 하거나 보복을 해야겠다는 생각은 들지 않았다. 자신이 저지른 짓에 대한 죄책감과, 끝내는 어떻게든 그녀를 차지하고 싶다는 욕구 때문일 터였다. 그걸 그는 사랑이라고 이름해 붙여 가슴속에 묻어 놓았다.

「기자야?」

그에 대해서는 아무것도 모르고 있는 듯, 그녀가 물었다. 하긴 이명이 녀석이 제 누나와 언제 한 번이라도 제대로 얘기했을 것 같지 않았다. 그 루트가 아니라면 그 집 식구들은 죽변과 관련된 소식을 하나도 모를 것이었다.

「아뇨. 프로그램 만드는 일요.」

「그럼 프로듀서? 아, 아아…… 한번 들은 것 같다. 이명이가 언젠가 말한 것 같아.」

이수가 고개를 주억거리며 스스로 수긍했다.

「재미있어?」

「재미있긴요. 정신없지요.」

「왜?」

「아직 에이디거든요. 머슴이나 마찬가지예요.」

머슴? 하는 표정으로 그녀가 그윽이 쳐다봤다. 저릿저릿 가슴이 저려 왔다. 그녀의 태도는 무심하고 자연스러웠다. 이제 정말 그를 아무렇지도 않게 생각하는 모양이었다. 납득이 가지 않았다. 단지 세월이 흘렀기 때문일까…… 단지 세월이…… 그 성미에…… 알 수 없었다. 혹시 다른 이유가 있지 않을까? 그럴 리 없다는 것을 알면서도 애인과 헤어지지 않았을까, 상상해 본다. 가능성은 희박하지만. 도현은 마음을 다잡아 먹었다. 어쨌든 이건 청신호였고, 기회인지도 몰랐다. 벅차게 부풀어 오르는 마음 저 밑바닥에 많은 실타래들이 엉망진창으로 엉켜 있긴 했다. 그는 한 가닥을 집어 들어 솔솔 풀었다. 아직은 옛날처럼 존댓말로 누나 대접을 해주며 다가서는 수밖에 없었다.

「누난 여기 웬일이세요?」

도현도 예사로운 목소리로 물었다.

「그냥 한번 와봤어. 하도 오래 안 와봐서. 어떻게 변했나 궁금하기도 하고. 듣던 대로 엄청나게 변했네.」

「도시 같죠? 번화하고 질펀거리는.」

「터미널에서 삼거리까지 걸어오면서 내내 놀랐어.」

「이명인 지금 저 아래 낚시 가게에 있는데…….」

「이명이가? 지금 낚시 가게에 있어? 여기 낚시 가게에?」

동생 만나려면 지금 거기로 내려가면 된다고 한 말이었으나 이수가 너무 놀라는 바람에 도현은 입을 다물었다.

「걔가 왜 낚시 가게에 있는 거야? 스쿠버 다이빙인가 그런 걸 한다고 하던데.」

「그래요. 스쿠버 다이빙 가이드예요. 저 아래 갈매기 리조트에서.」

「그럼 또 낚시 가게는 뭐야?」

「아, 거긴 놀러 간 거구요. 나하고 같이…… 거기 아저씨가 잠깐 어디에 가서…….」

「너랑 지금 거기 있다가 너만 올라온 거야?」

「예.」

「그 녀석 웃기네. 나를 보고도 거기에 그냥 엎드려 있단 말이야?」

「가게를 지켜야 하기 때문에…… 대신 내가 와본 거예요. 이명이
가 가보라고 해서.」

「이명이가 여기 내처 있는 거니? 늘 주거 부정이니 어쩌느니 하면
서 있는 데를 가르쳐 주지 않던데.」

「…….」

「스쿠버 다이빙인가는 일 년 열두 달 하는 거야? 추울 때도?」

「지역에 따라 약간씩 다르기는 해도 겨울에도 물에 들어가요. 리
조트들이 어촌계와 계약할 때 개폐장 시기를 정하는데 거기에 따
르죠. 여긴 갈매기 리조트 말고 저 현내항 쪽에 또 하나 리조트가
있다니까 거의 일 년 열두 달 하지 않나 싶어요.」

「매일같이 물에 들어갔다 나오는 거야?」

「아뇨. 마니아들은 주로 주말에 와요. 대개 팀으로요. 이명이는 그
사람들 안내하는 거구요. 힘들어요. 여러 사람들 통솔하고 또 안
전하게 뒤를 봐줘야 하거든요.」

「신기하네. 그 녀석이 그런 걸 하며 여기 붙어 있는 걸 보면.」

이수는 이명이 죽변에 와 있다는 사실에 별다른 거부 반응을 보이
지 않았다.

그들은 어느새 등대 옆 벼랑까지 와 있었다. 바다는 잔잔했고, 벼
랑 아래로 잔 파도들이 검은 돌더미들을 싸고돌았다.

「진짜 여기 그냥 와본 거예요? 다른 무슨 일 없어요?」

「응, 그냥…….」

말꼬리가 흐지부지 스러졌다. 무슨 일이 있다는 얘기 같기도 했다.

자전거를 풀숲에 부리고 도현은 그녀와 함께 해송 아래에 앉았다.

멀리 어장의 부표들이 점점이 떠 있었다. 갈매기 한 마리가 하늘을 가르며 사선으로 날아올랐다.

「맹장 수술 하셨다면서요?」

「맹장 수술?」

이수가 도현을 돌아보았다.

「이명이가 그러던데.」

「아, 으응…… 그거!」

이수가 후후 웃었다.

「나 수술한 게 어째 여기까지 소문이 흘러와 있냐?」

이수는 더 한참 가슴 밑으로 훅훅훅 웃었다. 바닷바람 탓인가, 암만 봐도 안색이 좋지 않았다. 망아지 같던 인상이 언뜻언뜻 내비쳐지기는 했으나 피부는 건조했고, 더 얇아진 듯했고, 전체적으로 누런빛이 돌았다. 건강치 못하다는 느낌이 들었다.

「얼굴이 안 좋아 보여요.」

「다음 달에 있을 전시회 땜에 그래. 화장을 안 해서…….」

그녀가 계면쩍은 듯이 배시시 웃으며 한 손으로 얼굴을 쓸었다. 시선을 아래로 떨구고.

「화장을 전혀 안 해요?」

「응, 잘 안 해. 보기 흉하니?」

「아뇨. 얼굴이 그을은 것 같아서요. 거기 턱 밑만 하얘요.」

「그래?」

그녀가 턱 밑을 자기 손등으로 또 쓸었다. 그러더니 고개를 숙이고 혼자 쿡쿡 웃었다. 수줍은 듯, 볼이 발개져 있었다. 도현은 그녀가 변했다고 느낀다. 팽팽한 성깔은 좀 휘발한 것 같았다. 근본이야 그대로 있겠지만. 그녀는 누가 그러거나 말거나 자기 주관대로 여전히 화장을 안 할 사람이었다. 그것을 아는지라 수줍어하는 모양새가 더욱 신선하게 다가왔다. 파랗고 조그만 토마토를 보는 것 같았다.

두 사람은 벼랑 아래로 하얗게 부서지는 파도를 한참 동안 그저 바라보았다. 바다 쪽에서 바람이 불어왔고, 그것을 맞아 대숲이 뒤에서 수런거렸다. 이렇게 둘이 앉아 아무렇지도 않게 바다를 바라보고 있다는 사실이 믿어지지 않았다. 도현의 가슴에서 희망이 싹을 틔웠다.

「참 좋은 철이다, 그치?」

이수가 그를 쳐다보았다. 안색은 염려스러운데도 기분은 좋은가 보았다.

「저쪽으로 가면 진달래도 많이 피었어요.」

「그래? 한번 보고 싶은데?」

그녀가 끌려왔다.

두 사람은 자리에서 일어났다. 벼랑에서 되돌아서서, 대숲 길을 지나 천천히 서편의 산줄기를 따라 올라갔다.

「옛날에 진달래 먹던 생각 나요?」

도현이 물었다.

「진달래를 먹었어?」

「누나가, 진달래꽃을 따서…… 혀끝이 새파래지곤 했어요.」

「혀가 새파래지도록 진달래꽃을 먹었단 말이야?」

「봄 내내 그러며 놀았잖아요. 꽃을 따서 귀에도 꽂고, 머리에도 꽂고…….」

도현은 어린 시절의 이수를 생각했다. 이태와 이수와 그리고 자기. 더러는 이명이나 무현이 같이 끼기도 했지만 이태와 도현은 두세 살씩 어린 동생들을 늘 떼어 놓고 달아나곤 했다. 그러나 어찌 된

146

일인지 이수 누나는 항상 옆에 있었다. 이수는 그들보다 네 살이나 많은데도 체구가 작아서였는지 아니면 동생인 그들이 숙성해서였는지 어린 시절 내내 그들과 같이 놀았다. 같이 놀았다기보다는, 함께 구슬치기를 했다든지 공차기를 한 기억은 없지만, 항상 그들 주변에 당연스레 존재해 있었다. 이태와 도현이 둘이서 사내애들 놀이를 하고, 이수 누나는 그 옆에서 혼자 꽃목걸이를 만들거나 나뭇잎 양산을 만들며, 혹은 숙제를 하며 든든하게 한 조가 되어 놀았던 것이다.

이상한 일이었다. 이태도 이수 누나와는 싸우지 않았고, 오히려 눈에 안 보이면 허전해했고, 도현은 도현대로 이태도 좋고 이수 누나가 옆에 있는 것도 좋아 그들 옆에 붙어 있었다. 그렇게 보낸, 길고 아름다운 유년기였다.

「그런 노래도 불렀었잖아요. 산에 산에 진달래꽃…….」

「참, 그런 노래를 불렀었지?」

이수도 옛날을 더듬는 얼굴이었다. 도현은 이수 누나가 앞가슴에 하얀 프릴이 달린 원피스를 입고 교장 선생님이 서는 교단 위에 올라서서 노래를 부르던 장면을 떠올렸다. 사안에 사안에 진달래꽃 피이었습니다아……. 맑고 청아한 목소리가 교정을 지나 아랫동네까지 퍼져 나갔다. 진달래꼬옷 아름따다아……. 이수 누나의 음성은 아름다운 계곡을 흐르는 물소리 같았다. 돌돌돌 흐르다가는 서늘하게 떨어지고, 폭포 아래서 동글동글 맴을 돌고, 나뭇가지에 앉았다가 물을 차고 올랐다. 매일같이 함께 놀던 이수 누나가 어떻게 저렇게 돌변해 노래를 잘 부르는지 그저 신기하기만 할 뿐이었다. 전교생이 얼마나 숨을 죽이고 그 장면을 지켜보았던가. 새로 부임한 젊은 교장 선생님은 이수 누나의 맑은 목소리를 좋아해 기회 있을 때마다 그녀를 교단에 세웠다. 이수 누나는 하얀 칼라가 달렸거나 앞

가슴에 U자형으로 프릴이 달린 원피스를 입고 〈섬집 아기〉나 〈과수원 길〉 같은 노래들을 불렀다. 노래를 잘 부르는 애들이 학년마다 한두 명씩 있었지만 이수 누나의 노래는 썩 빼어나게 잘 부른다는 느낌보다는 순수하고 애틋한 기운으로 듣는 이의 마음을 파고들었다. 싸한 감동이 처음으로 아이들의 가슴으로 지나갔을 것이다. 모두들 노래가 끝나고 나서도 그 여운에 한참 입을 다물고 있었다. 그러나 정작 이수는 교단을 내려와서는 늘 부끄러워하며 아이들 사이로 숨었다. 키가 작아서 숨는 것처럼 보였는지도 모르지만. 노래를 잘 부른다고 해서, 특별히 불려 나갔다고 해서, 예쁜 옷을 입었다고 해서 다른 아이들처럼 난 체하지 않았다. 이런 태도는 그 집 식구들의 품성에서 기인한 것일 텐데, 이수 누나는 왜소하고 예민해 보여서 유일하게 그런 느낌이 나지 않는 편이지만, 그녀 이외의 다른 식구들은 모두 겉이며 속이 구순했다. 그녀의 할아버지가 가장 푸근하고 너그러웠고, 할머니도 마음 좋은 분이셨고, 아버지는 잘 모르지만 호인으로 정평이 나 있었고, 어머니야말로 대천 한바다 같은 분이었다. 그녀의 오빠인 이호 형도 아버지를 닮아 무골호인이었고, 동생 이태가 좀 달라서 카리스마가 있었지만 그 역시 힘에 바탕한 파워였지 거만함과 교만함과는 거리가 멀었고, 이명도 말썽장이일 뿐 젠체하는 구석이 없었다. 그들은 천성적으로 남 위에 올라서서 군림하기보다는 사람들 속에 섞여서 낙락하게 만족을 누렸다. 누대로 가진 자로 살아온 이들이 갖게 된 진정한 여유인지도 몰랐다. 죽변에서는 당시에 이수 누나처럼 예쁜 옷을 입는 여자애가 없었다. 그 옷은 대개 이수 누나의 아버지가 서울에서 사온 것들이었는데, 하늘색이나 연두색 바탕에 잔 꽃무늬가 있고 앞가슴 부분이 하얀 프릴이나 레이스로 너울거리는 것들이었다. 그것을 이수 누나는 좀 크게 어벙하게 입고 혼자서 조용히 학교에 다녔다. 까놓은 밤톨처럼 말끔하게 차리고 고개를 발딱 들고 다니지 않았다. 이런 겸허하고 너그러운 태도가 도현은 좋았고, 푸근한 위안을 주었다. 지금도 도현은 딸애의 아버지가 되는 꿈을 이수 누나의 어릴 적 원피스들을 통해 즐기곤 한다.

「요즘은 어떻게 지내세요?」

도현은 생각에서 깨어나며 물었다. 전시회 준비를 한다는 건 알겠는데…… 어떻게 꾸려 가는지 궁금했다.

「응?」

이수도 이제야 과거에서 깨어나고 있었다.

「잡지에 뭘 하신다면서요.」

「으응, 일러스트라고, 잡지나 책에 삽화 같은 걸 그리는 거야. 그런 것도 하고, 다른 것도 하고.」

「재미있어요?」

도현이 똑같은 질문을 되돌렸다.

「재미있긴. 밥 벌어 먹으려고 하는 거지.」

'밥 벌어 먹으려고'라는 말이. 도현의 귀를 가시처럼 찔렀다. 그런 볼썽사나운 말을…… 이수 누나가……. 애인이라던 그 친구는 좀 도와주지도 않는 걸까. 전도유망하다고 했으니 지금쯤 성공했겠는데 서로 사랑한다면서 왜 결혼도 하지 않는 걸까. 두 사람 사이에 무슨 문제가 있는 건 아닐까. 그의 희망은 염치없이 자라나 마구 가지를 뻗어 나갔다. 어린 시절 죽변 사람들이 감탄하던 이수 누나의 재능이 세월이 흘러 서글프게 자리 잡은 현실이 안타까웠다. 언제던가, 그녀가 방학 숙제 해주던 날이 생각났다. 노래는 우연히 눈에 띄어 한두 해 그렇게 남 앞에서 불렀지만 이수 누나는 원래 그림을 잘 그렸었다. 산이나 바다, 집, 사람 들을 금방 그럴듯하게 그리고, 물감들

을 남다르게 입히곤 했다. 그날도 도현은 산을 그리고 그 산에 진달
래꽃이 피었다고 정상 근처에 분홍꽃 한 송이를 커다랗게 그려 넣었
다. 이태도 도현을 보고 똑같이 그렸다. 아마 개학 전날이었을 것이
다. 어린 마음에도 산에 꽃이 한 송이는 아닌데, 하는 생각이 들었었
다. 그러나 어떻게 해야 좋을지 몰라 그냥 그렇게 그렸다. 이수 누나
가 그것을 보고 마구 웃었다. 그러고는 스케치북을 휙 넘기더니 산
의 능선을 사선으로 그리고 바위도 그리고 나무들도 그리고 연두색
과 초록색으로 산을 오목조목하게 채운 뒤 진분홍 크레용을 여기저
기에 점점이 박아 넣었다. 그림이 완성되자 정말 진달래꽃이 불타듯
산에 활짝 피어 있었다. 이렇게 많은 진달래를 하나하나 그려 넣지
않고 점으로 찍어 그릴 수도 있다는 것을 도현은 처음 알았다. 크레
용을 덧칠하는 방법이나 파스텔의 사용, 물체의 선, 원근, 명암 같은
것들에 대해서도. 이수 누나의 손을 통해서 처음으로 보고 배웠다.
그런 이수 누나…… 미술 대학까지 다니고서…… 지금 밥 벌어
먹으려고 일러스트를 한단 말인가. 마지못해. 아마도 마지못해…….
그건 너무 애석했다. 현실이 말 같지 않다지만 아무래도 받아들이기
어려웠다.

「전시회를 하자면…… 비용은 어떻게 해요?」

도현은 묻지 않을 수 없었다.

「왜? 너도 그런 거 관심 있어?」

이수가 우습다는 듯 쳐다보았다.

「그냥요. 어떻게들 하나 궁금하잖아요.」

「이미 알려진 사람들이야 비용 걱정 할 게 없지. 전시회 하면 많이
파니까. 그것도 비싼 가격으로. 그런 사람들이야 뭐 자기 돈 들여
하나? 화랑들이 서로 못 끌어들여서 난린데. 거의 초청받아 하

지.」

「누나 말예요.」

「나?」

그녀가 픽 웃었다.

「나야 뭐 그럴 재목이 되냐?」

옆얼굴이 쓸쓸했다.

「어떻게 했는데요, 지금까지? 전시회 했었잖아요.」

「처음 전시회는 내가 벌어서 했지. 그땐 너무 하고 싶어서 마구 출혈을 해서 억지로 한 거야. 두 번째는 신인으로 초대받아 했고. 그룹전도 두어 번 했고. 그다음엔 설치하는 친구와 같이했어. 이번 것은 문화 재단에서 창작 지원금을 받았지. 반쯤 도움이 돼.」

「반쯤요? 나머지는요?」

「그럭저럭 때워 넣어야지. 별수 있니?」

「어떻게요?」

「왜 그렇게 꼬치꼬치 물어?」

「직업상 버릇이에요.」

「뭐 팸플릿 같은 거 싸게 하고…… 그런 거 잘하려면 한이 없거든. 대관료는 이미 지불해 놨으니까 어떻게든 될 거야. 배짱으로 가는 거지.」

「작품이 팔려서 충당이 좀 돼요?」

「팔리긴. 지난번에 딱 두 점 팔았다. 관장이 그림 좋다고 한 점 사고, 우리 오빠 친구가 한 점 사고. 정식으로 화랑을 통해 판 거는 그게 전부야. 다른 통로로는 무지무지하게 팔고 있지. 한 달에 열 점 이상.」

그녀가 한쪽 입아귀를 비아냥대듯 올리며 웃었다.

「다른 통로로요?」

「응, 아르바이트로 막그림을 그려서 팔아. 사러 오는 장사가 있어.」

「꼭 그렇게 해야 돼요?」

「어쩔 수 없지. 세르반테스도 세무쟁이 노릇을 하며 《돈키호테》를 썼다잖아. 예술가란 게 뭐 다 그렇지.」

「그래도요.」

「어떤 땐 그게 진짜라는 생각도 들어. 어떻게 그리든 사람들의 요구에 응하는 게 이 위대한 소비의 시대에 화가가 나아갈 길이 아닌가 하고. 조건 없이 훌륭해야 한다든지 숭고함을 지향한다든지 예술성 어쩌고 하는 말들은 빛 좋은 개살구가 되어 버렸어.」

「…….」

「아무 비전도 없이 내가 왜 이러고 있나, 바보가 아닌가 그런 생각도 때로는 나고. 그래도 선정적이고 대중적인 재능이 부족해 참으로 다행이라고 늘 감사하지.」

그녀가 소나무 그루터기에 걸터앉았다. 도현도 옆에 앉았다.

도현은 방송을 생각했다. 방송도 오락이나 드라마 부문은 시청률이 대단히 높지만 1년 내내 죽어라 고생하며 공들여 만든 수작의 다큐멘터리들은 보는 사람이 극소수였다. 때문에 그해의 가장 좋은 프로그램이라고 인정받은 특출한 다큐멘터리조차 밤 열두시가 넘어 방영되는 것이다. 똑같은 프로를 아사히 위성 티브이에서는 프라임 타임인 밤 아홉시에 방영하고 엄청난 반향을 불러일으켰다. 일본 사회만 해도 시청자의 수준이 우리 같지 않다는 느낌이 들었다. 어쨌거나 방송 관계자들은 방송사가 뒤에서 받쳐 주니까 월급을 받고 일하고 있지만 화가들은 저렇게 다른 일로 어렵사리 돈을 벌어 자비로 전시회를 열어야 한다는 게 언어도단으로 보였다.

「전시회를 몇 회 하면 그 사람은 어떻다 하는 식으로 인정하는 게 있는 거예요?」

「없어. 안 하는 거보다야 말할 근거가 좀 있겠지만…… 아무도 눈 주지 않는데 저 혼자 백 번 하면 뭐 하냐.」

「승산이 없기도 해요?」

「대부분 승산이 없지. 저 혼자 하는 전시회만으로는.」

「그럼 어떻게 해야 해요? 성공하려면?」

「성공?」

그녀의 눈이 멍해졌다. 한참 만에 대답이 돌아왔다.

「그래, 성공을 지향하는 게 인생이라 치고, 글쎄…… 유명해지고 돈 버는 걸 성공이라고 한다면 우선 시선을 끄는 게 급선무일 거야. 여러 가지 경우가 있지만 그게 방법 제일 장이 아닐까. 성형 수술 퍼포먼스로 유명한 프랑스의 오를랑이라고 알지? 그 여자는 일곱 번이나 성형 수술을 받으면서 수술 과정과 회복 과정을 사진과 비디오로 촬영해 발표하고 지방 세포까지 작품으로 팔면서 센세이션을 일으켰어. 그렇게 하면 일단 엄청난 시선을 끌잖아. 어쨌든 국제적인 아티스트가 되는 거지. 기존의 미의 기준에 도전한다든지 미의 이름으로 육체에 가해지는 억압에 항거한다는 등 의미를 붙이고 있지만 무엇보다도 대단한 용기가 있다고 생각지 않아?」

「에이, 그런 성공 말고요.」

「그럼 어떤 성공? 성공이라는 게 대체 뭔데?」

「왜, 있잖아요. 예술가로서 재능을 인정받고 또 명예도 얻고…….」

「재능을 인정받는다…… 명예도 얻고…… 좋지. 근데 그게 그래.

우선 어떤 계기로든 알려지고 누군가에 의해, 또는 어떤 필요에 의해 평가되고 포장되는 거야. 그 과정에서 수많은 복합 변수가 작용하지. 뭉크는 노르웨이에서 전혀 알려지지 않았었는데 우연한 계기로 베를린에서 전시하게 되고, 야유와 휘파람 속에 오히려 유명해지고, 기존 화풍에 얽매이지 않는 예술가로 낙인찍혀 그 때문에 잘 나가는 화가가 되었어. 그러고는 최고의 명성을 얻었지. 형태를 왜곡하거나 생략하는 그의 화법도 개인적인 경험들에서 비롯된 거지만 히틀러한테 이데올로기로 이용당하고 같은 이유로 또 추방당했어. 그 유명한 고흐도 당대에는 성공했다고 할 수 없잖아.」

「당대에는이라고 말할 수 없을지는 모르지만 고흐는 위대한 화가잖아요.」

「화가 자신에겐 당대가 중요하지. 주문하는 사람도, 판매할 시장도 없이 절망 속에서 귀를 잘라 가며 외롭게 작업했던 고흐를 생각해 봐. 끔찍하지.」

「고흐는 정말 그래요.」

「엄격한 종교적 성향이나 높은 이상 추구가 만들어 낸 형태들을 바라보고 있노라면 가슴에 울울울 파문이 이는데 말이야.」

「그런 사람은 따로 취급해야죠. 아까 그 성형 수술하고는.」

「너, 고루하다? 클래식한 거냐? 오를랑의 경우도 치기 어린 용기라고 매도해 버릴 수는 없어. 네가 말한 대로 유명해지고 돈 버는 게 성공이라면. 예를 들어 볼까? 내 친구 중에 학부 때 머리를 박박 민 애가 있었어. 여대생이 머리를 미는 거 아무나 못하잖아. 적어도 육 개월 이상 까까머리로 다녀야 하니까. 한 기에 한 명 정도는 이런 걸물들이 나오는데 주체할 수 없는 끼가 있는 애들이야.

졸업한 뒤 어느 날 그 애가 길에서 퍼포먼스를 하는데 완전히 전라(全裸)로 신들린 듯이 행위했어. 젊은 여자가 길에서 벌거벗고 뭘 한다니까 많은 사람들이 구경 왔지. 예상과는 달리 어느 누구도 웃지 못했어. 그 긴장감, 충격적 내용, 찢어질 듯한 공기의 밀도 때문에 온몸에 소름이 돋아 꼼짝도 못하고 바라봐. 그게 얼마나 큰 재주니? 대상을 사로잡는 천재적인 재주지. 그 애는 단순히 그런 행사만 벌인 게 아니라 주도면밀하게 신문이며 방송 기자들을 다 불러 놓고 퍼포먼스를 한 거야. 그날로 일약 스타가 되었지.」

「그런 스타 말고요.」

「스타면 스타지. 어떤 스타가 있는데? 스타는 무조건 스타야. 구태여 규명하자면 그 애의 경우 끼와 머리를 동시에 갖춘 토양에 운까지 가세한 결과라고나 할까. 퍼포먼스야말로 머리와 끼를 동시에 갖추지 않은 사람이 하면 실패해.」

「끼야 그렇겠지만 머리도 있어야 돼요?」

「산만한 공간에서 오직 자기 행위를 통해 강렬한 무엇을 전달해야 하기 때문에 자신은 물론 관객까지도 깊이 몰입시켜야 하거든. 끼만 있는 애가 하면 스스로 몰입은 잘하지만, 그래서 첫 단계에서는 관객도 잘 끌고 들어가지만 내용이 주는 공감대가 약해서 곧 분위기가 어수선해져 버려. 머리만 있는 애가 하면 저 스스로 쑥스러워 몰입을 제대로 못하기 때문에 내용이 그럴싸해도 효과를 못 내지. 내 친구는 끼와 머리를 동시에 갖춘 경우야. 운은 스스로 만들었다고도 할 수 있고. 그렇게 날개를 달고 일간지에 제 사진을 도배하듯 하더니 결국 외국까지 명망이 날아가 유명 아트 페어에 초청되고, 바젤, 파리, 쾰른, 뉴욕, 런던 등을 날아다니며 작품 발표를 하고, 이젠 국제 비엔날레에 단골로 초청돼. 명실공히 한국 대표

작가야.」

「예술적 재능은 어떤데요?」

「응, 재능이 있지. 이를테면 이런 재능. 비행기를 타고 이 도시에서 저 도시로 날아가며 비행기 안에서 전시회의 조건을 재빨리 파악해 순발력 있게 아이디어를 낸 뒤 스케치해서 이 공장 저 공장에 주문을 하는 거야. 자극적인 소재를 써서 어마어마한 규모로. 수십만 관중이 한꺼번에 볼 거니까. 정한 장소에 주문품들을 수합시켜 댓바람에 설치해 내는 조직력과 연출력 같은 거.」

「그게 재능이에요?」

「그럼 재능이지. 새로운 세기의. 누구나 부러워하는.」

「누나도 그게 부러워요?」

「부럽고 안 부럽고를 떠나 나는 그 과(科)는 아니야. 그렇지만 이제 아틀리에에 붙박여 작업하는 예술가는 사라지는 추세야. 쇼 비즈니스에 강한 화가가 성공하게 돼 있으니까. 사람들은 성공만을 따지잖아. 돈 벌고 유명해지는.」

「진짜 예술적 재능 같은 건 어때요? 재능이 있으면 그래도 궁극적으로 성공하는 게 아닐까요? 어떤 형태로든요.」

「재능이라고? 그런 게 한눈에 보인다고 생각하니? 그런 걸로 줄을 세워 우열을 가릴 수 있을 것 같아? 그림판에 들어왔다는 것만으로도 벌써 어느 정도는 다 재능들을 갖추고 있는 거야. 뭐라고 뭐라고 평가되지만 대개 결과를 가지고 과대 포장해 내놓은 거라 진정한 재능을 알 수가 없어. 네 생각은 옛날 얘기야.」

「그래요? 그럼 너무 허탈하네요.」

「중심 기준들이 사라져 버렸어. 다양화됐다고들 돌려 말하지.」

「다른 화가들은 어때요? 어떻게 사는데요?」

「천차만별이야. 브랜드 네임을 획득한 사람들은 나날이 살이 찌고, 진창에 있는 사람들은 한 발도 못 떼놓고.」
「방법이 없어요?」
「방법들을 궁리하다 보니 희한한 짓투성이야. 요즘 젊은 애들은 너도나도 내용도 없이 막 튀어. 일단 튀고 거기서부터 시작한다는 인상이야. 치기 만만하고 선정적인 요건들로 스타가 만들어지고 그게 메이커 생성의 길이니까. 메이커여야 우선 애들도 비싼 돈 주고 운동화를 사 신잖니.」
「그렇긴 하죠.」
「제일 큰 문제는 시각적 자극이나 충격의 강도가 급속도로 높아지고 있다는 거야. 사람들은 이제 시청각적 자극에 만성이 돼 있어. 화가들도 어쩔 수 없이 감각적 자극을 높이는 상태지. 아무리 그래도 대중문화와는 승부조차 할 수 없는데. 뒤죽박죽 섞여서 혼란스럽게 흘러가는 것 같아. 팔리는 작가들 그림도 통 분석이 안 돼.」
「그럼 어떡해요.」
「희망이 없는 채로 묵묵히 자기 길을 가자니 모두 시든 배추 꼴이지. 이제 사람들은 진지한 것을 싫어하고 깊이 생각해 보는 것도 싫어하는데…… 눈요기만을 좋아하는데……. 그림이 더 이상 소수 애호가들의 전유물이서는 안 된다는 생각에는 동의하지만…… 비엔날레의 성공 여부가 오직 입장객 수로만 평가되니…….」
그녀의 얼굴이 어둡게 가라앉았다.
「다음 달 전시회는 어떤 거예요?」
「묻지 마. 입에 오르내리는 그림들이 아냐.」
그렇게만 말하고 그녀는 계면쩍은 듯 얼굴을 하늘로 들었다.

　서편 봉우리 너머로 해가 넘어가고 있었다. 그녀의 얼굴이 석양빛을 받아 붉게 물들었다. 새털구름이 점점 보랏빛으로 변하고, 산이고 나무고 계곡이고 지상의 모든 것들이 차츰 어두워졌다. 이수의 몸도 뿌연 이내 속에 잠겼다. 도현은 그녀의 의욕을 일으켜 세우고 싶었다. 옆에서 힘이 돼줄 수는 없을까. 애인이라던 그 친구는 이수의 고된 행로를 알고 있기나 하는지.

「참, 그 사람은 잘 있어요?」

도현이 물었다.

「누구?」

「왜 나한테 보여 줬었잖아요. 애인이라고. 오래 사귄다고 이명이 그러던데.」

「너한테 보여 줬어? 내가?」

「나 대학 들어가서…….」

「그게 언제 적 얘기야? 별걸 다 기억하고 있네. 십 년도 더 된 일이잖아.」

「팔 년 되었죠.」

「팔 년?」

이수가 의외라는 듯 도현을 올려다보았다.

「팔 년하고도 한 달…… 그리고 십구 일 됐어요.」

「너, 웃기려구 아무렇게나 꾸며 대는 거지?」

　이수는 가당찮다는 표정으로 도현을 흘겨보았다. 얼굴에 장난기가 돋아나 있었다. 망아지처럼 볼록 나온 눈망울이며 하얀 턱 아래며. 어미에게 장난을 거는 새끼 사슴 같았다. 어려서도 그랬다. 그녀는 늘 저렇게 망아지나 송아지, 강아지 등 새끼 짐승을 연상시켰다. 눈이 사심 없이 크고 눈두덩이 볼록 나와 있고 피부가 여리고…….

저 안에 예측할 수 없는 칼날을 감추고 있지만. 그 칼날로 단호하게 자기를 주장하곤 하지만.

그녀의 단호함.

도현이 이때껏 그녀에게 가까이 가지 못한 건 그녀의 단호함 때문이었다.

도현의 가슴에 각인된 인상적이고도 선명한 장면 하나가 있다.

아마도 예닐곱 살 무렵일까. 어떻게 된 일인지 도현은 이수네 식구와 같이 냉면을 먹고 있었다. 이태의 아버지가 서울서 내려왔는지 가족 외식을 하는 자리에 철없는 도현이 끼여 있었을 것이다. 그 집 식구들이 놀러 온 도현을 너그럽게 같이 데리고 갔으리라. 음식점에 둘러앉아 냉면을 먹는데, 모두들 한 그릇씩 시켜 먹었지만 이수는 시키지 않았고, 대신 어머니의 물냉면 그릇에서 두 젓가락 정도의 면을 밥 뚜껑에 덜어 내어 먹고 있었다. 식구들 모두 그녀가 먹는 것에 신경을 썼다. 이수 계란 먹을래? 누군가가 말했고, 그녀가 끄덕였는지 삶은 계란 반쪽이 그녀의 그릇 위에 놓여졌다. 그녀는 그 삶은 계란을 단풍잎 같은 조그만 손바닥 위에 올려놓았다. 도현은 처음부터 그녀의 이상한 식사법을 흘끔거리고 있었다. 가느다란 냉면 한 가닥을 오래오래 걸려 입 안에 빨아들이고 있는 모양새를. 그녀가 계란 반 개를 예쁘게 거머쥐더니, 다른 손으로 젓가락을 쥐었다. 저걸 젓가락으로 어떻게 먹나 보고 있는데, 그녀는 젓가락 끝으로 물냉면 국물을 찍어 계란 노른자에 묻혔다. 그리고 구석에서부터 조금씩 조금씩 물에 개어 금가루처럼 노른자를 먹었다. 오직 젓가락 끝으로 즙처럼 개어 눈곱만큼씩 입에 찍어 넣는 것이다. 그래도 노른자는 줄어들었고, 드디어 그걸 다 먹는 순간이 왔다. 어찌나 정교하게 먹었던지 남아 있는 오목한 흰자가 물에 씻은 듯 깨끗했다. 저 흰자는 또 어떻게 먹으려나 도현은 훔쳐보고 있었다. 이수도 자기 손 안의 하얀 흰자를 잠깐 바라보았다. 다음 순간, 그녀는 그것을 쓰레기통에 탁 던져 넣었다. 조금의 미련도 없이. 동작이 너무나도 칼 같고 단호했다. 도현은 섬뜩했다. 어쩌면 저걸 저렇게 단호하게 버릴 수가 있단 말인가. 다른 사람에게 주든지 그릇에 그냥 놔두든지 상에 버려 두어도 될 것을. 이거 어떻게 하느냐고 어머니에게 묻지도 않고 조금쯤 뜯어 먹다가 버리지도 않고 새하얀 그것을 통째로 단호히 버릴 수 있단 말인가. 도현은 두려웠고, 이수의 성격에 주눅이 들었다. 도저히 함부로 할 수 없는 상대임을 그날 확연히 깨달았다. 작고 여린 몸 안에 감추어진 강한 심지와 처음으로 맞닥뜨렸던 것이다.

그녀가 늘 이렇게 단호하고 칼 같은 것은 아니었다. 평소에는 장난기 있고, 부드럽고, 아량도 있었다. 그러나 칼 같은 행동들이 몇 번 더 있었다. 도현이 대학에 들어가서 처음으로 그녀를 찾아간 날, 그날도 그랬다.

「내가 누나를 찾아갔었잖아요. 고 이 때, 고 삼 때, 재수할 때…….
취급도 못 받고 쫓겨 왔지만 대학에 입학해서는 누나가 한 번 맥주를 사줬지요. 생각 안 나요? 입학 축하 한다면서. '왈츠'던가?
그 학교 앞 골목에 있는 카페요. 거기로 애인이라는 치를 불러내 소개해 줬잖아요. 그게 삼월 칠일이었어요. 천구백구십년…….」
장난스럽던 이수의 얼굴이 스르르 굳어졌다. 이수는 그루터기 아래의 풀들을 하릴없이 손으로 뜯었다.
「그런 쓸데없는 것들을 뭐 하러 기억하니, 이 바쁜 세상에.」
두 사람은 한동안 묵묵히 있었다. 바람이 하강 기류를 만들며 산봉우리 쪽에서 불어 내려왔다. 해는 져서 어두운데…… 이수의 어린 목소리가 바람결을 타고 들려오는 것 같았다.

「가자, 진짜 어두워지겠다.」

이수가 불현듯 그루터기에서 일어났다. 그들은 자전거를 부려 놓은 데까지 왔다.

「진달래 보러 가다가 제대로 보지도 못했네.」

「저녁이라 오므라졌을 거예요.」

「사실은 오늘 새벽에 이상한 꿈을 꾸었어. 이태가 꿈에 나타나서 아주 별스럽게 내게 해코지를 해. 너무나 이상했어.」

「이태가요?」

도현은 믿어지지 않아서 재우쳐 물었다.

「그래, 이태가. 왜 느닷없이 그런 꿈이 꾸어졌는지 몰라.」

「해코지를 했다구요?」

「말할 수 없이 끔찍하게.」

「설마…….」

「정말이야. 내게 무슨 할 말이 있는 걸까?」

「글쎄요. 아직 혼이…… 구천에서…….」

도현은 입을 다물었다. 녀석이 외로운 모양인가. 그동안 내게도 찾아오지 않았으니……. 열일곱 살에 죽은 이태는 혼인을 하지 않아 무덤을 쓸 수 없다고 했다. 화장을 해서 바다에 뿌리는 수밖에 없었다. 결국 몽달귀신이 되고 만 것이다. 그러니 혼이 아직까지 구천에서 떠돌 것이었다. 오죽하면 영혼 결혼식이라는 게 있겠는가. 그렇게라도 해서 불쌍한 혼을 구해 내는 것일 것이다. 영계(靈界)를 믿어 본 적은 없지만 도현은 이태에 관한 한 어쩐지 찜찜하다. 무덤이라도 썼다면, 하는 아쉬움이 아직도 남아 있는 것이다.

「사람이 죽으면 목숨이 끊어졌으니 다 마찬가지겠지만…… 그래요, 유물론적으로야 이러나저러나 자연으로 돌아가는 거잖아요.

그래도 화장은 허망해요. 산 사람이 그의 죽음을 삭일 얼마 동안
은 무덤 속에 남아 있어 주는 것이 좋을 것 같아요. 이태처럼 기막
히게 가버린 경우에는 더더욱요. 녀석이 가버리고 그날로 흔적도
없이 사라져 버리자 미칠 것 같더라구요. 선산의 무덤들이며 다른
사람들 무덤, 하다못해 공원 묘원의 봉분들을 얼마나 부러워했는
지. 그 앞에 앉아 원망하고, 화풀이하고, 술을 끼얹고, 벌초를 해
주는…… 이태를 위해서가 아니라 살아 있는 우리를 위해서 이태
는 그렇게라도 잠깐 동안 있어 주어야 했어요. 그걸 못하게 막은
것이 빌어먹을 관습이구요. 그 관습을 물리치지 못한 것이 또 우
리구요.」

「넌 그때 어렸잖아. 그리고 우리가 무슨 결정권이나 있었니? 어른
들이 다 했지.」

그때 얘기가 나오자 이수는 시선을 한곳으로 모으며 눈에 힘을 주
었다.

「지금 생각해 보니 그래요.」

「무덤이 무슨 상관이야? 화장한 사람들은 그럼 다 불행하게?」

이수가 성난 듯이 대꾸했다. 스스로 악몽에서 헤어나려는 것 같았
다. 이수도 아직 이태의 죽음에서 벗어나지 못하고 있구나, 도현은
느꼈다.

「바람이 불거나 날이 흐리면…… 이태의 원혼이 여기에 떠도는
것 같아요. 《폭풍의 언덕》의 히스클리프가 생각나면서요.」

「폭풍의 언덕?」

이수는 꿈속 장면과 무엇을 연관시키려는 듯 시선을 안으로 끌어
들이고 멍한 눈동자로 도현을 바라보았다. 음울하고 기괴한 바람 소
리가 귓전에 들리는 것 같아 도현도 귀를 세웠다. 어깨 위로 파닥파

닥 무엇인가가 지나갔다. 히스클리프의 혼령이 바람을 타고 날아가는 것 같았다. 허공에서 하얀 피륙이 빠르게 S 자를 그리며 펄럭였다. 도현은 눈을 끔벅이며 도리질을 쳤다.

「하긴, 꿈은 반대라니까요.」

부정하듯이 애써 분위기를 바꾸었다.

「녀석도 뭐 우리가 보고 싶겠죠.」

꿈을 농으로 돌리며 도현은 웃었다. 이수를 위로해야겠다는 생각이 비로소 들었기 때문이었다. 이태 꿈을 꾸고서 얼마나 이상했으면 여기까지 와봤겠는가. 한 번도 돌아보지 않던 고향에. 뭔가 석연찮아서 께름칙함을 무릅쓰고 와본 것일 것이다. 가뜩이나 두려워하고 있을 그녀에게 지금 자기는 더 무서운 환영을 덧붙여 주고 있었던 것 같았다.

해송 위에서 까치들이 노닐고 있었다. 선명한 초록빛 속에서 검정과 하양이 재빠르게 꽁지를 틀어 대며 생동감 있게 움직였다.

「참, 청못집 집터에 안 가보고 싶으세요, 무엇이 들어섰는지?」

도현이 밝게 물었다.

「뭐가 들어섰는데?」

「호텔요.」

「호텔?」

「러브호텔!」

이수가 시선을 내렸다. 괜히 얘기했구나, 하고 도현은 생각했다. 웃으라고 한 얘기였으나, 생각해 보니 웃을 일이 아니었다.

청못집은 이태네가 대대로 살아온 집이었다. 할아버지 적에 개축을 했다는데, 안채에만도 방이 여럿 되었고, 행랑채와 사랑채를 갖추고 있었다. 죽변에서는 제일 큰, 골기와집이었다. 그들이 어렸을 때만 해도 사랑에는 손님이 끊이지 않았고, 이태 어머니는 그 치다 꺼리를 하느라 손 쉴 틈이 없었다. 커다란 두레상만 한 칼국수 반죽을 이태 어머니가 엄청나게 큰 홍두깨로 밀던 거며, 안마당에 걸린 가마솥에 넘치게 끓이던 것, 겨울이면 콩을 삶아 외양간의 소에게 한 바가지씩 퍼주던 것이 생각난다. '그 일'이 있고 나서 이호 형이 가재를 정리해 죽변을 뜰 때에는 이미 청못집도 가세를 알았던지 머리를 조아리고 처분만 기다리고 있었다. 이사하는 날 도현이 올라가 보니 벌어진 골기와들 사이로 퍼런 잡초가 나풀거리며 자라고 있었다. 어떤 놈은 인간사를 비웃기라도 하듯 대궁에 노란 꽃까지 피우고 있었다. 세찬 바람도 아랑곳없다는 듯 바람에 한들거리는 노오란 냉이 꽃대를 바라보다가, 도현은 묵묵히 이삿짐을 날랐었다. 그 청못집이 이제 러브호텔이 되어 버린 것이다. 육각형의 창들이 주욱 달린 국적 불명의 야릇한 집에서 사랑하는 이들은 안마당의 연못에 일던 파문이며 커다란 모과나무, 해당화, 골담초의 흔적을 알까. 아이들이 까르르 뛰어 놀던 동산을 잠자리에서 느낄까.

도현은 자전거를 일으켜 세웠다. 거기에 올라타면서 뒤쪽을 눈짓했다.

「타세요.」

「가방 이리 줘. 난 그냥 걸어서 내려갈래.」

「종서 형한테 연락했어요?」

「아니.」

종서 형은 이수의 고종 사촌이었다. 그러니까 이태 고모의 막내아들이었다. 이제 중년이 된 종서 형은 '그 사건'이 있고 나서 교도소에 다녀온 뒤 후포로 가서 한동안 자리를 잡으려고 했으나, 결국 다시 돌아와 형 자신은 배를 타고 형수는 어시장 입구에서 건어물 장사를 했다. 이명이네 일가 중 유일하게 죽변에 남아 있는 친척이었다. 이명과 함께 도현도 전에는 가끔 들러 종서 형과 소주를 마시기도 했었다. 이수가 죽변에 왔으니 결국 그리로 가야 되지 않을까 해서 물어본 말이었다. 그러나 이수는 내키지 않는 것 같았다. 어디로 가려고 하는 것인지 알 수 없었다.

「그럼 시간 있겠네요?」

도현이 넌지시 떠봤다.

「시간?」

이수는 그렇게만 뜸을 들이며 뭔가를 생각하고 있었다. 도현은 자전거를 끌었다. 이수도 몇 걸음 따라왔다. 해는 서산 너머로 떨어졌고, 바다는 노을빛에 잠겨 어둠을 준비하는 중이었다.

「저녁 같이 먹어요. 저 아래…….」

도현이 눈치를 보며 이수를 구슬렸다.

「싫어.」

그녀는 여전했다.

「이명이랑 정자도 오라고 하면 되잖아요. 오랜만에 술도 한잔 마시고, 노래방에도 가고.」

「싫어!」

'싫어'라는 말을 어쩌면 저렇게 잘하는가. 지금까지 허심탄회하게 주고받았던 분위기와는 딴판으로 그녀는 절대로 곁을 내주지 않았다. 도현은 어쩐지 화가 났다. 이 기회를 놓칠까 봐 속으로 애가 탔다. 그는 골난 표정으로 이수의 가방을 도로 빼앗아 핸들에 걸었다.

「타세요. 하여튼 태워다 드릴 테니.」

그도 강하게 밀어붙였다. 이젠 그도 어린애가 아니었다.

「싫다니까. 그냥 걸어가고 싶어. 너 먼저 가.」

「타세요!」

도현은 화를 벌컥 냈다. 조바심이 정도 이상의 화로 표출된 것이다. 가까스로 손에 잡은 것을 허망하게 놓치지나 않을까 두려워 마구 소리를 질러 대는 꼴이었다. 이젠 그도 당하고만 있을 수는 없었다.

「타세요. 여긴 불량배들도 많아요. 이제 캄캄해지는데 대숲에서 대체 어쩔 작정이에요?」

불량배와 어둠을 들이대자 그녀도 조금 겁이 나는지 잠깐 망설이다가 도현의 자전거 뒤에 모로 올라앉았다. 자전거를 움찔움찔 움직였다. 길이 너무 울퉁불퉁하고 자전거는 아직 탄력을 받지 못해서 뒤에 앉은 이수가 불안스럽게 흔들렸다. 도현은 자전거를 세웠다.

「꽉 잡으세요, 여기를요. 이렇게요!」

그는 이수의 손을 끌어다가 제 허리를 휘감아 앞에서 야무지게 깍지 끼웠다. 이수는 그의 기세에 밀려 하는 대로 가만히 있었다.

도현은 다시 페달을 밟았다. 곧 중심을 잡고 속력을 냈다. 뒤에서 이수가 점점 더 그의 허리를 죄어 왔다. 웃음이 났다. 한쪽으로 발을 모으고 모로 되똑 올라앉았으니 자세가 불안정할밖에. 도현은 내리막길에서 자전거가 요동을 치는데도 속력을 줄이지 않고 내처 달렸다. 이수가 상체는 물론 얼굴까지 그의 등에 꽉 밀착시켜 왔다. 그는 크게 소리 내어 웃고 싶었다. 어깻죽지 근처에 따뜻한 숨결이 느껴졌다. 이게 오토바이였다면 얼마나 좋을까? 냅다 달려 천국까지라도 가볼걸……. 한참 달리다 보니 뒤의 그녀가 조용했다. 그는 걱정이 되어 속력을 늦추며 뒤를 향해 물었다.

「괜찮아요?」

「……」

그는 속력을 더 늦추었다.

「저…… 괜찮아요?」

「내려 줘.」

조그만 소리가 들려왔다. 도현은 자전거를 세웠다. 이수가 내려 길가로 쪼르르 달려갔다. 쪼그려 앉아 웩웩 구역질을 했다.

「멀미 나. 더는 못 가겠어.」

「미안해요.」

도현도 그녀의 곁으로 갔다.

「심해요?」

「근데 너 미쳤니? 내리막길에서 왜 그렇게 달리고 그래? 뒤에 사람 탔는데.」

이수가 숨을 고르며 속을 가라앉히고 있었다. 도현은 머쓱해져서 머리를 긁적거렸다. 길 아래에서 파도 소리가 처르륵처르륵 들려왔다. 심호흡을 하며 속을 가라앉히던 이수가 한참 만에 느닷없이 물어 왔다.

「참, 전부터 물어보고 싶었는데…… 너 왜 철학과에 간 거니?」

「철학과!」

그가 재채기처럼 내뱉었다.

「그 말 듣고 어안이 벙벙했다? 코미디 같아서. 정말 너와 연결이 안 되었어.」

이수가 어느 결에 웃고 있었다.

「웃지 마세요. 그땐 절실했으니까.」

「절실!」

놀리는 투로 이수가 따라 발음했다. 두 사람은 소리를 섞어 깔깔거렸다. 그러나 농담하려던 기분이 사라졌는지 이수는 곧 잠잠해졌다. 도현도 웃음 끝에 물기 같은 게 묻어 나오는 것 같아 가만히 있었다. 그는 앞뒤 정황을 생각했다. 날은 어두워지고 있고, 이수를 곧 어딘가에 내려놓아야만 한다. 그러기는 싫지만……. 이 정도 가까워진 것을, 오늘 우연히 만나 이렇게 화기애애하게 지낸 것을 천운으로 알고 관계를 회복해 나가야 했다. 처음부터 너무 욕심을 내다가는 일을 그르칠지도 몰랐다. 8년 전처럼. 여의치 않으면 그는 엘비스 프레슬리의 노래 가사처럼 그녀의 사랑을 훔치든지 구걸이라도 하고 싶었다. 그러나 아직은 기다려야 한다는 결론이 났다. 도현은 차분하게 입을 뗐다.

「종서 형네 가게에 데려다 드려요?」

「그냥 어시장 입구에 내려 줘, 구경이나 하게.」

「어판장에요? 지금 끝났을 텐데?」

「참, 끝났겠지?」

「정자한테 가보실래요?」

「정자가 어디 있는데?」

「저쪽 근남면에 살아요. 그곳 학교에 나가구요.」

「집은 이쪽 새 동네였잖아.」

「혼자 이사 나갔어요. 학교 근처로요.」

「글쎄…… 반가워할까?」

「그럼요. 만날 때마다 이명이한테 누나의 안부를 묻곤 한다던데요.」

「그럼 자세히 약도를 얘기해 봐. 내가 찾아가게.」

「여기 타세요. 내가 천천히 데려다 드릴게요.」

그들은 일어섰다. 도현은 이수를 태우고 다시 페달을 밟았다. 터미널 근처에서 오르막을 오르느라고 제법 힘이 들었다. 동해안 7번 국도가 나타나자 그는 그리로 진입해 들어섰다.

「요기요, 저게 바로 리조트예요. 이명이가 있는.」

「저게?」

「이명이 만나 보고 갈래요?」

「아니, 그 녀석 나 보기 겁나 할걸. 내일 보지 뭐.」

말은 그렇게 하면서도 이수는 흔들흔들 흔들리며 조그마한 이층 집을 바라보는 기색이었다.

「이쪽 도로 위에서 보면 작아 보여도 바다 쪽으로는 넓게 트여 있어요.」

「그렇겠지…….」

이수는 이명을 생각하고 있는 듯, 여운을 끊지 않았다.

자전거는 차들이 쌩쌩 달리는 갓길로 사뿐히 달렸다. 리조트는 등 뒤로 멀어졌고, 이수는 도현의 등 뒤에 매미처럼 달라붙어 있었다. 굽이굽이 해안을 따라 길이 감칠맛 있게 이어졌다. 파도가 찰랑대는 해안 풍경이 발아래로 아슬아슬하게 지나갔다. 가끔씩 고속버스가 무서운 속도로 그들을 추월해 질주해 갔다.

「이만하면…… 경치 좋지?」

이수가 정겨운 목소리로 물었다.

「그럼요. 대한민국에서 더 좋은 데 찾을 수 없다면서 자주 오는 다이버들이 얼마나 많은데요.」

「다이버들은 물속이 좋아야 하는 거잖아?」

「물속도 좋아야 하지만 물 바깥 풍경도 좋아야 해요. 어차피 레저 스포츠니까요. 이 근방은 시설이 빈약해서 알려지지 않아 묻혀 있었지요. 서울 사람들은 죽자꾸나 속초, 강릉 쪽으로만 가니까요. 동해안 전부를 통틀어도 이만한 데가 없는데.」

길 오른쪽으로 마을이 나타났다. 삼포리였다. 도현은 마을길로 들어섰다. 얇은 함석지붕과 슬레이트 지붕들이 오밀조밀 지나갔다. 오징어 건조대와 어망들이 보이고, 몇백 년이나 됐음 직한 느티나무에 하얀 백로들이 집을 짓고 있었다. 마을 개들이 서로 쫓고 쫓기며 산 쪽으로 몰려갔다. 도현의 자전거도 개들을 쫓아갔다. 마을이 끝나고, 한적한 오솔길을 도현은 한참 더 달렸다. 길이 은근히 오르막이어서 다리에 힘이 들어갔다.

「여기 어디서 산단 말이야? 이제 마을도 다 끝났잖아.」

「저 위에 집 몇 채 있어요. 축사를 개조해서 아주 아기자기하게 꾸며 놓고 살아요.」

「축사를?」

「네, 이 동네에도 누군가가 소를 키우다가 그만둔 것 같아요. 그걸 거의 거저 빌렸대요.」

「가봤어?」

「삼 년 전에요. 그동안은 제가 여기 못 와봤거든요. 처음 집 수리하고 초대했을 때 이명이랑 놀러 갔었어요. 정자 생일날.」

「지금도 그대로 있을까?」

「그대로 산다고 이명이가 그러던데요.」

「정자는 그대로야?」

「걔요? 그대롤걸요. 언제나 용감하고, 또 화끈하고…… 성격이 뭐 변하나요?」

「넌 연애 안 해?」

그 말의 느낌이 이상했다. 이상함이 등덜미로 전해져 왔다. 정자 얘기를 하다가 왜 갑자기 연애 안 하냐고 물을까? 정자와 자기를 잇는 저의가 짐작되어 도현은 퉁명스럽게 부정했다.

「안 해요.」

「왜?」

「왜긴요.」

볼이 화끈해졌다. 화를 낼 수도 없고, 설명을 할 수도 없고…… 착
잡했다. 이렇게 끝내 모른 척하고 이번에도 그냥 지나쳐야 하는가.
자기와는 아주 상관없는 사이로 낙인찍으려는 심사가 짐작되어 속
이 끓었다. 그러나 아직 참을 수밖에는 없었다.

도현은 잡초가 우거진 공터에 자전거를 부렸다.

「저 집이에요. 근데 참, 퇴근해 왔는지 모르겠네.」

도현이 턱으로 공터 위의 집을 가리켰다.

3, 40평쯤 되는, 블록 벽에 슬레이트를 얹은 납작한 집이 그들을
내려다보고 있었다. 창문이 여러 개 나 있는 긴 옆면이 앞쪽의 바다
를 향하고 있어서 창으로 내다보는 전망은 좋을 것 같았다. 애초 주
인은 축사를 지으면서 자기 소들이 바다를 바라보며 음매애 우는 장
면을 상상했을까. 소를 사랑했을 그는 그러나 소값 파동 때문에 이
터전을 포기하고 잠적했다고 들었다. 바다를 향한 창구멍들에 정자
는 유리를 끼우고, 유리 바깥에 하얀 레이스 방충망을 씌우고, 안에
는 드레시한 커튼을 늘어뜨려 놓았다. 그래서 집은 동화 속처럼 예
쁘장했다.

「이 작업을 누가 다 한 거야?」

이수가 감탄을 하며 집 가까이로 올라갔다.

「친구하고 같이 정자가 다 했대요. 여러 달 걸려서요.」

「대단하다.」

그녀가 입을 다물지 못하고 집 밖을 빙 돌며 찬찬히 뜯어보았다.

「이것 좀 봐. 창틀마다 흰색과 분홍 타일을 유리 파편처럼 조각 내
서 붙였네. 굉장히 공이 많이 들었을 텐데 이걸 어떻게 다 했지?

정말 예쁘다. 벽은 홀리그린으로 칠하고…… . 색깔도 참 잘 선택
했어. 또 이건 뭐야, 하얀 나뭇잎을…… 스텐실 처리했나?」
　진녹색 벽에다 흰 나뭇잎 모양을 커다랗게 드문드문 찍어 놓은 것
을 보고 이수는 고개를 갸우뚱거렸다.
「이런 안목이 어디서 나왔을까? 정자가 어려서부터 이랬어?」
「안 그랬어요. 지금도 안 그렇고.」
「그런데 어떻게 이런 걸 했단 말이야?」
「그러게요. 걔가 이렇게 알 수 없는 구석이 있어요.」
「정말 희한하다. 누가 이 집을 축사라고 하겠어?」
　도현도 처음에 들어가 보고는 이 집이 소가 살던 축사인가 의심했
었다. 소들만 수십 마리 들어가 있었을 커다란 공간을 오밀조밀하
게 나누고, 칠과 도배를 하고, 벽난로며 욕실, 세탁실까지 꾸미고,
곱고 예쁜 장식품들을 여기저기 비치한 뒤 흔들의자에 앉아 바다를
바라보며 자기가 직조한 삶을 음미하던 정자가 거인처럼 느껴졌던
것이다.
「정자가 자랄 때부터 용기가 있었지?」
「남자 같고 왈가닥이었지요. 지금도 여장부예요.」
「정말 그런가 보다. 이런 데서 혼자 살 생각을 한 걸 보면.」
　그들은 오른쪽으로 돌아가 모퉁이의 현관 앞에 섰다. 이수가 초인
종을 눌렀다.
「아직 안 왔어요.」
「어떻게 알아? 몇 시야?」
「일곱시요. 왔으면 우릴 봤지요, 벌써.」
「조금만 기다려 볼까?」
　그들은 다시 앞으로 나왔다. 텃밭에 해바라기들이 가득 자라고 있

172

었고, 해바라기 너머로 바다가 보였다.

「아, 아아…… 정자가 이래서 이곳을 선택했구나.」

이수가 고개를 끄덕끄덕했다. 이수는 이제야 해바라기밭을 본 모양이었다. 레이스 방충망으로 막은 창들 앞에 정자는 해바라기를 무더기로 심어 놓고 있었다. 그 밭을 일구월심 성심으로 가꾼다고 이명에게서 들었었다. 아직 허리 높이로밖에 자라지 않은 해바라기지만 여름이 되고 가을이 되면 굉장한 광경이 되어 삼포리의 명물로 사람들의 입에 오르내린다는 것이다. 그 소문이 죽변까지 퍼져 와 있다고 했다.

「어떤 영화가 생각나. 제목은 기억이 안 나는데…… 입술이 두툼한 여자 배우가 나오는 옛날 영화야. 이태리든가, 소련이든가? 여자는 사랑하는 남자를 찾아 떠났던 것 같아. 그 여행 중에, 여자의 스산하고 막막한 마음 가운데로 광활한 해바라기밭이 펼쳐졌었어. 아마 정자는 그런 영화를 보고 영감을 얻었는지도 몰라. 저 바다를 바라보며, 해바라기 그늘에서, 아직도 누구를 기다리는 심정일까?」

이수가 도현을 의미 있는 눈매로 쳐다봤다. 도현은 이수의 시선을 피했다.

「정자가 기다린다면, 이승에서는 이태가 아닐까요?」

이태를 끌어넣어 못을 박았다. 아까부터 이수가 자꾸 자기와 정자를 엮어서 농담하는 게 싫었기 때문이었다. 이수가 꿈틀, 하는 것 같더니, 제풀에 자기 앞을 바라보았다. 그녀는 굳어져 있었다.

도현은 심상한 말투로 말하기 시작했다.

「이명이가 그러더군요. 지난번에 왔을 때는 아직 파종하기 전이었대요. 그런데 이상하게도 작년 가을의 해바라기들이 그 모습 그대

로 서 있더래요. 시체처럼 시죽은 모습으로 을씨년스럽게요. 겨울
이 지났는데두요. 저희들끼리 굳건히 서서 바닷바람에 바스락거
리면서 정자의 창을 지키더라는 거죠. 겨우 내내 정자가 저것들을
바라보고 귀 아프게 바스락거리는 소리를 들었겠구나 생각하니
오싹해지더래요. 여기가 바람받이라 바닷바람이 얼마나 세요? 정
자는 아직도 귀신과 사는 모양이라고 이명이가 혀를 내둘러요.」
  해바라기가 정자에게 있어서는 그런 것이라는, 뭘 알고나 넘겨짚
냐는, 그런 뜻이 들어가 있는 말이었다. 이수는 화단 앞에 앉아 마른
나뭇가지로 땅바닥에 낙서를 하기 시작했다. 그러다가 손을 멈추고
'너, 이제 가, 내가 여기서 기다릴게' 하고 도현을 쫓았다.
「춥잖아요.」
「괜찮아.」
「저녁도 안 먹었잖아요.」
「괜찮다니까.」
「아주 늦게 올지도 모르는데요.」
「좀 기다리다가 안 오면 내가 알아서 할게.」
「어떻게요?」
「어떻게라니? 어디든 가서 자야지. 나 잘 데 없을까 봐?」
  도현은 휴대폰을 꺼내 이명에게 눌렀다. 정자의 번호를 알아내 통
화를 시도했으나 연결이 되지 않았다. 다시 해보아도 마찬가지였다.
퇴근하자마자 집에 왔다면 지금쯤 도착했어야 하는 것이다. 도현은
그냥 내려갈 수가 없었다. 짙어지는 어둠 속이었지만 이수의 안색이
파리해 보였고, 굉장히 추운 듯 턱이며 목덜미께에 소름이 돋아 있
었다. 덥석 안아 어디로든 데려가고 싶었으나 고집을 절대로 꺾을
수 없을 것이었다. 그는 점퍼를 벗어 일단 이수의 등 뒤에 씌워 주었

다. 추웠던지 그녀는 가만히 있었다.

「지금은 연락도 안 되고 상황을 알 수 없으니 리조트에 가서 이명이 통해 여기저기 알아볼게요. 좁은 데니까 정자가 어디 갔다 해도 금방 알 수 있을 거예요. 연락이 진짜 안 되면 제가 다시 올게요.」

그는 셔츠만 걸친 채로 공터로 내려갔다.

「야, 이거 냄새 나잖아?」

이수가 점퍼를 머리 위로 둘러쓰며 흰말을 던졌다. 미안하다는 뜻이리라.

「클리닝한 거예요.」

그도 농담을 던지고 자전거에 올랐다. 그는 급히 마을 아래쪽으로 내려갔다. 삼포리 어귀까지 달려 구멍가게 앞에 자전거를 세우고, 다시 리조트로 전화를 걸었다. 이명이 받았다.

「계속 정자한테 연락 좀 해봐. 아는 사람 다 동원해서 어디 갔는지 확실히 알아보고.」

「왜 그렇게 정자를 찾고 그래?」

「아 참, 낚시 가게 아저씨 잘 치료했니?」

그는 이제야 생각나서 물었다. 그제야 이명도 물어 왔다.

「우리 누나 맞아?」

녀석은 아까 첫눈에 제 누나라는 것을 거의 확신한 모양이었다.

「그래, 이수 누나더라.」

「지금 어디 있는데?」

「난 삼포리 입구에 있구, 누난 정자네 집 앞에 있어.」

「왜?」

「종서 형네 집에 데려다 준다고 해도 싫다고 하구…… 그래서 정자네 집 앞까지 같이 왔어. 근데 정자가 없는 거야.」

「그럼 어떻게 해?」

「어떻게 하긴. 정자를 빨리 찾아야지. 정자한테 연락 좀 해보라니까. 휴대폰은 지금 통화가 안 돼. 친구라든지 동료 교사들 연락 좀 해봐.」

「가만있어 봐. 수첩 좀 찾고. 근데, 왜 왔대?」

「이태 꿈을 꾸었나 봐. 녀석이 뭐 자기한테 해코지를 하더래.」

「형이?」

「글쎄, 오죽 마음이 쓰였으면 내려왔겠냐. 근데 내가 같이 있는 것도 싫어하고…… 하여튼 리조트로 빨리 들어갈게.」

「형이 정말 그랬을까?」

이명의 목소리가 가라앉았다.

「모르지. 우리가 그동안 너무 무심해서 녀석이 좀 보자고 트집을 잡았는지도. 나를 만나자고 아마 그랬을걸?」

그렇게 말하면서 도현은 정말 마음이 찔렸다. 방송사에 들어가고 나서는 녀석 생각을 못했던 게 사실이었다. 그러다가 이번에 처음 내려온 게 아닌가. 녀석을 묻어 주지 못한 게 새삼 아쉬웠다. 이 세상에 단 17년밖에 머무르지 못한 육신이 아닌가. 너무 짧게 머무르다 간 영혼들에게는 배려가 필요한지도 몰랐다. 녀석이 자신과 친구 사이가 아니었더라면 어떻게 되었을까? 그래도 그런 불운한 일이 일어났을까?

자신의 존재는 끝끝내 녀석의 죽음과 맞물려 있었다. 그럼에도 이렇게 잊고 있었다니…….

세상에 너무 할 말이 많아 씩씩대다 제 분을 삭이지 못하고 먼저 간 녀석의 모습이 시퍼렇게 돋아났다. 그런 녀석에게는 정말이지 잠간 동안이나마 무덤에라도 깃들여 있도록 특권을 주었어야 했다. 저 혼자 군말을 뱉을 시간을 줬어야 했다. 단번에 그날로 불살라 이 세상에서 없애 버렸으니 이렇게 오랫동안 이승의 하늘을 배회하는 게 아닌가. 그렇지 않다면 왜 뒤늦게 이수 누나의 꿈에 나타난단 말인가. 그녀가 꿈에 치여 여기까지 내려오도록.

「빌어먹을, 수첩이 어디 갔지?」

부스럭거리는 소리가 들려왔고, 서랍을 여닫는 소리도 들려왔다.

「근데 누난 정자네 집 바깥에 있는 거야?」

「그렇지 그럼. 정자가 안 왔는데.」

「지금? 어둡고 추울 텐데.」

이명은 제 누나가 얼마 전에 수술했다는 것을 상기하는 것 같았다. 도현도 그제야 거기에 생각이 미쳤다. 처음에는 수술한 게 어떠냐고 묻기까지 했었는데 다른 생각들에 파묻혀 그 사실을 깜박 잊고 있었다. 그래서 그렇게 안색이 안 좋았구나…… 이러다가 큰일 나는 게 아닌가 걱정되었다.

「알아. 그래서 점퍼 벗어 주고 왔어. 정자한테 정 연락이 안 되면 빨리 도로 가봐야 돼. 내가 리조트로 가느니 차라리 여기 있어야겠다. 너도 이리로 오든지.」

그들은 전화로 연락하며 정자를 좇았다. 정자의 핸드폰은 30분 가까이나 불통이었고, 어디에 있는지도 확인되지 않았다. 도현이 다시 정자네 집 쪽으로 올라가려 할 때에 고물 승용차가 쿨렁쿨렁 올라왔다. 아니나 다를까, 운전석에 앉은 것은 정자였다. 도현은 헤드라이트 앞으로 나서면서 차를 세웠다.

「왜 이렇게 늦게 다니니? 휴대폰도 안 되고.」

「이게 누구야? 너, 도현이 아냐? 무지 말랐네?」

「목 빠지게 기다렸다구.」
「왜?」
「이수 누나가 왔어.」
「이수 언니가? 정말?」
「그래. 빨리 올라가 봐. 너네 집 앞에서 기다리고 있어.」
「그래?」
정자가 액셀러레이터를 밟으며 부우웅 언덕을 올라갔다.

메멘토 모리

날은 완전히 어두워졌고, 바다는 멀리에서 시커멓게 번쩍였다. 물바람이 불어와 목덜미를 파고들었다. 이수는 도현의 점퍼를 뒤집어쓰고 해바라기밭 앞에서 정자를 기다렸다. 벨벳 같은 어둠이 멀리에서부터 밀려오면서 아랫마을에 불이 켜지기 시작했다.

왜 그런 꿈이 꾸어졌는지 알 수 없었다.

장면은 아주 진했다. 그렇게밖에는 표현할 수가 없다. 모든 것이 희미하거나 흐릿하지 않고 아주 또렷했고, 현실 이상으로 분위기가 살벌했다. 공포심 또한 극에 달해 있었다. 온몸이 땀에 흠뻑 젖었었으니까. 그토록 무서웠던 적은 꿈속에서도, 생시에도 처음이었다. 물론 어릴 때, 키가 한창 자랄 적에, 높은 벼랑이나 비행기 같은 곳에서 떨어지는 꿈을 자주 꾸었고, 그때마다 몹시 무서웠었다. 그러나 그건 추락하는 데 대한 물리적인 공포였지 오늘 새벽의 꿈처럼 시퍼렇게 날 선 진짜 공포가 아니었다. 이수는 느닷없이 꿈속에서 살인당하는 공포를 직접, 끔찍하게 겪은 것이다. 그것도 한 번이 아니었다. 정확하게 기억할 수는 없지만, 두 번도 아니고, 아마 서너 차례 이상이었다.

정말 이상한 일이었다.

현실에서는 벌써 오래전에 죽은 이태가 꿈속에서는 생생하게 살아서 웬일인지 누나인 이수를 죽이겠다고 숫돌에 식칼을 시퍼렇게 갈았다. 어머니와 이명이 옆에 있었는데, 어머니는 어디로 보나 지금의 어머니였으나 이명은 확실치가 않았다. 그저 느낌으로 동생인 듯 옆에 있었을 뿐, 이명이 같기도 하고 아닌 것 같기도 하다. 어머니와 동생은 이태가 자신을 죽이겠다고 칼을 들고 길길이 덤비는데도 이태에게 동조하는 건지 말릴 수 없는 건지 그 상황을 그대로 보고만 있었다. 이수는 너무나 무서워서, 이가 딱딱 마치고 내장까지 덜덜 떨려서 혼비백산해 도망다니고 있었다. 이미 두어 차례 이상이나 이태가 자신의 목에 칼을 들이댄 뒤였다. 이태의 행패도 무서웠지만 그것을 식구들이 모두 모른 척하고 있어서 더 기가 막히고 화가 났다. 이태는 일단 다른 사람이 나타나면 이수와 사이가 좋은 척 이수의 어깨를 감싸 안으며 살갑게 굴었다. 그러면서 뒤로는 비열하게 웃었다. 안방 문이 드르륵 열리고, 주인집 아저씨가 나왔다. 꿈속에서는 이수네가 아저씨네 집의 아래채에 세 들어 살고 있었다. 그 아저씨는 일제 때의 순사 비슷한 느낌으로, 꿈속에서도 직업이 경찰인 듯, 감색 제복을 입고 있었다. 이수는 안방 문 앞으로 뛰어갔다. 저애가 나를 죽이려 한다고, 그래서 칼을 간 거라고 이태를 가리키며 아저씨한테 다급하게 이르려 했다. 어찌된 셈인지, 이미 칼이 이수의 손에 쥐어 있었다. 이수는 칼을 아저씨 눈앞에 흔들어 대며, 숨을 헐떡이며 급박하게 입을 떼었다. 아무리 소리를 지르려 해도 마음만 급하지 배냇벙어리처럼 말이 나오지 않았다. 몇 번을 힘을 쥐어 짜

내 고함을 질렀지만 여전히 나오지 않았다. 의식이 수면 위로 슬쩍 떠올라 오며, 아, 아아, 소리가 나오지 않는구나, 큰일 났다, 그렇지만 소리를 질러야 해, 질러야 한다구, 그래야 살지, 하는 생각이 들었다. 이수는 자신의 잠든 몸에 대고 어서 소리를 지르라고 세차게 명령했고, 명령을 실행하려고 사생결단 발버둥쳤다. 이태는 건넌방 안에서 책상다리를 하고 앉아 열린 방문을 통해 아저씨와 이수의 대면을 태연히 구경하고 있었다. 내가 아저씨한테 이르는 걸 저 애가 왜 가만히 보고만 있나, 아저씨가 사태를 아는 날이면 잡혀갈 텐데, 납득이 되지 않았다. 대문 닫히는 소리가 났다. 아저씨가 어느 결에 나가 버린 것이다. 출근을 한 듯, 아침 같은 느낌이었다. 이수는 덜덜 떨면서도 한편으로는 안심하고 있었다. 이미 칼을 빼앗아 자신이 쥐고 있었으므로. 그때, 이태가 회심의 미소를 띠며 깔고 앉아 있던 담요 밑에서 또 한 자루의 칼을 꺼내 썩 내밀었다. 번쩍번쩍 윤이 나는, 무시무시한 칼이었다. 아까의 것보다도 더 시퍼렇고 흉흉했다. 깜짝 놀랄 사이도 없이 벌써 이태의 칼이 이수의 목줄을 파고들었다. 이수는 꾸꾸 숨이 넘어갔다. 죽기 직전에, 두려움이 극에 달해 정신이 까무룩해지며, 이수는 어서 고함을 쳐야 한다고, 이 위급 상황을 남에게 알려야 한다고 잠든 몸에 다시 명령을 내렸고, 죽어라 고함을 질렀다. 그러나 발성이 되어 나오지 않았다. 사력을 다해, 목젖이 터지도록, 귀까지 먹먹해지도록 온몸에 힘을 밀어 넣었을 때에야, 조금 지난 뒤에 소리가 났다. 아주 조그맣게, 모기 소리처럼, 커다란 비명이 아니고 으으, 하는 반벙어리 소리가 낯설게 자기 귀에 들렸다. 뱃가죽이 부르르 떨리는 것을 실제로 느끼며 이수는 잠에서 깨어났다.

온몸이 흠뻑 땀에 젖어 있었다. 깨어나서도 한참 동안 이수는 말라리아 환자처럼 떨고 있었다. 전신이 계속 떨리며 머리카락 하나,

터럭 하나까지 쭈뼛하게 서 있었다. 머리카락이 곤두섰다는 말이 바로 이런 걸 두고 하는 말이로구나 실감났다. 시퍼렇게 날 선 칼의 촉감과 그것에 찔릴 때의 공포가 '그대로' 살아 있었다. 두 번째 칼을 썩 내밀던 이태의 그 표정이라니! 의기양양하고 득의만면하게 삥긋 웃던 회심의 미소! 순간적으로 빛을 발하던 살인마의 눈빛! 이수는 열병 환자처럼 떨며 그대로 누워 있었다. 손가락 마디 하나 꼬무락거릴 수가 없었다. 너무도 무서워서 조금이라도 꿈틀댈 엄두가 나지 않았다. 그녀의 몸은 접착제로 붙인 듯 침대에 붙어 있었다. 꿈속에서 그토록 고함을 질러도 질러지지 않던 것처럼 깨어나서도 움직이려 해도 움직여지지가 않았다.

얼마를 죽은 듯이 누워 있었을까. 날이 개듯 의식이 개어 왔다. 이제 현실에서 꿈이 회상되었다. 이상한 일이었다. 살아생전 이태가 그렇게 사악했던 적이 있었을까? 살벌한 눈빛을 보인 적이 있었던가? 또 자신은 이태에게 왜 그토록 그악스럽게 악다구니를 쳤을까? 싸움질로 이력이 난 형제들처럼.

살아 있을 때와는 너무도 판이한 꿈을 꾸어 놓고 이수는 갈피를 잡지 못했다. 어둠의 덩어리들이 천장 곳곳에 푸르스름하게 엉겨 있었다. 이태가 살고 있는 사자들의 나라가 떠올랐다. 이렇게 이승이 있는 것처럼 정말로 저승이 있는 것일까?

그녀는 귀신과 실랑이하고 난 허깨비 몸으로, 혼이 빠져나간 껍데기로 이태가 죽은 고향으로 향했다. 가보자고 계획을 세웠거나, 결심한 것도 아니었다. 그냥 저절로 택시를 타고 터미널로 가자고 한 것이다. 너무도 무서워서 죽변 땅을 두 발로 밟을 수 없을 것 같으면서도, 스산거리는 대숲 소리나 시퍼런 바닷바람에 자지러들 것 같으면서도, 터미널에서 고속버스를 타지 않을 수 없었다.

그러나, 막상 고향에 도착해 보니, 생각처럼 무섭지는 않았다.

예닐곱 시간 이상이나 경과한 탓일까.

죽변은 그저 하나의 땅이었고, 이태의 정기는 어디에서도 느껴지지 않았다. 이수는 죽변 터미널에 내려 엄지손톱만 한 터미널 건물이며 바다, 하늘, 집 들을 의미 있게 둘러보았다. 나지막한 서쪽 산, 국도에서의 진입로, 마을 북편 언덕, 언덕 아래의 집들, 용진장, 어판장과 활어장, 방파제, 오밀조밀한 해안선…… 죽변은 무섭지 않았다. 아무렇지도 않았다.

죽변에 오자 이태도 그냥 예전에 죽은 이태일 뿐이었고, 꿈속에서처럼 무섭지 않았다. 서서히, 꿈의 의미가 손에 잡힐 듯했다. 이건 뭔가 반어법이었다. 뭔가를 알려 주려고 이태가 충격적으로 다가온 것 같았다.

이수는 깨닫고 있었다. 그는 죽음에 대해 알려 주려고 온 것이었다. 이수는 그간의 자기 마음속을 더듬었다. 걸리는 게 있었다. 그녀는 요즘 죽음을 너무 함부로 생각했었다. 수술받은 뒤로 때로는 낙담해서, 강일과 헤어져야 하리라는 것이 가슴 쓰려서. 아니다, 삶의 의미를 어디에서도 찾을 수 없어서 죽음을 아무렇지도 않게, 친근하게 품어 들였었다. 구체적인 방법을 떠올려 본 적도 있지 않은가. 인터넷에 들어가서 안락사 페이지를 훑어 다니고, 언제 죽어도 좋다고, 오히려 빨리 죽었으면 좋겠다고 생각하기까지 했다. 그래서 죽은 이태가 그렇게 나타난 것이었다……. 죽는 게 어떤 건지 맛 좀 보라고. 얼마나 무서운 건지 누나는 알기나 하느냐고. 칼을 직접 들이대며 녀석은 살기등등하게 본때를 보여 준 것이리라. 죽음에 대해 함부로 말하거나 생각하지 말라고 크게 경고한 것 같았다.

요 몇 달 사이 자신의 언행들이 떠올랐다. 어쩌자고 그런 건방진

말들을 지껄였을까? 하느님이 데려가시겠다면 죽을 준비는 언제든
돼 있다든지, 고통만 없으면 좋겠다든지…… 수술을 앞둔 불치병 환
자 애기를 하면서도 어차피 하늘에서 데려갈 건데 수술 같은 거 해
가지고 조금 더 연명하면 뭐 하느냐고 같잖게 까불었었다. 삶이 그
렇게 하찮은 것인지, 아무것도 아닌 것인지 절절히 고민해 보지도 않
고서. 그런 누나를 저승에서 내려다보노라니 이태는 안 되겠던 모양
이었다. 그래서 꿈으로 하강했겠지. 죽음에 대해 제대로, 똑똑하게
알려 주자고. 맛 좀 옳게 보여 주자고. 섬뜩한 살인마로 변신해 무시
무시한 죽음의 순간을 체험시켰으리라.

　서서히 이태의 정이 느껴지며, 두려움이 가시고, 눈앞이 따뜻해져
왔다. 녀석은 아직도 이수가 이승에 있기를 바라는 것 같았다.

　이수는 그 자리에 눕고 싶었다. 몸이 나른하고, 피로가 몰려왔다.
이수는 땅에 쓰러지듯 누웠다. 땅의 온기가 부드럽게 그녀를 감쌌
다. 그녀는 양쪽 손으로 흙을 만지작거렸다. 둥글고도 매끈한 영혼
의 입자들이 손에 잡혔다. 그녀는 그것을 쥐었다. 하늘에서 별들이
눈부시게 쏟아져 내렸다.

「언니, 언니! 이게 웬일이야? 어서 일어나!」

　멀리에서 누군가의 음성이 들려왔다. 그 소리가 점점 가까이 다가
왔다.

「언니, 언니…….」

　그녀의 몸이 마구 흔들렸다. 이수는 정신을 차렸다.

「이게 무슨 일이에요? 어서 들어가세요.」

　정자였다. 이수는 일어나려고 했다. 그러나 몸이 말을 듣지 않았다.

「세상에, 맙소사! 사람을 이렇게 부려 놓고 가다니…….」

「나, 괜찮아. 잠깐 깜박했었어.」

정자가 이수를 일으켜 앉혔다.

「어쨌든 들어가요.」

이수는 불이 환히 켜진 집 안으로 정자의 부축을 받고 들어갔다. 눈이 부셨다. 거실 겸 식당이라고 생각되는 널찍한 공간에 자질구레한 장식품들이 늘어놓여 있었다. 마른 꽃들, 인형, 양초, 항아리…… 창틀이며 식탁, 장식대 위에도 아기자기한 물건들이 빼곡히 들어차 있었고, 심지어 천장 부근의 받침대 위에도 작은 병정 마스코트들이 수호천사처럼 줄지어 서 있었다.

「참 예쁘다. 언제 이렇게 다 꾸며 놓았어?」

「근데 언니, 굉장히 피곤한가 보다. 얼굴이 말이 아니야.」

「멀미를 해서 그래. 모처럼 여기 오는데 왜 그렇게 멀미가 나던지 몰라. 그런 거 생전 안 했었는데.」

이수는 정자가 권하는 흔들의자에 앉았다.

씽씽거리는 차 소리가 다시 귀에 들려왔다. 도현을 만나고 여기와 있는 동안 잊고 있던 소리였다. 대관령을 넘으면서부터 길은 이리저리 뱀처럼 구부러졌고, 동해를 지나 삼척, 죽변에 이르는 동안은 해안을 따라 소 내장처럼 휘어져 있었다. 무정차 버스라는 이름이 붙은 그 초고속버스는 구부러진 길을 인정사정없이 달렸다. 이수는 멀미로 거의 기절할 지경이었다. 구토증과 어지럼증, 울렁거림 때문에 몇 번이나 버스를 세우고 내리려고 했지만 그렇게 하면 중간에서 더욱 난감해질 것 같아 우선 가고 보자고 죽을힘을 다해 버텼었다. 버스가 죽변 터미널을 향해 언덕길을 천천히 미끄러져 내려가자 청남색 바다가 시원스럽게 다가왔고, 깨끗한 풍광에 가슴이 썰렁해지면서 겨우 정신을 되찾았던 것이다.

　이수는 버스에서 내려 지옥을 벗어난 듯 심호흡을 했다. 바닷바람을 쐬자 울렁거림이 가라앉으며 생기가 조금 솟았다. 그녀는 마을 쪽으로 걷기 시작했고, 대숲으로 오르는 중에 도현을 만났던 것이다. 도현과 같이 있는 동안에는 두서없이 여러 얘기들을 주고받느라 멀미했던 사실조차 잊고 있었다.
　그러나 밤이 되어 몸을 눕힐 때가 되자 온종일의 피로가 한꺼번에 몰려들었다. 새벽부터 무시무시한 꿈에 시달리고, 넋이 빠진 듯 일어나 경황없이 터미널로 향하고, 긴긴 버스 여행 끝에 멀미와 싸우며 죽변에 와 닿고, 도현과 같이 대숲을 거닐며 횡설수설 얘기를 나누고…….
　이수는 흔들의자에 앉아 꾸벅꾸벅 졸았다.
「하긴 서울서 여기까지 길이 멀긴 멀지.」
　정자가 이수를 살피며 이부자리를 폈다.

　열이 오르는 것을 이수는 잠결에도 느꼈다. 해열제를 먹어야 할 텐데, 하는 생각을 언뜻 했던 것도 같았다. 이마를 짚어 주는 이태의 손길이 느껴졌다. 따듯하고도 걱정스러운 손길이었다. 영화 속에 나오는 하느님의 존재처럼 그것은 슬쩍 왔다가 곧 공중으로 사라졌다. 전체적인 모습은 보이지 않았지만 분명 이태였다. 그녀는 그 손길을 떨쳐 내며 말했다. 야, 네가 나 죽인다고 칼 들이대고 난리 치더니 왜 이마를 짚어 주고 야단이야? 멀리에서 다른 대답이 들려왔다. 도대체 어떻게 된 거야? 거지반 송장이 된 사람을 마당에 팽개쳐 놓고 가다니……. 전화 소리일까? 빨리 와봐, 지금 당장. 응급실에 가야 하는 건지 모르겠다니까. 정자의 목소리였다. 시간이 얼마나 흘렀을까. 정자의 목소리가 다시 들려왔다. 도현인 어디 갔다구? 원덕에?

언제 오는데? 이수는 다시 잠들었다. 코앞을 떠다니는 부산한 공기에 눈을 떠보니, 이명과 도현과 정자가 동시에 자신을 내려다보고 있었다.

이수는 두리번두리번 세 사람을 올려다보았다.

「많이 아파? 누나, 말 좀 해봐.」

이명이 어깨를 흔들었다.

「수술한 거하고는 상관없는 거야? 혹시 후유증 같은 거 아냐? 병원에 가봐야지?」

「나가서 시동 걸어라. 동해시까지 가야 할 거야.」

도현의 목소리였다. 이수는 손을 내저었다. 그녀는 점차 정신을 차렸다. 정자에게 일으켜 달라는 눈짓을 하고, 물을 달래서 마셨다.

「나 괜찮아. 어제 심하게 멀미하고 저녁을 안 먹어서 그래.」

「저녁도 굶었어요?」

정자가 도현을 쳐다보았다.

「아냐, 걔 탓이 아냐. 내가 속이 너무 안 좋아서 일부러 안 먹은 거야. 정자야, 무슨 수프 가루 같은 것 있니? 그런 거 끓여서 조금 먹으면 돼. 병원에 갈 병이 아냐. 병원에 가다가 오히려 더 크게 탈난다.」

이명과 도현이 마주 보았다.

「내 말 들으라니까, 괜히 일 크게 벌이지 말고.」

정자가 싱크대 쪽으로 갔다.

「수프 같은 것 없으면 밥 국물이나 흰죽 좀 쑤어 달라고 해. 이명아, 미안하다고.」

「지금 그런 말 할 때야?」

이명이 정자한테로 갔다. 도현이 이수를 허탈하게 내려다보고 있었다. 그 눈이…… 이수는 부담스러웠다. 이수는 돌아누웠다. 미안해하거나 측은해하거나 죄책감에 젖어 있는 그 눈길에서 벗어나고 싶었다. 제발 이 녀석아, 버적버적 걸어서 네 길을 가. 잊어버릴 건 잊어버려. 이수는 속으로 그렇게 뇌까렸다. 이번 기회에 녀석한테 다시 한 번 매운 말을 박아 넣어야 할지도 모른다고 생각하며 눈을 감았다.

이태의 손 느낌이 이마에 남아 있었다. 그건 분명 젊은 남자의 손이었다. 약간 어설퍼서 하느님의 손처럼 완전하고 전지전능한 기운은 없었지만 헐렁하게 걷어 올린 하얀 소맷부리 아래에 어린 듯 젊은 손이 나와 있었고, 그 손바닥이 그녀의 이마를 짚어 주다가 쓰윽 들어가 버렸던 것이다. 방금 전에 손을 씻었는지 덜 마른 물기가 축축하게 느껴졌었다. 따듯하면서도, 이제 바깥에서 들어온 듯 찬기를 머금은 촉감이었다. 사람의 손도, 신의 손도 아니라는 구분이 되었다. 알 수 없는 그 팔이 다가와 이마를 짚어 주던 느낌과, 슬쩍 사라지던 때의 잔상이 감각과 모습으로 엇섞여 남아 있었다.

이수는 눈을 떴다. 이마에 손바닥을 대어 보았다. 차갑고 눅눅했다. 옆에 버티고 서 있는 도현이 눈에 들어왔다.

「너 볼일 보러 가. 나 이제 괜찮잖아. 고향에 오랜만에 온 거라며.」

도현은 대꾸 없이 그냥 버티고 있다. 튼튼하게 직조한 베이지색 면바지가 정지한 듯이 눈앞에 버티고 있었다. 숨도 쉬지 않는 것 같았다.

「정말 괜찮아. 조금 있으면 일어날 거야. 이따 해 떠오르면 너네들 있는 리조트 구경 갈게. 어서 가.」

대답 않고 도현은 따져 왔다.

「왜 컨디션이 안 좋다는 말을 안 했어요?」

이수는 또다시 반대편으로 돌아누웠다. 그녀는 확실히 말하고 싶었다. 네가 솔직히 거북하다고. 네가 특별하게 이러는 것이 정말 부담스럽다고. 진작부터 죽변에 바람 쐬듯 한번 오고 싶었으나 번번이 '너'라는 존재가 걸려서 못 왔다고. 지금도 나는 너를 내 안에 어떻게 구겨 넣어야 할지 모르겠다고. 이태의 꿈 때문에 나도 모르게 너를 반겨서 미안하다고. 그러나 그건 진심이 아니라고. 그러니 빨리 네 자리로 돌아가라고.

결국 이수는 도현과 이명을 한데 싸 묶어 잡귀 내몰듯 우우 쫓아 보냈다.

「왜 그래, 언니? 새벽같이 멀리서 온 애들인데.」

「알아. 그렇지만 편편찮아서.」

「언니, 도현인…….」

정자가 이수를 뚫어져라 쳐다보았다.

「걔, 새카맣게 입술 타 들어가는 것도 안 보여요?」

이수는 딱 귀를 막았다. 그러니 어쩌란 말인가. 이수는 말라붙은 입술을 축였다. 일어나서 짐짓 쾌활한 얼굴로 정자가 출근하는 것을 배웅했다.

「아무 데도 가지 말고 내일모레까지 있어요. 주말이잖아. 같이 어디 가보게, 응?」

정자가 피붙이처럼 붙여 왔다.

「어디?」

「뭐, 동굴도 있고, 온천도 있고…… 언닌 다 못 가봤을걸?」

이수가 고개를 끄덕였다.

「일찍 퇴근해 올게요. 죽 먹고 기운 차리고 있어야 해. 언니 속 가라앉으면 같이 술도 한잔 하고 얘기도 실컷 하고 그러게.」

이수는 정자가 탄 차가 마을 쪽으로 사라지는 것을 보고 집 안으로 들어왔다. 정말 용감한 애였다. 이런 외진 데서 축사를 개조하여 이렇게 멀쩡히 꾸며 놓고 보란 듯이 혼자 굳건히 살아가는 정자가 부러웠다. 튼튼한 직장도 갖고, 해바라기를 키우고, 바다를 바라보며…….

이수는 집 안을 대강 정돈하고 정자가 끓여 놓은 죽을 먹었다. 고향에 오면서 생전 안 하던 멀미를 하다니…… 생각해 보면 이상하기 짝이 없었다. 장거리 여행이 오랜만이긴 하지만. 몇 년 만일까? '그 일'이 있고 나서…… 이태가 죽고…… 그다음 해에 할머니가 돌아가시고…… 88년이던가, 그녀가 대학교 3학년 때에 할머니는 저세상으로 가셨다. 올림픽이 끝난 직후였다. 그 뒤 살림을 정리해 오빠가 서울로 이사한 후로는 여기에 한 번도 와보지 않았었다.

하지만 어젯밤에 열까지 오르며 실신하듯 까부라졌던 것이 단순히 멀미 때문이었을까. 이수는 석연치 않음을 느끼고 있었다. 말로는 멀미한 뒤 저녁을 안 먹어서 그렇게 되었다고 둘러댔지만, 정자네 집 앞에 누워…… 어제 느낀 이태의 손길…… 둥글고 매끈했던 온기……. 이수는 거기에 감미롭게 빨려 들 것 같았다. 땅의 기운이 술술 그녀를 빨아들이고 있었다. 한없이 따듯하고 온유하게. 이렇게 죽을 수도 있다는 생각을 그녀는 가물가물 했었다. 이것이 죽음으로 가는 길인지도 모른다고. 이태는 대숲에서 정자네 집 앞까지 확실히 따라와 있었다. 그가 외로워한다는 걸 이수는 느꼈다. 너무 외로워서였을까. 이태는 갑자기 어제 새벽 이수를 찾아와 하루 종일 겁주고 보채고 유인하며, 스스로도 갈피를 못 잡고 헤맸던 듯하다. 그러고는 밤중에 이수의 이마에 손까지 짚어 주며 갈등했던 것도 같다. 그러나 차마 이수를 데려가지는 못했다.

　녀석은 이제 제자리로 돌아갔을까? 이수는 허공을 바라본다. 바람
이 부는지 전선줄이 흔들린다. 태양이 환하게 떠오르자 어제 일들이
맑은 물속의 조약돌처럼 말갛게 보인다. 그래, 어제는 하루 종일 이
태와 몸싸움을 하느라고 진이 빠졌던 것이리라. 이태의 손길을 뿌리
치고 또 영접하느라 혼이 나갔고, 죽은 자와의 부대낌으로 기력이
쇠진해 밤중에 그토록 까부라졌던 것이리라. 이수는 흔들의자에 앉
아 이태와의 만남을 되짚고 있다. 키 자랑을 하며 하늘로 자라 오르
는 해바라기들 위로 위이잉위이잉 바람이 지나갔다. 뿌우연 먼지가
회오리치며 마당 곳곳에 기둥을 만들다 사라졌다.

　대숲에 다시 한 번 가보고 싶었다. 걸어서 갈 수 있을까? 마음을
단단히 먹으며 집을 나섰다. 30리쯤 될까? 아냐, 한 20리쯤 되는지
도 모르지. 어쨌든 한번 걸어서 가볼 테야. 이수는 가벼운 차림으로
마을 쪽으로 내려갔다.
　타박타박 걸어서 막 큰길로 나서려 하는데 구멍가게 앞에 앉아 있
는 남자가 보였다. 도현이었다. 가슴이 뜨끔했다. 그는 어제와는 다
른 점퍼를 입고 비치 파라솔 아래의 피브이시 의자에 앉아 있었다.
하긴 그가 이수에게 던져 주고 간 점퍼가 아직도 정자네 집에 있을
터였다. 모른 척하고 지나칠 수가 없어서 이수는 도현에게로 갔다.
　그의 앞에는 소주병과 작은 종이컵이 놓여 있었다.
「웬일이야?」
　도현은 놀라지도 않고 그녀를 무연히 바라보았다. 대답 대신 의자
를 빼내 앉으라고 하며. 그가 여기에 와 있을 이유라곤 없었다. 집도
죽변이고, 리조트도 그 근처고…… 어제 들으니 일도 마무리 지어
야 한다고 했었다. 아마 출장 건인지…… 원덕엘 갔다 왔다던가 다

시 가야 된다던가.

　도현은 안색에 갈색 기운이 돌았고, 눈 밑에 남빛 그늘이 저녁 안개처럼 엉겨 있었다. 이수는 잠깐 맞은편에 앉았다.

「괜찮아요?」

　도현이 술잔을 내려다본 채 물었다.

「뭐가?」

「흐흠…….」

　녀석이 웃었다. 약간 취한 듯, 태도에 여유가 있어 보였다. 그러나 웃음 밑에 자학 같은 기운이 묻어 있는 것 같았다. 그걸 감지하자 가슴이 탁 막히며 숨 쉬기가 답답해졌다. 이수는 길 건너의 바다를 바라보았다. 이상한 일이었다. 저 애만 근처에 있으면 협심증이 발증한 것처럼 숨 쉬기가 어려워진다. 저런 모습을 보는 건 처음이지만.

「웬 낮술을 마시니?」

　도현이 대답 없이 또 웃었다. 입이 양 귀 쪽으로 미키 마우스처럼 벌어지며 분명한 모양새가 만들어졌다. 그래, 저 입이지. 이제야 그의 모습들이 기억에 연결된다. 반원을 그리는 큰 입과 긴 코, 이성적인 갸름한 눈, 검은 눈썹…… 양옆으로 튀어나온 귀…… 명쾌하게 느껴지는 트레이드 마크 같은 저 웃음…… 그는 검정 점퍼 속에 짙은 회갈색의 체크 무늬 셔츠를 입고 있었다. 차갑고 세련된 배합이었다. 저런 옷을 그 스스로 사 입는지 궁금했다. 셔츠의 맨 윗단추를 풀어놓아 젖혀진 칼라 사이로 날카롭게 튀어나온 목울대가 보였다. 동그스름한 보통의 울대가 아니라 얇은 살갗을 곧 찢고 나올 듯한, 자잘한 뼈의 굴곡이 고스란히 느껴지는 아슬아슬한 울대였다. 이수는 성인이 된 도현을 처음 느꼈다. 거무튀튀해서 그렇지 살갗이 얇고 뼈가 야무지게 발달해 있는 것 같았다. 어제 대숲에서 만나 얘기

도 하고 자전거 뒤에 올라타고 여기까지 왔지만 그의 신체를 구체적
으로 바라보는 것은 처음이었다.

「그런 옷, 네가 사 입어?」

이수는 심상히 물으며 흘긋 그의 체격을 훑었다. 키도 크고, 좀 마
르기는 했지만…… 건장한 남자가 되어 있었다. 도현은 웃었다. 말
없이 흠흠 자꾸 웃기만 했다.

「어머니나 형수들이 사주는 거야? 아니면 여자 친구?」

목울대가 움직움직 움직거렸다. 도현은 무슨 말인가를 삼키는 듯
했다. 소주 컵을 내려놓는 손이 바르르 떨리는 것을 이수는 보았다.
검지만, 길고도 맵시 있는 손이었다. 저 손을 한번 그려 보았으
면…… 순간적으로 이수는 그런 생각을 한다. 또렷하게 잘생긴 손
톱과 긴 손가락, 곱상한 매듭…… 저런 손이 아마 선비들의 손이 아
니었을까. 거무스레한 것만 빼면. 그 손이 하얀 바지저고리를 입고
사군자를 치는 모습을 그녀는 상상한다. 저 애가 내가 어릴 때 알던
도현인가……. 낯설었다. 어려서의 도현은 이렇지가 않았다. 순하
고 장난 잘 치고 겁이 많고…… 그래서 이수가 늘 만만하게 생각하
고, 자기 편으로 만들었었다. 고집 세고 우락부락한 이태와는 달리
회유도 잘 되고 양보도 잘하고 속내가 부드러웠다. 이수와 도현은
이태를 상대로 둘이 한편이 될 때가 많았다. 둘이 한편이 되었을 때,
든든하고 기분이 좋았었다. 이태 앞에서 둘 다 약자였던 그들은 서
로 동맹하며, 눈길을 주고받으며, 무엇을 숨기며 까르륵까르륵 이태
를 공격했다. 이태는 두 사람을 떼어 놓으려고 하지도 않고 보스처
럼 가슴 넓게 받아들여 털털 웃었다. 지금 생각해도 녀석은 확실히
그릇이 컸다.

도현은 변한 것 같았다. 더구나 오늘 그의 몸에서는 강한 기류 같

은 것이 흘러나온다. 주된 분출구는 아마 저 눈인 것 같다. 빛을 억제한 그 눈과 마주치지 않으려고 조심하면서 이수는 일부러 이리저리로 시선을 분사시킨다. 가끔씩 그의 목울대나 앞가슴을 의미 없이 바라보면서. 강일이 생각났다. 깨끗한 흰 와이셔츠를 입은 가슴, 그 가운데를 가르는 아메바 무늬의 넥타이, 귀밑 각이 진 하얀 얼굴, 차가운 빛을 내쏘는 백금테 안경……. 이렇게 멀리 떠나와서 하필 그의 셔츠 입은 가슴이 떠오르는지 모를 일이었다. 흰 셔츠 위로 배어나는 알맞은 온기, 다정함, 분별 있는 애정, 청결함……. 이수는 그 모든 것들이 울컥 그리웠다. 열정이나 과격함을 능히 통제하는, 살아 있는, 따듯한 체온…… 그녀가 생각하는 길고 지속적인 사랑의 형태…… 그 아래서 꿈꾸었던 원만한 결합…….

「모든 것은 흐른다는 말 알아요?」

도현이 갑자기 알 수 없는 말을 했다. 마치 이수의 마음을 읽기라도 한 듯이. 모든 것이 흐른다고? 그게 대체 무슨 말이야? 이수는 도현의 얼굴을 쳐다보았다. 언제 저렇게 길쭉해졌을까. 볼에 살이 없고, 콧대도 더 날렵해지고……. 그러나 눈에 힘이 들어가 있어서 만만찮게 보였다. 야심이라고도 탐욕이라고도 할 수 없는, 또한 불안도 아닌 무광의 빛이 눈 안에 차분히 들어가 박혀 있었다. 암만 봐도 그건 오래 안착된 빛이었다. 어제오늘 생긴 바탕이 아니었다. 무엇이 저 애를 저렇게 만들었을까? 그동안의 생활이? 뚜렷한 의지력이 생긴 건가? 이수는 아무것도 확실히 판단할 수 없었다.

「세상에 변하지 않는 건 하나도 없어요.」

도현이 또 알쏭달쏭한 말을 내뱉었다. 저 혼자 생각에 젖어 횡설수설하는 게 겸연쩍었던지 그는 말끝에 웃음을 달며 입매를 다부지게 다물었다. 눈에서부터 시작한 강한 기운이 코와 입을 거쳐 턱으

194

로 빠르게 뻗어 나가면서 보통 사람과 완연히 다른, 강직한 인상으로
맺어졌다. 이수는 그 변화를 놀랍게 바라보았다. 사람마다 천의 얼
굴을 가지고 있다지만 이렇게 눈앞에서 오묘하게 변하는 모습을 보
는 건 쉬운 일이 아니다. 얼굴도 길고, 눈도 갸름하고, 눈썹은 검고,
보이는 부분에 살집이 없고…… 이수는 야윈 말 같은 느낌의 도현
의 얼굴을 처음으로 마음에 담았다.

이수는 시계를 보며 일어났다.

「나, 간다.」

도현은 그대로 앉아 있었다.

이수는 큰길로 나서서 바다를 끼고 걸었다. 한두 시간 걸릴지도
모른다고 생각하고 부지런히 걸었다. 10분쯤 걸었을 때, 승합차가
와서 그녀를 갓길로 몰아내며 섰다. 도현이었다. 문이 열렸다. 도현
은 이수를 쳐다보지 않고 운전석에 그대로 앉아 있었다.

「너 먼저 가. 나 걷고 싶어서 나왔단 말이야.」

그래도 차는 움직이지 않았다. 차 문을 열어 놓은 채 그대로 버티
고 있었다. 도현은 고집스럽게 이수를 바라보지 않았다.

「가라니까. 내가 길을 모르니, 말을 못하니? 가다가 무슨 일 생기
면 내가 다 알아서 한다니까. 넌 네 할 일이나 해. 나 상관 말고.」

그래도 차는 그대로 서 있었다. 도현은 여전히 운전대에 앉아 앞
만 보고 있었다. 차 문을 열어 놓은 채로.

이수는 화가 나서 차 앞으로 나섰다. 막 팔을 들고 삿대질을 하려
는 찰나에 마주 오는 고속버스가 태풍을 일으키며 지나갔고, 이수는
길가 풀밭에 도현과 함께 고꾸라지고 말았다. 순간적으로 도현이 튀
어나와 그녀를 덮치며 길가 쪽으로 나뒹군 모양이었다.

「위험하잖아요!」

　도현의 고함이 이미 사라지고 있었다. 두 사람은 흙을 털며 일어났다.
「그러니까 왜 이런 짓을 하는 거야?」
「이런 짓을 한다구요?」
　도현은 또 헛웃음을 웃었다. 기가 막히다는 듯이. 웃음 뒤끝에 여전히 자조적인 기운이 묻어 있었다.
「알아요. 내가 그 기분 알아요. 대숲에 가는 거죠, 혼자? 근데 너무 멀어요. 걸어가기 힘들어요. 이 차 타세요. 더구나 어제…….」
　그는 숨이 막히는지 말을 잘랐다. 햇빛에 눈이 부신 듯 눈을 찌푸리며 이수를 곧장 바라보았다. 그러더니 맥없이 등 뒤의 흙을 털어주고, 뒤통수의 머리칼을 손끝으로 매만져 주었다.
「헝클어졌어요. 사람들이 보면 이상하게 생각하겠어요.」
　도현은 그 말을 하며 빙긋 웃었다. 명쾌한 웃음이 환하게 얼굴 전체로 퍼져 나갔다.
「나 그 차 안 타. 너 음주 운전이잖아.」
「음주 운전 아녜요. 나 술 많이 먹어요. 지금 소주 반 병도 못 먹었는데.」
「애 좀 봐. 소주 반 병이 술이 아니래?」
「괜찮아요. 삼거리 위까지만 태워다 드릴게요. 대숲에 난 안 올라가요. 거기 가서 혼자 실컷 있어요. 숲에서 내려오면 내가 다시 데려다 줄게요. 그렇게 하세요.」
「너희들은 내가 짐짝인 줄 아니? 저능안 줄 알아? 왜 갑자기 이런 취급을 하는 거야?」
「그렇게 하세요. 이명이, 정자가 걱정하잖아요. 갑자기 내려와서 혼수 상태에 빠졌으니……. 이태 때문에 혼쭐난 애들이잖아요. 더구나 이명이는 누나 맹장 수술 한 거 때문에 무척 마음 쓰고 있어요. 누나가 수술했을 때 병원 앞까지 갔대요. 찾아 들어갔더니 퇴원하고 없어서 그냥 돌아왔대요. 그거나 알아요?」

도현의 목소리는 낮았다. 감정을 다 뺀 듯이, 힘도 다 뺀 듯이 굴곡 없이 술술 말했다. 다운되기 직전의 사람이 가까스로 인내심을 발휘하여 나머지 일을 처리하는 것 같았다.

「집으로 오면 되지.」

「…….」

이수는 도현이 여느 때 같지 않다는 것을 느꼈다. 저렇게 감정을 절제하고 있지만 혹시 폭풍 전야의 조용함이 아닐까 하는 직감이 들면서 그와 함께 차를 탄다는 것이 어쩐지 꺼려졌다. 그와 자신 사이에는 가까이 다가서서는 안 될 선이 있었다. 지금 잘못하다간 그 선까지 갈지도 몰랐다. 우선 피하는 것이 상책이었다.

「난 걸어갈 테야. 넌 네 마음대로 해.」

이수는 말하고 단호히 걸음을 떼놓았다. 그녀의 뒷덜미를 도현이 낚아챘다.

「걸어갈 수 있을 만한 거리가 아니라니까요. 나중에 걸어요. 나중에 걸으면 되잖아요. 어서 타세요.」

「걸어갈 수 있을지 없을지는 내 다리가 정하는 거잖아. 왜 이렇게 강제로 타라고 그래?」

「지금 그 상태로 몇십 리 걷는 건 무리인 줄 몰라요?」

도현은 자기 감정을 억제하느라 깊은 숨을 연이어 토해 냈다.

「어쨌든 난 그 차 안 타.」

「왜 번번이 내겐 이런 기분밖에 안 주는 거죠? 왜 번번이 날 못된 놈으로 만들죠? 나도 신경 조금 써주고 만족스러워하면 안 되나요? 왜 내겐 늘 이런 죄책감만 안기는 거죠? 어젯밤에도 내가 얼마나 당황했겠어요?」

도현은 열이 끓어오르는지 말을 뚝 잘랐다. 그는 애써 감정을 조절하며, 낮은 소리로 다시 말했다.

「오늘 아침에 정자가 전화했었어요. 그래서 온 건 아니지만요. 무조건 닦아세우며 책임지라고 종주먹을 대는데 할 말이 있어야지요. 걔 말솜씨 험한 거 아시죠? 최소한 정자만이라도 내가 도리를 다했다고 느끼게 해주세요.」

「걱정 마. 내가 저녁에 정자한테 네가 도리를 다했다고 넘치게 말할게.」

「아뇨. 말로 하지 마세요. 정자 스스로 그렇게 느끼도록 해주세요.」

「어떻게 하면 걔가 그렇게 느끼는데?」

「여기 타세요. 내가 죄인 안 되도록.」

「죄인 취급이 그렇게 무서워? 정자의 눈이 그렇게 무서워? 너 지금까지 죄인 돼서 손해 많이 봤겠다?」

「손해라고 해도 좋아요. 손해 보기 싫어서 이런다고 해도 좋아요. 남들 눈 때문에 이런다고 해도 좋아요. 어차피 지금은 말 안 통하니까 하고 싶은 대로 하고 마음대로 생각해요. 나중에 따져요. 나도 할 말 많으니까.」

「할 말이 많아? 너 손해 본 것 때문에 혹시 빚 받아 내려고 나한테 전화했었니? 심심하면 작업실로 전화했어?」

아차 싶었다. 순간 잘못 건드렸다고 느꼈지만 이미 엎질러진 물이었다. 화약고를 건드린 거나 마찬가지였다. 대체 왜 그런 말이……
정말 못 말릴 노릇이었다.

「…….」

「…….」

도현이 차분히 차에 올라 승합차를 갓길로 뺐다. 이윽고 차에서 내려 길가에 바다를 바라보며 아주 좌정하고 앉았다. 이수는 도현의 기색을 살피며 엉거주춤하게 그의 뒤에 서 있었다.

「그래요, 내가 했어요. 견딜 수 없을 때요. 그렇지만 말 한마디도 안 했잖아요. 누나가 싫어할까 봐 입도 뻥긋 안 했잖아요. 내가 입만 떼면 끊을 거였잖아요. 누나 목소리만 들었잖아요. 그것도 안 돼요?」

「너 정말……!」

이수는 밀리고 있었다. 아까 뭐 때문에 흥분을 해서 이런 상황을 자초했단 말인가? 우려하던 장면이 닥치고 있었다. 대화는 뇌관들을 건드리며 불꽃 사이로 굴러갔다.

「너무 그러지 말아요. 누나 애인 있는 거 내가 다 알잖아요. 그래서 지금까지 오랫동안 잠적해 줬잖아요. 장장 팔 년이나요. 누나 하고 싶은 대로 다 했잖아요. 그동안 나는 어땠을 것 같아요? 사라져 준 지가 팔 년이지 '그때'부터 따지면 십이 년이에요. 그 긴긴 기간 동안 나는 어땠을 것 같아요? 물론 한 번도 생각 안 해봤겠지요? 십이 년뿐인 줄 아세요? 형태가 다르긴 했지만…… 그전에는 아무 생각 안 한 줄 아세요?」

「그래서? 뭐 어떻게 하라고? 너 계산하는 데 뭐 있다? 몇 년, 몇 달, 며칠…… 그런 거 계산해서 나한테 청구서 낼 거니?」

이죽거려서는 안 된다는 것을 알면서도 이수는 자꾸 말이 엇나갔다.

「걱정 마세요. 청구서라니요. 빚 안 받아요.」

도현이 뒤로 손을 뻗어 그녀의 손목을 잡아 자기 옆으로 끌어다 앉혔다. 팔의 힘이 막강해서 이수는 고꾸라질 듯이 딸려 갔다. 옆에 앉은 그녀의 어깨에 도현이 팔을 둘렀다. 이수가 그 팔을 밀쳐 냈다.

「팔 년 전인지 십이 년 전인지 그때 무슨 일이 있었다고 그래? 아무 일도 없었잖아! 아무 일도 없었어!」

「부정하고 싶다면 부정해요. 내가 잊어 드릴게요.」

말과는 달리 도현의 눈에 물기가 어렸다.

「그래, 아무 일도 없었지. 나하고 너 사이에 무슨 일이 있었단 말이야?」

「아무 일도 없었어요.」

「사람이 살다가 실수할 때도 있는 건데…… 우리가 너무 어렸고…… 아무 분별이 없어서…….」

이수가 갑작스럽게 흑흑 울었다. 가슴 저 안으로부터 알 수 없는 오열이 터져 나왔다. 어떻게 하란 말인가. 그러니 나보고 어떻게 하란 말인가. 도현이 이수의 얼굴을 손으로 감싸 쥐더니, 자기 가슴께로 가져갔다.

「누난 실수였고 난 진심이었어요. 난 너무너무 원하다 그렇게 된 거예요. 한 번도 후회한 적 없어요.」

「…….」

「누나가 실수라고 한다면 그걸 받아들일게요. 그러니 이제 엇나가지 마세요. 사랑해요.」

마지막 말이 떨림으로 잦아들면서 도현이 이수의 머리를 와락 품어 안았다. 그러고는 정수리에 입술을 댔다. 뜨거운 입김이 두피에 화하게 퍼져 나갔다. 도현의 눈에 어려 있던 물기가 후드득 아래로 떨어졌다. 이수는 이대로는 안 된다, 이대로는 정말 안 돼…… 느끼

200

고 있었다. 왜 나는 번번이 이렇게 한 박자 늦게 사리 판단을 한단
말인가. 완력에 의해 억지로 끌려와 앉혀졌다 해도 아까 처음에 퉁
겨 일어났어야 하지 않나. 순간적인 일이라 해도 그가 얼굴을 감싸
줄 때 어째서 가만히 있었나…… 스스로도 알 수 없었다. 생각 같은
건 없었다. 그냥 그렇게 되었다. 그러나 이수는 뒤늦게라도 위기에
서 벗어나야 했다.
　「너 정말 웃긴다.」
　그녀는 갑자기 모든 상황을 뒤바꾸며 도현의 품에서 벗어났다. 도
현이 허망한 손을 거두고, 그러나 빙긋이 웃었다.
　「내가 그렇게 웃겨요?」
　「웃기지, 그럼.」
　이수는 분위기를 무마하고자 돌멩이를 집어 물가로 던졌다.
　「웃긴대도 좋아요.」
　도현이 다시 웃었다. 클클클…… 클클클클…… 헛웃음을 자꾸
웃었다.
　「허파에 바람 들었어? 왜 자꾸 웃는 거야?」
　「우스워서요. 오늘 너무 우습잖아요? 어린애처럼. 내가 여기서 누
나를 이렇게 달래야 하다니. 누나가 날 달랠 거라고 늘 상상했었
는데.」
　도현은 도로 몸에 힘을 빼고, 차분해져 있었다.
　「달래다니? 뭘?」
　「차에 태우려고…… 달래는 거지요.」
　결국 도현은 몇 분 후에 이수를 차에 태웠다.
　「이명인 대체 뭘 하고 있는 거야?」
　안 탄다고 버티다가 차에 탄 것이 계면쩍어서 이수는 소용없는 소

리를 자꾸 지껄였다.

「지금이라도 리조트에 가서 이명이하고 바꿔 탈까요? 근데 이명
인 운전을 잘 못한다고 그러던데……」

도현도 이제 농담으로 돌아가 있었다.

「콩가루 집안이 따로 없어. 녀석이 서울까지 오고서도 집에 안 들
어오는 걸 보면. 지금도 내가 여기 있는데 저는 가만히 있고 너를
보냈단 말이야?」

「보내서 온 게 아녜요. 난 누나가 외출할지도 몰랐어요. 그냥 거기
서 술 한잔 하고 있었던 거지.」

이수는 그 말에 대꾸하지 않았다. 왜 거기서 술 한잔 했는지에 대
해 더 말하거나 듣고 싶지 않았다. 이 애와는 조금만 얘기하면 결국
이런 곤란한 지경으로 진입해 버린다. 그래서 늘 조마조마하다. 빨
리 이 대치 상황을 끝내는 수밖에 없었다.

삼거리에서 좌회전하자마자 이수는 차에서 내렸다.

「올라갔다 내려와서는 내가 택시 타고 갈 거야. 여기서 얼쩡거리
지 마.」

도현이 흔들흔들 또 웃었다. 어깨에 힘을 완전히 빼고. 될 대로 되
라는 듯이. 자포자기한 듯이. 그래도 할 말은 빼놓지 않았다.

「노라네 할아버지 복덕방요. 그리로 오세요. 그쪽 길로 내려올 거
잖아요. 거기서 장기 두고 있을게요.」

이수가 대숲 길로 접어들 때까지 도현의 차는 길가에 서 있었다.
깜박이를 깜박깜박 켜고.

비탈길 아래에 작은 집들이 조가비처럼 예쁘게 박혀 있었다. 예나
다름이 없었다. 가진 것이 없는 사람들은 소유물이 적어 유난히 정

돈을 잘하는 것일까. 발길로 다져진 안마당은 정갈하고, 봉당에는 신발들이 두 짝씩 단정하게 짝 지어 놓여 있었다. 빨래들도 반듯하게 널려 보송보송 말라 가고 있었다. 어떤 집 처마 아래에선 함지박에 도마를 걸쳐 놓고 오징어 배를 가르고 있었고, 햇빛에 내어 넌 소쿠리에서는 쥐치나 미역 오가리들이 꼬들꼬들 말라 갔다. 오직 자고 먹는 생활을 위하여 단순하게 지어진 집들. 방 두 개와 부엌, 손바닥만 한 안마당, 귀여운 화단, 그 옆의 변소……. 가난하고 단출한 살림살이가 손금처럼 환히 보였다. 가슴속에서 시퍼런 뒤척임이 일었다. 바다에 생을 건 사람들. 그들을 생각하면 늘 마음에서 파도가 일었다. 배나 어장을 가지고 든든한 벌이를 하는 사람들도 간혹 있었지만 대다수의 바닷가 사람들은 이렇게 남의 배를 타거나 냉동 공장, 수산 공장에 다니면서 간신히 생계를 유지한다. 죽변을 뜰 때쯤 되어서야 이수는 바닷가 사람들의 생활에 제대로 동화되어 있었다. 그들은 소리가 없었고, 자기를 내세우는 법을 몰랐다. 거의가 밥이나 겨우 먹는 형편이었으며, 더러는 가장을 바다에 잃은 집도 있었다. 집안이 몰락하고, 사람들에게 등 돌려지고, 가진 것을 완전히 잃었을 때에야 이수는 비로소 이들의 삶을 진정으로 느낄 수 있었다. 이곳을 뜬 뒤로는, 바닷가라든지 고향 하면 으레 자신이 이런 데서 자란 듯한 느낌이 들고, 기억 속으로 대숲과 조가비 같은 마을이 지나갔다. 이수는 한 집 한 집에 따뜻한 눈길을 주며 언덕길을 오른다. 모과나무, 해당화, 수국이 손바닥만 한 뜰에서 주인의 손때를 자랑하듯 키 다툼을 하고, 채송화, 백일홍, 한련초 같은 일년초들이 화단 가에서 나울나울 흔들렸다. 낮은 담 너머로 집 안 사람들의 체온이 따듯하게 넘어왔다. 이수는 빠끔히 열린 어느 사립문 안으로 들어가 펌프 가에서 찬물을 한 잔 얻어 마신다. 시원하다. 고향의 물, 죽변의 맛…….

흙길 양쪽으로 쇠비름과 명아주, 여뀌, 너삼 덩굴, 억새 같은 것들이 나붓이 자라고 있다. 그녀는 일부러 타박타박 먼지를 피워 올리며 걷는다. 고운 흙가루가 뽀얗게 피어 오른다. 그녀는 그것을 흡입한다. 뻑뻑한 죽변의 냄새…….

야산 비탈로 오르자 오른쪽 아래로 정자네 새 동네가 보인다. 육이오 때 이북이며 거제도서 피난을 왔다는 사람들이 모여 살던 동네였다. 정자는 교사가 되었지만 정자의 오빠는 어떻게 되었을까? 죽변에서 공부를 잘하기로 소문이 났었는데. 정자네 집 식구들의 이북 사투리가 떠오른다. '……했음둥?', '……한?' 하던 이상한 어미의 함경도 사투리. 원산이라던가, 함흥이라던가? 새 동네의 게딱지 같은 집들 앞에도 이제 승용차가 서 있었다. 양동이에서 오징어를 건져 널고 있는 아저씨 옆에도 번질번질한 승용차가 서 있었고, 함지박을 끌어내리는 아주머니 옆에도 승용차가 옆구리를 벌리고 서 있었다. 근대화나 도시화는 이 승용차로 증명되는 것 같았다.

이수는 왕대숲으로 들어섰다. 마을 뒤 둑 위로 시냇물처럼 솔솔 이어지던 대나무 행렬은 물줄기들이 모여들어 바다를 이루듯 이 왕대숲에 와서 커다란 완성을 이룬다. 왕대숲은 그대로였다. 반가웠다. 마을의 대나무들은 밀도도 성글어지고 새로 건축되는 건물들에 끊어 먹혀 명맥만 남은 상태였지만 왕대숲만큼은 원시림 그대로 건재해 있는 것이다. 이수는 가르마 같은 사잇길로 걸어 들어갔다. 스런스런 스스런 소리…… 바람이 휘이익 불자 대나무들은 차례로 정수리를 흔들며 고개를 비비댔다. 그녀는 대숲 사잇길에서 오래도록 서성였다. 스런스런 소리를 들으며. 목을 꺾어 하늘을 우러르며. 어제 새벽에 찾아왔던 이태를 생각했다. 왜 갑자기 그렇게 무섭고도 적대적인 모습으로 나타난 거니? 왜? 내가 어떻게 해야 하지? 대나무 잎사귀들이 스런거리는 소리만이 귀 안 가득히 들어찼다. 그녀는 멍멍해졌다. 이태…… 도현…… 그리고 나…….

메멘토 모리…… 어디서 들었던 말일까? 갑자기 그런 문구가 떠올랐다. 라틴어라고 했던가. ‘죽음을 기억하라’는 뜻이라고 했다. 죽음을 기억한다는 것은, 삶을 가치 있게 살아야 한다는 의미이리라. 보다 뜻 있게, 밀도 있게, 맛있게, 기쁘게 살아야 된다는 말일까. 이태야, 그걸 말하러 온 거니? 내가 내 삶을 함부로 할까 봐? 마지못해 시큰둥하게 살아갈까 봐? 하루며 한 순간이 얼마나 귀중한지 모르고 짓뭉갤까 봐? 그래서 깨우치러 온 거니?

시커먼 죽음으로 가는 유한한 인생.

지금 이 시간을 만끽하라고? 아니면 네 존재를 잊지 말라고?

메멘토 모리…… 메멘토 모리…… 그 울림 소리가 에밀레종 소리처럼 계속해서 귀에 울렸다.

등대 앞에서 쪽빛 바다를 바라보며 찬바람을 맞던 이수는 문득 강일 생각을 했다. 반짝이는 물비늘 속으로 푸른 호수가 일어섰다. 미시간 호라는 곳. 지리 시간에 미국의 오대호 중 하나라고 익혔을 뿐인 그곳에서 강일은 이수 생각을 했다고 했다. 육안으로는 저 바다처럼 드넓게 바라보였을지도 모르는 거대한 대륙의 호수, 미시간 호. 등대를 돌아 나오며 이수는 강일에게 전화를 걸까 말까 망설였다. 사실은 여기에 와서 내내 그에게 전화하고 싶었다. 그러나 어쩐 일인지 전처럼 거리낌 없이 번호를 누르게 되지 않았다. 이수는 등대소의 문 앞에 우두커니 서 있었다. ‘포항지방해양수산청 죽변항로표지관리소’. 예전에도 저렇게 쓰여 있었던가. 울안에 무궁화나무와 편

백나무가 다복다복 자라고 있었고, 관리인 숙소 옆에는 어린애 요만
한 텃밭이 일구어져 있었다. 그 조그만 밭뙈기 안에서 노란 장다리
가 몇 포기 환하게 손짓을 해왔다.

전화를 걸까 말까…… 이수는 휴대폰을 꺼내어 만지작거렸다. 강
일은 지금쯤 팀원들과 일전에 끝낸 프로젝트를 정리 점검하고 있을
것이었다. 토론 결과를 슬라이드로 만들고 있거나, 경험한 것들을 데
이터베이스에 넣고 있거나, 이노베이션 노트나 리포트 같은 걸 쓰고
있거나…… 이미 새 프로젝트를 시작해 미팅을 주선하고 있는지도
모른다. 숨 가쁘게 진행되는 일과 속에서 긴한 업무인 줄 알고 전화
를 받았다가 이수의 목소리인 걸 알고는 맥이 빠져 한동안 대답이
없을 수도 있는 것이다. 그는 공에서 사로, 사에서 공으로 순발력 있
게 옮겨 딛지 못했다. 아니, 그의 관심은 전적으로 공적인 일에 있다
고 해도 과언이 아니었다. 어쨌거나 그에게서 홀대받는 것도 이제
신물이 났다. 그러나 이 미진한 느낌, 뭔가 더 해봐야 할 것 같은 아
쉬움, 지금이라도 당장 달려가서 모든 것을 허물고 예전처럼 엉기고
싶은 욕구가 끊임없이 살아났다. 이수는 하나, 둘, 셋, 넷을 절도 있
게 세며 우유부단한 자기 마음과 싸웠다. 그녀는 끝내 다이얼을 누
르지 않았다. 풀숲에서 검은 염소들이 음매, 울었다. 강일에게 수술
얘기를 사실대로 하면 어떤 반응을 보일까? 맹장 수술이 아니고 난
소를 떼어 냈다고 하면? 이수는 바다 쪽으로 시선을 던졌다. 바위섬
위에 갈매기들이 흰 점처럼 앉아 있었다. 바람이 휘잉 코끝을 스치
고 달아났다. 바람과 바람 사이에 파도가 생긴다고 했던가. 강일은
파도를 그렇게 설명했었다. 바람에 밀려왔던 물이 해변에서 다시 제
자리로 돌아가려 하고, 거기에 다시 바람이 불어오고…… 그 저항
으로 파도가 생긴다고 했다. 그는 뭐든 논리적, 과학적으로 설명하길

좋아했다. 일상 생활에서의 화법도 마찬가지였다. 6년 가까이 근무했다든지 3년 정도 해봤다는 식으로 말하는 사람을 만나고 나면 늘 나중에 툴툴댔다. 오늘로 5년 11개월 8일째라고 하거나, 33개월하고도 6일 되었다는 표현을 좋아했다. 혹시 남자들의 유전자 중에는 숫자와 관련된 디엔에이가 특히 발달해 있는 게 아닌가 하는 의문이 든다. 도현도 어제 8년하고도 몇 달 며칠 되었다고 숫자를 들이대지 않던가. 소용없는 것을 유념해 기억하는 그들 특유의 버릇은 바깥에서 여러 사람과의 관계를 통해 생존을 거머쥐던 긴장감이 습성으로 수만 년 쌓인 것인지도 모른다. 빈틈없고 정확한 숫자로 자기를 증명받으려는 무의식적인 술책인지도. 강일은 숫자뿐만 아니라 모든 것을 산술적으로 계산하는 남자였다. 인생의 대소사까지도. 그는 결혼을 공공연히 엠앤드에이(인수 합병)라 말하고, 이윤과 시간을 분초로 나누어 계산하고, 득이 안 되는 과거는 단 5초 전의 것이라도 돌아보지 않았다. 지난 일에 대한 후회나 탄식 따위는 그의 생리 사전에 없었다. 헤어지자고 하면 그는 아마 그것을 '투자 회수'로 여길지도 몰랐다. 이수는 수평선을 바라보았다. 까치놀이 지고 있었다. 우리 사이에 회수할 게 뭐가 있을까…… 그동안 투자를 했다면 그는 무엇을 했고 나는 무엇을 했을까…… 젊음과 시간이 회수가 되려나……. 강일과 이수는 나빈의 말처럼 코드가 달랐다. 처음에는 이렇게까지는 아니었다. 그러나 갈수록 서로 반대 방향을 가리켰다. 그러니 이제 와서 어떻게 하나……. 까치가 맵시 있는 긴 꼬리를 요리조리 흔들며 다가와 그녀에게 말을 건다. 왜 그래요? 왜 그렇게 서 있는 거예요? 이수는 웃었다. 몰라요. 나도 몰라요……. 파드득 녀석이 해안선 쪽으로 날아갔다. 저 녀석들은 영역 때문에 갈매기와도, 심지어 매와도 싸운다지. 용감하고 그악스러운 녀석들. 이수는 까치가 날아간 허공을 포물선으로 쫓는다. 녀석이 착지한 곳에, 절벽 밑에 향나무 사당이 보인다. 이수는 계단을 내려간다. 지금까지 그 생각을 못하고 있었다. 향나무 사당. 거기에도 가보고 싶었다. 어려서 늘 놀던 곳이었다. 계단을 다 내려가 자갈밭을 사뭇 걸어 사당 울 안으로 들어선다. 5백 년이나 되었다는 향나무 고목은 밑동이 갈라진 채 예전과 똑같은 모습으로 서 있었다. 울릉도에서 자라던 것이 파도에 밀려온 것이라는 전설을 담고 있는 나무였다. 실제로 울릉도에는 향나무가 많지만 이 고장에는 이 나무 한 그루밖에 없다고 들었다. 노목은 철골 받침대를 지팡이처럼 짚고 '천연기념물 158호'라는 이름표를 달고 묵묵한 모습으로 이수를 맞았다. 잘 있었어? 이수는 나무 밑으로 들어서서 밑동을 어루만진다. 어린 시절의 그녀를 잘 알고 있는 나무였다. 이제 죽변에서 이수를 기억해 주는 건 이 향나무와 대숲 정도일 것이다. 이수는 고목의 우듬지께를 올려다보았다. 밑동은 거칠게 갈라지고 구멍이 숭숭 파여 있지만 아직도 위에서는 다른 어느 나무도 흉내 못 낼 멋들어진 가지를 자랑하고 있었다. 이수는 향나무를 끌어안았다. 이태와 도현과 함께 노상 와서 놀던 곳……. 때로는 마을 아이들이 있었고, 어떤 때는 이명이나 무현이 섞여 있기도 했지만, 거의 언제나 도현과 이수는 같이 있었다. 그녀는 사실 동네 어른들이 말하는 대로 고명딸이었다. 남자 형제가 셋 있는 집에 오직 하나 있는 딸. 어머니가 맏이인 오빠를 낳고 아이를 셋이나 잃은 뒤 7년 만에 그녀를 낳은 데다 남동생 둘을 연이어 낳아 할아버지 할머니는 물론 집안 식구들의 사랑을 독차지했다. 태어난 순번과 여건만으로 유리한 고지를 점령한 셈이다. 어머니는 다른 집 어머니들처럼 딸에게 일을 시키지 않았다. 식구들도 여간해서는 이수에게 잔심부름을 시키지 않았다. 이수는 시간이 많았고, 친구가 없었다. 당시 죽변의 여자 아이들은 학교가 파하면 곧장 집으로 가 집안일을 다부지게 도우며 자라났다. 어촌 마을에는 일손이 끝없이 필요했으니까. 교사의 딸이라든지 경찰서장의 딸, 선주 집의 딸 등 그렇지 않은 몇몇의 여자애들이 있었지만 눈에 띄게 형편이 달라선지 오만하고 건방졌다. 이수는 이들과 어울리지 못하고 늘 남동생들과 놀았다. 이곳 향나무 사당에 와서 비행기도 접고, 구슬치기도 하고, 우두커니 생각에 잠기기도 하고⋯⋯. 이수는 향나무 뒤편 사당으로 오르는 계단참에 앉았다.

옛날 일들이 저녁 연기처럼 피어 올랐다.

습습한 나무 그늘에서 벗어나 이수는 해안을 끼고 아랫마을 쪽으로 걸었다. 어쩌자는 작정도 없었다. 좀 더 바닷가를 거닐다가⋯⋯ 어시장에도 한번 들러 보고⋯⋯ 그녀는 도현이 노라네 할아버지 복덕방에서 기다린다는 사실조차 잊었다. 편도선 부근이 칼칼해 왔지만 아직 어느 지붕 안으로 들어서고 싶지 않았다.

저녁이 되자 산그늘이 드리워진 바다는 검게 출렁였다. 모래 채취선이 아직도 모래를 퍼 올리고 있었고, 먼 바다에서 며칠씩 밤을 드샌 고깃배들이 한 척 두 척 돌아왔다. 마을 개들이 짝을 지어 모래사장을 뛰어다녔다. 검은 놈과 누런 놈, 흰둥이와 얼룩빼기⋯⋯ 바닷가의 개들은 유난히 자유롭고, 똘똘해 보인다. 체구도 조그마하고 하는 짓거리 또한 빠릿빠릿하다. 생선 내장이며 지느러미며 먹을 것이 많아서 그럴까. 녀석들은 걱정이 없어 보이고, 풍요로워 보이고, 제법 낙천적이다. 파도가 차르륵 개들 앞으로 밀려들었다. 녀석들은 앞발이며 얼굴을 파도에 디밀고 꼬리를 흔들며 장난질을 친다. 희한하게도 파도가 어떻다는 것을 아는 눈치다. 이수는 녀석들 뒤를 따

라간다. 꽹과리와 징, 피리 소리가 들려온다. 그 소리가 점차 짙어진
다. 아랫마을 굿당에서 나는 소리였다. 이수는 소리를 따라간다. 열
댓 명의 사람들이 삥 둘러서서 무당의 춤을 구경하고 있었다. 이수
도 그들 뒤로 다가간다.

「몇 시간 지난 지 알아요?」

어느새 도현이 그녀의 옆에 와서 걷고 있었다.

「나 여기 있는 줄 어떻게 알았어?」

키가 커서 머리 하나쯤 쑥 올라가 있는 도현을 올려다보며 이수는,
그가 자기를 기다리고 있었다는 생각을 이제야 해냈다.

「그거 모를 것 같아요?」

「향나무 사당에도 갔었는데?」

「알아요.」

「거기도 따라왔었어?」

거기서 꽤 오래 앉아 있었다는 생각을 하며 이수는 도현을 다시
올려다보았다.

「아뇨.」

뭐 행동반경이 뻔하다는 얼굴로 도현이 웃었다. 여전히 몸에 힘을
빼고. 자포자기한 듯이.

「미안하잖아. 그래서 먼저 가라고 했는데. 나 신경 쓰지 말라고.」

「신경 안 써요. 노라 할아버지랑 장기 두고 잘 놀았어요.」

「다행이네.」

그 말을 마치고 고개를 들었을 때, 굿판을 제대로 일별할 사이도
없이 전복 차림에 벙거지를 쓴 무당이 마중 나오듯 쏜살같이 뛰어나
왔다. 부채와 삼지창을 들고 있었다. 이수는 놀라서 그 자리에 우뚝
섰다.

「어이구, 오구가 실렸네. 그동안 얼마나 지옥같이 살았을꼬오?」

무당이 이수의 얼굴 앞에 무섭게 방울 부채를 딸랑였다. 순식간의 일이라 이수는 영문도 모르고 뒤로, 뒤로 물러났다. 결투하듯이 무당이 한 걸음, 두 걸음 쫓아왔다.

「저거 봐라. 저 뒤에 학생복 입은 저 소년이 누구냐. 웬 강생이까지 따라오누. 아아, 아아. 목이 아프구나아, 아아…….」

무당이 자기 목을 쥐고 헉헉대다가 뒤로 팍 쓰러졌다. 장구를 치고 있던 흰옷 입은 여자가 달려와서 무당을 어르고 달랬다. 무당이 일어나더니, 일사천리로 사설을 쏟아 내며 위로 방방 뛰었다. 엄청난 점프력이었다. 수수와 팥, 조, 콩 같은 알곡들이 이수의 얼굴 위로 쏟아졌다. 따가웠고, 정신이 아득해졌다. 진공 상태에 갇힌 것처럼 답답하고 숨을 쉴 수가 없었다. 빨라지는 징 소리, 알아들을 수 없는 사설…… 방울 소리가 귀 안 가득히 울렸다. 놀란 도현이 굳은 얼굴로 뒤에서 이수를 꽉 끌어안았다.

「저렇게 쫄레쫄레 따라다니는데 아직도 모르느냐? 넋 닦아 줘야지. 지노귀굿을 해줘야지. 그래야 훨훨 날아 바람도 없고 이슬도 없고 눈물도 없는 극락으로 가지!」

무녀가 호령하듯 외치고는 호쾌한 동작으로 굿판 가운데로 돌아갔다. 굿을 구경하던 동네 사람들이 모두 이수와 도현을 힐끔힐끔 쳐다보았다.

「부부연이로고!」

무당이 다시 한 번 그들을 손가락으로 가리키면서 조그맣게 내뱉었다.

「각시가 아무리 도망다녀도 부부연이야!」

순간적이긴 하지만 무당이 도현을 장난스럽게 노려보았다. 회심의 미소를 띠고. 보물을 몰래 감추고 그 비밀을 견딜 수 없어하는 어린애처럼.

도현이 이수를 끌고 굿판을 빠져나왔다. 이수는 바닷가까지 끌려나와서 심하게 토악질을 했다. 얼굴이 벌게지고, 눈물이 그렁그렁했다. 도현이 등을 두드려 주었다.

「거참, 뭐 하러 거기엘 가가지고…….」

재수 없이 구정물을 덮어썼느냐는 말이었다.

이수는 숨을 몰아쉬며 한참 동안 검은 바다를 바라보았다. 찬바람을 깊이 들이마시자 속이 조금 가라앉았다.

「오구가 실렸다는 게 무슨 뜻이야? 지노귀굿은 뭐고?」

이수도 몇 마디는 제대로 알아들은 것이다.

「잊어버려요. 지금 얼굴이 납빛이에요.」

「넌 알아? 알면 빨리 말해 봐.」

「무당들 다 정상이 아니에요. 마구 횡설수설 아무렇게나 지껄이고…… 안 들은 걸로 하고 무시해 버려요. 어서 물이나 마시러 가요.」

물론 이수도 그럴 생각이었다. 그러고 싶었다. 그러나 어쩐지 자꾸 마음이 켕겼다.

「자, 일어나요. 어디 가서 속 좀 가라앉혀야지요.」

「나 이대로 못 가. 확실히 하고 가자. 아는 것 좀 말해 봐. 지노귀굿이 뭐야?」

「…….」

「알고 난 다음 풀고 가야 마음이 가라앉지. 이런 상태로 어떻게 아무렇지도 않은 척 간단 말이야? 자기 운명에 대해 이러니저러니 말 들으면 누군들 속 편하겠어? 더구나 난 이태 꿈까지 꿨는데. 지금 내 기분이 어떤지 알아?」

「남도의 씻김굿 같은 거예요. 망자의 혼 달래는 거요. 서울이나 경기도 쪽에서 지노귀굿이라고 하나 보던데, 지노귀란 건 진호기(鎭胡鬼)에서 왔을 거예요. 오랑캐 귀신요, 결국 오구(惡鬼)라는 얘기지요. 오구굿요. 지방마다 굿 이름이 다르거든요.」

「넌 그런 걸 어떻게 그렇게 잘 알아?」

「학교 다닐 때 서클에서 굿 가지고 별별 짓 다 했어요. 이윤택의 연극〈오구〉도 안 봤어요?」

「그럼 오구가 실렸다는 게 악귀가 실렸다는 뜻이야? 나한테?」

「무당이 말한 바로는…… 그렇다는 뜻 같잖아요.」

이수는 입술이 바르르 떨리는 것을 느꼈다.

「용왕젠지 별신굿을 하고 있는 모양인데요. 무당이 저렇게 당 밖에 나와서 한 거리를 하는 차례가 있긴 있어요. 굿거리가 열두 거리거든요. 큰거리 끝나고 별상거리나 뭐 그런 거 할 때 우리가 거기 갔었나 봐요. 거기서는 잡귀 든 손님한테 귀신도 쫓아 주고 병든 이 있으면 병마도 쫓아 주고 그래요.」

「정말 저 무당 눈에 뭐가 보인 걸까?」

「아주 사이비 같지는 않잖아요? 눈빛으로 보나 뛰는 푼수로 보나. 이태 목매달아 죽은 것도 실연하고, 래리의 존재도 짚어 내잖아요.」

「그게 이태 흉내였어?」

「학생복 입은 소년 어쩌고 하며 목을 눌러 헉헉대다 퍽 쓰러지잖아요. 임의로는 그렇게 못할 것 같은데.」

「래리는 또 뭐야?」

「강생이라고 했잖아요. 강아지요. 래리 생각 안 나요? 누나네가 키

우던 그 개 말예요. 웬 강생이 새끼까지 따라오느냐고 하잖았어
요, 아까. 그 녀석도 비명에 간 모양이네요. 그렇게 누나 뒤를 쫄
레쫄레 따라다니는 걸 보면.」
이태가 죽기 며칠 전에 래리란 놈이 행방불명되었었다. 섬뜩했다.
뒷골이 당기며 오소소해졌다.
「무슨? 그 얘길려고? 아까 여기서 동네 개들 막 돌아다니던데 그
걸 보고 한 소리 아냐?」
「위로 방방 뛰는 게 강신무 같아요. 강신무라면 신이 한창 올라 있
을 때니 그런 거 충분히 볼 수 있어요.」
「강신무가 뭐야? 신 내린 무당이라고? 그렇지 않은 무당이 어디
있어? 자기들 말로는 다 신이 내린 거 아냐?」
「아녜요. 그냥 무당도 있어요. 아버지나 어머니로부터 직업을 물
려받은 세습무요. 그들은 춤이 달라요. 저렇게 위로 방방 뛰지 않
고 좀 완만해요. 작두에도 못 서고 신통력도 없지만 대신 노래와
춤이 아주 기교스럽고 굿거리도 근사하지요. 절차 따라 격식 갖춰
서 하니까요. 계승된 법통이라고나 할까, 나름대로 권위가 있어
요.」
「너 아주 그 방면에 도통했다?」
「조예가 조금 있죠. 내가 철학 전공한 놈 아녜요. 우리의 정체성
어쩌고 하면서 떠들다 보면 당연히 만나게 되는 게 샤머니즘이니
까요.」
「저런 게 사이비가 아니란 말이야? 저런 사람들은 거의 다 넘겨짚
어서 먹고 사는 거잖아. 내가 낯선 얼굴이니까 마구 찔러 본 게 아
니야? 맞으면 굿 팔고 아니면 그만이고.」
「물론 그럴 가능성이 있지요. 그런데 말예요…….」

도현이 망설이며 뜸을 들였다.

「그런 거 따지지 말고 우리 이번 기회에 지노귀굿인지 뭔지 그거 해줍시다. 이렇게 터져 나왔을 때 아주 해줘 버려요. 처음서부터 마음에 걸렸던 일이잖아요. 무덤도 안 쓰고.」

「너, 미쳤니? 현대인 맞아?」

「그건 지성이니 이성이니 하는 것과는 별개 문제예요.」

「어떻게 별개야? 우리가 괴롭다면 자의식 문제지 이런 굿으로 해결될 문제야?」

「그렇긴 하지요. 그래도 형식이 도움이 될 때가 있어요.」

「형식도 형식 나름이지. 우리가 옛날 어른들도 아니고 어떻게 굿을 해?」

「첨단이고 과학이고 요즘 휘황하게 야단들을 하지만 그래도 우리 피에 저런 샤머니즘적인 요소들이 흐르고 있을 거예요. 수천 년간 그렇게 살아왔으니까요.」

「네 피엔 흐르고 있을지 몰라도 내 피엔 안 흘러. 난 정말 이런 게 끔찍하고 싫어.」

「끔찍하죠? 끔찍하다는 게 바로 뭐예요? 완전히 벗어나지 못했다는 거 아녜요? 완전히 벗어나 있다면 끔찍하지도 않아야 되잖아요? 난 사실 약간 겁이 나요. 요 한 삼 년간 이태 생각을 하지 않았거든요. 그랬더니 녀석이 누나한테 자꾸 비비적거린다는 느낌이 들어요. 물론 근거 없는 생각일 테지만……. 예전엔 녀석이 나를 얼마나 찍어 눌렀는지 알아요?」

「그땐 이태가 그렇게 된 지 얼마 안 되었을 때잖아. 점차 시간이 흘러 모든 게 희미해지고, 잊혀졌겠지.」

「물론 그래요. 누나 말이 전적으로 옳아요. 그래도 우리 그거 해줘요.」

도현이 끈질기게 졸랐다.

「말도 안 돼.」

「말 안 되는 거 한번 해봐요. 무당은 상관없어요. 무당이야 뭐 사
이비래도 좋고 돈 벌어 먹으려고 사기 치는 거래도 좋아요. 우리
만 편해지면 되잖아요.」

「어떻게 편해져? 굿한다고 편해져?」

「무당 눈 봤죠? 열기 어린 뿌연 눈동자가 벌써 숨 막히잖아요. 이
승만 아는 눈 같지 않잖아요. 그 사람 시켜서 극락 보내 줘요. 손해
날 게 없잖아요.」

「너, 방송국 프로듀서 맞아?」

「에이디라니까요.」

「나 원 참, 기가 막혀서…….」

「래리도 극락 보내 줘요.」

「…….」

「그냥 날 받아 하루 여기 내려오면 돼요. 하루만요. 저쪽에서 다
준비하는 거예요.」

「난 무섭단 말이야.」

「무서우니까요. 이제 끝내 버려요. 내가 같이 내려올게요. 내가 끝
까지 같이 있을게요. 내가 다 주선하고요.」

이수는 대답을 못하고 있었다.

「그런데 참, 마지막 말 들었어요?」

도현의 얼굴에 웃음기가 돌았다.

「마지막 말?」

「우리가 부부연이라잖아요.」

도현이 입을 쭉 벌려 귀에 걸치며 미키 마우스처럼 웃었다.

「젊은 여자 남자가 같이 있으니까 괜히 깐보고 연인이다 싶어서 넘겨짚은 거야. 너 그거 갖고 또 엉뚱하게 걸쳐 넣어라?」

「인상이든 관상이든 분위기든 하여튼 그렇게 느껴지는 구석이 있나 보죠?」

도현이 다시 입을 반달로 벌리며 웃었다.

「진짜 한심하다, 방송국에서 앞서 가는 프로 만든다는 인간이.」

그렇게 말했으나, 이수도 마음 한구석에 진동이 왔다. 왜 그런 소리를 했을까. 처음 보는 사람한테.

정자가 찬거리를 한 아름 사가지고 돌아와 있었다.

「어디 갔었어? 걱정했잖아.」

「대숲에.」

「죽변?」

「죽변 말고 또 대숲 있니?」

「같이 갈걸.」

정자는 익숙한 솜씨로 우럭을 토막 쳐 매운탕을 끓였다. 고춧가루 양념을 듬뿍 넣고 된장도 조금 넣는, 고향식의 매운탕이었다.

「서울 사람들은 매운탕에 된장을 안 넣어. 그래서 그런지 이 맛이 안 나.」

「내 친구네는 또 고추장을 넣더라?」

「응, 서울 사람들 중에는 고추장을 넣는 사람도 많아. 찹쌀 고추장이라나 그것을 넣어야 국물이 텁텁하지 않대.」

「해먹는 건 정말 가지각색이야.」

정자는 깻잎과 양파를 채 쳐 찌개에 얹었다.

「가자미식해 이건 정말 오랜만이다. 옛날 너네 집에 가면 이런 게
있어서 얼마나 신기했던지.」
「언니가 우리 집에 와서 밥도 먹었나?」
「그랬나 봐. 그러니까 내가 이걸 알고 있겠지?」
「엄마가 담가서 늘 갔다 봐. 언니도 조금 가지고 가라.」
「빈대떡도 해먹었지? 서울에서 빈대떡 볼 때마다 너희 집 생각했
어. 왜 설날인가 그런 때 무지무지하게 많이 부쳤잖아.」
「언니가 우리 집 많이 와봤나 봐? 그런 것도 다 아는 걸 보면.」
「너 따라갔을 텐데 갔던 기억은 안 나고 이 가자미식해하고 빈대
떡은 생생히 기억나. 집에 가서 엄마한테 김치에 좁쌀 든 것 해달
라고 했으니까.」
「맛있었나 보지?」
「그랬나 봐. 하여튼 굉장히 신기했어. 명절 때 녹두를 많이 갈아
식구대로 부침개를 부쳤잖아. 그런 분위기도 색달랐고. 우리 집에
서는 엄마 혼자서 부엌일을 했으니까.」
「그랬지, 참. 언니네 엄마는 무척 일 많이 하셨어.」
「야, 너네 오빠 어떻게 됐니? 죽변서 날렸었잖아?」
「경찰 대학 붙었는데…… 신원 조회에 걸렸어. 그래서 그냥 어영
부영하다가 지금은 장사해. 우리 집 그때 뭐 일반 대학 갈 형편 됐
나? 나도 교대니까 간 거지.」
「신원 조회에? 넌 공무원 됐잖아?」
「몰라, 웃기는 나라야. 난 됐는데 우리 오빠 안 되는 거야. 우리 큰
아버지가 실향민이잖아. 큰엄마랑 나머지 식구들 다 저 위에 있는
데, 뭐. 함경남도 호응군 상호면 신하리래. 잊어버리지도 않아. 한
번도 가본 적도 없으면서. 큰아버지가 평생 귀에 못이 박히도록

뇌까려서. 흥남 부두까지 나왔는데 바람이 많이 불고 날씨가 험악
해서 다른 식구들은 모두 돌아갔대. 막내인 우리 아버지하고 맨
윗형인 큰아버지만 배를 탄 거야. 이쪽에 와서 동정 살피고 도로
올라갈 셈이었나 봐. 그런데 막힌 거지, 뭐. 부산, 거제도 생활을
거쳐 군대 제대하고 고향 사람들 있는 곳을 찾아 죽변으로 올라온
거래. 외로워서 의지하려고. 우리 아버지가 엄마 만나 우릴 낳아
놓고 죽어 버리자 우린 큰아버지 차지가 되었지. 큰아버지가 마누
라가 있어, 집이 있어? 십오 년간 진종일 뱃일했는데 하루 쌀 한
되도 못 벌었다고 만날 지긋지긋 사설이야. 말이야 맞는 말이지.
막노동하는 사람은 맞잡아 주는 가족이 없으면 안 돼, 언니. 고기
잡아 오면 안에서 뒷일해 주고 받쳐 줘야 뭐가 되지 혼자서는 도
로아미타불이야. 큰아버지 말대로 꼬라지도 말이 아니고 돈도 못
모으지. 가족 데리고 나온 사람들은 다 살게 되었다고 큰아버지가
술만 먹으면 타령하잖아. 내가 얼마나 지겨웠다구. 다른 애들의
할아버지만큼 늙은 큰아버지 모습도 꼴 보기 싫었구.」
「너네 엄만?」
「우리 엄마 재혼했잖아.」
「그랬었구나!」
이제야 당시의 정자네 집 정경이 이해되어 왔다.
「큰아버지가 우릴 다 거둬 주신 거야. 끝까지 재혼도 안 하시고.
우린 아무것도 몰랐어. 매일매일이 지겨워서 큰아버지가 고마운
줄도 몰랐고. 신원 조회가 뭐 그런 게 어떻게 적용되는지도 몰랐
어. 하여튼 우리 오빠는 안 되더라? 그런데 난 선생 나부랭이라 그
런지 그냥 통과됐어. 아마 경찰하고는 다르겠지.」
「방칫골 된가 거기서 지금도 망향제 지내?」

「그럼. 망향비도 세웠어. 그 옆에 공동묘지도 만들고.」

학교 가던 길에 낯설게 바라보곤 하던 정자네 동네 사람들의 모습이 새삼 떠올랐다. 투박하고, 무뚝뚝하고, 웃지 않던 얼굴들. 지금 생각하니 생에 대한 두려움과 엄숙함이 서린 표정들이었다

일요일 한낮.

정자와 이수는 햇빛이 환하게 비치는 식탁에 앉아 점심을 먹는다. 〈풀밭 위의 식사〉라는 그림이 떠오른다. 바다와, 해바라기들과, 식탁의 연한 나뭇결과, 쏟아져 들어오는 햇빛 때문인가. 이수는 눈을 들어 부신 빛살을 더듬는다. '풀밭 위의 식사'란 제목의 그림은 마네의 것도 있고, 모네의 것도 있다. 마네는 숲 속에 앉아 있는 나부(裸婦)와 그 옆에서 편하게 한담하는 검은 양복의 남자들을 그렸다. 당시의 출세 등용문이던 살롱전에서 떨어진 그 그림은 벌거벗은 여자가 두 명의 남자와 함께 앉아 있다 하여 윤리적인 이유로 쏟아지는 비난과 조롱을 받았다. 그러나 그림을 자세히 보면 마네는 주제보다는 색채를 나타내 보이고 싶었던 것 같고, 단지 살색을 그리고 싶어 나부를, 검은색을 표현하고 싶어 검은 정장의 남자들을, 또는 색의 화려한 조합을 실현시키고자 꽃다발을 그린 듯 느껴진다. 그런 입장에 서면 주제는 우연일 따름이다. 공식적으로 인정받고 성공도 하고 유명해지길 바랐던 마네는 제도권에서의 인정과 예술적 자유 사이에서 갈등하고 고민하다가 죽을 무렵에야 겨우 악평에서 벗어났다. 반면 청년 모네는 처음부터 마네의 〈풀밭 위의 식사〉를 능가해 보려고 같은 제목의 그림을 두세 점 그렸다. 1800년대의 어느 부활절날 낮, 퐁텐블로의 숲 속에 피크닉 나온 남녀들의 모습. 피크닉 나온 남자와 여자들은 전부 성장을 하고 있고, 하얀 식탁보 위에는 포도주

와 케이크 같은 것들이 자연스럽게 놓여 있고, 신록이 싱그럽게 어우러지고, 자잘한 나뭇잎들 사이로 햇살이 투명하게 비쳐 내린다. 모네는 풍경을 다만 배경으로 그리지 않고 풍경부터 시작하여 인물을 그 속에 도입시키는 새로운 방식을 택했다. 그러나 모네의 이 야심적인 그림도 화가가 살아 있었을 동안에는 밀린 집세의 담보로 사용되었을 뿐, 더한 효용 가치를 지니지 못했다. 가장 크게 그린 가로 4미터가 넘는 대작도 오래 방치되다가 손상되어 왼쪽의 한 부분만 잘려 남게 되고, 그가 죽은 뒤 몇십 년이 지나서야 인상파 미술관에 소장되었다. 섬세하고 화려한, 살아 있는 색채들의 구현을 시도했던 마네…… 나뭇잎들 사이로 환상적으로 햇빛이 쏟아져 내리던 모네의 아름다운 그림…….

햇빛이 식탁의 나뭇결에, 밥그릇에, 밥알에, 반찬에 환하게 비쳐 든다. 이수는 햇빛에 앉아서 점심을 먹는 것이 새롭고 신기하다.

「이상하지? 너무 환한 햇빛 아래서 밥을 먹으니까 공연히 어딘가가 부끄러운 기분이야.」

「언니네 집엔 햇빛 안 들어?」

「안 들지. 어두컴컴한 데서 늘 불 켜고 밥 먹어.」

「정말?」

「작업실이 그래. 거의 거기서 지내니까.」

「거기 한번 가보고 싶다.」

「와. 서울 오면. 너무 산만해서 놀라 쓰러질지도 모르지만.」

「언닌 그래도 좋겠다. 작업실 있고, 그림 그리고…….」

「네가 훨씬 더 좋은데? 이렇게 바다가 보이는 곳에 별장 같은 집이 있고, '철밥그릇'이라는 든든한 직업이 있고…….」

「하긴, 누구나 남들을 부러워하니까.」

「근데 이거 어떡하니? 이렇게 많이 남아서.」

먹다 남은 도다리회를 가리키며 이수가 말했다.

「이명이, 도현이 생각나지? 걔들 왔으면 잘 먹을 텐데.」

「오늘 휴일이라 바쁠 거야.」

「언니, 우리 오늘 거기 가보자. 도현이가 내일 간다던데 환송도 할 겸.」

「어디? 리조트에? 다이빙하는 사람들 몰려와서 무척 정신없을 텐데?」

「있다 저녁에 가면 되지, 뭘. 오늘 일요일이니까 네댓시면 모두 떠날 거야. 도시에서 오는 사람들은 일찍 떠나. 여기서 가는 시간이 많이 걸리니까.」

「난 안 갈래.」

「왜? 이명이 한 번 더 보고 가야 하잖아?」

「그 녀석, 나 만나는 거 겁내는데 사정 좀 봐줘야지.」

「이명인 이명이고 언니, 도현이 좀 만나고 가.」

「걔? 뭐 하러? 어제 만났는데.」

「그래도 중요한 얘긴 안 했나 보더라, 뭐.」

「중요한 얘기? 그게 뭔데?」

「언니 정말 몰라?」

「뭘?」

정자가 이수를 뚫어지게 쳐다보았다. 이수는 결국 눈을 피했다. 정자는 대체 뭘 얼마나 알고 있는 걸까. 가슴 저 안쪽에서 북소리가 둥둥 울려 왔다.

「이태가 그렇게 가서 가장 충격을 받은 건 나보다도 도현이야, 언니. 걘 그때 이후로 하루도 제대로 지내지 못했을 거야.」

「이젠 벗어났나 보던데. 오히려 내 걱정을 해주더라.」

「말은 그렇게 하지. 그치만…….」

「안 그래도 어제 무당을 만나서 이상한 말을 들었어. 내 뒤에 악귀가 쫓아다닌대. 지노귀굿이라나 뭐라나 그걸 해줘야 한다고 마구 소리를 치더라? 도현이가 그걸 해주재. 말이 되니?」

「어디서 무당을 만나?」

「아랫마을 지나다가 굿당에서. 굿 구경을 하려고 그 앞으로 다가서는데 갑자기 미친 사람처럼 굿하던 무당이 쫓아 나오는 거야. 나한테. 깜짝 놀라 기절할 뻔했지.」

「굿을 하고 있는 무당이?」

「응.」

「뭐 그런 굿이 다 있어?」

「도현이 말로는 있대. 굿에 따라 그 비슷한 과정이 있기도 한가 봐. 구경꾼들 중에서 악귀에 시달리는 사람이 있으면 쫓아 주고 그런대. 마침 내가 그 대상이었나 봐.」

「기분 이상했겠다.」

「황당했지. 참인지 거짓인지 이태 그렇게 되었을 때 시늉도 고대로 내고, 래리가 쫓아온다고 말하기도 했어.」

「정말?」

정자의 얼굴색이 파래지고 있었다.

「도현이 말로는 강신무가 한창 신이 올라 있을 때라 그런 환상을 볼 가능성이 있다는 거야. 그러니 속는 셈 치고 무당 말대로 한번 해주재. 손해 볼 거 없다면서.」

「걘 이태 화장한 것 때문에 늘 애석해했거든. 뭔가 못다 한 게 많을 테니.」

「이태 얘기라면 어떤 게 닥쳐도 내가 감당해야 할 거니까 그럴 필요 없지만 래리 얘기까지 나오니까 나도 마음 약해지더라. 녀석 어떻게 죽었는지도 우린 모르잖아. 정말 무당 눈에 이태와 래리가 보였을까?」

「용한 무당은 지나간 건 맞춘다고 하던데. 앞일은 못 맞추지만.」

「너도 그런 걸 믿어?」

「안 믿어. 그렇지만 조금 무섭다.」

「사후 세계가 있을까?」

「있을 거야. 난 있을 거라고 생각해. 그러니까 언니, 도현이 말대로 해주는 것도 좋겠다.」

「그럴까?」

「그리고 도현이 좀 만나 봐. 걔 할 얘기 있을 거야.」

「할 얘기 다 했어.」

이수는 말을 잘랐다. 정자가 무슨 생각을 하고 있는지는 분명치 않지만 어쩐지 더 접근하기 싫었다. 이제 와서 당사자도 아닌 정자와 뭘 왈가왈부한단 말인가. 잠긴 비밀을 떠올려 본들 낯 뜨겁기만 할 것이다. 또 아무리 생각해도 정자가 알고 있으려면 도현이 발설했어야만 한다. 그 사실을 아는 사람은 하느님 빼고는 자신과 도현밖에 없으니까. 도현이 그런 얘기를 제삼자에게 했을 리가 없었다. 정자는 공연히 분위기로 뭔가를 짐작해 도현의 마음을 위로해 주고 싶은 것이리라. 풋사랑 같은 연정을 좀 돌아봐 주라는 충고겠지. 이수가 냉담하게 가지 쳐낸 것을 알고 있으므로. 어떻든 이수로서는 도현의 감정이든 마음이든 이태와 연관된 선상에서 알아주는 수밖에 없었다. 도현을 처음부터 끝까지, 확실하게 이태의 친구로 못 박아 두어야 했다. 그래야 편했다.

마음을 정하자 공연히 가슴이 뻐근해 왔다. 불쌍한 도현……. 우리 집 일로 크나큰 상처를 입고, 이태와 나한테 휘둘리기만 하고, 스스로 죄책감에 시달리고…… 그것 때문에 자신의 내면을 갉아먹으며…… 정자의 말대로 정말 견디기 어려웠으리라. 오죽했으면 어제도 이태의 굿을 해주자고 했을까. 이수도 그 시절을 어떻게 건너왔는지 끔찍하기만 한데 도현은 어떠했을까. 현장에서 어린 나이로 혼자 그 모든 것을 감당했을 도현. 그는 그때 겨우 열일곱이었다. 고등학교 1학년. 아니다. 그 맨 처음은 일곱 살이라지. 일의 시작은. 흩일곱 살…….

바람이 전선줄을 흔들고 있다.

이태가 다섯 살쯤 되었을 무렵. 아버지가 서울에서 돌아왔다.

그날의 일이 영화 속 장면처럼 머리에 찍혀 있다. 잊혀지지 않는, 결코 잊을 수 없는 장면처럼. 본 적이 없는 일인데도. 훗날, 아주 훗날 할머니에게서 들어 비로소 안 일인데도.

한여름의 저녁.

저녁을 먹고 난 아버지가 안방으로 들어간다. 안방은 할머니의 방이다. 다섯 살인 이태가 할머니의 치마폭에 누워 잠투정을 하고 있다. 할머니는 손자에게 부채질을 해주며 토닥토닥 잠을 재운다. 이태는 서서히 잠이 든다. 아버지는 자꾸만 이태를 건넌방으로 보내라고 할머니에게 소리 없이 눈짓한다. 할머니는 무슨 얘긴데 그러냐고 채근한다. 이 녀석 잠들었다고, 어서 얘기해 보라고. 아버지는 고개를 옆으로 도리질 치며 자기가 이태를 안아 나가려 했다. 할머니가 극구 만류했다. 애는 내 품에서 자야 깊이 잔다고. 지금 자리 옮기면 깬다고. 괜찮으니 어서 얘기하라고. 아버지는 실랑이를 포기하고 할 수 없이 작고 은밀한 소리로 얘기하기 시작한다.

「저, 종서 아버질 만났어요.」

「뭐?」

할머니는 눈을 홉뜨고 다가앉았다. 종서 아버지는 큰고모부였다. 그러니까 할머니에게는 맏사위. 어른들이 하도 쉬쉬해서 아이들은 종서 아버지에 대해 아는 바가 없었다.

「어디서? 살아 있던?」

「예. 넘어왔어요.」

「뭐라구? 어떻게?」

「그, 그런 거 있잖아요. 그쪽에서 꽤 성공했나 봐요.」

「어떻게 만났어?」

「연락을 해왔더라구요. 종서를 만나고 싶다고 하면서.」

「그래서?」

「……」

「어떻게 됐어?」

「종서를 만나게 했어요. 아비 자식 간이 아닙니까. 더구나 유복자 니…… 종서 다리 저는 거 알고 있더라구요.」

「저런!」

할머니는 너무도 놀라 턱을 덜덜 떨며 말을 잇지 못한다.

어른들 사이에 어떤 이야기가 더 진척되었는지 아무도 모른다. 그러나 이태는 잠결에도 지나치게 비밀스러운 분위기를 감지했고, 본능적으로 귀를 세운 끝에 아버지가 서울서 종서 형 아버지를 만났다는 말을 알아들었다.

이태는 종서 형 아버지, 즉 큰고모부를 본 적이 없었다. 그는 육이오 때 월북했으니까. 홀몸이 된 큰고모는 바로 재 너머 학교 앞에서

226

조그만 문방구를 하고 살았다. 그럭저럭 살았더라도 아이들에게 특별히 애틋함을 안겨 주지는 않았으리라. 그러나 큰고모의 인생은 누가 봐도 불행이라는 홍수에 덮친 비탈밭이었다. 그네에겐 자식들이 많았는데, 식구 많은 살림 꾸려 가기도 턱없이 숨찼지만, 가지 많은 나무에 바람 잘 날 없다고 자식들로 인한 시련 또한 그치지 않았다. 이수와 이태는 어려서부터 불쌍한 큰고모네 집을 문지방처럼 드나들며 자랐다. 할머니나 할아버지, 아버지의 심부름으로 늘 무엇을 갖다 주러 꾸러미를 들고 재를 넘어갔다. 고기, 생선, 꿀, 떡, 엿, 찹쌀, 팥, 과일……. 색다른 것이 눈곱만큼이라도 생기면 할머니는 큰고모네의 딱한 살림살이를 떠올렸고, 그때마다 이태와 이수가 쏜살같이 배달부로 달려가곤 했던 것이다. 문방구를 보느라고 명절 때에도 지척인 친정에 한 번 와보지 못하는 큰고모였다. 그 큰딸을 생각하며 할머니는 늘 눈물을 질금거렸고, 땅이 꺼질 듯 한숨을 쉬어 댔다. 자연히 어린 이태나 이수도 큰고모를 불쌍하고 측은한, 꼭 도와주고 편들어 주어야 할 존재로 여기게 되었다.

큰고모는 젊어서 인물이 출중했다고 한다. 이수가 보기에도 큰고모는 키도 알맞게 크고 어깨도 둥글고 눈매나 입가에 예사롭지 않은 모양새가 남아 있었다. 중년을 넘으면서 시커멓게 찌들고 쭈그러들긴 했지만. 동네 사람들은 미인박명이라는 말을 증빙하고 싶을 때면 꼭 큰고모의 이름을 들먹였다. 그만큼 큰고모는 끝날 길 없는 불행한 나날을 보내고 있었다.

큰고모의 큰아들인 준서 오빠는 반신불수에, 간질병이었다. 생김새도 기괴하기 짝이 없어서, 커다란 두상은 미친 황소처럼 무섭게 뒤틀어져 있었고, 발육이 덜 된 오른손과 오른발이 반 바퀴 비틀린 상태로 생쥐 발바닥처럼 오그라져 붙어 있었다. 그는 사흘돌이로 아무

데서나 간질 발작을 일으켰다. 난데없이 땅바닥에 나자빠져 뒤집어진 풍뎅이처럼 바들바들 떨며 게거품을 뿜어 대면 동네 사람들은 애들이고 어른이고 할 것 없이 큰고모를 부르러 문방구로 달려갔다. 그동안에도 황소 같은 눈알이 허옇게 뒤집어지고 비틀린 손과 발이 사시나무처럼 흔들리며 입에서 끊임없이 거품이 뿜어져 나오는 것을 사람들은 괴기스럽게 구경하고 있었다. 곧 큰고모가 달려와 뒷수습을 하고, 아들을 일으켜 세워 흙을 털어 주고 함께 절룩이며 돌아갔다. 어떤 때는 제대로 깨어나지 못해 동네 장정에게 떠메져 가기도 했다. 이수는 일그러지지 않은 준서 오빠의 한쪽 얼굴을 가겟방 구석에서 유심히 바라본 적이 있다. 말간 볼 위에서 검고 잘생긴 눈이 깊고도 슬픈 빛을 담고 그윽이 빛나고 있었다. 그 눈이 환하게 열릴 때는 찬송가를 부를 때였다. 며칠 후, 며칠 후, 요단 강 건너가 만나리……. 반짝 켜진 오빠의 눈은 촛불처럼 가운데에 심이 심겨져 아름답게 타올랐다. 늘 부르던 그 노래, 달빛보다도 밝은 천당……. 준서 오빠는 몇 년도인지 확실치 않지만 정말로 요단 강을 건너가 버렸다. 우렁찬 찬송가 소리만 남겨 두고. 스물일곱인가 여덟의 나이에. 이수가 어렸을 때였다.

준서 오빠만 큰고모에게 한을 심어 주었던 게 아니다. 준서 오빠 아래로 큰고모에게는 두 딸이 있었다. 명서 언니와 화서 언니. 두 언니는 서로 다르게 생겼지만 둘 다 이마가 반듯하고 이목구비에 균형이 잡혀 있었다. 명서 언니가 좀 더 서양적이랄까, 콧대가 높고 눈도 쌍꺼풀 져 있었다. 어른들은 두 언니의 생김새를 비교하면서 하나는 서양적이고 하나는 동양적이라며 월북하고 없는 큰고모부의 인물을 은밀히 입에 담았다. 지 애비를 닮았어. 우뚝한 게 벌써 보통이 아니잖아. 명서 언니를 두고 하는 말이었다. 아암, 똑똑했지. 우리 군내에서 그만한 사람 없었지. 재승박덕이라고 재주가 너무 솟아 그리 된 거야……. 그 얘기가 한창 주고받아지다가는 화서 언니에게로 화제가 옮아갔다. 그래, 곱기야 화서가 더 곱지. 난 며느리 삼으라면 화서를 데려오겠다……. 이수도 그런 얘기를 심심찮게 들었었다. 지금 생각해도 명서 언니는 서양의 이름난 발레리나 같았다. 특히 턱을 치켜들고 오만하게 걸어다니던 모습이 왕녀 비슷했다. 그런 명서 언니는 사춘기에 가출했다가 처녀 시절 돌아와 근처 서너 개 마을의 남자들의 마음을 몽땅 사로잡았다. 네크라인에 너울너울 프릴이 달린 미색 블라우스를 입고 폭 넓은 플레어스커트로 허리를 꽉 조이고 깐닥깐닥 걸어가노라면 한 다스나 되는 남자들이 체면 불고하고 쫓아왔다. 장미나무 잎사귀처럼 야무지게 맞물려 올라간 입술에 진홍색 루주를 칠하고 하얀 이를 드러내며 활짝 웃을 때면 어린 이수도 가슴이 서늘했다. 명서 언니는 드디어 어떤 남자와 사랑에 빠졌는데, 그 남자는 유부남이었고, 뒷동네의 유지인 희갑 어른의 맏아들이었다. 그 남자가 죽어라고 명서 언니와 결혼하려고 본처를 막무가내로 내쫓는 바람에 착한 부인이 보퉁이를 싸안고 쫓겨났다. 모든 사람들이 본부인을 동정하고, 명서 언니를 마녀 취급했다. 동네 어른들은 이제 길 저쪽에서 명서 언니가 활짝 웃으며 인사를 해와도 외면하고 받지 않았다. 그런데도 명서 언니는 개의치 않고 사람들을 지나치며 백작 부인처럼 우아하고 품위 있게 인사말을 건넸다. 그러고는 그 남자와 결혼해서 아무렇지도 않게 그 집으로 들어가 안방을 차지하고 살았다. 몇 년 전에 만났을 때도 명서 언니는 여전히 장미나무 잎사귀같이 야무지게 맞물려 올라간 입술에 진홍색 루주를 칠했으며, 여전히 아름다웠었다. 그녀의 인생은, 스스로에겐 어땠는지 몰라도, 적어도 큰고모에게는 견딜 수 없는 치욕이요, 죄의 덩이였다.

화서 언니는 내성적인 성격에 공부를 잘했었으나, 집안의 이런저런 풍파로 고등학교를 중도에 그만두었다. 큰고모를 도와 조신하게 살림을 돕다가 선을 보고 결혼하게 되었다. 결혼식장에서 신랑에게 반지를 끼워 주던 중에 너무 떤 나머지 반지가 쨍그랑 떨어지고 말았다. 반지가 예식장 바닥을 또르르 굴러갈 때 사람들은 모두 불안한 탄식을 삼켰다. 그것이 운명의 단초였을까. 사람들의 우려처럼 화서 언니의 결혼 생활은 점차 늪 속으로 빠져들었다. 오순도순 다정스럽게 시작된 신혼 살림이었는데 웬일인지 멀쩡했던 신랑이 나날이 언니를 의심하고 구박했고, 심약한 언니는 병을 얻어 정신 병원에 들어가고 말았다. 몇 번이나 그런 곳을 드나들다가 친정이 환란에 휩싸였을 때 시집에서는 병원비를 끊어 버렸고, 병원에서 쫓겨난 언니는 종내 길바닥에서 불운한 삶을 마쳤다. 큰고모보다도 더 불행한 일생이었다.

그 밑의 정서 오빠가 유일하게 정상적이고 평범한 길을 갔다. 큰고모는 지금 80에 가까운 나이로, 정서 오빠와 함께 대구에서 살고 있다.

그 아래로 막내인 종서 오빠가 있는데, 종서 오빠는 큰고모부가 없어질 당시 유복자였다고 한다. 그는 신실치 못하게 태어나 소아마비를 앓았고, 어려서부터 한쪽 다리를 절었다. 목발을 짚지는 않았지만 걸을 때면 절름절름 한쪽이 심하게 기울어졌다. 종서 오빠는 불구 때문이었는지 가정 환경 때문이었는지, 아니면 둘 다 때문이었는지 자랄 때부터 불량기가 있었다. 그는 내내 고모를 속 썩이고 애태웠다.

이런 큰고모인지라 할머니에게는 이 맏딸이 한(恨)덩어리였다. 이수와 이태는, 아니 이수네 집 식구들은 모두 할머니와 같은 마음이었다. 어린 이태에게도 큰고모네 집은 작은고모네와는 달리 돌보아 주어야 할 곳이었다. 흉측하게 발작을 일으키는 준서 형도, 다리를 저는 종서 형도 사실은 불쌍한 녀석들이라고 이태는 들어 온 것이다. 그 종서 형의 아버지를, 큰고모네 집에 살지 않는 큰고모부를 아버지가 서울에서 만났다는 것이다. 그것을 어린 이태는 무슨 뜻인지도 모르고 잠결에 알아들었다. 다섯 살인 이태는 그러나 이 사실을 누구에게 금방 발설하지는 않았다. 숨 죽인 목소리와 비밀스러운 기운, 대단히 은밀한 무엇, 위험에 대한 직감 때문에 보통 일이 아니라는 것을 느껴 알았던 듯하다.

정확하지는 않지만, 한 해나 두 해는 그냥 흘러갔다.

이제 이태는 일곱 살이었다.

어느 날, 해변에서 모래 장난을 하고 놀다가, 아이들은 준서 형이 선바위 옆에서 간질 발작을 일으키는 것을 보았다. 이태는 고모네 집으로 뛰어가서 종서 형을 데리고 왔다. 종서 형이 절름거리며 준서 형을 업고 가는 것을 보고, 이태는 도현에게 말했다.

「우리 아빠가 서울서 형아들 아빠를 만났대.」

「누구?」

「종서 형 아빠.」

희미하던 씨알이 사실로 솟아오르는 순간이었다. 도현은 이해가 빠르고 영리한 아이였다. 그런 도현으로서는 뭔가가 이상했다. 죽변의 아이들은 생사 개념에 숙성해 있었다. 육이오를 모질게 겪은 어른들이 하도 왈가왈부했기 때문이었다. 누구누구네 아버지는 죽고, 누구누구네 아저씨는 살고……. 죽은 사람은 마을에 없고, 산 사람은 마을에 있었다. 같은 날 제사를 지내는 집도 여러 집이었다. 일곱 살인 도현은 종서 형 아버지가 죽었다고 알고 있었다. 마을 어른들이 늘 그렇게 말했으니까. 애비가 없어서……. 준서 형이 발작을 일으키거나 종서 형이 절룩거리며 지나가면 어김없이 그렇게 쯧쯧대곤 했던 것이다.

「에이, 죽은 사람을 어떻게 만나?」

도현이 수긍하지 않았다.

「살았대. 그래서 우리 아빠가 서울서 만났대.」

이태는 우겼다. 말발을 세우고 싶었던 것이리라. 도현은 무슨 생각을 했는지 그냥 넘어갔다. 이태는 본능적으로 조금 불안했던 모양으로, 도현에게 다짐을 주었다.

「너, 이거 아무한테도 말하면 안 돼.」

「응.」

도현은 고개를 끄덕거렸다.

그러나 도현은 며칠 뒤 자기 아저씨한테 이 사실을 말했다. 당숙 아저씨가 명서 누나 얘기를 하면서 그 집안을 대단히 흉보는 분위기이자 이태의 얘기가 생각났던 것이다.

「이태네 아빠가 종서 형 아빠를 서울서 만났대.」

종서 형네 집에는 무슨 큰 백이 있다는 식으로 도현은 말했다. 그러나 아저씨는 그냥 넘어갈 리가 없었다. 그는 깜짝 놀라 도현의 덜미를 잡고 뒤꼍 으슥한 곳으로 끌고 갔다.

「너, 그 얘기 어디서 들었어?」

도현은 울려고 했다. 아저씨의 기세가 너무나 거셌기 때문이었다. 아저씨는 얘기의 진원지를 추궁했다.

「이태가 그러던데.」

「이태가?」

「응, 이태 아빠가 이태 할머니한테 그랬대.」

아저씨는 이태를 당장 불러오라고 했다. 이태와 도현을 대숲으로 데리고 가서 사실을 확인한 아저씨는 앞으로 이 말을 절대로 남에게 해서는 안 된다고 무섭게 꾸짖었다. 아이들은 아저씨한테 크게 야단을 맞고서야 자기들이 굉장한 잘못을 저질렀다는 느낌에 젖었다. 이제 이태 아빠가 종서 형 아빠를 만났다는 사실은 엄청난 비밀로 자리 잡았고, 아이들은 죄책감을 묵직하게 받아들였다.

아이들은 그러나 천진스럽게 뛰놀았다. 시간은 한 해 한 해 흘러갔다. 동네 사람들은 입에서 입을 통해 이 사실을 모두 알고 있었다. 이수네 집 식구들만 동네 사람들이 이 사실을 다 안다는 것을 모르고 있었다. 이수네 식구래 봐야 할머니와 할아버지, 그리고 아버지였다. 다른 식구들은 비밀스러운 사실이 있다는 것조차 몰랐다. 할아버지는 큰사위가 살아 있다는 사실을 안 채로 곧 임종하였다. 어머니는 집안에 어떤 비밀이 있는지도 모르고 부엌에서 꾸역꾸역 일만 했다. 그렇게 10년이 지나갔다. 10년 동안 마을 사람들은 아무도 신고하지 않았다. 몇천만 원이라는 포상금이 붙어 있었지만 아무도 당국에 이 사실을 알리지 않았다. 마을 어른들은 육이오 때 이 판 저판 바뀌면서 숱하게 죽어 나간 주검들을 알고 있기에 정치나 이념 따위를 생명에 앞세울 수 없다는 것을 몸으로 체득하고 있었다.

그러나 영원한 비밀은 없는 법. 사람들의 묵인으로 녹슬어 폐기 처분될 뻔한 그 비밀이 드러나는 날이 왔다. 어느 날 그것은 폭탄처럼 터져, 온 마을을 뒤엎어 놓았다.

이수의 오빠 이호가 고향에 돌아와 할아버지의 어장 일을 보기 시작한 얼마 뒤였다. 젊은 그의 눈에는 개선할 일들이 수두룩했고, 진취적인 생각을 가진 젊은이들을 끌어 모아 개혁 성향의 모임을 만들었다. 그는 뜻을 펴기 위해 이장 선거에 출마했다. 상대 맞수는 당시 이장을 맡고 있던 40대의 상렬 아저씨였다. 그는 당연히 자기가 재선될 거라고 믿고 있었다. 그러나 이호의 지지 기반이 예상 외로 커지자 상렬 아저씨는 상대적으로 불안을 느꼈다. 그는 학력은 없었지만 야심 있는 인물이었고, 청년회며 어촌계 등 이미 여러 차례 마을을 다스려 온 터였다. 자기 이외에 마을을 대표할 사람이 없다고 자부해 왔는데 그 믿음이 무너지고 있었다. 막판에 궁지에 몰린 상렬 아저씨는 분한 마음에 방법을 궁리했고, 마을 사람들이 덮어 버린 그 비밀을 이용했다. 동생에게 빚 보증 서준 것이 잘못되어 포상금이 절실히 필요했다는 소문도 있었다.

그날로 모든 것이 끝장났다.

새벽에 검은 지프가 왔고, 이수네 집은 기둥뿌리까지 뽑혀 나동그라졌다. 이수의 아버지는 잡혀가 20년형을 선고받았다. 적화 통일이 되는 날 누구누구를 어디에 앉히고 뭘 어떻게 한다는 청사진이 있었다 하여 집안의 모든 것이 풍비박산이 났다. 마을은 지탄과 침묵으로 얼어붙었다. 마을이 생긴 이래 유례없는 일이었다. 서울에서는 6월 항쟁이 한창일 때였다. 대학교 2학년이 된 이수는 시청 앞의 수만 인파 속에 섞여 있다가 뒤늦게 소식을 듣고 죽변으로 내려왔다. 충격을 받은 할머니가 쓰러져 황천길을 헤매고 있었다. 아무것도 손댈 수가 없었다. 오빠 이호는 망연자실해 술에 빠졌고, 집안은 난장판이었고, 어머니의 한숨 소리가 벽을 흔들었으며, 이태와 이명은 상렬 아저씨를 죽이겠다고 도끼를 들고 쫓아다녔다. 종서 오빠도 붙잡혀 가서 재판을 받았다. 조사에 의하면 종서 오빠는 북에서 넘어온 아버지를 외삼촌(이수 아버지)의 안내로 서울 중국집에서 만났고, 아버지로부터 자전거를 받았다고 했다. 12년 전인 1975년의 일이었다. 이태가 할머니의 치마폭에서 종서 형 아버지가 살아 있다는 말

을 들은 해였다. 당시 고등학교를 졸업하고 놀고 있던 종서 오빠는
생전 처음 보는 아버지가 무얼 갖고 싶냐고 물어서 자전거를 갖고
싶다고 했다는 것이다. 큰고모의 속을 무던히도 썩이던 철부지 절
름발이의 소원다웠다. 유복자인 아들과 아비의 상봉을 그러나 우리
의 국가 보안법은 용인하지 못했다. 인간적인 혈연 관계를 따지기
에 앞서 불고지죄라는 조항이 버티고 있으니까. 종서 오빠는 절름절
름 4년간 옥 살았다. 이런 집안의 풍파로 화서 언니는 시집에서 인
연을 끊어 버려 입원해 있던 정신 병원에서 돈 때문에 쫓겨났다. 며
칠이나 집에 와 있었을까. 언니는 낯선 거리에서 차에 치여 죽었다.
상렬 아저씨는 결국 어느 새벽 아무도 몰래 이삿짐을 싸서 고향을
떴다.

이런 일이 진행되는 와중에…… 이태는 과수원의 배나무에 목을
맸다.

그리고 그날, 도현은 거의 미쳐 있었다.

이수는 소파에 누워 강일을 생각한다.

왜 이렇게 그의 생각이 마음에서 떠나지 않을까?

그녀는 뒤척였다. 그의 머리칼, 흰 얼굴, 매끄러운 영어 발음, 셔츠
입은 가슴…… 그에게 안기는 꿈, 입술, 난소를 떼어 냈다고 말하는
장면…….

정자도 생각에 잠겨 있었다.

옛날 생각이 났다. 이수는 입을 열었다.

「우리 할머니가 너희 집 얘기를 늘 했어. 이북 사람들은 다르다고.
아마 억척스럽고 용감하고 강인하다는 말이었을 거야. 우리보고
배워야 한다고 했지. 그래야 성공한다고. 네가 이렇게 혼자 강하

게 사는 걸 보니 그 말이 생각나네.」

「그래서 이태는 내게 선입견이 없었던 것 같아. 처음부터 호감이 있었거든. 그런 애는 없었어.」

「선입견이? 너희들 때에도 그런 게 있었나?」

「그럼 있었지. 언니 할머니가 우리를 평한 건 좋은 쪽으로만 생각한 거고. 대부분의 죽변 사람들은 우리들을 '간나이 새끼'로 취급했잖아. 체면이나 품위를 생각지 않고 함부로 산다고. 애들이야 뭐 알았겠어? 다 저희 부모들이 하는 대로 따랐겠지. 이태는 반대였어. 날 소중하게 숙녀 대접해 줬지. 이태는 남자들한테는 우락부락했어도 여자들한테는 잘했어. 언니한테 하듯이 했던 것 같아. 보호하려고 하고, 감싸 주려고 하고, 이해도 잘해 주고……. 정말 남자 같았어. 우린 보자마자 사랑했지.」

「진짜 애인처럼 사귀었던 거야, 그 나이에?」

「언니는 정말 아무것도 모르는구나?」

「모르지. 너흰 그때 애들이었잖아.」

「몇 살까지가 애들이야? 우린 다 컸었어. 우린 중학교 삼학년 때 만났는데…… 일 년쯤 지나자 무슨 짓이든지 다했어.」

「?!」

「난 그때 우리 집에서도 아주 내놓은 자식이었잖아.」

「…….」

「비밀 가르쳐 줄게. 우린 무지무지하게 그거 많이 했다?」

이수는 한 대 얻어맞은 기분이어서, 오히려 얼떨떨했다. 이태가, 이태가 그랬단 말인가.

「대숲에서, 모래사장에서, 산에서…….」

이수는 대꾸할 말이 없었다.

「그런데 언니, 그래도 참 다행이다 싶어. 지금 생각하면. 그거나마 그렇게 해보고 갔으니 얼마나 다행이야. 몽달귀신은 면했을 거 아냐. 내용적으로는. 그날은 말이야, 여덟 번이나 했다?」
「뭐라구?」
「유난히 이태가 고집을 피우는 거야. 다른 땐 내 의견을 존중해 줬거든. 언니는 어떻게 생각할지 모르지만 우리가 그런 사이가 된 건 다 내 탓이야. 내가 그렇게 되기를 바랐거든. 난 그때 가출할 생각만 하고 있었으니까. 그날은 유난히 이태가 내게 매달리는 거야. 번번이. 난 이태가 그렇게까지 극단의 상태에 몰려 있는지 몰랐어. 섹스로라도 괴로움을 잊고 싶었나 봐. 끝나면 견디지 못하고 또 애원하고 그러더니…… 가서 저녁에 목을 맨 거야.」
「……!」
「난 평생 사랑 안 해도 억울할 게 없어. 평생 남자하고 섹스 안 해도 돼. 내가 공부하기 시작한 건 그다음부터야.」
정자의 말들이 우렁우렁 사라지지 않았다.

해바라기들이 며칠 새에 제법 자란 듯 키다리 흉내를 내며 바람에 한들거렸다. 이수는 무연히 창가에 앉아 있다. 해안 마을은 늘 바람막이지만, 오늘도 심상찮게 바람이 불 모양이었다.

정자는 화통하고 솔직했다.

모든 것을 거침없이 시인하고 받아들인 뒤 건강하고 대차게 사는 정자 앞에 이수는 고개가 숙여졌다. 이수는 수없이 자신에게 묻는다. 너는 왜 이렇게 비겁하고 나약하니? 왜 회피하기만 하고, 자꾸 잊어버리려 하지? 그런다고 해서 '그 일'이 없어지니?

물론 정자하고 입장이 다르기는 했다.

한편으로는, '그 일'이 뭐 그다지 중요할 것 같지 않았다. 오랜 시간
이 흘렀고, 상황도, 의미도 희미해져 버린 것이다.

그러나 도현은 아직도 거기에서 벗어나지 못하고 있다.

어떻게 해야 할까? 저절로 잊혀지지 않는다면.

자살한 사람의 가족들은 여간해서 행복해질 수가 없다는 말을 어
디에선가 읽은 기억이 났다. 정자는 예외인 것 같다. 사실 정자는 가
족보다도 이태와 더 가까운 사이였다. 충격을 받았다면 정자가 제일
크게 받았어야 한다. 그런데도 그녀 특유의 '확고함'이 용기와 자신
감을 주는 듯했다. 맺고 끊는 게 확실한, 분명히 정리하고 넘어가
는…… 그런 성향이 오늘의 정자를 만들어 준 것 같았다.

며칠 전 정자네 집에 처음 왔을 때 이태가 집 앞까지 따라와 따듯
하게 품을 펼쳤던 것은 정자하고의 은밀한 역사가 있어서였나. 나를
따라온 것이 아니라 정자를 찾아온 것이었나…….

정자는 고른 숨소리를 내며 흔들의자에 잠들어 있다.

바다를 거슬러 언덕을 치받고 올라온 바람이 숨 가쁘게 해바라기
들을 쓰다듬고 유리창에 달라붙는다. 덜컹, 덜컹, 덜컹…… 바람은
기회를 보며 늑대들처럼 창을 공략한다. 바람이 이토록 요란한데 정
자는 평소에 무섭지도 않을까? 특히 밤에? 이런 데서 혼자 아무렇지
도 않단 말인가? 이태가 지켜 주는 것일까?

죽음에 앞서서 섹스가 무엇인지 이수는 알 수 없었다.

이태는 그날 무언가에서 헤어나려고, 그 무언가를 잊어버리려고
그렇게 몸부림치며 여자의 몸에 탐닉했을까. 결과적으로야 그것도
그 애를 위무시키지 못했지만.

정자와 육체적으로 깊은 사이였다는 것도 충격이지만 그날의 이
태의 행동도 받아들이기 어려웠다. 열여섯, 열일곱이면 남자들은 모

두 그렇게 되는 것인가. 새로운 사실 하나가 깨달아진다. 당시 도현은 아마 이태에게서 자극받고 있었을지도 모른다. 매일 붙어 다녔으니까. 도현도 이태와 정자 사이를 다 알고 있었으리라. 두 사람의 육체 관계도. 사춘기였던 녀석은 얼마나 몸이 달아 있었을까? 호기심과 욕구로 온몸이 근질거리고 바늘 끝만 스쳐도 튕겨져 나갈 채비가 되어 있던 차에 물속에서 나를 끌어안게 되었으니…… 자연스럽게 그런 사태가 벌어진 게 아닌가. 그렇다면 이제 '그 일'을 다르게 해석해야 한다. 다른 관점에서 봐야만 한다. 도현과 진정으로 한번 대좌해 봐야겠다는 생각이 들었다. 그의 인생도 인생이지만 그녀 자신의 인생을 위해서도 이제 '그 일'을 햇빛으로 끌어내 객관적으로 정립할 필요가 있었다. 그런 뒤 정자처럼 떳떳하게 살고 싶었다.

이수는 이명에게 전화를 걸었다. 전시회를 떠올리자 갑자기 마음이 바빠졌다. 이명을 빼놓고 도현을 따로 만날 수도 없고…… 그냥 같이 만나면서 기회를 보리라 생각했다.

어디 다방이나 카페 같은 곳을 아느냐고, 저녁이나 같이 먹자고 했더니, 이명은 조금 있다가 제가 연락하겠다고 하면서 전화를 끊었다.

이명에게서 다시 전화가 왔다. 생각해 봤지만 여기 카페들이 그저 그렇다고, 자기네 리조트로 오라고 했다. 다이빙팀들이 다 떠났다고 했다. 주말에는 아주머니가 와서 음식을 하기 때문에 먹을 것도 많다고 했다. 도현이도 어딘가에서 오고 있다며 정자하고 같이 오라는 말도 잊지 않았다.

정자의 고물차를 타고 터덜터덜 리조트로 갔다. 바다는 불그스레 황혼에 잠겨 가고 있었다.

현관을 들어서자 다이빙 도구들로 어질러진 홀이 나타났다. 정리

를 하다 만 모양으로, 이명이 그녀들을 데리고 아래층으로 내려갔
다. 바다 쪽에서 보니 아까의 그 홀은 2층이었고, 뒤로 출구가 나 있
는 구조였다. 1층에는 식당과 탈의실이 있었는데, 식당은 정면의 모
래사장과 맞닿아 있었다. 모래사장 너머로 시원스러운 바다가 넘실
댔다. 식당 앞의 비치 파라솔 아래에 언제 왔는지 도현이 삐딱하게
앉아 있었다. 어깨가 축 처져 있는 게 조금 피곤한 것 같기도 했다.
　「낮에 우리 집으로 너희들 부르려고 했는데 바쁠 것 같아서 참았
　지. 도다리회가 많이 남았거든.」
　정자가 이명을 보자마자 말했다.
　「말만…….」
　이명이 정자를 흘겨보았다. 두 사람은 이수가 보지 않은 기간 동
안 더욱 친밀해진 것 같았다. 친동기간이나, 절친한 친구처럼. 하긴
가까이 있으니…… 이수는 소외감을 느꼈다. 이명이 저 녀석은 내
동생이 아닌가. 그러나 그들끼리는 공유하는 기억이 더 많을 거고,
공감하는 것들도 많을 것이다.
　「앉아, 누나.」
　이명이 의자를 끌어내 주었다.
　이수는 맥주 회사에서 만든 하얀색 플라스틱 의자에 앉아 점점 어
두워지는 바다를 바라보았다. 바다는 소리를 내며 뒤척댔다. 도현과
풀어야 할 과제를 생각하자 웬일인지 가슴이 선뜻해 오면서 뭔가가
조마조마해졌다. 불면증이 찾아들기 직전 상태 같았다.
　「배고파?」
　도현이 이수에게는 본 척 만 척하면서 정자에게 친근한 어투로 물
었다. 이 애들은 셋이서 서로서로 굉장히 친하구나…… 이수는 새
삼 느낀다. 따지고 보면 도현과 정자야말로 수십 년 지기인 것이다.

「줄 거 뭐 있는데?」

정자가 받았다.

「진수성찬. 들어오면서 내가 주방을 검열했거든.」

도현이 빙긋 웃었다. 일부러 이수를 상대하지 않는 듯했다. 마음이 상했었나……. 이수는 생각해 보았다. 어제와 그제의 일이 뚜렷이 기억나지 않았다. 다투었다고 할 수 있을까? 아슬아슬하게 뭔가를 건드리다가 만 느낌만 남아 있고, 그 외의 행동들이 흐리게 물러나 있다. 이수는 생각을 모은다. 굿당에서 무당에게 봉변을 당하고, 굿을 하자느니 마자느니 주고받았고, 토했고, 마주 오는 차 때문에 길에서 같이 나뒹굴기도 했고, 뭐라고 억지를 쓰며 옛날 얘기를 했던 것도 같고, 사랑한다고도 했던 것 같다. 아니, 그건 아닌가. 모든 것들이 뒤죽박죽이 되어 시간적 순서 없이 떠오른다. 아주 오래된 기억들처럼. 내 머리가 왜 이 지경이 되었을까? 무당 때문인가? 언제 도현이 자존심을 다쳤을까?

뚜렷하게 짚어지지가 않는다.

다이빙 손님들에게 주었던 것인 듯 생선튀김과 어묵, 장아찌 등의 반찬이 고루 담긴 일식 도시락 비슷한 것을 이명이 주방에서 내왔다. 정자가 뒤따라가 차가운 캔 맥주를 가져오고, 딸기와 마른안주도 내왔다.

네 사람은 비치 파라솔 아래에 앉아서 저녁을 먹었다. 아무도 말이 없었다.

밤이 서서히 그들의 어깨 위에 내렸다.

어둑어둑해지자 이명이 촛불을 내다 켰고, 도현이 나무토막들을 모아다 불을 지폈다. 타닥타닥, 불길이 혀를 날름거리며 제멋대로 타올랐다. 그것을 잘 뒤적거려 알맞게 정돈한 다음, 도현이 모두를 불

옆으로 불렀다. 마시던 맥주 캔을 들고 정자와 이수도 모래밭에 내려앉았다.

모래는 아직도 태양의 온기를 은닉하고 있었다.

「여기 음식점이나 술집들은 좀 요란스러워서요.」

왜 리조트로 오라고 했는지 설명한다는 투로 도현이 말했다. 그러고 보니 여기로 오라고 한 것은 이명이 아니라 도현인 모양이었다. 약속을 할 때 이명이 왜 금방 전화를 끊고 다시 제 쪽에서 하겠다고 하나 의아해했더니, 도현과 통화해서 의논하느라고 그랬던 것 같았다.

「죽변이 많이 변해서…… 지나가면서 거리 봤죠?」

변명처럼 말하면서 도현이 비로소 이수를 쳐다보았다.

「언니, 웬만한 데 가면 진짜 농해서 눈 둘 데 없어. 지금쯤 아저씨들이 아가씨들 허벅지 만지고 쪽쪽 뽀뽀 야단일걸?」

정자가 툭 끼어들었다.

「어유, 저 표현하구는. 선생님이란 게.」

이명이 정자를 흘겨보았다.

「사실이잖아? 서울 같은 데 있는 커피 전문점하고는 아주 달라, 언니. 그런 덴 참 신기하더라. 바깥에서 환히 다 보이게 유리로 투명하게 해놓고…….」

「서울도 이상한 데 많지. 단지 구분이 되어 있다고나 할까.」

죽변이 매도되는 게 싫은지 도현이 토를 달았다.

처얼썩처얼썩 파도 소리가 들려왔다. 어둠 속에서도 흰 거품이 쏴르르 몰려와 몸을 뒤치는 것이 희미하게 보였다. 정자가 어느새 일어나서 파도 앞으로 다가갔다. 이명이 조금 뒤에 따라갔다. 그들은 뭐라 뭐라 주고받으며 까르륵거리더니, 선바위 쪽으로 가는 기색이었다.

이수는 두 사람을 부르지 않았다. 아직도 조금 불안하긴 했다. 이제 캠프파이어 옆에는 그들 두 사람만 남았다. 이수도, 도현도 말이 없었다. 어디서부터 말을 꺼내야 할까…… 이수는 무릎을 세우고, 두 팔로 턱을 괴었다.

「괜찮아요?」

도현이 물어 왔다.

「뭐가?」

「어제 토하고 그랬잖아요. 굿당 앞에서. 속도 가라앉힐 겸 차나 한 잔 하자는데도 기어코 거절하고. 나 원, 그렇게 고집 센 여자는 처음 봤어.」

아, 그랬나. 거기서 도현이 토라졌나…… 이수는 이제야 생각이 미친다.

「내가 말했잖아. 정자하고 저녁 지어 먹기로 약속해 놨다고. 그래서 그랬지.」

변명처럼 나긋하게 나가는 말이 자신의 귀에도 설었다. 내가 애한테 이러면 안 되는데, 하는 생각이 들었으나 이런 과정을 거쳐야 이야기에 도달할 것 같아 그대로 있었다. 대양 깊은 곳에 다다르자면 갖은 물줄기들을 다 수용하지 않으면 안 되는 것이다.

「아까 도시락도 안 먹던데…….」

「많이 먹었어, 딸기하고 주섬주섬. 이렇게 맥주도 마시고.」

「건드리기만 했잖아.」

그의 반말이 달큼하게 감겨 왔다. 그는 옛날로 돌아가려 하고 있었다. 단번에. 이수는 이 분위기를 어떻게 요리하나 고민했다. 잘못하면 도현이 원하는 방향으로 흘러갈지도 모른다. 그렇다고 지금 대뜸 본론을 꺼낼 수도 없고……. 태평양을 질러 온 바람이 휘이잉휘

이잉 그녀의 몸을 휘감고 얼굴로 올라와 놀잇감을 만난 듯 장난질을
쳤다. 머리칼이 진저리를 치며 사방으로 날아올랐다. 그녀는 두 손
바닥으로 머리칼을 꽉 눌렀다. 그러나 바람은 계속해서 그녀의 머리
칼을 휘저으며 을러 댔다. 그 모습을 신기하다는 듯 바라보던 도현
이 주머니에서 손수건을 꺼내 펴주었다.

「이걸로 싸매 봐요.」

이수는 손수건을 삼각형으로 접어서 가사 실습 할 때처럼 머리에
썼다.

「예뻐요.」

「얘는!」

이수는 험악하게 눈을 떴다. 도현은 모래밭에 시선을 떨구고 쿡쿡
쿡쿡 오래 웃었다. 이수가 입을 뗐다.

「우리, 옛날 얘기 좀 해보자.」

도현이 고개를 들었다. 약간 긴장한 얼굴이었다.

「그 당시에 얘기했어야 한다는 생각도 들어. 그렇지만 그땐…….」

「누나가 다른 남자와 사랑에 빠졌죠.」

도현이 푹 찔러 왔다. 몸에 힘을 쭉 빼고. 건들건들하는 예의 그 태
도로. 야속함과 원한이 맺혀 있는 말투였다. 그가 먼 곳으로 시선을
보냈다. 형용하기 어려운 표정이 떠올라 있었다. 그때 강일을 불러
내 도현에게 보인 것이 그토록 치명적이었을까. 말로 아무리 설득해
도 듣지 않아서 그런 극약 처방을 내릴 수밖에 없지 않았던가. 이수
에겐 그것이 방법이었고, 그때 생각으로는 유일한 해결책이었다. 냉
정하고 단호하게 끊어 내는 것만이 도현의 앞길을 열어 주고 자신도
살리는 길이었다. 그때 그렇게 하지 않았다면 도현은 아마 대학에도
못 갔을 것이다.

「오늘 정자와 얘기를 했는데…… 난 오늘에야 이태와 정자의 사이
를 제대로 알았어. 그렇게 어른들처럼 깊은 사이인지는 몰랐어.」

「…….」

「넌 알았지?」

도현이 고개를 끄덕끄덕했다.

「그 얘기를 듣다가 그때 네 심정이 어땠을까 생각했어. 걔네들 때
문에 자극 많이 받았지? 매일같이 얘기 듣고 그랬을 거 아냐.」

도현이 무슨 말이냐는 눈으로 이수를 뚫어지게 쳐다보았다.

「그때 너는 여느 애들 같지 않았을 거다, 이거지. 가뜩이나 사춘긴
데 오죽했겠니. 먼지만 스쳐도 흡착할 준비가 되어 있던 차에 일
이 공교롭게…….」

도현의 눈이 커다랗게 벌어졌다. 그 눈이 더 벌어져서, 이글이글
분노를 발하기 시작했다. 내가 왜 이렇게 언변이 없나, 얘기 꺼내자
마자 의도를 억지 유도해 결국 반감을 사고 마는구나, 가슴을 치면서
도 쏟아진 말을 어쩔 수가 없었다. 그녀는 에둘러 말을 마무리했다.

「너무 민감하게 듣지 마. 왜 그럴 수 있잖아. 친구가 매일 와서 여
자 친구와 잔 얘기를 하면 자기도 저절로 몸 다는 거. 충분히 그럴
수 있다고 생각해.」

「그래서요? 도대체 어디로 몰고 가고 싶은 거죠?」

도현의 음성이 거칠어졌다. 그는 씩씩대며 격한 감정을 삭이고 있
었다.

「사실을 얘기해 보자는 거야. 다 지난 일이니까. 그래야 우리의 지
금 심정도 올곧게 정리될 테니까. 당시의 상황을 정확히 알고 이
제 그때의 실수를 웃으면서 얘기할 수도 있잖아. 좀 부끄럽긴 하
지만. 너와 나 사이니까. 문제될 게 없잖아.」

「실수가 아니었어요!」

도현의 목소리가 불쑥 굵게 터져 나왔다. 크레파스가 도화지 한 가운데에 푹 칠해진 것 같았다.

「실수가 아니었다면, 일부러 계획해서 그랬다는 거야?」

「계획이라뇨? 그게 어디 계획한다고 될 상황이었어요? 다만 진심이었다는 얘기죠. 너무도 바라다가…….」

「그건…… 나중에 너도 모르게 합리화시킨 걸 거야. 사람은 누구나 그렇잖아. 우선 자기 스스로를 납득시킬 논리가 필요하지. 결과적으로 미안하고 죄스러우니까. 아마 무의식에서라도…….」

「내가 그 생각 안 해본 줄 알아요? 이태하고 정자 때문에 나도 모르게 그렇게 된 게 아닌가, 생각 안 해본 줄 아세요?」

「해봤어? 그럼 말 되네.」

「골백번도 더 생각해 봤지만 그건 아니에요. 그리고 열일곱 살이라면 이미 사춘기라고도 할 수 없구요. 사람에 따라 다르지만 내겐 사춘기 같은 건 다 지나간 때예요. 근데, 왜 자꾸 그쪽으로 몰아가는 거죠?」

도현은 감정 조절이 안 되는 듯 어감이 고르지 않았다.

「난 아까 정자의 당당한 고백을 들으면서 내가 비겁하다는 생각을 했어. 나도 그 애처럼 인정할 것은 똑바로 인정하고 떳떳해지고 싶었어. 객관적으로 명확하게 그때의 상황을 알고 싶었어. 너는 어땠는지, 심리적으로나 육체적으로 어떤 상태였는지…… 진짜로 솔직하게 아는 게 네게도 도움이 된다고 생각하는데.」

「지금까지 안 떳떳했어요?」

「안 떳떳했어. 난 비겁했다고 했잖아. 난 그 일을 잊고 싶었어. 없었던 일로 하고 싶었어. 어떻게 해야 정말로 없었던 일이 되는지

방법을 몰랐어. 그래서 그저 도망다녔어. 어쩌고저쩌고 생각하기
도 전에 늘 그렇게 되었어. 저절로…….」

「미안해요.」

도현의 음성이 새소리처럼 까무룩 넘어가며 불현듯 이수의 손을
끌어다 자기 손 옆에 붙여 놓았다. 그러더니, 손등을 토닥거렸다.

「미안해요.」

똑같은 말이 다시 한 번 들려왔다. 목관 악기에서 나는 소리처럼
그윽했다. 그러나 이수는 손을 빼냈다. 도현의 감정이 전해져 와서
괴로웠다. 도현은 고개를 푹 숙인 채 이수의 손등을 토닥거렸던 손
으로 그 근방의 모래를 쓸었다. 그의 속눈썹이 물결치듯 파르르파르
르 움직였다.

「난 네가 이러는 게 싫어. 좀 떳떳해지라구. 죄책감이나 부담 같은
거 갖지 말고.」

「죄책감이라구요? 부담이라구요?」

도현이 고개를 들어 이수를 정면으로 노려보았다. 그 눈이 무섭게
빛을 발했다.

「아직도 그런 거로밖에 안 보여요? 지금까지 겨우 그렇게 생각했
어요?」

「난 그렇게 생각해. 이태 일도 있고 하니까.」

「기가 막히네요. 정말 내 커다란 실수였군요. 아직까지 의사 전달
도 못했으니…… 내 마음은 충분히 전달했다고 믿었는데…….」

그의 눈이 검은 태양처럼 아래로 떨어지고, 깊은 날숨이 토해졌
다. 이수는 한 발 다가들었다.

「네 마음이란 것도 사실 따지고 보면 이렇게 저렇게 합리화된 걸
거야.」

「합리화라구요? 뭐 때문에 날 합리화시켜요? 난 떳떳했는데. 난 누나한테는 물론 이태한테도 죄책감 느끼지 않아요. 잠깐만요. 맥주 좀 더 가져올게요.」

도현이 불쑥 일어나 거친 걸음걸이로 주방으로 걸어갔다. 그는 맥주 몇 캔을 더 가져왔다. 한 개를 따서 이수에게 주고, 자기도 한 개 땄다.

「취할 작정이야?」

이수가 제동을 걸었다.

「아뇨. 오늘 술 마시기 싫었는데 기왕에 겉껍질을 깬 김에 어디 한 번 더 얘기해 봅시다. 누나가 어디까지 생각하고 있는지 끝까지 얘기해 봐요.」

도현은 맥주를 속도감 있게 마셨다. 목구멍을 열고 아예 콸콸 들이붓는 것 같았다. 금방 빈 캔이 서너 개 쌓였다. 파도 소리가 계속해서 들려왔다. 이수도 취하고 싶었지만, 그래서 더 적나라하게 몰아붙이고 싶었지만 술이 생각처럼 넘어가 주지 않았다. 도현이 파격으로 치달을 것 같아 조마조마하기도 했다.

「네가 불퉁스럽게 나오니까 내가 얘기 잘못 꺼낸 것밖에 안 되잖아. 난 사실 잘 아물려 보려고 말을 꺼낸 건데. 우리도 정자처럼 인정할 건 솔직히 인정하고 떳떳해졌으면 하고. 네가 내 앞에서 자꾸 비실비실 죄책감 느끼는 것도 싫고.」

「아, 또 그 죄책감! 나 그런 거 정리한 지 오래예요. 누나한테도 이태한테도 나 죄책감 안 느껴요. 이성의 힘으로 극복할 건 다 극복했어요. 문제는 내 감정을 내 마음대로 조종할 수가 없다는 거예요. 어떤 한 부분에 관한 한.」

「너 아까도 나한테 미안하다고 그랬잖아? 두 번씩이나. 왜 자꾸 그러는 거야?」

「그건 누나가 애석해서예요. 그때…… 모래가 잔뜩 묻어 가지고 벌벌 떨고 있던 모습이…… 잊을 수가 없어요. 애석하고, 마음이 아프고…… 그게 내겐 곧 사랑이에요. 어쩔 수가 없어요. 죽어도 벗어나지지가 않아요.」

「그건 사랑이 아냐. 연민이나 죄책감이지.」

「누나가 나보다 이렇게 못되고 강한데 내가 뭘 연민해요? 마구 횡포를 부리며 나를 갖고 놀면서요.」

「갖고 논다구? 그걸 말이라고 해?」

「내 마음은 어둠 속에서 혼자 자라 가지를 치고 잎을 피워 엄청나게 커졌어요. 이제 아무도 어떻게 할 수가 없어요.」

이수는 도현에게 휘말려 들지 않으려고 어금니를 꽉 깨물었다. 도현이 빈 맥주 캔을 구겨서 멀리로 던졌다. 또 하나의 캔을 구겨 더 멀리로 힘껏 던졌다. 그러더니 다른 맥주 캔들을 손아귀에 넣고 아스슥아스슥 구겼다.

「거기에 비극이 있지요. 어떤 땐 정말 돌 것 같아요.」

도현이 제 머리를 뒤흔들었다. 그는 취한 것 같았다. 이수는 술 취한 남자에 익숙지 않았다. 취한 남자의 감정이나 감상에도. 강일은 이렇게 취해 본 적이 없었다. 그녀의 오빠도, 아버지도, 할아버지도…… 술을 많이 마시지 않았다. 이태가 살아 있다면 그 애는 좀 마셨으리라. 도현의 푸념이 계속되었다.

「어처구니없네요. 허망하기 짝이 없어요. 누나가 그렇게 생각하고 있다니…… 정자와 이태 때문에 내가 자극받아 그렇게 된 거라고요? 그게 누나가 도달한 결론인가요? 그렇다고 하면 좀 더 편해지나요? 사춘기 소년이면 제격이에요? 아직도 모면하고 싶은 게 더 남았나 보죠? 뭘 더 어떻게 해드릴까요? 억장이 무너지다 못해 슬프기조차 하네요. 그렇다면 그동안의 내 노력들은 뭐가 되는 거죠? 얼마나 안간힘을 쓰며 버텨 왔는데…… 얼마나 격차를 뛰어넘으려고 발버둥쳤는데…… 모두 코미디가 되어 버렸군요.」

「코미디가 아니야. 네가 버젓이 이렇게 든든하게 섰으니 넌 나름대로 잘 살아온 거지. 다만 지금까지와는 다른 시각이 필요하다는 거야. 우리 둘 다에게. 과거를 뒤돌아보는 다른 시각.」

「다른 시각요? 연구를 좀 더 해오세요. 정자 얘기 듣다가 우연히 떠오른 생각으로 뿌리 깊은 나무를 뽑으려 하지 말구요. 괜히 남이 구축해 놓은 걸 설건드리지 말아요. 희망 없이 내가 어떻게 견뎠겠어요?」

「희망?」

불안이 뱀처럼 기어 들어왔다.

「누난 언젠가 내 여자가 될 거예요. 이 이승에서요. 죽기 전에요. 꼭요. 엊그제 무당도 그랬잖아요.」

「너, 미쳤니? 완전히 어린애야. 떼나 쓰는. 너하고는 얘기가 안 돼.」

이수가 풀썩 자리에서 일어나 앞으로 휘적휘적 걸어갔다. 웃음소리가 들려왔다. 이해할 수 없는 웃음이었다. 돌아보니 도현은 오히려 여유를 되찾은 표정으로 재미있어 죽겠다는 듯이 상체를 흔들며 웃고 있었다.

「지금 뭐 같은 줄 알아요?」

그가 명쾌한 입매로 여전히 컬컬컬 웃어 댔다.

「좁쌀 두어 개 찍어 먹고 포르르 날아가는 산새요. 아주 작은 산새요. 한자리에 오래 앉아 있지 못하고 포르르 날아가 버리는……」

갑작스러운 기습에 이수는 잠깐 멍하게 도현을 바라보았다.

「똑같아요. 하는 짓거리랑 말투랑.」

「지금, 너?」

이수가 쫓아갈 듯이 발을 굴렀다.

「절대 누구 품에 오래 있을 것 같지 않아요. 그러니 애인인지 뭔지 그 치도 시간문제예요. 누구든 새장을 짓고 가두면 아마 말라서 죽어 버릴걸?」

「너, 증세 심각하다?」

「누구 때문인데요. 앉아요. 정자가 와야 가지요.」

도현이 그녀를 도로 데려다 캠프파이어 옆에 앉혔다.

「애들 어디 갔을까? 통 소리도 안 들리네.」

「이젠 억지 좀 쓰지 말아요.」

「누가 억지를 써?」

「갑자기 말도 되지 않는 걸 내세워 날 뿌리째 뒤집으려 했잖아요.」

「내가?」

「누나 거나 실컷 뒤집어요. 여태껏도 멋대로 뒤집고 잘 살았잖아요. 그렇지만 이건 내 거예요. 내 걸 왜 누나 마음대로 뒤집으려고 해요? 날 설득도 시키지 못하면서.」

「말싸움하기 싫어.」

이수가 손바닥으로 귀를 막았다.

「다른 사람을 사랑하는 것까진 좋다구요. 어쩔 수 없으니까요. 정말 나로선 어쩔 수 없으니까요. 지금은요. 그렇지만 내 바닥까지 뒤집어 마구 매도해서 얻어지는 게 뭐죠? 도대체 내 숨통을 어디까지 죄어야 직성이 풀릴 셈이죠?」

「너 지금 취해서 주정하는 거니?」

「주정이 아니고 화가 나서 그래요. 기껏 나타나서 억장이 무너지
는 소리만 하고.」
「난 네가 이렇게 먹통인 줄 몰랐어.」
「먹통이라구요? 누난 얼마나 이기주의잔 줄 알아요? 지금까지 모
르는 척하다가 왜 갑자기 내 진심마저 뒤집는 거죠? 누나가 보태
준 게 뭐 있다고요? 전부 다 나 혼자 감당했잖아요? 누난 그저 연
애질이나 했잖아요? 다 잊고 편안하게 잘 지냈잖아요? 그런데 왜
갑자기 못 본 체하던 일에 새삼스럽게 색칠을 하는 거죠? 무슨 색
이 좋은데요? 파란색요? 빨간색요? 이제 그런 사실이 있었다는
조서조차 공식적으로 없애고 싶은 거죠? 뒷돈을 경찰한테 찔러 주
고요? 눈곱만큼 남은 부담에서나마 놓여나려구요? 뻔뻔해요. 파
렴치하다구요. 악취미예요. 누나가 그런 사람인 줄 정말 몰랐어
요!」
도현은 억울해서 못 견디겠다는 듯이 이수에게 마구 퍼부어 댔다.
「얘가 왜 이래? 이 알코올에 뭐가 섞인 게 아니니?」
이수는 그렇게 방어했지만 도현의 기에 사뭇 밀리고 있었다. 많은
말들이 속으로 흘러갔다. 네가 보기엔 내가 그렇게 편안하게 지낸
것 같니? 너만 괴롭고 나는 괜찮았을 것 같아? 전부 다 네가 감당했
다고? 난 연애질이나 하고 얌체처럼 굴었다고? 공동의 책임에서 회
피했다고? 이 바보야, 넌 하나만 알고 둘은 모르는구나. 넌 정말 근
시안이야. 이수는 입 밖에 낼 말을 비로소 찾았다. 기왕에 환부를 건
드린 이상 조그마한 결실이라도 봐야 했다.
「넌 네 시야에 갇혀 전체를 보지 못하고 있어. 그렇게 결론을 딱
정해 놓고 한 발짝도 안 비켜나면 얘기를 할 수가 없지. 억지를 쓰
는 건 내가 아니라 너야.」

「누나는요? 누나도 딱 결론을 정해 가지고 왔잖아요? 자기 혼자
추론한 억지 결론을 내밀면서 나보고 받아들이라는 거잖아요?」
도현의 분노가 너무 커서 말말이 돌팔매로만 돌아왔다.
이수는 음성을 낮추었다.
「난 조서를 찢어 없애려는 게 아니야. 이미 존재한 일이 없어지지
않는다는 것쯤은 나도 알아. 그렇지만 서로를 위해서 새로 읽어
보자는 거지. 그것이 잘못 쓰였을 수도 있고, 뒤집혀 있을 수도 있
으니까. 경황없을 때 쓰였으니까.」
「그건 내 건데요? 누나 거는 누나가 다 가지고 가서 마음대로 태
워 없앴잖아요? 내 것도 누나 마음대로 해야 해요? 누나 결론대로
맞춰서 변조시켜야 돼요? 내가 단번에 경망하게 그 조서를 쓴 것
같아요? 얼마나 고심하고 고민해서 진실되게 써넣었는데요?」
도현의 분은 풀리지 않았다. 그의 눈에서는 불길이 일렁이고 있었
고, 치뜰 때마다 물기가 번득였다. 이수도 그냥 물러설 수는 없었다.
「넌 쓸데없는 데 집착하고 있는 거야.」
「쓸데없다구요? 집착이라구요? 그걸 누나가 어떻게 알아요?」
「네가 생각하는 사랑은 사랑이 아냐. 그건 쓸데없는 집착이라구.
여러 가지가 결합된, 채워지지 않는 무엇에 대한 보상 욕구 같은
거. 일종의 자기 최면으로 사랑 비슷한 게 된 거지. 너는 사랑을 잘
못 정의하고 있어. 그렇게 수년간 만나지도 보지도 않으면서 상대
의 반응도 없이 혼자 구겨 넣는 건 사랑이 아니야. 사랑은 주고받
는 거야. 주면서 더욱 풍성해지고, 받으면서 더더욱 풍요로워지
고…… 그렇게 성장해 가는 거야. 한쪽에서 혼자 고집하는 건 아
집이야. 그건 이루어지면 오히려 금방 하찮아져.」
「오, 그래요? 내가 구겨 넣고 싶어서 구겨 넣었어요? 상대가 받아

주지 않아서 할 수 없이 접혔는데요? 그럴 땐 어떻게 하죠? 내 나름으로는 거름도 주고 잘 키워 왔는데요. 내겐 이게 진짜 사랑인데요. 그쪽의 백 개, 천 개의 사랑하고도 바꾸지 않을 건데요…….」

도현은 자조적인, 자포자기한 듯한, 건들대는 그 태도로 돌아가 있었다. 그가 계속해서 주절거렸다.

「누나의 사랑은 그렇게 주고받으면서 풍성하게 살이 쪄서 이젠 터질 지경이 됐나요?」

「이죽거리지 마. 그런 뜻에서 한 말이 아냐.」

「이렇게 살다가 결국 어느 날 죽을 텐데요…… 이 세상에 와서 단 한 번 살다 가는 건데요…… 죽으면 다시 이 삶으로 되돌아오지 못하는데요…… 벌써 삼십 년이나 지났는데요…….」

도현의 목소리가 요들송처럼 가성을 넘나드는 것 같더니, 불현듯 꺼이꺼이 느껴 울었다. 이수는 동요되지 않으려고 온몸의 표피를 갑각류처럼 단단하게 굳혔다. 그녀가 조그맣게 말했다.

「난 네가 생각하는 여자가 아냐. 환상을 버려. 난 그저 그런, 아주 무능한 서른세 살의 여자야. 이미 다른 사람을 사랑하고 있고.」

「알아요. 그러니까…… 그러니까…… 한번 안아 보면 안 돼요?」

「안아 봐.」

이수가 왜소한 상체를 곧추 내밀었다.

「조금만 안아 보지 말고 많이 안아 봐. 끝까지, 실컷…… 그리고 이젠 벗어나. 제발 자유롭게…….」

밤 파도가 처얼썩처얼썩 드세어지고 있었다. 얼마 뒤에 도현이 말했다.

「무서워요.」

그가 다시 말했다.

「정말 무서운 사람이군요.」

그는 벌떡 일어나 밤 파도 앞으로 비칠비칠 걸어갔다. 번뜩이는 눈을 감추며. 이수는 휘청한 그의 뒷모습을 바라보았다. 그는 이제 어른이 되어 있었다. ‘그날’ 밤의 일이 사위어 가는 불꽃 사이로 혀를 날름대며 솟아올랐다.

그날은, 이태가 죽은 날이었다.

이수가 과수원으로 달려갔을 때, 사람들이 웅기중기 모여 서 있고, 이미 이태의 시신이 배나무에서 끌어 내려져 가마때기에 덮여 있었다. 동네 어른들이 막아서면서 이수를 가까이 가지 못하게 했다. 그러나 이수는 보았다. 이태의 운동화를. 끈이 헐겁게 풀어진 흰색 프로스펙스 농구화를. 가마때기 밖으로 나와 있는 시계 찬 손을. 아무 생각도 나지 않았다. 온몸이 굳어서 더 이상 가까이 갈 수 없었다. 어떻게 해야 할지, 무엇을 해야 할지 아무런 생각도 나지 않았다. 이태가 죽었다는 사실이 실감나지 않았다. 시신을 바로 눈앞에 보고 있으면서도. 어느 순간, 그녀 주변의 벌집 같은 공간에 불이 꺼진 것 같았다. 암흑이 왔다. 그녀는 캄캄한 어둠 속에 혼자 갇혀 있었다. 무서웠다. 숨을 쉴 수 없었다. 이수는 뛰었다. 어디로 뛰는지도 몰랐다. 그녀는 바다로 달려가고 있었다. 집들이며 나무들이 휙휙 지나갔다. 바람이 부는 것 같았다. 바람의 심장을 가르며 그녀는 심연으로 뛰었다. 이수는 물속으로 첨벙첨벙 뛰어들었다. 아무 생각도 없었다. 어쩌자는 작정도 없었다. 그냥 머릿속이 하옜다. 심장이 펌프 소리를 내며 퍼덕퍼덕 뛰고 있었고, 파도가 천지개벽하듯 눈앞으로 다가왔다. 누군가가 뒤에서 그녀를 잡아챘다. 안 돼! 도현이었다. 외침 소리가 계속해서 들려왔다. 안 돼! 안 돼…… 멀리서 들려오는 듯도 하고, 가까이서 들려오는 듯도 했다. 그러고는 어떻게 되었던가. 정신을 차렸을 때는, 그들은 물속에서 이미 한 몸이 되어 있었다. 자신의 심장보다 더 뛰고 있는 도현의 가슴을 이수는 가슴으로 느꼈다. 시간이 얼마나 지났는지 알 수 없었다. 그들은 다만 결합한 상태로 물속에 둥둥 떠 있었다. 도현은 사정없이 떨고 있었고, 두 사람은 도저히 떨어지지 못하고 엉겨 붙어 물속에서 첨벙첨벙 허우적댔다. 그렇게 또 시간이 얼마나 흘렀을까. 두 사람은 모래사장에 앉아 있었다. 모래 물에 떨어진 미꾸라지들처럼. 이상하게도, 이태의 죽음에 대한 두려움이 어느 정도 가시어 있었다. 2, 30분밖에 흐르지 않았을 텐데도. 자살이며 공포에 대한 느낌이 많이 상쇄돼 있었다. 어처구니가 없어서 이수는 도현에게 손을 잡힌 채 온건해진 자신의 느낌을 감추고 소리 없이 울었다. 도현의 팔이 발동 걸린 방앗간의 고무 벨트처럼 계속해서 떨렸다. 저 혼자 살아 있는 동물처럼.

그날을 어떻게 잊겠는가…….

그동안 또 얼마나 생각했는가…….

그 사실이 어른들에게 알려질까 봐 이수와 도현은 이태가 화장되어 뿌려지는 동안에도 눈도 한 번 마주치지 못했다.

확실한 것은, 감당할 수 없는 극심한 불안과 두려움이 두 사람을 엉겨 붙게 했으리라는 점이다. 그다음에 일어난 일은…… 이성으로 설명할 수가 없다. 뭐가 어떻게 되었는지…… 지금에 와서도 짐작되지가 않는다.

도현이 옆에 와 있었다. 그는 취기가 가신 듯했다.

「안 추워요?」

타고 있는 불길 속으로 도현이 남은 각목을 던져 넣었다. 막대기

로 여기저기 쑤석거려 공기층을 만들자 불길이 기세 좋게 다시 타올
랐다.

「이리 와요. 와서 불 쬐요.」

이수도 선득해서 불 가까이로 갔다. 쪼그리고 앉아 손바닥과 손등
을 뒤집어 가며 불에 쪼이는데, 두 손을 한꺼번에 도현이 낚아채는가
싶더니, 이수는 순식간에 돌려 업혀졌다.

「뭐 하는 거야?」

외칠 사이도 없이 도현은 이수를 업고 모래사장을 바람처럼 달려
갔다. 이수는 자기 등에 걸치고 있던 이명의 점퍼가 떨어질까 봐 엉
거주춤하게 자세를 낮추고 도현의 어깨를 잡았다. 베두인 족의 말을
탄 것 같았다.

「야, 떨어지겠다. 빨리 내려놔!」

도현의 웃음소리가 즐겁게 어둠 속에 아하하하 아하하하 퍼져 나
갔다. 그가 사정없이 휘청휘청 내달렸다. 이수는 떨어질 것 같아 이
명의 점퍼를 버리고 도현의 목을 끌어안았다. 도현이 모래사장을 대
여섯 바퀴 돌아 파도 앞에 섰을 때는, 이수도 업힌 채 가만히 있었다.
그건…… 이상한 감흥이었다. 따듯했다. 눈물이 돌았다. 두 사람은
타인에게서 느낄 수 있는 가장 원천적인 따스함을 맛보며 그런 형태
로 얼마간 가만히 있었다. 머리에서, 몸에서 가닥가닥 명주실 같은
것이 풀려 나오는 것 같았다. 그것들이 서로 엉기며 아름답게 교감했
다. 온몸이 저려 왔다. 파도가 허옇게 자지러지며 몸을 뒤틀어 댔다.

「그날 누난 얼굴이 하얗게 되어 가지고 저 바다로 무조건 뛰어들
었어요. 생각나요? 엄청난 기세였어요. 과수원이 있는 등성이에서
바다까지 총알이 날아가는 것 같았어요. 나는 처음에는 멍하니 서
있었어요. 그러다가 내달리기 시작했는데…… 너무 기가 막히면

미쳐서 웃는 거 알아요? 그런 기분이었어요. 하늘을 올려다보니 노란 달이 빠르게 구름 속으로 들어가더라구요. 어두웠고, 난 누나마저 물에 빠져 죽는 줄 알고 마구 미쳐 날뛰었죠. 누난 거의 실신한 상태였어요. 나는 누나를 가까스로 붙잡았고, 간이 녹아내리는 것 같았어요. 심장은 이미 터져서 바닷물에 튀어나와 퍼덕퍼덕 소리를 내고 있었고…… 블랙홀 속으로 빠져드는 듯한 느낌이었어요. 그 순간을 생각하면…….」

도현이 뱃속 깊이에서부터 숨을 내뿜었다. 이수는 그의 목덜미에 입술을 댔다. 전류처럼 도현의 입술이 순간적으로 다가와 그 입술을 받았다. 그들은 뒤틀어진 자세로 서로의 입술을 부드럽게 더듬었다. 도현이 이수를 돌려 안았고, 그들은 정면으로 마주 서서 오래오래 깊이 입 맞추었다.

비 애

    상호와 상호 아버지가 서울에 묵는 사흘 동안, 도현은 그들의 가족
처럼 지낼 수밖에 없었다.

    어렵사리 상경하긴 했지만 상호 아버지는 세상에 대한 믿음을 거
두고 있었고, 분노와 불안 속에서 자기들의 행동이 잘못 이용되지나
않을까 못내 우려하고 있었다. 믿음을 주기 위해 도현은 잠만 오피
스텔에 돌아가 자고, 아침이면 그들의 숙소로 가서 같이 밥을 먹고,
심리 실험실과 신경 정신과 병원, 최면 연구소로 데리고 다녔다. 정
신 감정을 위한 검사는 이틀이나 걸렸다. 대외적으로 그들의 보호자
노릇을 하면서 그들이 마음을 다치거나 죄인 취급을 받지 않도록 각
별히 신경을 썼다.

    빡빡한 일정이 끝나고 나흘째 되는 날 아침에 도현은 그들을 터미
널까지 따라가서 원덕으로 태워 보냈다.

    풍선 든 손을 흔들며 상호가 떠나갔다.

    아이는 여전히 천진했다. 연 사흘 동안 많은 일을 겪었으나 현재

의 상황을 제대로 아는지 모르는지 큰 짜증을 내지 않았다. 천성이
퍽 너그러운 아이라고 생각되었다.

열 살…….

도현은 자신의 어린 시절을 떠올려 본다.

일곱 살에 나는 어땠던가? 무얼 알았을까? 살굿빛 세상이 먹구름
으로 덮이던 것 같은 느낌이 지금도 남아 있다. 아저씨의 무서운 얼
굴 뒤로 황금 박쥐의 망토 자락이 좍 펴지던 순간. 그러고는 잊어버
렸었지. 열 살에…… 나는…… 복숭아씨 같은 원죄 의식을 깊숙이
삼키고 즐겁게 뛰어 놀았었다. 대개는 그 일에 대해 잊고 있었지만,
며칠씩 몇 달씩 잊기도 했지만, 아주 잊지는 않았다. 가끔, 가끔, 그
것은 우주선이 파열하는 듯한 환상으로 솟아올랐다. 자신이 겁쟁이
가 된 것은, 비굴함과 나약함, 비겁함을 몸에 붙이게 된 것은, 무조건
환한 데로 나아가지 못하고 마음을 움츠리게 된 것은…… 그 일 때
문이 아니었을까.

감정 결과들을 종합했다.

상호의 심리 상태와 정신 상태를 탐사한 전문가들을 스튜디오로 불
렀다. 팀장인 조 피디가 사회를 보고, 방담 형식으로 이끌어 나갔다.

평범한 아이의 우발적 살인에 대해서 얘기들이 오갔다. 흔히 사람
들은 보통 사람들도 홧김에 우발적으로 살인을 저지를 수 있다고 믿
지만, 심리학자 두 사람의 견해는 달랐다. 정상적인 사람인 경우에는
화가 나더라도 순간적으로 억제하는 힘이 있다는 것. 초등학교 4학
년 정도면 범죄적인 성향이 어느 정도 나타나기 시작하는 시기인데,
우발적인 범죄를 저질렀다 하더라도 상대방을 죽게까지 목 졸랐다
면 그의 내면에 강한 공격적 성향이나 욕구가 있었다고 봐야 옳다고

했다. 따라서, 정신 감정 결과에 아무런 문제가 나타나지 않는다면 우발적인 범행이라는 추정은 설득력이 떨어진다는 결론이었다.

정신 감정을 맡았던 홍종의 교수가 입을 열었다. 상호는 심리적으로 불안정하지 않으며, 공격적인 성향 또한 그리 크지 않다고 했다.

최면을 맡았던 한기호 선생도 상호가 최면 상태 속에서 서술한 내용을 공개했다. 그날요, 학교 갔다 오는데요……. 원덕에서 취재팀에게 들려주었던 상황 설명과 다르지 않았다. 한기호 선생이 덧붙였다.

「제 개인적인 의견인데요, 만일 그 아이가 내 환자로 찾아왔다면 범인이 아니라고 말할 수 있습니다.」

최면 검사에 대해서는 신빙성을 높이 주지 않는 분위기였지만 한기호 선생은 신경 정신과 박사 출신의 최면사였다. 그의 말을 수용하고 싶었다. 그러나 이건 형사 사건이었고, 그들이 손댈 수 없는 곳에서 흘러가고 있었다. 경찰의 입장도 감안해야 했다.

홍종의 교수가 자기들의 입장을 총괄해서 정리했다.

「우리들 의사나 학자의 입장에서는 아이가 범행과 관련이 있는지의 여부를 판단할 처지가 못 됩니다. 다만 범행을 저지를 수 있는 소양들, 예컨대 성격이라든가 정서적 상태를 점검해 볼 뿐이죠.」

「압니다. 저희들도 그것을 더듬어 보고 싶었던 겁니다. 현재로서는 양쪽의 주장이 워낙 상반되어 있으니까요.」

만족스럽지 못한 채로 조 피디가 회합을 마무리했다.

의사와 교수들을 보내고 나자 공연히 화가 났다. 왜 이런 검사들을 경찰이 아닌 방송에서 해야 한단 말인가? 검사 결과를 반영할 수도 없으면서. 경찰은 이런 감정들이 필요 없을 만큼 수사에 확신을 가지고 있었을까? 범인이 턱없이 어린 나이인데도? 상식적으로 아이가 범인이라는 것이 믿어지지 않는데도? 오직 그 애가 범인이라는 가능성밖에 없었나?

국가 관리 능력에 비해 인구가 너무나 많은, 경찰 후진국에 살고 있다는 비애가 진눈깨비처럼 추적추적 떨어져 내렸다.

조 피디와 함께 저녁을 먹었다.

뉴스 가치만을 추구했던 무자비한 언론에 대해서 성토하지 않을 수 없었다. 경찰도 경찰이지만 언론도 엄청나게 날뛴 것이다. 상호가 저능아이기나 한 것처럼 '특수반에 편성'되었다고 보도하고, '비디오광'이라고 광적인 이미지를 흩뿌려 대고, '폭력 비디오를 흉내 낸 범행'이라고도 쓰고, '부모는 새벽 두시에 나가서 밤에 들어오고 정 붙일 곳 없어 비디오, 전자오락에 빠져'라고 멋대로 써댔다. 알고 보니 모두 사실과 달랐고, 아이의 인격을 모독한 모함성 보도들이었다. 남의 삶에 대해 그토록 함부로 도끼를 들이댈 수 있는 권리는 아무에게도 없었다. 김밥 가게를 하는 상호의 부모는 새벽에 나가긴 했지만 꼭 두시에 나가지는 않았고, 자기들로서는 일신을 갈아 가며 아이들을 잘 키워 보려고 분투하는 중이었다. 그러다가 느닷없이 불벼락을 맞은 것이다. 보도 관행도 지켜지지 않았다. 범죄 사건을 다룸에 있어서 용의자, 또는 범인 주변 인물에 대해 불필요한 언급을 삼가고 미성년자의 범죄에 대해서는 본인의 이름, 기타 자료를 이용해 본인임을 알 수 있게 해서는 안 된다고 보도 관행에는 분명히 명시되어 있다. 그러나 아이의 실명을 밝힌 신문까지 있었다. 상당한 보도들이 오보라는 것이 밝혀졌지만 돌이킬 수가 없었고, 책임지는 사람도 없었다. 이것이 우리의 현실이었고, 이 사회의 시스템이었다.

잔이 거듭되었고, 도현은 나른하게 취기 속으로 내려앉았다. 허방

으로 떨어지는 것 같았다. '미디어는 권력이다', '조작된 이미지' 같은
말들이 일식집의 조명등 아래로 둥둥 떠다녔다.

　팀장이 편집에 들어갔다.
　편집실 주변을 들락날락 배회하면서 도현은 다음 방송 소재를 찾
았다. 시청자들이 보내온 편지들과 엽서, 전화 제보, 메일들을 훑었
다. 건강 진단이 믿을 수 없다는 얘기, 아카사카의 한국 호스티스들
에 관한 제보, 박사 학위 소지자들의 희한한 취업 상황, 사형 제도에
관한 견해들이 눈에 띄었다. 그는 아이템 노트에 몇 가지를 적어 넣
었다. 어떤 게 괜찮을까? 이번에는 제발 살인 사건 같은 게 끼여 있
지 않은, 기분 좋은 내용이었으면…….
　시간이 여유 있어지자 가슴속에 수분이 괴어 들었다. 아지랑이처
럼 이수의 존재가 피어 올랐다. 곱고 따스했다. 대숲 주변에 바람도
없는 봄날이 펼쳐져 있는 것 같았다. 아주 긴 시간이 흐른 것 같기도
하고, 영화 속 장면 같기도 했다. 그게 사실이었을까. 그 여자를 만
나고, 입까지 맞추었던 게. 그래, 자전거도 같이 타고, 끌어안기도
했었지. 모든 게 사실이야. 생각만으로도 그의 육체는 기쁨에 차올
랐다. 이제야 이 서울 아래에 그녀가 있다는 생각이 들었다.
　29년이라는 그의 인생의, 반도 아니고 3분의 2도 아니고, 거의 전
기간을 통하여 좋아하고 사랑한 여자였다. 자신의 이 사랑을 아무도
이해하지 못할지도 몰랐다. 당장 만나러 가고 싶지만, 당장 달려가서
다정스럽게 주고받고 싶지만, 그는 욕구를 눌러앉혔다. 이번에야말
로 시간을 잘 사용해야 하는 것이다. 선머슴처럼 날뛰다가 일을 그
르쳐서는 안 되었다. 스무 살 때처럼 막무가내로 서투르게 덤벼들어
서는 절대로 안 된다는 것을 그는 그동안의 고통을 통해서 처절하게

배운 터였다.

더구나, 아직 어떤 상태인지 확실히 모르긴 하지만, 막강한 연적이 있었다. 이미 유리한 고지를 점령하고 있는.

굿에 대해서 알아보고…… 자연스럽게, 어떻게든 다가가리라.

그는 휴대폰을 꺼내서 시간을 보았다.

일곱시 20분.

전 같으면 이런 때 전화를 했을지도 모른다. 그저 '여보세요' 하는 음성을 듣기 위해서. 그러나 이제 그럴 필요가 없었다.

최이수.

그녀는 지금 무얼 하고 있을까?

동그란 눈두덩, 부드러운 입술…… 혹시 저녁을 먹고 있을까?

태양과 바다가 만나는 곳

나빈의 작품은 윤곽을 갖추어 갔다.

ㄴ자로 꺾어 붙인 철판의 밑받침 부분에 고고학 유물 같은 느낌의 토기 항아리를 세우고 등받이 부분에는 불규칙한 구멍들을 뚫어 자연석들을 끼워 넣는 구상이었다. 삼각추를 뒤집은 듯한 길쭉한 토기 항아리가 주인공이지만, 공간감을 최대 한도로 살리기 위해 철판을 꺾어 붙여 배경을 구축해 주고, 그 배경에 항아리의 이미지를 돕는 자연석들을 배치하는 것. 그림에는 화폭이란 게 있어서 붓질을 꽉 채워 하든 가운데 점만 하나 찍든 화폭의 크기로 그림 크기가 정해지지만, 입체는 공간을 제대로 활용하지 못하면 역작이라 하더라도 규모상 소품으로 보일 가능성이 있었다. 소품이라고 평가 절하 할 수는 없지만 공모전에서는 작품들을 죽 늘어놓고 상대 평가를 하기 때문에 기왕이면 정해진 크기 안에서 뚜렷한 시각 효과를 주는 것이 묘책이었다. 나빈은 작품 외곽에 자기가 작업하는 광경을 비디오로 찍어 조그만 모니터를 통해 상영할 예정이었다. 뜻인즉 사람들에게

시간을 생각하게 한다는 것. 현대를 살고 있는 조각가 정나빈이 왜 이토록 옛것을 재현하려고 하느냐, 그걸 환기시키는 게 목적이라고 한다. 시간, 시간성…… 그것에 대해서는 요즘 이수도 관심을 갖고 있다. 그녀는 씨앗들 옆에 화석을 그리고, 생명체가 어디서부터 와서 어디로 가는지 생각하곤 한다. 시간은 과거에서 현재로 오기만 하는 것이 아니라 현재에서 과거로 흘러갈 수도 있다는 느낌이 들기도 한다. 이 반대 방향, 거꾸로의 운동성을 알리고 싶어 그림을 아예 거꾸로 걸어 볼까 하는 생각마저 든다. 아예 모든 그림을 거꾸로 걸면 어떨까. 모든 선입견을 일시에 뒤집을 수 있는 방법이다.

「누구 눈에 들어야 한다는 일념으로 땀을 빼야 하다니, 비참해. 비굴하게 빌붙는 것 같은 기분이 들어.」

나빈은 아무래도 내키지 않는 모양이다.

사실 공모전 같은 것 앞에 서면 누구든 진정함에 대해 회의하게 된다. 진정한 길, 진정한 성찰, 진정한 탐구…… 그런 게 아직도 존재하며 그 길을 의연히 걸어가는 게 가능할까. 또 그게 가치 있는 일일까. 동물들이 상대 성에게 잘 보이기 위해 몸빛을 화려하게 바꾸고 요란히 춤추는 모습이 떠오른다. 현란하게 시위하지 않는 개체는 선택받지 못하는 것이다. 이제 예술의 세계에서도 그런 생존 경쟁이 보편화된 것처럼 보인다. 모두들 제대로 그리지 못하는 것을 부끄러워하는 게 아니라 현혹시키지 못하는 것을 한탄해한다. 화가 혼자서는 작업실에서 아무리 훌륭한 작품을 만들어도 소용없다. 예술가는 수도 없이 많고, 아무도 그것을 봐주지 않으니까. 작품을 평가하는 절대적 기준도 없거니와 솔직히 평단이고 화랑이고 기자들이고 협회고 모두 연줄과 이해로 얽혀 있어 믿을 만한 구석이 없다. 또한 상업적인 전략들이 탱크처럼 밀고 들어와 마구 폭죽을 터뜨리며 좌지

우지하는 바람에 개인 예술가들은 손도 쓸 수 없게 되었다. 부익부 빈익빈이라고, 유명해진 사람이 각광받고 더욱더 뻗어 나가고 그에게만 모두들 쉬파리 떼처럼 달라붙는다. 전혀 알려지지 않은 작가들은 나빈처럼 방편을 써서 공모전 같은 델 내보지 않을 수가 없는 것이다. 비참하다는 말이 조금도 과장된 게 아니라는 것을 이수도 절실히 느낀다. 그러나 생각하면 뭐 하랴. 세상은 언제나 그래 왔고, 그게 인생이라지 않던가. 빈약한 예술 세계를 엉뚱한 화젯거리로 보완하려 드는 놀라운 능력들과 노골적이고도 저급한 선정주의 앞에 구역질이 솟지만 세상은 현실적으로 늘 설치는 놈, 교활한 놈, 운 좋은 놈, 영악한 자들의 것이었다. 그런 지략을 갖추지 못한 예술가는 평생 그들이 흘린 밥알이라도 주워 먹다가 가야 하는지도 모른다. 밥알…… 진짜 배가 고프다. 아직 아침도 먹지 않은 것이다.

「카레라이스 먹을래? 그거라면 내가 오늘 봉사할게.」

이수는 인심을 쓴다.

「아무거나. 까만 별이 눈앞에서 왔다 갔다 해.」

철판에 구멍을 뚫던 나빈이 소파에 벌렁 누워 버렸다.

이수는 싱크대 앞에 가서 소고기를 썬다. 근처에 축협의 냉장 트럭이 와서 고기를 한 근 산 것이다. 냉동되지 않은 살코기의 촉감이 왼손에 말랑하게 느껴진다. 주부의 맛, 여자의 인생이란 이런 느낌일까. 이렇게 고기나 야채를 썰며 식구들을 생각하는 것…… 양파와 감자, 당근을 썰어 접시에 담아 놓고, 냄비에 버터를 두른 뒤 고기를 먼저 볶는다. 야채를 같이 넣어 볶다가 물을 붓고 10분간 끓인다. 잠깐 휴식. 그리고 정리 정돈. 주부의 일도 그리 어려울 것 같지 않다. 화폭 앞에 서는 일에 비한다면. 노동력도, 머리 쓰는 것도 더하리라고는 생각되지 않는다. 심미안이나 창의성, 집중하는 힘, 인내심 같은 것들이 살림살이에도 도움이 될까. 때로는 용기나 배짱도 필요하리라. 이수가 생각하기에 가장 어려운 것은 가족 구성원들 간의 인간관계일 것 같다. 사랑하는 남자야 어떻게든 해볼 수 있지만, 그의 어머니와 아버지, 형제들과 새로운 관계를 맺고 그것을 성공적으로 이끌어 나가는 게 여간한 고역이 아닐 듯하다. 이수는 강일의 가족을 떠올릴 때마다 가슴이 막막하다. 어쩐지 잘될 것 같지 않다. 남보기에는 어떨지 몰라도 스스로는 강해질 대로 강해졌다고 자부해 왔지만 강일의 어머니를 생각하면 울고 싶어진다. 자신을 그녀 옆에 세워 보면 부조화가 느껴지고, 그것의 무게가 너무 무겁다. 10분이 지났다. 인스턴트 카레를 물에 개어 풀어 넣고 걸쭉해질 때까지 3분 정도 젓는다. 드디어 완성. 간을 보고, 불을 끈다. 영국 선배가 집에서 가져왔다고 놓고 간 김치를 썬다. 젓국을 많이 넣은 남도식 김치가 깊은 냄새를 풍긴다. 영국 선배 어머니는 솜씨가 좋은 것 같다. 밥솥을 열어 밥을 푸고, 카레를 두 국자씩 떠서 그 위에 얹는다. 착실한 주부가 된 듯, 기분이 간질간질하다.

「나빈! 밥 먹어.」

나빈이 눈을 실실 감은 채 식탁에 와서 앉는다.

「맛있다.」

한 숟가락 뜨고 나서, 물컵을 들며 나빈이 말한다.

「물 마시면서 맛있다니, 안 넘어가서 물부터 마시면서.」

「아냐, 지금 목구멍이 딱 붙어서 그래. 맛있는 건 척하면 알지. 내가 바보냐?」

나빈은 숟가락을 놓고 한참을 쉬고 있다. 먹기 전에 숨부터 돌리는 것이다. 조금 뒤에 숟가락을 들고 천천히 먹기 시작한다. 이수는 김치와 젓갈 종지를 밀어 준다.

「넌 그냥 남자 하나 만나서 살림이나 차리지, 뭐 하러 환쟁이 됐
냐? 요모조모 때깔 있게 해낼 텐데.」
「카레라이스가 맛있다면 그건 한우 소고기 맛이야.」
「그런가?」

나빈은 중간에도 두 번이나 수저를 놓고 의자 등받이에 기대어 숨
을 몰아쉬었다. 마르긴 했지만 대차서 야생 소 같던 애였는데, 작업
하느라 진이 빠져 밥도 단번에 먹지 못하는 것이다. 저런 상태로 앞
으로도 열흘 이상 버텨야 하리라. 중간에 뻗어 버리거나 포기할 수
없는 게 그녀들의 일이었다. 이수는 내일쯤 슈퍼마켓에 가보리라 생
각한다. '요리'라는 걸 한번 만들어 봐야지.

나빈이 공모전에 출품하고 나면 곧바로 자신이 전시회 준비에 마
지막 박차를 가해야 한다. 고되고 정신없지만 지나고 나면 전시회
전의 이 긴장감과 열기가 화가들에겐 사는 맛이었다. 그것만이 보배
처럼, 귀중하게 반짝반짝 가슴에 남는 것이다.

점심을 먹자마자 나빈은 또 작품에 달라붙는다. 식탁에 앉아 있을
때와는 생판 다른 힘이 그녀의 몸을 철근처럼 관통하고 있다. 철판
등받이 부분에 뚫어 놓은 구멍 중 하나에 그녀는 고심해서 수석을
끼워 넣고 있다. 그냥 끼워 넣는 것 같지만 여간 정밀한 작업이 아니
다. 자연석들을 구해다가 몇 날 며칠 이리저리 굴려 보며 분위기와
특징을 파악하고, 작품에 쓸 것들을 선별하고, 어울리는 배열을 생
각하고, 구상대로 철판에 끼워지도록 한 개 한 개의 구멍을 정확하
게 곡선으로 파고, 1밀리의 오차도 없이 돌들을 딱 맞게 제자리에 끼
워 넣는 것이다. 각도와 안정성을 계산해 무게 중심을 일일이 잡아
가며.

「야, 좀 봐줘.」

마지막 돌을 끼운 나빈이 이수에게 소리를 지른다. 각기 다른 색깔의 자연석들이 철판 가운데서 오묘하게 갸웃갸웃 내다보고 있다.

「좋아, 괜찮아…….」

이수는 돌들에 마주 대답하듯 자연석들을 하나하나 바라본다. 예쁘고 정이 간다. 나빈이 베란다로 나가서 마구리가 넓고 밑 부분이 삼각추처럼 빠진 기다란 역삼각형의 흙항아리를 들고 온다. 수삼 일 전에 빚어 말린 항아리다. 그것을 받침대에 놓아 보며 다시 이수를 쳐다본다.

「어때? 어때?」

「응, 어떤 느낌이 나긴 나. 석기 시대의 어느 날 같아. 토속적이고 질박한…… 근데 마포 나루터 새우젓 항아리 중에 이런 게 있는 거 아니니? 황포 돛배 다닐 적에 말이야.」

나빈이 눈을 흘기며 흙항아리를 바닥에 눕힌다.

항아리를 세울 삼발이를 만들려는지 철근을 가져다 길이 맞춰 자르기 시작한다. 이수가 붙잡아 준다.

「넌 하루 종일 놀아?」

「응, 오늘은 아무것도 안 할 거야. 죽어도. 특히 그림은.」

「신통하다.」

「아무렴.」

이수는 먼지가 쌓인 소파에 누워 버린다. 이상하게도 오늘은 마음이 싱숭생숭하다. 아침에 깨는 순간 푸드득 새가 날아오른 듯하다. 그녀는 눈을 감았다. 바닷물이 철썩이며 다가온다. 자신이 도현의 목에 입술을 대던 장면이 떠오른다. 왜 그랬을까? 도대체 어쩌자고 그런 짓을 저질렀을까? 가슴 가운데로 허연 파도가 마구 몰려든다. 옛날에도 혹시 내가 먼저 그랬던 것은 아닐까…… 나도 남자를, 도현을 원했던 것일까…… 그때, 그런 상황에서, 혼자 감당할 수 없으니까, 너무도 무서우니까, 그에게 흡착하려는 본능이 저절로 발동된 것일까. 무의식에서일망정 거절하고 밀쳐 내지는 않았으리라는 느낌이 새삼스럽게 고개를 든다. 그녀는 막막한 기억 속을 더듬는다. 당시에 나는 무슨 생각을 했던가? 회색 빛 일색이다. 모르겠다. 알 수 없다. 전혀, 아무것도……. 그러나 오래전 일을 따질 것도 없이 며칠 전의 일로 미루어 보면, 그냥 그 순간 저절로 입술이 거기에 가 닿았다. 그뿐이었다. 생각 같은 건 없었다. 행동만 있었고, 의미 따위를 따지는 신체 기관은 없었다. 언제나 그랬다. 결정적인 때 자신은 방어도, 계산도 하지 않는다. 너무 정직하고 대담하게 감정에 따른다. 오해받기에 충분하도록. 도현이 '그날' 얘기를 하자 자신도 모르게 거기에 말려들었던 것 같았다. 그가 아직도 너무 진하게 옛날을 앓고 있는 것을 보자 가슴 아팠고, 도현보다도 더 많이 사실은 그 시절이 쓰라렸고, 그를 위로하고 싶었고, 그러자 그냥 입술이 가 닿았던 것이다. 그러나 도현에게는 쓸데없는 희망을 주었으리라. 결코 주어서는 안 될 희망을. 어떻게 하면 좋은가. 가뜩이나 벼르고 있는 도현에게 결정적인 잘못을 저질렀다는 뉘우침으로 이수는 하루 종일 괴롭다. 자신의 입술이 닿자마자 황망히 쫓아와 마주 닿던 입술…… 그 떨림……. 이수는 자신의 행동을 용납하기 어렵다. 기가 막힌 것은 자신은 그와 긴 키스를 나눌 때까지도, 그 행동이 끝날 때까지도 아무 생각도 못하고 있었다는 사실이다. 아, 아아, 도대체 내가 무슨 짓을 저지른 것인가…… 이제 와서야 왜 이성이 발동되나…… 이제 이 일을 어떻게 마무리하나…… 감정에 몸이 달려 가는 이 버릇을 언제쯤 고치나……. 그러면서도, 서투른 듯 떨며 파고들던 입술의 촉감이 잊혀지지 않는다. 순간적으로 그녀의 몸을 감싸

안던 걱정도. 그는 언제나 준비되어 있었다.

이수는 눈을 떴다. 나빈은 이제 흙항아리의 거죽을 싸맬 철망을 만드는 데 착수해 있었다. 이수는 물끄러미 나빈을 바라본다. 나빈은 반생(한 번 구운 철사로, 잘 구부러지는 성질을 가지고 있음)으로 항아리보다 약간 큰 사이즈의 철망을 엮어 나가고 있다. 한 줄, 한 줄…… 시간이 걸린다. 얼멍얼멍한 피륙을 짜는 것 같다. 저 손이 걸레처럼 너덜너덜해지지 않을까 걱정이 된다. 이수는 시계의 분침이 되어 나빈의 작업을 재깍재깍 잰다. 인내심이 대단하다. 한 시간, 또 20분, 40분, 두 시간…… 바라보는 사람도 인내심이라면 내놓을 만하다. 30분 또 경과, 세 시간…… 드디어 완성! 나빈이 용접면을 쓴다.

「너, 들어가. 한참 동안 소리 날 거야.」

「설마 그 이음매들을 다 용접하려고?」

「전부 대접해 드려야지. 씨줄 날줄 만나시는 곳에.」

「맙소사!」

이수가 상체를 일으킨다. 몇백 군데인지 몇천 군데를 다 용접하시겠단 말씀이시다.

「다른 방법 있으면 말해 봐.」

저도 기가 막힌지 나빈이 잠깐 생각해 보는 눈치다.

「그냥 철사로 묶어. 묶어도 엄청 시간 잡아먹을 텐데. 한 이틀 안 걸리겠냐?」

「에이 씨, 그렇게 하면 지저분하잖아.」

나빈이 용접봉을 갈아 끼웠다. 말괄량이에 선머슴 같으면서도 작품 앞에 서면 지독할 만큼 꼼꼼한 나빈이었다. 완전을 추구하는 끈기랄지 인내심에 졸도할 지경이었다. 머리털 뽑아 제 구멍에 박는다는 속담이 있지만 나빈은 사람 머리통 하나에서 머리카락을 죄다 뽑는다 하더라도 그걸 모두 제 구멍에 박을 수 있는 위인이었다. 아마 저 용접은 사나흘 이상 걸릴지도 모른다. 그래도 그녀는 해낼 것이다. 언젠가 금속 작업을 할 때는 광택을 우아하게 내려고 빠우(금속에 사포질하는 것)를 삼천 방까지 쳤었다. 삼천 방이라면 최고급 버클이나 넥타이핀보다도 입자가 더 고운 광택이다. 청계천 빠우집의 10년 경력 빠우스트(빠우 치는 애들)들도 고개를 내젓지 않던가. 이수는 오늘도 나빈에게 질린다. 이수는 소파에서 내려와 자기 작업실로 들어간다. 저렇게 남을 질리게 하는 것. 그것이 예술인지도 모른다. 아니, 예술가의 특질인지도.

이수는 약간 고무되어 쌓아 놓은 자기 작품들을 바라본다. 전시장이 작긴 하지만 세 점 정도 더 그려야 할 것 같다. 펼쳐 놓은 새 화폭 앞으로 다가간다. 화폭은 오늘따라 굴곡져 보이고, 불손해 보인다. 뭘 그리려고 했던가? 잡힐 듯 잡힐 듯 잡히지 않는다. 관념이었을까, 느낌이었을까? 머릿속이 뻑뻑하고 팔에 깁스를 한 듯 붓이 나가지 않는다. 어제도 그랬었지. 요즘 죽 그랬던 것 같다. 그녀는 자신에게서 떨어져 나간, 구석에 웅크리고 있는 욕망을 본다. 저 욕망에 봉사해야 하는 게 아닐까. 탐욕스럽기 짝이 없는 저 물건에. 그러나 한편으로는 진정한 그림을 그리고 싶다는 욕구가 솟는다. 재치 있거나 놀라운 착상이 아닌, 기교도 허위도 버린, 오롯한 직관과 깊은 성찰에서 나오는 순연한 작품을. 어느 날 잠에서 깼을 때 청못집 앞 연못에 피어 있던 한 송이 연꽃처럼. 그런 울림을 지닌, 영혼을 일깨우는, 숭고함에 다다른 진짜 그림을. 단 한 점이라도.

죽기 전에. 무덤에 가지고 간다 하더라도.

그게 현실적으로 가능한 일일까. 거기까지 가는 일이 현실적으로 가능할까. 우울하다. 작업이 되지 않는다.

이수는 펼쳐 놓은 화집 위에 뒹굴고 있는 서진을 집어 든다. 그녀가 책 누르개로 쓰고 있는 앙증한 조각품이다. 로댕의 〈허무한 사랑〉의 축소형 모조품인데, 나빈이 로댕전에 갔다 오면서 사다 준 것이다. 로댕은 〈신곡〉 지옥편에 나오는 이야기를 형상화했다고 한다. 이수는 신곡을 읽지 않아 내용을 잘 모르지만 하여튼 여자가 남자를 등에 업고 비상하듯 도주하는 모습이 조각돼 있다. 남자가 여자를 업고 가는 것이 아니라 여자가 남자를 업고 비상한다. 남자는 육욕죄를 짓고 형벌을 받았다는 것. 육욕죄라는 게 무엇일까 생각해 본다. 중세의 관점에서 보면 성을 탐한 것 자체가 육욕죄인지도 모른다. 도현이 눈 깜짝할 사이에 자신을 업었던 것이 떠오른다. 육욕죄와 이 업히는 것 사이엔 무슨 연관이 있을까? 육욕죄라는 끈적끈적한 단어와 도현과 자신 사이의 무엇이 연관되면서 가슴이 오소소해진다. 이수는 등을 맞대고 있는 두 남녀를 자세히 뜯어본다. 여자는 엎드린 자세에서 상체를 치켜 올려 한 손으로 등 뒤의 남자를 붙잡고 있고, 남자는 하늘을 본 자세로 여자에게 업혀 가며 한 손을 내려 여자의 허리를 안고 있다. 희한하게도 이 연인들은 가슴을 맞대고 있는 게 아니라 등을 맞대고 있는 것이다. 세상의 눈에 거역되어 앞이 아니라 등을 맞대고 있는 연인들. 하늘을 향한 남자의 얼굴은 슬프고, 토르소는 평평하며, 다리가 여자의 발아래 꺾이듯 늘어져 있다. 벌거벗은 그들의 애틋한 에로티시즘이 찡하게 마음을 울린다. 로댕이 '슬픔의 머리'라고 지칭했다는 것이 이해가 된다. 도현의 휘청거리는 키와 앞으로 굽은 어깨, 우물처럼 웅숭깊게 빛나던 눈이 슬픔의 머리 위로 겹쳐진다. 그도 이 비슷한 감정에 괴로워했을까. 정자의 얘기처럼 그동안의 지독한 방황과 갈등, 자기 부정이 그를 말라

274

깽이 어른으로 만들었는지도 모른다. 이태가 허망하게 가버려 덤터기를 썼으니까. 주역이었던 이태는 쏙 빠져 달아나고 도현만 남아 혼자 전전긍긍하며 죄의식을 견뎌 냈을 게 아닌가. 끔찍하게 죽은 이태의 망령까지 뒤집어쓰고. 또한 나하고의 일로 저 육욕죄 비슷한 느낌까지 덮어쓰고서. 무거웠을 것이다. 이성으로 극복할 것은 다 극복했다고 하지만 그것이 어디 말처럼 쉬웠으랴. 그가 고등학생일 때, 먼 길을 찾아 만나러 왔을 때, 제 딴에는 절박해서 한 가닥 희망을 가지고 천 리 길을 찾아왔을 텐데, 그걸 모르지 않으면서도 이수는 번번이 그를 무섭게 내쳤었다. 죽변에서 서울까지 수험생의 몸으로 얼마나 조바심나는 시간이었으랴. 그런데 자신은 졸렬하게 강일까지 불러내 애인이랍시고 기를 꺾었던 것이다. 잔인한 노릇이었다. 그러나 그때는 방법이 없었고, 솔직히 그를 마주 대하는 것이 고통스러웠다. 도현을 위해서나 그녀 자신을 위해서 그렇게 할 수밖에 도리가 없었다. 도현은 견딜 수 없는 심정으로 돌아갔으리라. 낙담하고 고민했겠지. 암갈색의 시간이 오래 흐르고서 그는 그런 눈빛을 갖게 되었을까. 도현은 이제 저 안으로부터 우러나오는 깊고도 확고한 눈빛을 지니고 있었다. 웃을 때의 모습에서도 눈에서 코를 거쳐 양쪽 턱으로 강한 기운이 맺혔다. 고통을 겪은 사람만이 갖는 심지랄까 안으로 배어든 자신감 같은 것이 느껴졌다. 빗나가지 않고 대견하게 커준 것이 고마워서 만난 순간 반갑기도 반가웠지만 크게 얼싸안아 주고 싶었다. 그러나 그래서는 안 되는 사이였기에 조심하지 않았던가. 그러다가…… 종내 일이 꼬여 버리고 만 것이다. 이번 만남이 있기 전 상태로 관계를 되돌려야 할 텐데 그것이 간단치 않을 것 같다. 도현은 이제 제법 유연하고, 마음 바닥이 두터웠다. 그녀가 그를 쥐고 함부로 하기는커녕 그가 그녀를 쥐고 앞서 끌고 있었다.

걱정이 되었다. 정말 굿을 해야 하나…… 그에게서 전화가 오면 이제 어떤 태도를 취하나…….

헤어질 때, 알 수 없게 변하던 그의 표정이 떠오른다. 잘 가라고 하자 갑자기 눈 안의 깊은 빛이 공허한 구멍으로 뚫리며 이수 뒤의 먼 공간을 바라보았었다. 코앞의 이수를 바라보는 것이 아니라 저 멀리를, 어딘지 모르는 곳을 사시 같은 눈길로 바라보았었다.

낯선 그 표정이 지워지지 않는다.

이수는 화집을 끌어당긴다. 르누아르와 세잔의 그림이 함께 들어 있는 화집이다. 이 책을 왜 꺼냈을까……. 붓을 던져 버리던 첫날, 잠도 오지 않고 아무것도 하기 싫어 아마도 빼냈으리라. 이런 화집들을 보노라면 조금은 위안이 되니까. 자기 자신에 불안해지고 예술의 행로에 불만이 쌓여 갈 때면 이런 것들이 그래도 진지한 성찰을 하게 해준다. 이런저런, 서로 다른 화가들. 르누아르의 여자들은 백 년이 훨씬 지났지만 여전히 포근하고 아름답다. 초원의 비탈길, 굽이치는 금발의 머릿결, 나부들……. 이수는 세잔 쪽으로 간다. 그는 구성과 양감이 좋다. 볼 때마다 정말 빼어나다. 사과와 오렌지, 흑과 백이 있는 정물, 푸른 모자를 쓴 남자, 생트 빅투아르의 산과 절벽……. 세잔은 소박하고, 힘이 넘치며, 색채와 마티에르가 아름답고, 그림마다에서 솜씨 이상의 무엇을 느끼게 해준다. 특히 색감이며 시점이 새롭고, 그만의 조화와 질서를 가지고 있다. 페이지들을 넘기다가 이수는 멈칫한다. 〈목맨 이의 집〉. 그래, 이런 그림이 있었지…… 잎 진 가을 나무가 황량하게 서 있다. 저 나무에 목을 맨 걸까? 누가? 오른쪽과 왼쪽에 두 채의 집이 서 있고, 그 사이로 먼 곳의 경치가 보인다. 세잔은 분명 목맨 이의 집이 보이는 가까운 데에서 이젤을 펼쳐 놓고 긴장하며 이 그림을 그린 것 같다. 공간의 포착 방법이 실증적이고 아주 면밀하다. 목맨 이의 집은 황량한 나무가 서 있는 왼쪽 집이리라. 죽은 자가 드리우는 영기 같은 게 거기에 서려 있다. 산 자가 죽은 이에게 갖는 두려움 비슷한 느낌이 세잔의 붓에 여실히 살아나 있다. 그 시절에도 누군가는 이렇게 목을 매고, 목맨 이의 집은 이토록 황량한 분위기였나 보다. 이수는 이태를 떠올린다. 녀석과 함께 뒹굴던 청못집, 텃밭, 동산, 연못, 과수원…… 오래된 배나무들…… 이태는 40년이나 된 배나무를 마지막 반려로 삼고 떠나갔다. 세잔의 필치는 중후하고 정확하며, 두렵고도 쓸쓸하다. 자살이 주는 끔찍함에 그도 충격받았던 것일까. 슬픈 기운이 도는 창문의 푸른 반영을 이수는 뚫어지게 바라본다. 세잔은 청색을 써서 어두움을 역으로 표현하는 버릇을 지녔다. 조용하고 음울한 오후. 사람들은 어딘가로 나가고, 마을은 비어 있다. 비스듬히 경사져 있는 흙길과 목맨 이의 집 앞에 햇빛이 하얗게 쏟아져 내린다. 생의 무상함…… 팔레트 나이프로 흰 물감을 이겨 붙여 눈부신 반사광을 양감 있게 표현한 그의 솜씨를 이수는 인쇄된 종이 위로 만져 본다. 그 아래의 'Cézanne'이라는 붉은색 사인도. 꼭 핏자국 같다.

　목맨 이의 집.

　이수는 화집을 내려놓고 창밖을 내다본다. 어둠이 청람색으로 내려앉고 있다. 이태가 있다면…… 훨씬 내 인생은 활기찰 것이다. 우린 정말 든든하게 지냈었지. 억누를 수 없는 슬픔이 갑자기 그녀를 내리덮친다. 그녀는 파르르 떨며 그 감정에 몸을 내맡긴다. 검은 새 떼들이 시커멓게 날아온다. 그녀는 밤새도록 새들에게 뜯길 것이다. 분노와 회한의 새들에게. 오늘 밤에 잠자기는 틀려 버린 일이다. 이수는 방문을 열고 나간다. 나빈은 항아리 앞에 매달려 있다.

「다운되기 전에 좀 쉬어야 하는 거 아냐?」

「너나 거울 봐라.」

짧은 대답이 속사포로 돌아온다. 이수가 거울 쪽으로 걸어가려는데, 커피 좀 타다 줘, 하는 주문이 날아온다.

「너 참, 저녁 먹었니?」

이수가 묻는다.

「네가 안 차려 주는데 어떻게 먹어?」

「카레 남았는데 그거 꾸역꾸역 먹지.」

「저녁도 굶고 밤참도 굶고…… 커피나 한잔 찐하게 마시고…… 있다 편의점에 가든지.」

「마감날까지 몸 간수 잘해. 내 핑계 대지 말고.」

「내일은 고기 좀 먹어야지. 그리고 영국이 형민이 선배 불러 록카페 놀러 가자.」

「너, 여유작작하다?」

「초벌구이 완성!」

나빈이 작품에서 손을 떼고 만세를 부른다. 드디어 항아리를 제자리에 세운 것이다. 이수도 손으로 건배하는 시늉을 한다. 이제 처음 구상대로 형태를 구축했으니 한발 물러나서 바라봐야 하리라. 나빈은 이런 때 몸을 흔들고 놀아야 한다. 실컷 흔들어서 머리에 든 것과 뱃속에 든 것을 모두 빼내고 새로운 몸과 머리로 새롭게 작품을 바라본다는 것. 그런 뒤에 수정이냐 보완이냐를 결정할 것이다.

「록카페에서 우리 받아 주냐? 호텔 나이트라면 몰라도.」

그들은 벌써 서른셋이었다.

「'스카' 가면 되지.」

「스카?」

그럼 되겠군, 하고 이수도 생각한다. 스카는 아주 조그만 록카페였지만 드나드는 조건이 자유스러웠다. 문화와 연관 있는 사람들이 많이 모여들기도 하고. 거기라면 부담 없이 갈 수 있었다.

형민 선배는 작업 중이라 경황이 없었고, 영국 선배는 부재중이었다. 할 수 없이 이수와 나빈은 둘이서 스카로 갔다.

계단을 올라가자 강렬한 테크노 음악이 귀를 파고들면서 사이키 조명이 눈을 어지럽혔다. 이수와 나빈은 맥주를 한 병씩 받아 들고 안으로 들어갔다. 홀이 워낙 조그마해서 플로어가 따로 구분되어 있지 않았고, 테이블도 없었다. 그러니까 서너 평의 실내에, 모든 사람이 같이 서서 그냥 춤을 추었다. 전부 한 손에 맥주 한 병씩을 들고서. 나빈은 격렬하게 추어 대기 시작했으나 이수는 슬렁슬렁 시늉만 냈다. 어둠에 익숙해지자 아는 얼굴들이 보이기 시작했다. 약 맞은 듯 흐느적거리는 애들 뒤에 있던 뚱뚱한 선배가 곁으로 다가왔다. 뭘 한다고 했더라? 하여간 사업 쪽으로 빠진 선배였다. 선배가 이수를 보고 웃었다. 이수도 선배를 마주 보고 우스꽝스러운 그의 동작을 따라 했다. 권투 동작인가, 전투 동작인가? 옆에서 꿈틀대던 선배의 친구가 또 이수의 동작을 따라 했다. 모두들 몸이 거의 붙어 있어서 상하 좌우로 아무에게나 귓가에 대고 소곤댈 수 있었다. 잘 지내요? 뭐 그렇지요. 재미있는 일 없어요? 그런 거 한번 만들어 봅시다……. 음악이 슬로로 바뀌면 비실비실 가장자리로 물러나 어딘가로 스며들었던 사람들이 빠르고 강한 사운드로 바뀌면 또다시 가운데로 돌아와 밀도를 채운다. 이수는 사람들에게 밀리며 그저 몸을 흔든다. 나빈의 벗으로 왔을 뿐 오늘은 흥이 나지 않는다. 한 시간 넘게 좌충우돌 흔들어 대던 나빈이 드디어 나가자는 신호를 보낸다.

이수와 나빈은 땀을 훔치며 계단을 내려왔다. 뚱뚱한 선배 일행도, 또 다른 사람들도 우르르 내려오고 있다. 밖에 나왔을 때, 뚱뚱한 선배가 말했다. 우리 어디 가서 한잔 더 할까요? 나빈이 그러자고 했다. 그들은 곱창을 파는 소줏집으로 갔다. 불빛 아래 앉고 나자 선배의 이름이 생각났다. 홍동운 선배. '홍길동 구름'이라고 기억했던 선배였다. 선배의 일행 중에는 한쪽 손이 의수인 사람도 있었다. 사진작가라고 했다.

「스카가 아직껏 있어서 다행이야. 여기 아니면 몸 풀러 갈 데가 있어야지.」

「쪼끄매도 매력 있지. 오래됐고. 아마 록카페 중에서는 제일 오래됐을걸? 우리 대학 때도 있었어.」

「그래? 선배들이 대학 다닐 때도 있었단 말이야?」

「그럼, 그럼. 그때도 있었어.」

「놀랍군.」

「쪼끄만 게 야무져. 여기 이 친구 같아.」

뚱뚱한 선배가 이수를 턱으로 가리켰다.

「야무지단 소린 못 들어 봤는데요.」

「아닐까? 안 야무져?」

얘기를 듣고 보니 모두들 대학 시절부터 스카에 드나들던 사람들이었다. 소주잔이 돌아가고, 곱창이 연기를 피워 올리며 구워졌다.

「선배 사업은 잘돼? 벤처 기업가라고 모두들 수군거리던데.」

「이 친구 올해 많이 벌었어요. 게임 시디롬 '또리의 모험' 몰라요? 그거 해서 한 삼십억 넘게 벌었지 아마, 수출 물량까지 계산하면?」

선배의 친구가 선배를 선전했다.

「삼십억? 그 돈 다 뱃속에 넣고 다니느라고 그렇게 뚱뚱한 거야,

선배?」

나빈이 놀라는 척해 보였다. 그러나 그녀들은 정작 그렇게 놀라지 않는다. 돈에는, 그런 성공에는 너무도 많이 매일처럼 자극받아 와서 이젠 멍멍한 상태다. 땡전 한 닢 없어도 끄떡하지 않기로 작정을 해 놓은 터다.

「내년엔 매출액을 오십억으로 늘려 잡는데요.」

선배의 친구가 보탰다.

「우리가 지금 재벌하고 앉아 있구먼. 그런 의미에서 오늘 술값은 선배가…….」

「게임 소프트웨어를 누가 사는 거예요? 애들요?」

이수는 감이 잡히지 않아서 물었다. 얼마짜리를 그렇게 많이 사는 건가? 부모들이 사주는 건가? 단지 게임을 하라고?

「네, 결국은 그렇죠. 그렇지만 우리는 그런 거만 하는 게 아니에요. 스리디 타이틀을 의뢰받아 만들어요. 나도 학부 땐 조소를 했어요. 입체물 공부를 한 덕택이 컸죠.」

「알아, 알아. 근데 왜 선배는 우리한테 존대를 하는 거야?」

「사업을 하다 보니 습관이 돼서.」

「이쪽 선배는?」

「아 참, 이 친구는 광고를 해. 광고 얘기 좀 해봐라.」

광고판의 얘기가 요란하게 펼쳐졌다. 입이 딱딱 벌어지는 단가와 액수, 몰상식, 도용, 비리 등에 대한 얘기들이 도깨비들처럼 쏟아져 나왔다. 듣기에 따라 그건 아주 슬픈 얘기였다. 거기에선 어느 누구도 인간이 아니었으며, 인간이기를 포기한 것 같았고, 상업화가 낳은 거대한 기형물이 앉은자리에서 똥을 싸고 처바르는 것 같았다. 똥은 물론 돈이었다. '원' 자가 붙어야 할 자리에 '억' 자가 붙은 저 홍

분된 말투들. 9억, 3억, 20억, 1백억, 45억, 350억…… 하긴 뭐 신문과 방송에서 그것보다 더한 2천3백억, 1천9백억, 3천9백억 등의 말도 매일 보고 들었다. 그런 걸 다 개인이 어떻게 어떻게 했다는 것이다. 번 것도 아니고 기업들에서 몰래 뜯어내 청와대 금고에 감췄다가 무기명 채권인지 스위스 은행에 넣어 놓았다고들 했다. 이제 권력과 상업 자본과 소비자는 한데 뒤엉켜 광풍에 돌풍에 폭풍을 일으키는 것 같았다. 어지럽고 토할 것 같았지만, 그래도 그것이 현실이었고, 거기에 적응 못하는 사람은 도태될 수밖에 없는 세상이었다.

「이렇게 잘 나가는 선배들이 이 좁아 터진 거리엔 왜 자꾸 오는 거야? 위화감 조성하려고?」

나빈은 약간 취한 것 같았다.

「충전하러 오지. 새로운 공기 집어넣고 머리 수혈하려고.」

「충전? 꼭 여기서 충전해야 돼? 가난한 예술가들이 득실거리는 이 거리에서?」

「여기에 창의력이 많거든. 굴러다니는 아이디어가 얼마나 많다구. 재미도 있고, 스트레스도 풀고…….」

「아하, 그럼 선배가 우리한테 술 여러 번 사도 되겠다.」

「그럼 그럼. 자주 만나자구. 요새 작업은 잘돼 가?」

「잘돼 가지. 오늘 내가 만세를 불렀다구.」

「이 친구는 서양화지?」

뚱뚱한 선배가 이수를 가리키며 말했고, 그러자 사진작가가 쳐다보았다. 그는 말이 없었다. 한 손이 의수였지만 오랫동안 잘 적응된 탓인지 불편이 없는 것 같았다. 그 손으로 카메라를 받치고 다른 손으로 조작, 촬영한다고 했다. 사진작가 역시 이수네들처럼 작품 활동으로는 생활이 안 되어서 어떤 사진관에 적을 두고 회갑연이나 결혼식 등에 출장 촬영을 나가고 있다고 하였다.

밤이 깊어 가고 있었다.

이수와 나빈은 상당히 취한 상태로 그들과 헤어졌다. 언제나 그랬다. 예술가들끼리 모인 자리에서든 일반인들이 섞인 자리에서든 동창들과의 모임에서든 누가 얼마를 벌고 또 얼마나 유명해졌는지가 최대의 관심거리였다. 돈, 돈…… 권력, 욕망…… 인간에겐 정말 그것밖에 없을까. 없다 하더라도 이젠 넌더리가 났다.

나빈의 힝힝대는 소리가 들려왔다.

「최관호 알지? 걘 요새 오전에 그림 그리고 오후에는 라이브 카페에 연주하러 간다? 허성백 선배는 마누라가 액세서리점 하지, 오지국은 밤에 학원 선생하지, 김화수는 우동집 하지…… 물려받은 거 없는 치들은 다들 딴걸 해. 죽도록 땀을 빼가며. 우리가 무엇 때문에 이 두 가지 짓을 병행하는 걸까?」

「몰라.」

「넌 만날 모르니?」

「…….」

「'세상의 가시'라는 밴드도 사실은 연주 생활이 부업이야. 우리 후배들인데 말인즉슨 복합 장르를 실험한다는 거야. 사는 대로 그리고 그리는 대로 산다나. 말이 그렇지 오정 때만 되면 벌써 카페로 나가야 하니 옳은 작업이 되니? 죽을 맛이지.」

「다 그러고 산다더라. 프랑스에서도 예술가들은 거지처럼. 결혼도 안 하고.」

「그러니까 왜 이 짓을 하냐 이거야.」

「당장 그만둬. 아무도 안 말리니. 저 좋아서 하면서.」

「왜 좋아하냐 이 말이야.」

「그렇게 생겨 먹은 걸 어떡하니?」

그렇게 대답했지만 이수는 그래도 내가 이걸 택했지, 하고 생각한다. 택했고말고. 직업을 택했을 뿐만 아니라, 노선도 택했다. 다른 노선들도 얼마든지 많지만, 현실적으로야 늘 딜레마에 빠지지만, 악취가 진동하는 길로는 가고 싶지 않았다. 단지, 언제쯤이면 확실한 뼈대와 심지를 갖고 흔들리지 않으려나 그날이 기다려졌다. 반짝이는 네온 사이에서 어떤 외침이 들려온다. 사람들은 널 조금씩 갉아먹고 푼돈을 주지. 그게 네 재능이고 예술 세계야. 〈뉴욕 3부작〉이라는 영화던가. 어떤 화가가 후배 화가에게 던진 말이다. 사람들은 널 조금씩 갉아먹고 푼돈을 주지! 그걸 알면서도 이 길을 가고 있다. 불안은 가시지 않고, 현실이 뒤따라와 목덜미를 문다. 그래도 이 길을 간다. 왜 가는지 따져지지 않는다. 간혹 천 명 중의 한 명 정도가 무슨 일인가로 급격히 주목을 받고 납득할 수 없는 출세를 한다, 이 길에서도. 어, 어, 어 하는 사이에 산더미 같은 돈을 거머쥐는 사람도 있다. 복합적인 여러 사유로. 또는 이유도 없이. 또는 운으로. 또는 재능으로. 또는 거짓 재능으로. 또는 속임수로. 어떻게든 그 천분의 1이 되고 싶은 건가 자문해 본다. 모르겠다. 그런 것 같기도 하다. 그러나 '어떻게든'은 아니다. 그렇다면 뭐냐. 경제적이거나 현실적인 관점에서는 나머지 999명은 들러리다. 왜 하찮은 들러리가 되고자 하는가?

모르겠다.

인생을 알 수 없듯이.

그냥 이 길을 가고 싶다는 것, 강한 열망, 어처구니없는 고집, 일말의 오기, 창작을 통해서만 충족되는 저 깊은 만족감 때문이리라. 정신없이 작업을 하고 난 뒤 마음이 유순해지는, 그런 상태에 이르는, 그 시간들에 대한 기쁨 또는 사랑.

걱정스러운 건 시간이 많이 흐른 뒤 자신이 재능이라고 생각했던 것들이 아무것도 아니라고 판명나면 어떻게 하나 하는 것이다. 시간 은 많이 흘러갔고, 인생도 다 지나갔고, 다시 시작해 볼 수는 없을 때, 그땐 그림들을 모두 싸안고 관으로 들어가야 하리라. 인생을 담 보로 한 작업이었다는 것은 증명한 셈이니까.

웅웅거리는 소리에 눈을 떠보니 나빈이 비디오를 보고 있다. 소년 디카프리오의 얼굴이 누렇게 다가온다. 〈토탈 이클립스〉였다. 저 비 디오테이프는 나빈이 언젠가 빌려다 반납하는 것을 잊어 아주 제 것 이 된, 나빈의 소장품이었다. 비디오 가게는 망해 버려 나빈은 걱정 없이 저것을 갖게 되었지만 테이프가 너무 낡아 용산 어딘가에 가서 새것으로 사겠다고까지 말했었다. 그만큼 그녀는 저 영화를 좋아한 다. 테이프가 낡은 것은 그렇다 치고 티브이 브라운관의 청색 빛이 나가 버려 온 화면이 가을 들판처럼 누우렜다. 그것이 일품이라면 일품. 그 누런 화면을 나빈은 보고 또 보고, 또 본다. 이수는 마음까 지도 누렇게 뜨는 것 같아 자리에서 일어난다.
「너 혹시 실수해서 대상 타면 그놈의 티브이 좀 한 대 사라.」
「아암, 타기만 하면.」
나빈은 화면에서 눈을 떼지 않는다.
이수도 혼자 저 테이프를 돌려 볼 때가 있다. 잠에서 너무 일찍 깨 어나 아직 작업하기에도 으스스한 새벽 서너시경, 또는 명절 때 모두 집으로 돌아가고 혼자서 외롭게 작업실에 앉아 있을 때, 예술가라는 직업이 너무도 쓸쓸하게 다가올 때, 이수도 곧잘 저 테이프를 돌려 본다. 왜일까. 젊은, 아니 소년 랭보의 삶과 절망이 너무나 생생히 드 러나 있기 때문일 것이다. 그가 천재라는 걸 의심 없이 인정하는 예술가들에겐 꽤나 위안이 되는 영화였다. 천재도 저런데 뭘, 하면서 그의 짧은 일생을 따라간다. 아쉬운 것은, 청아해야 될 화면이 시종일관 누렇다는 사실이다.

화가 둘이서 사는 집에 이런 티브이가 웬 말이냐고 오는 사람마다 농담들을 하지만 이수와 나빈은 이 티브이가 이젠 정겹다. 그저 모든 것을 누렇게 익혀서 온화하고 느긋하게 보여 준다. 이것도 일종의 마술인 것 같다. 영상 미학을 추구하는 명감독들의 아름다운 화면을 제대로 감상하지 못하는 것이 아쉽지만, 그들이 예측하지 못한 다른 효과를 내고 있는 것 또한 놓칠 수 없다. 예술도 마찬가지가 아닐까. 뜻하지 않은 배합, 의외성, 우연과 같은 요소들이 예상 밖의 역할을 할 때가 있지 않던가.

이수는 창밖을 내다본다. 아직 정오가 되지 않은 것 같다. 밤중에 들어와서 정신없이 곯아떨어져 잤던 것이다. 뚱뚱한 선배가 본의 아니게 조성한 위화감 때문에 나빈은 마음이 신산했던 모양이다. 〈토탈 이클립스〉를 꺼내 보는 걸 보면. 성악가 조수미가 티브이에 나와서 하던 말이 생각난다. 다음 생에 태어나면 무엇을 하고 싶으냐고 묻자 그녀는 머뭇거리며, 다음 생에 태어난다면 아주 평범한 여자로 살겠다고 대답했다. 사랑하는 남자와 결혼하여 아이를 낳고 그 아이와 남편과 같이 어디엘 가며…… 그런 생활을 하겠다는 것이다. 의외의 대답이었다. 그녀는 프리마돈나로서의 자기 생활을 아주 즐기는 것처럼 보였으니까. 매일같이 스포트라이트를 받는 그녀도 자기가 갖지 못한 삶에 대해 애틋한 아쉬움을 갖고 있었다. 환호 속에 연주회가 끝나고 호텔에 돌아가 우두커니 앉아 있을 때, 아무 할 일도 생각나지 않고…… 외롭다고 했다. 그 말을 듣는 순간 눈물이 났다. 기회만 있으면 달려드는 의문, 예술이 뭐냐, 왜 너는 그 길을 가고 있느냐, 하는 의문이 들 때마다 이수는 이제 조수미의 말을 생각하기로 했다. 성공한 사람들도 외로워하고 있다고. 그들도 자기가 갖지 못한 것, 남들이 지닌 것을 부러워하고 있다고. 인생이란 뭐 다 그런 거라고. 지금 당장 어디에 취직하여 응용 미술을 하며 살아간다 해도, 결혼하여 조수미의 꿈처럼 살아간다 해도 결국 후회와 아쉬움을 버릴 수 없을 거라고. 오히려 더 큰 아쉬움과 회의로 괴로워할 거라고.

인생은 선택이며, 모든 걸 누릴 수는 없는 것이다.

이수는 녹차 두 잔을 가지고 다시 티브이 앞으로 간다. 랭보 역을 맡은 디카프리오는 언제 봐도 미소년이다. 더구나 저 영화를 찍었을 때는 10대 후반 정도로 아주 어렸던 것 같다. 그가 외친다. 러브요? 그런 건 없어요. 가족 관계나 결혼을 지속시키는 건 사랑이 아니에요. 어리석음이나 이기심, 공포죠. 사랑은 존재하지 않아요……. 그는 베를렌에게 계속 쏘아붙인다. 자신의 이익에 근거한 집착도 있어요. 자기만족도 존재해요. 하지만 사랑은 없어요. 사랑은 이제 재창조돼야 해요……. 저 어린 소년이 저런 걸 어떻게 다 알고 있단 말인가? 신기하다. 남색 파트너인 폴 베를렌은 외모가 너무 추레하다. 대머리에 술주정뱅이이긴 하지만 꼭 저렇게 분장을 해야 했을까? 실제의 모습에 근거하기 위해서? '가을날 바이올린의 긴 흐느낌이' 어쩌고 하는 시를 쓴 서정 시인이라고는 도저히 믿어지지 않는다. 그는 아내를 못 떠나고 있다. 랭보가 그를 힐난한다. 그건 성실이 아니라 값싼 감상이야. 떠나지 못하는 건 성실이 아니라 나약함이라고!

사랑은 없다고, 가족 관계나 가정을 유지시키는 것은 사랑이 아니라고 랭보는 신랄하게 비판한다.

이수는 강일을 생각한다. 그와 가정을 갖게 되는 것이 두렵다. 그는 갈수록 이기적이고 타산적이 돼간다. 누구나 마찬가지라고 생각해 본다. 나도 이기적이 아닐까. 나도 타산적이지 않나……. 그러나 강일은 정도가 너무 심하다. 그가 이수를 붙잡았다고 하지만, 물론 처음에는 그런 형태였지만, 그들 두 사람의 관계는 사실 이수의 너그러움과 아량 속에서 지속돼 왔다. 이수가 너그러움과 아량을 거두어들인다면…… 랭보의 말이 맞을 것 같다. 이기심이나 어리석음, 혹은 집착, 사태를 꿰뚫어 보지 못하는 데서 오는 자만, 외로움에 대한 두려움 같은 것들이 결혼 생활을 지속시킬 것이다. 어린 랭보는 저런 핵심을 어떻게 꿰뚫어 봤을까? 스치기만 해도 천재들에겐 통찰이 생기는 것일까?

랭보는 '위대한 시인'이 되기 위해 '모든 사람'이 되기로 작정한다. 한 인간으로 사는 데는 만족할 수 없어서. 그 결과, 긴 방황 끝에 랭보는 읊조린다. 무관심의 표면 아래 부글거리다 새로운 체재가 나타났어! 강해져야 해! 낭만주의를 거부하고 수사적 기교를 버렸어! 똑바로 섰지. 세상을 정복하려던 생각이 나를 어디로 끌고 왔는지 보이더군. 여기야. 세계적 경험을 추구하다 여기까지 온 거야. 게으르고 목표 없는 가난한 인생. 마누라에게 버림받고 나에게 들러붙어 있는 늙고 추악한 대머리 주정뱅이 시인의 남색 파트너…… 어떻게 그런 말을 할 수 있느냐고 베를렌이 화를 낸다. 쉬워! 사실이니까. 랭보는 차갑게 씹어 뱉는다. 마음에 든다.

사랑.

사랑은 갈등을 내포한다. 모든 관계가 그렇듯이. 오히려 사랑은 가장 많은 갈등을 품고 있다. 상대를 부풀려 보고, 상상껏 장식하고, 뭔가를 기대하니까. 환상에서 벗어나는 순간 평탄할 수가 없다. 더없이 사랑하는 사람들끼리도 같이 있으면서 저렇게 서로 모욕을 주고, 싸움을 한다. 개체와 개체…… 이수는 외면하고 만다.

그녀는 일어나서 설거지를 한다. 랭보의 말들이 귓속에 쟁쟁하다.

'쓰이지 않은 말이 없어!'

그려지지 않은 그림이 없다고 그녀도 종종 생각한다.

'정말 참을 수 없는 건 참지 못할 일이 없다는 거야.'

너무나 지나치게, 진저리나게 참고 있다.

'예술가들이 보통 부르주아보다 더 부르주아야. 그것이 이 도시의
비극이지!'

고정적인 수입이 없어서인지 예술가들이 정말 더 돈에 연연해한다.

이수는 티브이 앞으로 돌아온다. 랭보의 어머니가 아들에게 묻는
다. 네가 하는 일이 돈이 되는 일이냐? 그는 대답한다. 모르겠어요.
아무튼 나는 그 일을 해요.

아무튼 나는 그 일을 해요.

저 말보다 더 적당한 말이 있을까. 모르겠어요. 아무튼 나는 그 일
을 해요…….

이수는 소파 구석에 걸터앉는다.

랭보가 꿈을 꾼다. 황금빛 모래사장에 휘장 같은 것이 어지럽게
날린다. 그는 들판에 누워 태양을 바라본다. 난 바다를 본 적이 없
어. 아프리카에 가서 사막을 건너고 싶어. 난 태양을 보고 싶어. 태
양을 원한다구. 태양을 원해…….

랭보는 에티오피아에 가서 10년간 전국을 탐험한다. 무릎 종양에
걸려 다리가 썩어 간다. 의사는 없다. 그는 들것을 설계해 타고 해변
이 있는 곳으로 간다. 우리나라 상여 모양의 들것을 타고 해변을 달
린다. 가자! 가자! 가자! 작렬하는 태양, 흰 터번과 흰옷의 흑인들,
만장처럼 휘날리는 하얀 휘장, 누런 모래 언덕……. 바람이 분다. 모
래가 황사 바람처럼 날린다. 만장들이 나부긴다. 장송곡이 들리는

듯하다.

「브라운관이 저래서 희한해.」

나빈이 헤벌쭉 웃고 있다. 실제 필름에서도 저런지 알 수 없다. 태양과 모래와 만장과 사람들이 밀밭같이 누르스름한 색조로 어우러진다. 진짜 에티오피아 냄새가 난다.

마르세유 병원에서 다리를 절단한 랭보는 고향 집에 돌아와 집 앞 풀밭에 누워 있다. 그는 아프리카에서의 환상 속에 생을 마감한다. 하늘에 떠다니는 마차가 보이니? 바다는 흔적을 없애 줄 거야. 그는 계속 뇌까린다. 찾았어, 영원을? 거긴 태양과 바다가 만나는 곳이야.

태양과 바다가 만나는 곳.

영원.

태풍

　토요일 오후에 모처럼 일찍 퇴근하며 강일은 이수의 휴대폰 번호를 눌렀다. 그러나 수화기 저쪽에서는 무감정한 기계 사인만 계속 흘러나왔다. 지금 거신 전화는 저희 고객의 사정으로 당분간 통화하실 수 없습니다. 젠장! '위 아 소리……'로 시작하는 영어 사인까지 지겹도록 듣고 나서 강일은 시계를 보았다. 네시 40분이었다. 이 여자가 어떻게 된 건가. 오후 내내 연락이 되지 않다니. 신호가 터지지 않는 곳에 가 있나, 아니면 배터리가 다 됐나? 혹시 전원을 꺼놓고 잠을 자나? 그러나 작업실로 전화를 해봐도 역시 받지 않았다. 두 시간 이상이나 통화가 되지 않자 강일은 화가 치밀었다. 이렇게 여유가 생긴 날 좀 대기하고 있으면 안 되나. 이런 생각이 말이 안 된다는 것을 알면서도, 자기 이름도 잊어버릴 정도로 바빴던 강일은 모처럼 난 짬을 그냥 흘려보내는 것이 아까워 가슴에서 연기가 퍽퍽 났다. 요즘은 어째서 그렇게 전화도 하지 않고 멀리서 베도는지 알 수 없었다. 그녀를 만난 것이 언제던가? 한 달이나 두 달쯤 되었을까? 그는 마른침을 삼켰다. 그녀가 지금 당장 옆에 있으면 좋으련만! 밀린 정감을 나누고, 얼른 안아도 보고, 저녁에는 분당 어머니 집에 들러야 하는 것이다.

원남동을 지나면서 그는 다시 통화 버튼을 눌렀다. 연결만 되면 무조건 어떻게든 그녀를 픽업해 태울 작정이었었다. 그러나 그녀는 끝내 연락이 닿지 않았다. 그는 맥 빠진 기분으로 아파트에 도착했다.

현관문을 열고 들어가, 거실에 그냥 앉아 있었다.

그는 다시 다이얼을 눌렀다. 어떤 다른 일로도 지금 위로가 될 것 같지 않았다. 이수가 있어야 했다. 작업실로 세 번째 전화를 했을 때, 덜컥 신호가 떨어졌다. 이수의 룸메이트였다.

「저, 이수 없나요? 오후 내내 전화해도 통화가 안 되던데요.」

「이수 지금 바깥에 있는데…….」

상대방은 조금 떨떠름한 기색이었다.

「바깥요? 바깥 어디요?」

그는 다그쳤다.

「저, 그게…… 잠깐만 기다리세요.」

망설이는 듯하던 룸메이트가 마음을 바꾼 듯 무얼 찾는 것 같았다. 그러더니 카페 전화번호를 알려 주었다. 거기 있을 거라고 했다. 젠장, 카페에서 오후 내내 노닥거리며 놀고 있단 말인가. 휴대폰도 켜놓지 않고서. 그는 카페로 다이얼을 눌러 이수를 찾았다. 한참 만에, 한 3, 4분이나 지난 뒤에 이수의 목소리가 들려왔다.

「도대체 뭐 하는 거야? 휴대폰도 켜놓지 않고서.」

그는 화부터 냈다. 이수는 어이가 없는지 잠깐 가만히 있었다.

「왜 요즘 전화도 안 하고 그래? 도대체 뭘 하고 다니는 거야?」

말주변이 없는 그가 아니었으나, 너무나 화가 나 있었다.

「강일 씨…….」

이수가 뭐라 대꾸해 오려는 것을 눌러 막으며 그는 계속 지껄였다.

「오후 내내 전화했었잖아. 벌써 세 시간씩이나.」

이수는 여전히 대답이 없었다. 좀 지나쳤나. 카페로 전화를 걸어 다짜고짜 야단만 퍼부었으니 기분 좋을 리는 없을 것이었다. 나중에 뭐라고 달랠지 조금 난감했다. 그때 이수의 낮은 웃음소리가 들려왔다. 웃음소리 위로 그녀의 음성이 종이비행기처럼 가볍게 날아왔다.

「세 시간씩이나 전화를 했다니 미안해. 요즘 경황이 없어서 휴대폰 같은 건 충전할 생각도 못해. 나한테 뭐 중요한 전화도 오지 않고…… 그런데 웬일이야?」

「빨리 와. 너 보고 싶어.」

이수의 너그러움에 힘입어서 그는 예전처럼 친숙하게 콧소리를 냈다. 이수는 대답이 없었다.

「지금 당장 택시 타고 와.」

그러나 이수는 또 대답이 없었다. 한참 만에 그녀가 담담히 말했다.

「지금 못 가. 선생님이랑 함께 있거든.」

「선생님?」

그는 불끈 질투심이 일었다. 담담한 말투 속에 분명한 어떤 의지가 들어 있는 것 같아 당황스러웠다. 그는 다시 한 번 묻지 않을 수 없었다.

「선생님, 누구?」

「응, 대학 때 은사님. 왜 내가 그전에도 얘기했잖아. 김영두 교수님이라고.」

암암리에 배어 나는 존경의 냄새 때문에 그는 심정이 매우 상했다.

「왜 그 사람하고 같이 있어야 해? 오늘 같은 토요일 오후에?」

「강일 씨도 참…… 모처럼 뵙고 전시회 의논도 하고 그러는 중이
야.」

이수가 달래듯 말해 왔다. 아, 그 전시회! 강일은 이제야 생각이 났
다. 이수의 전시회가 며칠 앞으로 다가와 있었다. 나름대로 그녀도
바빴을 것이라는 추측이 이제야 들었다. 그러나 '모처럼 뵙고'라는
말에서는 '은사님'에서보다도 더 묘한 뉘앙스가 풍겼다. 이수에게 중
요한 사람은 자기가 아니라 그라는 생각이 들었고, 이수가 은사라는
그 위인을 사모하거나 흠모하는 것이 아닐까 의심마저 들었다. 그는
무조건 잡아챘다.

「대강 하고 빨리 와. 삼십 분이면 돼? 오는 시간하고 합해서 한
　시간이면 되겠다, 그렇지?」

무리라는 것을 알면서도 말이 그렇게 나갔다. 중요한 이야기를 하
고 있는 중이라면 미상불 30분 안에는 얘기가 끝나지 못할 것이며,
요행 끝난다 하더라도 가게 문 닫듯이 탁 닫고 달려올 수는 없을 것
이다. 그것을 알면서도 강일은 더 이상 기다릴 수가 없었다. 시간은
착착착착 가고 있었고, 그는 마음이 바빴다. 너무도 급한 심정이 그
를 막무가내인 남자로 둔갑시켰다.

「더 이상은 못 기다려. 한 시간 안에 빨리 와.」

「강일 씨, 나 못 가. 오늘은 안 돼. 그리고 지금 컨디션도 엉망이야.
　며칠 밤샘 작업을 했거든. 만나도 아무 소용 없어.」

만나도 아무 소용 없다고 강일이 뭘 원하는지를 아는 그녀가 알아
듣게 대답해 왔다. 그러나 그는 그냥 물러설 수 없었다. 사적으로 원
하던 것을 이렇게 허망하게 놓쳐 본 경험이 없었다.

「사람 기다리게 해놓고서 이제 와서 뒤집으면 어떻게 해?」

「내가 언제 강일 씨를 기다리게 했어?」

「세 시간씩이나 전화했다고 했잖아!」

「전화야 강일 씨가 그냥 한 거지, 언제 나한테 오늘 전화한다는 말이라도 했었어? 난 아무것도 모르고 있었는데 뭘 기다렸다고 야단이야?」

「모처럼 일찍 끝나서 같이 시간 보내려고 했는데…… 이렇게 짬을 내기가 얼마나 어려운지 알아?」

「알아. 그렇지만 그건 강일 씨 사정이지. 내가 밤이고 낮이고 대기하고 있다가 어쩌다 전화 한 번 오면 손 타는 강아지처럼 쪼르르 달려가야 해?」

「그러면 안 돼?」

「아유 참, 기가 막혀. 어쩜 주춤거리지도 않고 그렇게 대답하지? 내가 뭐 기쁨조야? 내가 먹고 노는 여자야? 강일 씨만 바라보면서?」

「아냐?」

「갈수록 태산이네. 강일 씨가 보기엔 내가 그렇게 형편없어 보이는지 모르지만 나도 하는 일이 있다구. 그동안 바빴고…… 정신없이 바빴어.」

「휴대폰은 대체 뭐 하러 갖고 다니는 거야?」

「그거 충전할 생각도 못할 만큼 경황이 없었다니까!」

그는 말이 막혔다. 상상이 되지 않았다. 컨디션이 엉망인 채로, 며칠 밤을 새운 모습으로 '은사님' 앞에 앉아 있다는 그녀. '모처럼 뵙고' 전시회에 대한 조언을 듣고 있는 그녀. 화장도 하지 않았을 것이고, 아마 그로기 상태이리라. 그녀는 지금 애인한테 오는 것을 거절하고 있다. 와서 안길 힘이 없다고. 그러나 그런 모습으로도 은사 앞에는 아무렇지도 않게 앉아 있을 수 있는 모양이다. 그들의 관계는 어떠한 것일까? 겉모습은 전혀 상관이 없을까? 그림이라는 세계 속에서 자기들끼리 주고받는 무슨 다른 통로가 있나? 갑자기 몰려드는 소외감에 그는 울적해졌다.

「강일 씨?」

이수의 목소리가 들려왔다.

「사랑해.」

새소리처럼 조그만 지저귐이었다. 풋풋한 그 음성이 귓속으로 또르르 구슬처럼 굴러 들어왔다. 기분이 환해지며 울컥, 하고 가슴 저 안이 질척거렸다. 내가 이래서 이 여자를 좋아하지. 멀리서 애달아하는 남자를 알아차려 부드러운 혀처럼 감싸 주는 여자. 괜히 빗나가고 싶은 남자의 마음을 정감 있게 다독이는 포근한 태도……. 꼬였던 마음이 스르르 풀어지고 있었다.

「우리 전시회 끝나고 만나자. 수요일에 오프닝이니까 강일 씨도 시간 내서 와. 일곱시쯤 뒤풀이할 거야. 뒤풀이 끝나고 만나, 응? 사실 할 말도 있고.」

솔솔솔솔 들려오는 이수의 목소리를 강일은 눈을 감고 감미롭게 들었다.

강일은 분당으로 차를 몰았다. 이수의 전화를 끊고 채 5분도 안 되어 그는 마음을 정리하고 아파트를 나섰다. 어쩔 수 없는 일이었다. 오늘 이수를 만날 수는 없었다. 그는 라디오 버튼을 눌렀다. 마음은 가라앉았지만 간질간질한 아쉬움이 아직도 가슴을 휘돌았다. 엠시로서는 너무 까불까불하지 않나 싶은 여자의 목소리가 청취자가 보내 준 사연을 읽고 있었다. 그녀의 말투는 명랑 쾌활하다 못해 방자한 수준으로 튀었으나, 입에서 흘러나오는 내용은 재미도 없었다. 강

일은 그 여자와 함께 분당으로 갔다. 이런 여자도 궁할 때는 없느니
보다 낫다는 생각을 하면서. 그저 가끔 기분 전환으로 동행하는 것
이라면.

어머니는 지지난 주에 그를 구태여 불렀었다. 그런데 오늘 또 전
화해서는, 웬일인지 꼭 집에 다녀가라고 신신당부를 했던 것이다.

지하 주차장에 차를 넣고 강일은 빌라의 마당을 질러 2층으로 올
라갔다. 그의 부모가 살고 있는 이 빌라는 3층짜리 다섯 동이 한 울
안에 널찍한 분포로 자리 잡고 있었다. 1층 세대들은 지하 공간을 포
함한 복층 구조로 되어 있고 3층 세대들 역시 옥상을 포함해 넣어
복층 구조로 되어 있다고 들었다. 그의 부모가 살고 있는 2층만이
평면 구조로, 평수가 사뭇 적다는 것이다. 적다고 해봐야 쉰 평이 넘
으니 두 분이 살기에는 충분했다. 그런데도 어머니는 늘 3층과 1층
가구들을 입에 올리며 사사건건 비교하고 부러워했다. 1층이나 3층
에는 재산을 많이 축적해 놓은 은퇴한 노인들이 가정부와 운전기사
를 거느리고 사는 것 같았고, 비서까지 둔 집도 있는 모양이었다. 어
머니의 입에서 나오는 말 중 강일이 웃음을 금치 못하는 것은 빌라
의 안주인들을 부르는 호칭이었다. 할아버지들을 '회장님'이라고 부
르는 것은 이해할 수 있었다. 과거 직함에서 온 것이거나 대접해 주
려는 의도가 들어 있다는 점에서. 그러나 그 할아버지의 아내인 할
머니를 '사모님'이라고 부르지 않고 '어머니'라고 부르는 데는 아연
하고 말았다. 어머니는 늘 '302호 회장님이 말이야'라고 얘기를 시
작해서는 '그 집 어머니가 글쎄……' 하며 소문을 풀어놓았다. 강일
은 처음에는 '아니, 그 회장님한테 어머니가 있어요?' 하고, 그렇다
면 몇 살이란 말인가 놀라서 물었었다. 그러나 곧 '어머니'라는 보통
명사가 회장님의 아내를 뜻한다는 것을 알았고, 302호뿐만 아니라

모든 집의 나이 든 사모님들이 똑같이 '어머니'로 지칭되는 것을 알았다. 애초에는 바깥의 상인들로부터 비롯된 호칭인 모양이었다. 격식 있는 할머니들이 '사모님'이라고 불려지는 것을 내심 좋아하지 않는다는 것을 눈치 빠른 상인들이 번개같이 캐치해 내어 듣기 좋은 말로 바꾼 것이었다. 사실 '사모님'은 이제 사회적으로 이미지가 너무 실추돼 있었고, 또 너무 흔했다. 모든 남자의 아내가 사모님이었고, 학교 선생님의 아내도 사모님이었으며, 과장의 부인도, 부장의 부인도, 하다못해 대리의 부인이나 공장장의 부인도 사모님이었다. 백화점에 옷만 사러 가도 사모님이었고, 밍크코트를 사러 가면 '싸모님'이고, 카바레에 가도 고깃간에 가도 시장에 가도 사모님이요, 사기꾼의 부인도 포주의 부인도 사모님이었다. 마담뚜들도 전부 사모님이고, 부동산의 '떴다 방'도 사모님이었다. 이제 '사모님'은 경우에 따라 갖은 야유와 능멸의 대상이었고, 옷 로비 사건, 치맛바람, 춤바람, 묻지마 관광의 주역으로 타도해야 할 부류였다. 일반인들과는 종족이 다르다고까지 생각하는 이 특별한 할머니들이 그런 호칭을 달가워할 리 없었다. 그래서 '어머니'라는 따듯하고도 정겨운 호칭이 그 자리를 대신한 것 같았다. '어머니'는 아무리 불려져도 '사모님'처럼 저급해지지 않고 덜 사무적이면서 또 좀 젊고 혀에 감겼다. 그 단어는 어떤 곳에 떨어져서 어떻게 사용되어도 결코 천박해지거나 제 값을 잃지 않는, 부드럽고도 따듯한 어휘였다. 강일이 어머니의 부름에 이렇게 응하는 것도 그 말이 주는 느낌과 별반 다르지 않았다. 지금 이 빌라에는 7, 80이 되었어도 할머니나 할아버지라는 호칭은 없었다. '회장님'과 '어머니'가 있을 뿐.

벨을 누르자 어머니의 음성이 들렸고, 곧 현관문이 열렸다.

어머니는 홈드레스 차림이었다. 녹색 바탕에 큰 꽃무늬가 있는 미끌미끌한 질감의 옷은 다소 화려해 보였고, 평소의 어머니 같은 느낌이 나지 않았다. 어머니는 대개 무릎께까지 오는 치마바지 차림이거나, 어떤 때는 속옷 차림이었었다.

강일은 거실로 들어갔다. 거기에는 그가 모르는 여자가 앉아 있었다. 강일을 쳐다보며 살짝 자리에서 일어서고 있었는데, 20대 중반쯤으로, 말갛고 깔끔한 인상이었다.

「애, 참, 인사해라. 삼동의 백이호 회장님 손녀란다. 여기는 우리
　　아들!」

어머니가 여자를 바라보며 말했다. 여자가 그를 빤히 올려다본 뒤 까딱, 고개를 숙였다.

「모처럼 놀러 와서…….」

어머니는 그렇게 변명했으나 여자는 갈 생각이 아니었다. 도리어 어머니와 함께 부엌으로 들어가서 딸처럼 두런두런 어머니 곁에서 저녁을 차리고 있었다.

3동 102호 회장님이 과거에 무슨 일을 했는지, 지금은 어떤 재무 상태에 놓여 있는지 강일은 기억나지 않았다. 어머니는 강일이 왔을 때마다 여러 차례 그 집 얘기를 했을 것이다. 그러나 그의 머리에 부모님 이웃의 인적 사항까지는 입력되지 않았다. 어머니의 일관성 있는 흥미에 의해 골라진 빌라 입주자들의 신상이란 거의 비슷비슷했다. 자식들이 입에 담기 좋을 정도로 성공해 있고, 외국에 자주 드나들거나 아예 거기 거주하고, 이런저런 부동산과 현찰을 꽤 가지고 있었다. 며느리가 판사나 의사인 경우도 심심찮게 있었다. 그러나 그들에게는 모든 영화가 과거에 대한 회상이나 자식들의 출세로만 존재하는 것 같았다. 그런 실버 타운에 저런 젊은 여자가 있다는 것이 신기했다. 아니면 다니러 온 자손인가. 그간의 어머니의 말을 더듬어

보면 부모나 조부모와 같이 이곳에서 사는 자손들은 거의 없었다.

「여긴 젊은 사람이 들어와도 일 년도 못 산다. 무슨 재미가 있어야
살지. 멋도 모르고 집 사서 이사 온 몇몇 새댁들 다 이사 나갔다.
위아래층 회장님들의 손자 손녀들도 오래 못 버티고 금방 나가.
다들 저희들 둥지로 결국 돌아가지.」

외로우니 좀 자주 다니러 오라는 뜻으로 어머니는 말했었다. 그렇
다면 저 여자는 정말 다니러 온 것일까. 다니러 와서 이웃집에 놀러
온 건가. 강일은 양복 저고리를 벗고 티브이를 켰다. 생각 같으면 샤
워하고 건넌방으로 들어가 한잠 자고 싶었으나 손님이 와 있으니 그
렇게 하기도 꺼려졌다.

「식사하세요.」

여자가 식당 문을 열면서 환하게 말했다. 반들반들 새카만 눈에,
희고 갸름한 얼굴이었다. 아까와는 달리 검은 머리를 뒤로 틀어 올
리고 있었는데, 그래서 얼굴이 더 갸름해 보이는 건지도 몰랐다. 흰
블라우스 위에 감색 에이프런을 깨끗하게 입은 모습이 살림 잘하는,
정갈한 일본 여자 같았다. 저런 에이프런이 어머니에게 있었을까?
하는 생각이 들며, 혹시 앞치마까지 가지고 놀러 온 것인지 의아스러
웠다.

강일은 식당으로 들어갔다.

식탁에는 무슨 날처럼 많은 요리들이 늘어놓여져 있었다. 꽃게찜,
송이전골, 해물볶음, 인삼무침…… 이런 것들은 아무래도 어머니가
만든 것 같지 않았다. 갈비구이라든지 오이소박이 같은 것은 어머니
가 했겠지만 이런 생소한 요리들을 어머니가 새로 배워서 했을 리가
없었다. 음식을 한 젓갈 한 젓갈 입으로 가져가면서 강일은 긴가민
가하던 어머니의 의도를 확신하지 않을 수 없었다.

말로 안 될 것 같으니까 어머니는 이런 방법을 쓰는 것이리라.

지지난 주에 왔을 때 어머니는 이수와 헤어지라고 말했었다. 이수네 집 사정을 뒤로 상세히 알아본 모양이었고, 운 나쁘게도 그 루트가 좋지 않았던 것 같았다.

「야, 즈이 아버지가 감옥소에도 갔다 왔다더라. 빨갱이라고 신문에 도배를 했대. 온 세상이 죄 알더라. 몇 년이나 살다 나와 세상 뜬 거래. 간첩 사건이라나 뭐에 줄줄이 꿰어 식구들은 모두 개걸레가 되었고. 더구나 개 동생은 목매달아 죽었댄다. 왜 하필이면 우리가 그런 흉흉한 집안하고 혼사를 해야 하니?」

강일은 어머니의 말을 멈추게 하려 했으나 역부족이었다. 어머니는 부글부글 끓어 넘쳤다.

「어쩌면 그렇게 감쪽같이 감추고! 망할 년, 그뿐인 줄 아니? 오빠라고 하나 있다고 하잖았어? 그건 이혼을 하고 동생 하나 남은 건 깡패란다. 이런 말 안 하지? 아마 한마디도 안 했을걸? 콩가루도 유분수지, 그런 주제에 어딜 넘봐? 누구네 집안을 망치려고? 남의 하늘 같은 아들을! 내 기가 막혀서…….」

어머니는 씨근덕거리느라 숨도 제대로 쉬지 못했다.

「왜 그런 짓을 하세요? 누구네 집인들 뒤로 알아보면 먼지 안 나겠어요? 우리 집은 뭐 모두들 좋게만 얘기할 것 같아요?」

아버지가 젊은 시절 요란하게 바람을 피워 상대방 여자가 자살한 것을 떠올리며 강일은 말했다. 그 일로 온 시내가 떠들썩했고, 신문에도 대문짝만 하게 났었으며, 아버지는 경찰직을 그만두었던 것이다. 후에 시멘트 사업을 해서 돈은 좀 벌었지만, 따지기로 든다면 그건 더 창피한 일일지 몰랐다.

그렇게 순간적으로 덮긴 했지만 강일은 속으로 많이 놀라고 있었다. 이수네 집을 객관적으로 그토록 흉측하게 얘기할 수도 있다는 사실이 충격으로 다가왔다. 아버지가 교도소에 갔다 왔다고, 동생이 목매달아 죽었다고 어머니의 입에서 비방투로 말해지자 천하에 둘도 없이 끔찍한 집안으로 여겨졌다. 이런 집안의 딸과 내가 지금까지 사귀어 왔나, 등에 식은땀이 났다. 물론 이수가 거짓말을 했다고는 생각되지 않았다. 생각해 보니 아버지에 대해서도 엇비슷하게 말했던 것 같고, 동생의 죽음에 대해서도 석연치 않게 고백을 했던 것 같다. 그러나 그녀가 아버지나 동생에 대해 너무 가슴 아파하고 있어서 그 얘기만 나오면 언제나 울먹울먹하며 감정을 수습하지 못하기 때문에 오히려 강일이 그녀를 달래느라고 애먹었었다. 강일은 그래서 그런 것들을 그녀의 내면의 상처로 기억했을 뿐, 별다른 생각을 하지 않았다. 이미 죽은 사람들이 아닌가. 산 사람 생각도 할 시간이 없는데 죽은 사람들 생각을 뭐 하러 한단 말인가. 강일은 밤이고 낮이고 수년 전이고 지금이고 늘 바빴다. 솔직히 그 자신에 대해서도 생각할 겨를이 없었다. 그저 앞으로 과감히 걸어간다는 계획뿐, 뒤를 돌아보며 왈가왈부하지 않았다. 그는 은연중 이수의 아버지가 어장 관계 무슨 일을 주도하다가 시국과 잘못 꼬여 그리 되지 않았나 생각했고, 동생도 무슨 큰 사고에 휘말린 것이려니 여겼었다. 그녀가 그렇다고 말한 것이 아니라 강일 스스로 그렇게 생각했다. 그러나 어머니의 얘기를 듣고 보니 아닌 게 아니라 이미 풍비박산이 난 집안이었다. 어머니의 말도 거짓말은 아닐 것이었다. 남의 눈으로 볼 때 그녀의 집은 갈가리 찢긴, 뻘건 흉가인 모양이었다.

　강일은 눈앞으로 휘몰아쳐 오는 태풍을 보았다. 이건 간단치 않은 일이었다. 결혼을 강행한다 해도 어머니와 이수 사이에는 평생 인당수보다 더 깊은 골이 파여 있을 것이고, 어머니는 이수를 마구 함부로 내몰 것이고, 이수는 처절한 상처를 입을 것이다. 어머니의 저 끓어오르는 적대감과 능멸을 이수가 견뎌 낼 수 있을지 의문이었다. 그는 순간 이수가 불쌍해져서, 차라리 직장을 외국으로 옮길까 생각도 해보았다. 데리고 나가서 아주 들어오지 않는 방법이었다. 그러나 그는 외아들이었고, 그것도 묘책이랄 수는 없었다.

「남자 한평생이 바람 같은 건데 나중에 정치하지 말라는 법이 어디 있니? 그런데 고 앙큼한 것이 남의 남자 구만리 같은 앞길을 막아?」

「어머니!」

그는 소리를 질렀다. 본인도 없는 자리에서, 애기도 들어 보지 않고…… 강일은 결코 허물어질 리 없는 완고한 장벽을 느꼈다. 한국 사람들의 의식 속에 꽉꽉 뿌리박힌 편견과 폭력. 그 자신이라 해도 이것에 대적할 수 있을지 의문이었다. 강일은 이수의 오빠가 이혼한 것도, 동생이 무슨 시원찮은 일을 하고 있는 것도 모르지 않았다. 이수가 한숨 쉬며 자기 집안의 현실들에 대해 애기할 때가 있었다. 그와 이수 사이에서는 그런 것들이 문제가 되지 않았다. 그러나 어머니의 상식 속으로 들어가자 갑자기 모든 것들이 철퇴를 맞고 나동그라졌다.

「잠시 잠깐에 인생 초 친다. 오늘 당장 끊어 내. 중뿔나게 뭐 한다는 기집애들 뒤적여 보면 다 흠투성이야.」

「어머니, 그런 식으로 말씀하시면 안 돼요!」

그는 야비하기까지 한 어머니의 말투에 정나미가 떨어졌다. 그래서 훌쩍 명륜동으로 돌아가 버렸다. 그러자 오늘 어머니는 다른 여자를 현물로 데려다 놓고 본격적인 작업에 돌입한 것이다.

「뭐라 하던? 아니라고 변명하던?」

아니나 다를까, 어머니는 이죽거리는 투로 또 시작이었다. 부엌에 있는 처녀가 신경 쓰여서 강일은 목소리를 한껏 낮추었다.

「어머니 말이 다 맞는다 해도 생각해 보세요, 거기에 이수 잘못은 없잖아요. 걘 내가 십 년도 넘게 사귄 애예요. 어머니 며느리나 마찬가지라구요. 난 정말 이수를 좋아해요. 이수가 하는 일도 좋구요. 이제 와서 자꾸 그러지 마세요.」

이성을 잃지 않고 그는 작지만 분명한 소리로 얘기했다. 그러나 어머니의 비아냥거림과 분노는 불씨를 만난 것 같았다.

「며느리? 좋아하시네. 내가 언제 절 며느리로 맞아들였니? 둘이 사랑합네 어쩝네 해서 가만히 있었다만, 그래 걔가 널 위해 지금까지 한 게 뭐 있니? 그저 대접만 받으려구 하구, 어른 무서운 줄도 모르구…….」

「그건 오해예요. 요즘 여자들치고 이수만큼 너그러운 애도 드물어요. 할아버지 할머니 밑에서 자라 오히려 보수적이기…….」

「시끄럽다! 못 알아듣겠니? 당장 끊어라. 안 끊으면 내가 가서 요절을 내마!」

어머니의 호통에 그는 입을 다물어 버렸다. 얘기가 되지 않았다. 창피해서 앉아 있을 수가 없었다. 부엌에 있는 저 여자가 다 들었을 게 아닌가. 어머니는 저 처녀와 무슨 사이이기에 그녀가 있는 공간 안에서 이런 말까지 서슴없이 하는가. 그는 저녁 식사고 뭐고 그냥 돌아가고 싶었다. 그러나 어머니였다. 그를 낳아 준……. 어쩌겠는가. 그 하나만을 바라보고 살아온 어머니가 아닌가. 아무리 험악한 말일지언정 그를 위해 하는 말이었다. 그는 커다란 바윗덩이 앞에 선 것만큼이나 난감했다. 건성건성 수저질을 하고, 물을 마셨다.

「왜 그만 먹니? 이 해물볶음이랑 꽃게찜 더 먹어라.」

어머니가 음성을 부드럽게 눅이며 한 걸음 물러났다.

「많이 먹었어요.」

강일은 거실로 나갔다.

어머니가 과일 접시를 들고 따라왔다. 오렌지와 키위가 날아갈 듯 예쁘게 맵시를 잡고 앉아 있었다. 역시 어머니 솜씨가 아니었다.

「요새 돈 있다고 멋이나 부리고 시건방진 애들이 얼마나 많니? 쟨 그런 애들하고 질적으로 달라. 역시 그 회장님이 아들을 잘 키우셨어. 애비가 신실하니까 딸도 저렇게 반듯하게 컸지 않았니, 안 그러냐?」

「어머니, 지금 뭐 하시는 거예요?」

그는 귀가 부끄러워 차 열쇠를 들고 일어서려 했다.

「결혼 올해 넘기지 마라. 네 나이가 서른넷이야. 내년이면 서른다섯이라구. 언제 애 낳고 학교 보내고 남들처럼 살래?」

어머니는 너무 노골적이었다. 여자들은 나이가 들면서 다 이렇게 노골적이 되는 것인가. 상황을 요리조리 꼬지도 않고 알낯으로 엉뚱한 여자를 데려다 면전에서 이 무슨 짓인가. 등에 소름이 돋았다.

「아버진 어디 가셨어요?」

강일은 구원을 청해 볼까 하고 아버지를 찾았다.

「아버진 삼층 회장님이랑 골프 가셨는데 오늘 좀 늦게 오실 거다.」

강일은 할 수 없이 티브이만 꾸벅꾸벅 바라봤다.

「얘, 요리 잘하는 게 제일이야. 저 앤 일본까지 갔다 왔댄다. 요리 배우러.」

「왜 아주 요리사 중에서 며느릿감을 구하지 그러세요?」

「나야 뭐 내 아들한테 잘해 주는 며느리가 제일이지. 저만하면 괜찮다. 집안 좋고, 학벌 있고, 인물 그만하고…… 뭐 하나 빠지는 게 없어.」

「어머니, 지금 저분한테도 얼마나 실렌지 아세요?」

「잔소리 말고 사귀어 봐라. 한 달만 만나 보고 싫으면 내가 뒤책임 질게.」

여자가 때맞추어 에이프런에 물 묻은 손을 닦으며 거실로 나왔다.

「앉아, 앉아. 어서 여기 앉아.」

강일은 어머니의 태도가 지나치다고 생각했으나, 여자가 함께 있는 자리여서 더는 내색하지 않았다. 이 여자가 무슨 죄가 있겠는가.

30분쯤 지나 어색해진 여자가 일어났다.

「저, 그만 가볼게요.」

여자는 어머니를 향해 공손하게 인사하고, 강일을 향해서도 눈을 바라보며 허리를 굽혔다.

「같이 갑시다. 내가 바래다 줄게요.」

여자가 의아한 눈초리로 쳐다보고, 어머니는 깜짝 반가운 표정이 되어 입 가장자리가 벌어졌다.

「그래, 그래, 그래라. 저 앞에 가서 차를 한잔 마시든지.」

강일은 여자와 함께 어머니의 집에서 나왔다. 멀리 갈 것도 없이…… 강일은 최선의 방법을 생각했다. 그는 여자를 데리고 빌라의 화단 가에 앉았다.

「저, 어떻게 되었는지는 잘 모르겠지만……. 우리 어머니가 하신 일은 사과드릴게요. 그리고 확실히 한마디만 하겠습니다. 전 결혼할 사람이 있어요.」

「알아요.」

여자는 약간 고개를 숙이고 있었으나 놀라지 않았다. 여자의 태연함에 강일이 더 놀랐다. 안다니, 알고도 그런 자리에 와 있었단 말인가.

「제가 더 잘해 드리면 안 될까요?」

여자의 눈동자가 말갛게 그를 올려다보았다.

「예?」

강일은 뜻을 헤아리지 못했다.

「저렇게 반대하시는데 쉬우시겠어요? 뭐 하러 그런 무리한 결혼을 감행해요? 평탄치 않을 게 뻔한데요.」

그는 가슴속까지 놀라서 말을 잇지 못했다.

이게 뭔가. 그는 머리통을 한 대 얻어맞은 느낌이었다. 이 여자가 바보인가, 여우인가? 이런 반응이 세상에 존재한다는 사실이 놀라웠다. 그러나 곰곰 생각해 보니 이건 바보냐 여우냐의 문제가 아니라 인생에 대한 태도의 문제였다. 말하자면 행동 방식의, 가치 체계의 문제였다. 강일 자신도 늘 건조하고 삭막하다고 생각해 왔지만 세상에는 이런 종류의 사람들도 있었다. 특히 재물을 소유한 부류에는 더더욱. 이런 사람들에게는 사람의 감정이나 과거 같은 것은 그리 중요하지 않았다. 자기가 원하는 것을 지금 확실히 내 것으로 소유하느냐 마느냐의 문제만 있을 뿐이었다. 이 편리한 편의주의 앞에 강일은 차라리 머리가 숙여졌다. 충격이었다. 이들은 원하는 것을 손안에 쥐기만 하면 다른 것은 간단하게 접어 버릴 수 있었다. 그것이 무엇이든. 결국 이런 태도와 방식이 그들을 부자로 만들었을 것이다. 나쁘다고만 할 수 없지 않은가.

여자는 아무런 고민도 없는 말간 얼굴로 그를 다시 한 번 바라보았다. 대답을 재촉하는 것인가. 여자의 얼굴은 희고, 깨끗했다. 이상하게도 마음이 단순해져 왔다. 쉬운 동요가 떠올랐다. 둥근 달 밝은 달 산들바람 타고 와……. 둥근 달이 산들바람을 타고 머리 위로 슬몃 날아온 것 같았다. 모든 것이 이렇게 쉬울 수도 있다는 생각, 산들

바람 불듯 그냥 자연스럽게 풀릴 수도 있다는 생각, 이렇게 쉽고 단순하게 걱정 없이 사는 사람들도 있다는 생각이 그의 가슴속으로 바람처럼 지나갔다. 여건도 성격도 쉬운 사람들. 그러나 이게 오히려 실속 있는 것인지도 몰랐다. 여자에게서는 실용적 가치관에서 오는 상당한 자신감마저 느껴졌다. 일단 취하고 보자는, 뭐 안 되도 크게 손해 볼 거 없다는, 체면 따위는 골치 아픈 사람들이나 가져가라는 태도가 그다지 역겹게 느껴지지 않았다. 시험 문제에도 어려운 문항이 있고 쉬운 문항이 있는 것이다. 어려운 것이라고 해서 전부 다 더 가치 있다고 할 수 없지 않은가. 오히려 쉬운 문제가 더 근본이 되고, 중요할 수 있었다. 여자에게서는 수학책 각 단원의 앞부분에 나와 있는, 제일 쉬운 대표 공식 냄새가 났다. 세상에는 이렇게 쉬운 공식으로 더 복잡하게 생각하지 않고 편하게 사는 여자도 있고, 끝없이 어려운 문제에 휩싸여 골치를 싸매고 끙끙대다가 뇌암으로 죽는 여자도 있다. 이런 여자와는 어쩐지 모든 게 쉽게 될 것 같았다. 결혼으로 말하더라도 그냥 예식장에 가서 서 있기만 하면 자동으로 모든 것이 풀려 나갈 것이다. 결혼 후에도 더 이상 신경 쓸 게 없을 것이다. 어머니하고의 갈등이나 반목도 애초부터 배태되지 않을 것이고, 중간에 좀 배태되더라도 간단하고 손쉽게 해결될 것이다.

그는 편한 삶에의 유혹을 느꼈다. 먹장구름이 걷히는 듯 가슴이 가벼워졌다. 나를 편하게 해주고, 이해해 주고, 떠받들어 주는 이런 여자와…… 무구하다고 느껴질 정도로 단순한 여자의 눈동자를 그는 마주 바라보았다. 여자를 안고 싶었다.

이수는 모든 것이 너무 어려웠다. 그녀와는 한 걸음 한 걸음 걸어가는 것이 너무 힘들었다. 앞으로도 어디까지 더 힘들고 까다로울지 알 수 없었다. 그녀의 가정 상황도 계산에 넣어야 했다. 어머니가 저렇게 안 이상 실제로는 화산이 터진 거나 마찬가지였다. 그 용암이며 열기며 화산재를 어떻게 다 처리하고 어디에 피난 가서 둥지를 틀지 막막했다. 그 자신도 솔직히 께름칙한 생각이 들기 시작했다. 그 정도로 흉흉한 집안인 줄은 몰랐다. 어찌 가정의 영향을 받지 않았겠는가. 이수라는 여자는 사랑하지만, 그 조그만 여자와는 여전히 결혼하고 싶지만, 그녀가 덮어쓰고 있는 시커먼 꺼풀은 벗겨 내고 싶었다. 결혼한 뒤에도 처가의 사정이 자신들의 새 둥지를 시커멓게 물들이면 어떻게 하는가. 나중에 아이들이 커가면서도 외가의 처지나 형편이 문제되지 않겠는가. 친가도 너무 단출해 사촌들이 없는 판에 외가라도 번성하고 화려해야 아이가 외롭지 않을 것이다. 처남들도 웬만큼은 돼야 아이들끼리도 왕래가 자연스러울 것이다. 지금 저 상태로는…… 아무래도 계산이 나오지 않았다. 이수의 거죽은 이제 보니 쉽게 벗겨질 종류의 것이 아니라 영원히 떼어 낼 수 없는 문신 같은 것이었다. 게다가 그녀는 그놈의 작업 때문에 하루 한순간도 그의 품으로 곱다시 휘어들지 않는다. 오늘만 해도 그녀가 그에게 와서 즐겁게 같이 시간을 보냈더라면 아마 어머니 집에 와서도 그의 기분은 달랐을 것이다. 못내 불효를 저지르면서라도 그녀와의 결혼을 감행하기 위해 고군분투했을지 모르지 않는가.

그는 이수와 헤어지고 이 여자와 결혼하는 장면을 연상해 본다.

모든 것이 너무도 유연하게, 마치 도르래에서 줄이 풀리듯 저절로 풀려 나갈 것 같았다. 장인이나 처남들과도 캐나다나 뉴질랜드쯤에서 만나 골프를 치고, 니스나 리비에라에서 같이 여름휴가를 보낼 수 있으리라.

그러나 이수를 떠나보낸다고 생각하자 그녀의 분위기들이 턱밑을 감싸고 돌았다. 봉긋한 눈두덩과 시원스러운 눈, 작은 몸, 헐렁한 청바지, 휘청휘청 그림을 그리는 모습…… 따스한 물결이 넘실대는 것 같은 품, 품어 안는 아량, 그리고 감칠맛…… 화났을 때 새총을 쏘는 듯한 말투…… 그런 것들이 시냇물처럼 돌돌돌 흘러갔다. 그녀가 지닌 모든 것들이 아쉽고 그리웠다. 강일은 눈을 감았다. 지금까지 온전히 그의 것이었던 말랑한 가슴, 작고 예쁜 발, 부드러운 머리칼…… 그는 물결에 흔들렸다. 온몸을 실어 노래하던 그녀의 모습이 떠올랐다. 애즈 타임 고즈 바이…… 시간이 흘러도 변함없는 건 당신을 사랑했다는 것뿐……. 부드러운 음색이 강아지 혀처럼 그의 귓가를 간질인다. 다른 사람은 흉내도 못 낼 정감 있는 태도들, 특유의 유머…… 그녀는 또 강일이 매력적으로 노래를 잘한다고 느끼게끔 해주었지. 그 비슷한 일이 얼마나 많았던가. 아내의 그림을 거실에 걸어 놓고, 사람들에게 자랑하며, 전시회에 꽃을 사 들고 가고…… 그 모든 것들을 잃는다고 생각하자 안타까워 견딜 수 없었다. 강일은 고개를 저었다. 선택할 수가 없었다. 어떤 것을 선택해도 반을 잃는 것이었다. 촉촉한 감칠맛의 세계를 버릴 수도 없고, 돈이 주는 유복함과 편안함을 버릴 수도 없고…….

그는 여자를 보내고 차에 올랐다. 여자는 서운해하지도 않고 맑은 눈동자로 쉽게 헤어져 주었다. 이 여자와는 살면서 정말 신경 쓸 게 없겠다는 생각이 들었다.

오로라의 환상 ①

초판 1쇄 인쇄일 · 2003년 4월 1일
초판 1쇄 발행일 · 2003년 4월 7일
지은이 · 이청해
펴낸이 · 임성규
펴낸곳 · 문이당

등록 · 1988. 11. 5. 제 1-832호
주소 · 서울시 성북구 동소문동 4가 111번지
전화 · 928-8741~3(영) 927-4991~2(편)
팩스 · 925-5406
© 이청해, 2003

홈페이지 http://www.munidang.com
전자우편 webmaster@munidang.com

ISBN 89-7456-217-0 04810
ISBN 89-7456-216-2 04810(전2권)

값은 뒤 표지에 표시되어 있습니다.

잘못된 책은 바꾸어 드립니다.
저자와의 협의로 인지는 생략합니다.
이 책의 판권은 지은이와 문이당에 있습니다.
양측의 서면 동의 없는 무단 전재 및 복제를 금합니다.